红色文艺轻骑兵

乌兰牧骑纪事

阿·勒得尔图 著

内蒙古人民出版社

图书在版编目(CIP)数据

红色文艺轻骑兵:乌兰牧骑纪事/阿勒得尔图著.--呼和浩特:内蒙古人民出版社,2018.11(2022.12重印)

ISBN 978-7-204-15744-0

Ⅰ.①红… Ⅱ.①阿… Ⅲ.①报告文学—中国—当代 Ⅳ.①I25

中国版本图书馆CIP数据核字(2018)第269979号

红色文艺轻骑兵:乌兰牧骑纪事

作　　者	阿勒得尔图
责任编辑	李　鑫　蔺小英　罗　婧
出版发行	内蒙古人民出版社
地　　址	呼和浩特市新城区中山东路8号波士名人国际B座5层
印　　刷	内蒙古恩科赛美好印刷有限公司
开　　本	710mm×1000mm　1/16
印　　张	23.25
字　　数	385千
版　　次	2020年9月第1版
印　　次	2022年12月第2次印刷
书　　号	ISBN 978-7-204-15744-0
定　　价	50.00元

如发现印装质量问题,请与我社联系。联系电话:(0471)3946120

习近平总书记给苏尼特右旗乌兰牧骑队员们的回信

苏尼特右旗乌兰牧骑的队员们：

你们好！从来信中，我很高兴地看到了乌兰牧骑的成长与进步，感受到了你们对事业的那份热爱，对党和人民的那份深情。

乌兰牧骑是全国文艺战线的一面旗帜，第一支乌兰牧骑就诞生在你们的家乡。60年来，一代代乌兰牧骑队员迎风雪、冒寒暑，长期在戈壁、草原上辗转跋涉，以天为幕布，以地为舞台，为广大农牧民送去了欢乐和文明，传递了党的声音和关怀。

乌兰牧骑的长盛不衰表明，人民需要艺术，艺术也需要人民。在新时代，希望你们以党的十九大精神为指引，大力弘扬乌兰牧骑的优良传统，扎根生活沃土，服务牧民群众，推动文艺创新，努力创作更多接地气、传得开、留得下的优秀作品，永远做草原上的"红色文艺轻骑兵"。

习近平

2017年11月21日

目录

响彻草原的红色序曲	/001
春潮激荡大草原	/028
东风第一枝	/075
全国巡演的乌兰牧骑	/155
全国乌兰牧骑式演出队文艺会演	/204
乌兰牧骑艺术节	/216
平均年龄78岁的编辑部	/234
乌兰牧骑的热喜	/258
普日布精神的传承	/280
乌兰牧骑作品的『巴林属性』	/300
阿巴嘎旗乌兰牧骑的『草原女民兵』	/326
我的乌兰牧骑	/345
后记	/367

响彻草原的红色序曲

01

蓝天,白云,绿草,红花。

流霞般的马群,白云般的羊群,山峰般的驼群。

大自然就是以这样纯情、抒情、真情的手笔勾勒着苏尼特草原初夏时节的旖旎风光。

1957年6月18日,在灿烂的阳光下、在吹拂的夏风中,两辆胶轮马车飞扬着欢声笑语驶出苏尼特右旗政府所在地温都尔庙镇,驶向茫茫草原的深处,这就是昨天刚刚成立的内蒙古第一支乌兰牧骑——苏尼特右旗乌兰牧骑的12名队员以及内蒙古自治区文化局乌兰牧骑试点工作组、苏尼特右旗文化科干部组成的巡回演出队伍,破土而出的"红色嫩芽"将要接受人民的检验、时代的检验、历史的检验。

乌兰牧骑从它建立的第一天开始、从它第一次巡回演出开始,就有别于真正意义上的文艺团体,直白地说它不是真正意义上的文艺团体,它的舞台是草原、是嘎查、是蒙古包,甚至是牛羊圈,它的观众是农牧民,是最基层的人民群众。观众多则几十个、少则三五个,即使只有一个观众,乌兰牧骑同样要饱含激情地跳好每一支舞、唱好每一支歌!

"演出"是乌兰牧骑的职能之一,它还肩负着"宣传、辅导、服务"的历史使命——红色文化工作队任重而道远。内蒙古自治区文化局赋予乌兰牧骑的这四项职能,不是空穴来风,不是无本之木无源之水,而是继承并发展1946年内蒙古文工团成立之初,时任内蒙古自治运动联合会主席乌兰夫为内蒙古文工团制定的四条方针:一是执行党的文艺路线,普及第一,要做大量的启蒙工作;二是继承民族优秀的传统文化;三是发展民族新文化,培养民族文艺干部;四是文工团的性质既是演出团体,又是学校。纵观十年前内蒙古文工团的"四条方针"和十年后乌兰牧骑的"四项职能",何其相似乃尔,贯穿两者之间的是精神的传承、血脉的传承、优秀民族传统文化的传承,而其核心和灵魂则是中国共产党的坚强领导和毛泽东主席《在延安文艺座谈会上的讲话》提出的"文艺为工农兵服务"的发展和前进方向。

02

1942年5月23日晚,延安杨家岭,中共中央办公厅小礼堂前广场,悬挂在木架上的煤气灯放射出的光芒中,毛泽东做延安文艺座谈会的"总结讲话"。

时在中共中央党校一部第三支部学习并参加在中国共产党历史上有重大影响的延安整风运动的乌兰夫,有幸聆听了毛泽东的"总结讲话",当时,他的感触应该是非常深刻的,心情也应该是非常激动的,这在他以后按照《讲话》精神指导内蒙古文艺工作的具体实践中看得非常清楚。

在整风运动中,乌兰夫按照中宣部的规定系统地学习了马克思列宁主义经典著作和毛泽东关于开展整风运动做的《改造我们的学习》《整顿党的作风》《反对党八股》三篇报告。1943年10月19日,在鲁迅逝世七周年的纪念日,《解放日报》全文发表毛泽东《在延安文艺座谈会上的讲话》。

内蒙古自治区主席乌兰夫同志

第二天,领导整风运动的中共中央总学习委员会在《通知》中指出,毛泽东的这一讲话,"决不是单纯的文艺理论问题,而是马列主义普遍真理的具体化,是每个共产党员对待任何事物应具有的阶级立场,与解决任何问题应具有的辩证唯物主义、历史唯物主义思想的典型示范"。

《通知》把这个讲话列为全党整风的必读文件,乌兰夫认真学习《讲话》原著、深刻理解《讲话》精神,是整风运动的需要,更是他成为真正的、更加成熟的马克思主义者的需要。《讲话》强调"为什么人的问题,是一个根本的问题,原则的问题",《讲话》提出"在普及基础上的提高和在提高指导下的普及"的原则,《讲话》明确"文艺为工农兵服务"的方针。

《在延安文艺座谈会上的讲话》是毛泽东文艺思想的生动体现,也必然是乌兰夫推进民族文化繁荣发展的行动指南。诚如王树盛先生在《乌兰夫传》中所说:"作为无产阶级革命家,政治上的成熟必须伴以理论上的成熟,只有理论上成熟了,政治上才是坚定的。掌握马克思列宁主义的无产阶级世界观,是乌兰夫政治上走向成熟的关键。"

1945年4月23日,具有划时代意义的中国共产党第七次全国代表大会在延安召开,时年39岁的乌兰夫全程参加了这次历时48天的全国代表大会,并当选为中共第七届中央委员会候补委员。两个月后,他肩负党中央的重托,返回内蒙古开展艰苦卓绝的革命斗争。

乌兰夫重返内蒙古的第一次"亮剑"就是凭借在延安时期系统地学习马克思主义民族理论和担任延安民族干部学院教育处长、中央西北局统战部民族处处长和陕甘宁边区政府民族事务委员会委员期间积累的丰富的民族工作经验,于10月上旬率领奎璧、克力更、陈炳宇、黄静涛等人进驻温都尔庙镇,20天内干净利落地解决了补英达赉等人在苏尼特右旗成立的"内蒙古人民共和国临时政府"问题,使内外蒙古合并的阴谋彻底破产。

11月26日,经过近一个月的紧张筹备,内蒙古自治运动联合会成立大会在张家口市远来庄召开,乌兰夫当选为执委会主席、常委会主席兼军事部部长。晋察冀中央局在发给中央的请示电报中明确表示,带有政府咨询性质的内蒙古自治运动联合会的重要任务就是准备将来成立内蒙古自治政府。

12月18日,隶属于内蒙古自治运动联合会的内蒙古军政学院成立时乌兰夫又兼任院长。

1945年底,乌兰夫在兴奋与激动、紧张与繁忙当中,迎来了他在延安中央党校的同学、以创作秧歌剧《一朵红花》名噪延安的周戈。

1943年春节期间出现在延安的新秧歌运动是最早体现毛泽东《在

延安文艺座谈会上的讲话》精神的文艺形式。2月4日,春节大联欢在延安南门外广场举行,近千支秧歌队、近两万名群众观看的秧歌会演可谓声势浩大、盛况空前!就是在这秧歌会演中,周戈的《一朵红花》与《兄妹开荒》《拥军花鼓》《挑花篮》等一批新秧歌剧受到广泛好评,毛泽东看后喜不自胜、笑逐颜开:"这还像个为工农兵服务的样子。"

1945年8月,周恩来副主席在重庆八路军办事处招待国统区文艺界人士时举行的秧歌演出,《一朵红花》作为延安选送的三个秧歌剧之一,受到国统区文艺界人士的褒奖,郭沫若即席赋诗"光明今夕天官府,听罢秧歌醉拍栏",共产党在重庆的理论周刊《群众》全文发表《一朵红花》剧本,同时被收入新华文艺丛书《秧歌剧初集》、中国人民文艺丛书《秧歌剧选》;中国戏剧出版社1962年版、人民文学出版社1977年版的《秧歌剧选》也都将《一朵红花》收入其中。

隆冬时节察哈尔草原朔风呼啸,大雪飞舞。

内蒙古自治运动联合会驻地的一间宿舍里,39岁的乌兰夫和31岁的周戈彻夜长谈,谋划出内蒙古文艺的明媚春天。在乌兰夫的侃侃而谈中,周戈的满腔热血更加沸腾,他知道了内蒙古的民族解放运动需要文艺,他知道了在内蒙古草原上宣传马克思主义民族理论和政策需要文

内蒙古文工团第一任团长周戈

艺,他知道了生活在内蒙古大草原的蒙古族同胞需要文艺。周戈愉快地接受乌兰夫的邀请,留在内蒙古工作,负责组建内蒙古第一支革命文艺队伍,——内蒙古文艺工作团。

推门出来,已是拂晓,一轮红日正喷薄欲出!

回到宿舍,情绪仍然处在亢奋之中的周戈,怀着对未来的憧憬、向往和期许,挥笔写出《内蒙古文工团团歌》:

> 我们是草原的骄子
> 一支人民的文艺战斗兵
> 草原的色彩
> 草原的声音
> 用我们祖先英勇的故事
> 鼓舞起受苦受难的人民
> 谁说沙漠就是荒凉
> 有了人民就有生命

03

"光杆司令"周戈为"招兵买马"走进内蒙古军政学院,这里都是生龙活虎的各族青年。他们当中虽然没有专业的文艺人才,却不乏具有文艺潜质、特质的可造人才,周戈寄希望于内蒙古军政学院。

周戈经常出入内蒙古军政学院,很快就和内蒙古军政学院的师生相熟,人们都称他"老延安",这个"老延安"刚过而立之年,所谓"老"是说他的资历和阅历。

周戈在一两个月的时间内,就和在延安鲁迅艺术文学院毕业后又在延安抗日大学任教的张凡夫,曾是马本斋回民支队司号员的刘佩欣等人搭起文工团领导班子。就把孟和博音、孟和巴特、孟和、文浩、乌勒、乌恩、乌奎、乌力嘎、宝音和希格、宝音巴图、宝音达赍、莫尔吉胡、萨仁格日勒等蒙、汉、达、满等民族有志于革命文艺的青年召集在内蒙古文工团的大旗之下。在为期3个月的超强度、高难度的培训中,这些刚刚成为文艺战士的各族青年克服难以想象的困难,夜以继日地排练出《内蒙古文工团团歌》《内蒙古青年进行曲》《兄妹开荒》《一朵红花》《血案》等一批歌曲、歌剧、秧歌剧等适合于露天演出、人民群众喜闻乐见的节目。

还在内蒙古文工团筹建初期,一个名为拉希栋鲁布的蒙古族青年出现在周戈面前,他和先期到达的那音泰、乌奎、白灵都是在国民党屠杀蒙古族青年的绥远"小教场事件"中死里逃生的幸存者。在他们断断续续的讲述中,周戈怒火中烧,把满腔悲愤倾注于笔端,奋战几个通宵,创作出他来到大草原上的第一部歌剧《血案》。

1946年4月1日,张家口市元宝山朝阳洞前,彩旗飞舞,歌声飞扬,鼓点激越,锣音铿锵!在这弥漫着热烈文艺氛围的喜庆时刻,内蒙古自治运动联合会主席乌兰夫宣告内蒙古文工团正式成立。他给内蒙古文工团制定的工作方针一是坚持党的文艺路线、贯彻执行党的各项文艺方针;二是继承和发扬民族的优秀艺术传统;三是大力培养民族艺术干部;四是文工团,既是文艺演出团体,又是培养艺术干部的学校。

"成立大会上,乌兰夫给我们每个演员发一本原版毛主席《在延安文艺座谈会上的讲话》,我们接过后紧紧贴在胸口,如获至宝",若干年后已是白发苍苍的老艺术家莫尔吉胡回忆当时的情景时,仍然激动不已,"《讲话》精神是我们的行动指南,我把这本书带在身边20多年,遗憾的是在'文化大革命'中丢失了",说到这儿,老人一脸的无奈和惆怅。

在内蒙古文工团的首场演出中,《血案》在观众中引起强烈反响,正当群情激愤时,乌兰夫在观众中站起来,大手一挥,不失时机地做起宣传鼓动工作:"什么是民族的形式?这就是民族的形式!什么是革命的内容?这就是革命的内容!什么是内蒙古文化?这就是内蒙古文化!"

1946年7月,察哈尔盟将在草原重镇哈巴嘎成立,乌兰夫指示内蒙古文工团届时要把革命的文艺带到察哈尔草原,让草原人民感受和领略在毛主席《讲话》精神指引下产生的内蒙古的新文艺!

周戈带领演员们进行紧张的排练,这时华北联合大学舞蹈系学生鹏飞找到他:"周团长,我们吴主任想借用一下你们的乐队和两件女演员的蒙古族服装,我们系正在排练一个蒙古舞蹈。"

周戈大喜过望,"吴主任"就是大名鼎鼎的舞蹈家吴晓邦先生。吴晓邦从大后方重庆到延安后任教于鲁迅艺术文学院,当时周戈在中央党校,所以没什么交集。但他对吴晓邦痴情而又执着地推动新舞蹈事业的发展还是有所了解的,这个1906年出生在苏州殷实之家的艺术天才,23岁始三次东渡日本,师从高田雅夫、江口隆哉、和宫操子等受到德国表现派舞蹈体系影响的舞蹈大师学习现代舞和芭蕾舞,他东渡日本求学的抉择,闪烁着中国新文化运动理想主义的光芒和浓重的民族忧患意识。学成回国后,在上海创办晓邦舞蹈学校、晓邦舞蹈研究所,开启中国新舞蹈艺术"教学、创作、演出"教育体系,推动中国新舞蹈艺术的形成与发展,奠定他日后成为新舞蹈艺术的先驱者、开拓者和实践者和一代宗师的坚实基础。

在势已燎原的抗日烽火中,吴晓邦走出自己的"舞蹈王国"奔向民族救亡的战场。他以著名作曲家聂耳的同名歌曲创作的独舞《义勇军进行曲》和以著名作曲家贺绿汀的同名歌曲创作的群舞《游击队员之歌》

每每演出,都能产生和歌曲一样的艺术感召力,唤起人们同仇敌忾的抗日激情,鼓舞人们奔向抗日战场。

周戈没有想到,此时吴晓邦也在张家口,而且已经创作出蒙古族题材的舞蹈,对吴晓邦的"求援"周戈不假思索地给予满足。

鹏飞回忆,吴晓邦这支最后定名为《希望》的女双舞(最初名字就叫《蒙古舞》)的素材源于他1944年在青海塔尔寺的一次采风。设在张家口的华北联合大学校长为成仿吾,文艺学院院长为沙可夫,舞蹈系主任是吴晓邦,由于人们对舞蹈根深蒂固的偏见,舞蹈系只有6个学生,尽管如此,吴晓邦仍然乐此不疲、矢志不渝地推动新舞蹈艺术的艰难前行。《希望》虽然是为学生暑假前汇报演出而作,但吴晓邦在创作时却投入了极大的热情,就连极为稀缺的《蒙古秘史》他都能找来研读,从中吸取艺术营养,而音乐直接借用歌剧《血案》的主题曲,而《血案》主题曲则是著名音乐家刘炽于1940年搜集整理的伊克昭盟民歌。应该说,《希望》是第一支激情诠释蒙古族优秀传统文化的舞蹈,这支舞蹈之所以能够从草原跳到刚刚解放的哈尔滨、沈阳,新中国成立之初又从北京跳到柏林,成为久跳不衰的经典作品,就因为它植根于草原,植根于人民,就因为它用舞蹈语汇解读了内涵丰富、底蕴厚重的蒙古族优秀传统文化。

舞蹈系的汇报演出在华北联大礼堂举行,周戈不仅率内蒙古文工团全体演员到场助威,而且在演出前还安排蒙古族演员帮助两名学生包头巾、穿袍子、系腰带,当两个轻灵、活泼的"蒙古族妇女"出现在舞台上时,台下顿时想起雷鸣般的掌声,吴晓邦为第一个蒙古族题材的作品获得成功而激动不已。

04

投之以桃,报之以李。内蒙古文工团挺进察哈尔草原前夕,吴晓邦带着谢坤、鹏飞、鹏程、向阳、秋农、夏立文 6 名学生前来加盟,与吴晓邦师生一同前来加盟的还有第一个给毛主席画像的著名画家、时任华北联大美术系主任尹瘦石,著名音乐家冼星海的学生、作曲家沙青和夫人何少卿,晋察冀画报社记者张绍科和夫人杨云。

1946 年 7 月 7 日,"卢沟桥事变"15 周年纪念日。

乌兰夫在张家口下堡丰泽园饭店举行宴会,对加盟这次察哈尔草原之行的艺术家们表示感谢,为内蒙古文工团第一次深入牧区壮行!

1946 年 7 月 8 日,三挂胶轮大马车迎着朝阳、踏着晨露驶出张家口,向察哈尔草原深处奔去。

内蒙古文工团的演员大都是草原的孩子,他们对草原有一种天然的亲切感。但周戈、吴晓邦这些来自南方的艺术家们第一次走进草原,听到鸟语,闻到花香,显得格外兴奋和激动。以前,他们也曾见过牛羊,只不过三五头、一两只而已,而现在几百头悠然自得咀嚼幸福的牛群,上千只白云般飘逸的羊群,还有那奋蹄扬鬃、疾如闪电的马群,这种辽阔和壮观如果不是身临其境,是无论如何也想象不出来的。

进入草原的第一场演出是在炮台营子进行的,在大城市、大舞台上尽显风采的吴晓邦,第一次在大草原稍微隆起的一片高地上为牧民跳起他的代表作、独舞《义勇军进行曲》,没有服装,就在头上扎一个红布条;没有乐队,他就踏着学生们的歌声寻找旋律。牧民们也许不知道这个舞者是谁,但文工团的演员哪个不知道这个舞者就是在周恩来影响下走进延安、走进草原、走进解放区的舞蹈家吴晓邦？

沙青和吴晓邦虽然很熟，以前也看过他的舞蹈，但在露天、在草地上看他跳舞还是第一次，所以看得全神贯注、聚精会神。这时，感到有人在后面拽衣服，他回头一看是文工团的一个还叫不出名字的小鬼。这是刚刚15岁的莫尔吉胡，他喏嚅着问沙青："吴老师也叫晓邦？"

沙青听到"也"字颇感意外，便有些疑惑地反问："你还知道谁叫晓邦？"

莫尔吉胡说："波兰人，钢琴家。"

我们所熟悉的肖邦，旧译为晓邦，全名为弗里德里克·弗朗索瓦·肖邦，代表作是《夜曲》《革命练习曲》《钢琴奏鸣曲》等。令沙青没有想到的是草原深处的这个蒙古族少年居然知道被誉为"浪漫主义钢琴诗人"的肖邦的名字，他对这个蒙古族少年有了特殊的好感。在走向驻地的路上，沙青给莫尔吉胡讲起吴晓邦的故事：

"吴老师是苏州太仓人，他去日本留学时的名字是吴锦荣。留学期间，接触到肖邦的许多作品，特别是《革命练习曲》，他要做中国的肖邦，做一个肖邦那样热爱自己祖国的艺术家，出于对肖邦的景仰，就把名字改成晓邦了。"

"我要做蒙古族的肖邦！"莫尔吉胡脱口而出的一句话，令沙青喜出望外，15岁，正是可塑性极强的年龄，把他引到什么路上来，他就有可能在什么路上走下去！

沙青把华北联大音乐系主任李焕之编写的《简谱乐理》送给莫尔吉胡，甚至把他视为"秘籍"的《西洋音乐史》借给莫尔吉胡，这是瑞士音乐家卡尔·聂夫的经典作品。正是通过这本书，莫尔吉胡"认识"了贝多芬、莫扎特、舒伯特等西方著名音乐家。更为难能可贵的是在行军、演出的间隙，沙青愣是教会了莫尔吉胡认识乐谱。

有吴晓邦的榜样作用,沙青的悉心指导以及《简谱乐理》《西洋音乐史》等书籍的深刻影响,莫尔吉胡经过几十年的努力和奋斗,最终如愿以偿、修成正果,成为著名的蒙古族音乐家。他曾为《成吉思汗》《马可·波罗》《骑士的荣誉》《驼峰上的爱》《北方囚徒》《战地黄花》《女绑架者》《浴血疆城》《重归锡尼河》等几十部影视作品谱曲。

论文《潮儿音乐之我见》曾获蒙古国金奖;《骑士风云》于1991年获第十一届电影金鸡奖最佳音乐提名奖,2006年,荣获纪念中国电影一百周年"中国电影音乐特别贡献奖"。

来到察哈尔盟驻地哈巴嘎,那达慕已经开始,身着民族盛装的牧民们从四面八方相聚而来,无论是年迈的长者,还是年幼的稚童,脸上都绽放着灿烂的笑容。这笑容,在草原上绽放了几百年、几千年,这笑容是蒙古民族乐观、豁达、纯朴、诚实的文化标志。

《血案》虽然源于蒙古族青年反抗国民党反动派的故事,但在张家口等地的演出都是汉语,而这草原深处的牧民却听不懂汉语,因为语言的障碍,牧民们很难理解剧情,也很难引起牧民们的情感共鸣。"我们既然来到了草原,我们的观众既然是牧民,我们就必须用他们的母语来演出",周戈说,"就必须让牧民兄弟看得懂、听得懂,从而达到宣传、教育、动员、鼓舞群众的根本目的!"

那个拉希栋鲁布、后来成为著名蒙古语言学家时的名字为芒·牧林,他生前对《血案》的翻译过程做过详细的描述。

拉希栋鲁布、孟和巴特尔、伊德新三个热血青年组成翻译小组,拉希栋鲁布长于蒙文,孟和巴特尔长于汉文,而伊德兴则蒙汉兼通。他们精力旺盛、情绪饱满、精神振奋,三个昼夜就把剧本译成蒙古文。剧本问题解决了,演员问题又出来了。汉语版《血案》的女演员都是汉族、不会蒙语。在这种情况下,周戈责成拉希栋鲁布和白云回他们的家乡正蓝旗招募蒙古族女演员,那个时候草原上有文化的女性寥若晨星,但使命在肩,两个人丝毫不敢懈怠,策马奔驰在浩特之间,大海捞针般地将金花、杨金拉木和嘎鲁带回文工团。做梦都没有想过当演员的金花、杨金拉木和嘎鲁,居然把角色演得惟妙惟肖,这是内蒙古文艺史上第一部用蒙古语演唱的歌剧。演出的成功使每个人都处在亢奋之中,吴晓邦开周戈的玩笑:"真是名师出高徒、强将手下无弱兵啊!"

周戈、吴晓邦、沙青被草原上的人们感动着、被草原人民的优秀传统文化感动着,被草原上流传的英雄故事感动着。他们要用自己的艺术才华赞美草原、讴歌草原、致敬草原,于是,周戈作词、沙青配曲、吴晓邦编舞的内蒙古文艺史上第一部大型歌舞剧《蒙古之路》(又称《蒙古三部曲》)在察哈尔草原上应运而生。周戈生前在怀念吴晓邦的一篇文章中写道:"所谓三部曲,就是蒙古人民的过去、现在和未来,这部极富感染力的歌舞1946年7月创作完成后就成为内蒙古文工团久演不衰的压轴节目,伴随着解放全中国的隆隆炮声,从大草原一路演到哈尔滨、沈阳,1950年建国一周年之际,又在北京怀仁堂为毛泽东等老一辈无产阶级革命家们演出。"

05

内蒙古文工团还在察哈尔演出之时,国民党军队悍然入侵张家口,内蒙古文工团再回张家口已无可能,按照内蒙古自治运动联合会的指示,周戈率领文工团向东转移,经太仆寺、多伦、锡林浩特进入昭乌达盟,再从克什克腾旗出发,经林西、大板,于11月初抵达巴林左旗所在地,与布赫率领的另一支内蒙古文工团胜利会师,"老延安"周戈与"小延安"布赫在这弥漫着浓郁蒙古风情的小镇实现历史性的握手,斯年布赫只有20岁。

合并后的内蒙古文工团团长周戈,副团长布赫,下设戏剧队、乐队、舞蹈组和美术组。

1947年2月,乌兰夫和冀察热辽军区领导也来到林东,他非常高兴两个文工团的合并,攥成一个拳头更有力量了!他指示内蒙古文工团克服各种艰难险阻,立即东进乌兰浩特,以文艺的形式迎接内蒙古自治区的诞生!

1947年5月1日,内蒙古自治政府在乌兰浩特成立,这是马克思主义民族理论和中国共产党民族政策的生动实践和伟大胜利!毛泽东、朱德代表党中央发来贺电:"曾经饱受困难的内蒙古同胞,在你们领导之

内蒙古自治政府主席乌兰夫看望内蒙古文工团演员和牧民群众

下,正在开始创造自由光明的新历史。我们相信,蒙古民族将与汉族和国内其他民族亲密团结,为着扫除民族压迫与封建压迫,建设新内蒙古与新中国而奋斗,庆祝你们的胜利!"

内蒙古文工团以饱满的政治热情、如火的革命激情,用歌曲、舞蹈、戏剧等多种文艺形式对这一彪炳青史的民族盛事进行庆祝!在礼堂、在剧院、在广场、在街头、在村口,他们把《血案》《额尔登格》《蒙古之路》《希望》《农作舞》《达斡尔舞》《夫妻识字》《一朵红花》《白毛女》《黄河大合唱》《联合会之歌》等一大批有生活气息、有泥土芳香、有革命激情、有美好向往的节目奉献给各族人民,用艺术的强大感染力教育人民、引导人民、团结人民、鼓舞人民!

在硝烟弥漫、炮火连天中走来的内蒙古文工团不仅仅能演戏、能唱歌、能跳舞,而且能种地、能放马、能伐木,他们通过各种社会实践,证明自己是来自人民、服务人民、讴歌人民的"特种部队"。

为贯彻党中央关于建立巩固好东北根据地的重要指示,内蒙古文工团以饱满的政治热情投身于轰轰烈烈的土地改革运动。1947年10月,阿荣旗召开"农工牧猎翻身代表大会",内蒙古文工团在演出的同时,自觉肩负起大会的宣传任务,从布置会场到书写墙报、从整理材料到印发传单,到处都是年轻的文工团演员们跃动的身影,文工团的"秀才"鹏飞、玛拉沁夫、安柯沁夫还把大会的典型材料连夜编印成册,看过文工团演出又拿到文工团为他们编印的小册子,这些翻身得解放的农民、牧民、猎民们感动了、激动了,他们的千言万语都浓缩在一句话里:"穷哥们儿的文工团!"写有"穷哥们儿的文工团"的锦旗现在珍藏在内蒙古民族解放纪念馆里。

"穷哥们儿的文工团",多么朴实无华的语言啊!

"穷哥们儿的文工团",多么朴实无华的赞美啊!

内蒙古文工团不是战地文工团，却能和战地文工团一样冲锋陷阵，在战火硝烟中起舞放歌！

1948年9月，辽沈战役打响！

内蒙古文工团应东北青年联合会的邀请，冒着硝烟走进中共中央东北局所在地哈尔滨，为东北青联募捐进行公演。东北局书记张闻天对周戈说"你们团搞得很有特色"，著名作家丁玲表示，这是她离开延安后看到的最好节目……

内蒙古文工团奉东北野战军前线总指挥部命令开赴沈阳。

1948年11月2日，沈阳解放；11月3日，内蒙古文工团就出现在沈阳街头。他们是乘坐恢复交通后第一列火车开进沈阳的，据女演员赵淑霞回忆，火车到达沈阳站时，还能听到稀稀落落的枪声、炮声，站前广场上是荷枪实弹的解放军战士看管的战俘，黑压压的一片……

06

1949年7月2日，为期17天的第一次全国文学艺术工作者代表大会在北京召开，勇夫、周戈、尹瘦石作为内蒙古的代表出席这次"标志着我国新民主主义革命时期文学历史结束和社会主义时期文学历史开始"的文学盛会。

第一次文代会期间，各省市区文工团都要为中央领导和与会的700多名代表进行汇报演出，实际上也是接受中央领导和700多名代表的检阅。在24场演出中只有两场舞蹈演出，因此内蒙古文工团的演出倍受关注，以往从属于戏剧、从属于音乐的舞蹈第一次以独立的艺术门类登大雅之堂，吴晓邦的《希望》和《达斡尔舞》，贾作光的《牧马舞》和《鄂伦春舞》是蒙古族、达斡尔族、鄂伦春族生活的生动再现，犹如带着草原清香的习习春风吹进北京的剧场，吹进代表们的心田，发轫于内蒙古大草原的新舞蹈在第一次文代会上崭露头角、初试锋芒显然是成功的。因为，这其中的《希望》《牧马舞》两个舞蹈被毛泽东、周恩来亲自选定参加第二届世界青年联欢节的节目，贾作光、斯琴塔日哈、乌云将这具有浓郁蒙古族风情的舞蹈从匈牙利首都布达佩斯一直跳到苏联首都莫斯科。

回顾历史，就知道中国民主青年代表团东欧之行的伟大意义。时任中国新民主主义共青团内蒙古委员会书记克力更被任命为代表团副秘书长，克老在一篇回忆文章中深情地回忆，接到世界民主青年联盟的邀请，党中央认为这是一个对外宣传即将成立的新中国的绝好机会，决定派出以在红军长征途中就当选为国际青联委员的肖华为团长、陈家康为秘书长的中国青年代表团，所有演出节目都是毛泽东、周恩来亲自审定，出发前夕，毛泽东、朱德、刘少奇、周恩来、任弼时等中央领导把代表团负责人请到中南海彻夜长谈，千叮咛、万嘱咐：你们是新中国成立前夕派出的第一个代表团，一定要让外国朋友真正了解伟大的中国共产党和伟大的中国人民……

1949年9月，内蒙古文工团副团长布赫率领12名演员进京，准备参加开国大典。在怀仁堂，蒙古族女演员乌日娜怀着万分激动的心情向毛主席献上一束表达内蒙古各族人民美好心愿的鲜花……

1949年9月15日，内蒙古文工团团长布赫率领70名演员进京，参加第一个国庆节活动。

在先农坛举行的各民族联欢大会上，以管弦乐队为前导，乌兰夫率代表团绕场一周，男演员身着镶嵌浅绿色缎边的蓝色蒙古袍、腰系橘红色腰带、头戴黑色平顶立檐帽；女演员身着镶嵌花边的浅绿色蒙古袍，也是橘红色腰带；男、女演员都是黑色马靴。这是蒙古民族服装表演队第一次出现在北京街头，人们在欣赏一道亮丽的风景。

10月3日晚，汪焰、鹏飞等5名演员手持毛主席亲自签发的请柬，前往中南海参加国宴，乌仁莎娜还为毛主席敬献了蓝色哈达。就是在这天晚上，毛主席观看各少数民族的演出后，即兴填词《浣溪沙·和柳亚子先生》：

  长夜难明赤县天
  百年魔怪舞翩跹
  人民五亿不团圆

  一唱雄鸡天下白
  万方乐奏有于阗
  诗人兴会更无前

内蒙古文工团的演员在开国大典期间和一周年国庆期间，曾经为毛主席、周总理等党和国家领导人敬酒、献哈达……

内蒙古文工团的舞蹈曾经从中南海跳到莫斯科、布达佩斯……

这是内蒙古文工团永远的自豪，永远的骄傲，永远的荣耀！

1950年，周戈调任内蒙古自治区人民政府文化教育部艺术处处长，布赫继任内蒙古文工团团长。内蒙古文工团于1953年更名为内蒙古民族歌舞剧团，于1956年更名为内蒙古歌舞团。

新中国成立后，内蒙古文化局、内蒙古文联、内蒙古画报社、内蒙古电影制片厂、内蒙古艺术学校、内蒙古图书馆、内蒙古博物馆等机构相继成立，这些机构的主要领导抑或中间力量，大都是内蒙古文工团的老演员,让我们向这些构建起内蒙古文化大厦、内蒙古艺术大厦、内蒙古文学大厦的老前辈们致以崇高的敬礼!

07

1956年12月24日,为期4天的第一次全国少数民族文化工作会议在北京召开。会议认为:"随着少数民族政治、经济的迅速发展,各民族人民对于文化生活的要求是迫切的。满足他们的迫切要求,积极地和稳步地把各民族的文化提高到现代化的水平,是我们的重大和艰巨的任务。"

就如何贯彻落实第一次全国少数民族文化工作会议精神,《人民日报》在1957年1月5日的社论中强调少数民族文化工作今后一个时期的方针是:"密切配合各民族政治、经济的发展,根据各民族的特点和实际情况,全面规划,合理部署,加强领导,积极发展少数民族的文化工作,以促进我国社会主义的民族的新文化的建设和繁荣。"

1957年5月1日,乌兰夫在《十年来的内蒙古》一文中指出:"在经济、文化建设中,曾经发生和现在仍然存在的主要问题是,缺乏周密的、系统的调查研究,有些工作不能很好地根据民族的和地区的特点来贯彻执行党和国家总的方针、政策,有时往往发生搬运别的地区的工作经验的偏向。"

党中央的战略部署,就是内蒙古的行动指南。如何"促进我国社会主义的民族的新文化的建设和繁荣"?那就是以最积极的态度、最积极的热情、尽最大可能地"满足各族人民的迫切要求"。而"各族人民的迫切要求"是什么?那就需要到人民中间寻找答案。

1957年1月，时任内蒙古文化局党组书记、副局长布赫组织5个调查组深入苏尼特右旗、正蓝旗、正镶白旗、达尔罕茂明安联合旗等牧区和半农半牧区进行为期5个月的调查，发现的问题是什么？一是内蒙古民族歌舞团这样大型的文艺团体属凤毛麟角，下不去、走不动，老百姓望穿秋水；二是旗县文化馆虽然有时搞些活动，但仅限于辅导，远远不能适应客观需求；三是在听不到广播、看不到报纸的情况下，老百姓的迫切愿望是能够看到电影、演出、展览和图书。

率队调查的内蒙古文化局副局长刘佩欣、社会文化处处长阿日鲧、副处长伊德新等都是内蒙古文工团的老演员，他们在调查中深切地感受到，老百姓渴望和呼唤的是像内蒙古文工团那样和他们同呼吸、共命运、心贴心的文艺团体。

1957年5月，布赫多次主持召开自治区文化局党组会，针对调查中存在的问题和解决问题的途径进行反复讨论，最终得出的结论是以旗县为单位，成立以演出为主，兼备宣传、辅导、服务功能的小型文化工作队，实际上就是内蒙古文工团的微缩版。布赫集思广益，综合大家的意见，根据这支队伍的特点，定名为"乌兰牧骑"，最为深情、最为贴切的解释就是——红色文化工作队，经过60多年的淬火，就是今天的红色文艺轻骑兵！

布赫主持制定的《乌兰牧骑试点计划》和《乌兰牧骑工作条例（草案）》于1957年5月27日经内蒙古党委、政府批准实施，旋即以内蒙古群艺馆馆长于纯斋为组长的乌兰牧骑试点工作组前往群众文化基础较好的苏尼特右旗开展工作，苏尼特右旗旗长朝克巴达拉呼、宣传部长明干以极大的热情投身于试点工作当中。斯时，布赫曾前往苏尼特右旗，指导和推动试点工作。6月17日，内蒙古第一支乌兰牧骑宣告成立！

满头白发的内蒙古文化厅原厅长焦雪岱回忆布赫对乌兰牧骑的支

持和关怀时,依然是那样一往情深。

——1964年12月31日晚,布赫陪同周恩来总理在人民大会堂观看乌兰牧骑演出,这是乌兰牧骑第一次在首都登台亮相。

——1965年1月15日,布赫率乌兰牧骑离开北京,前往天津、河北演出,拉开乌兰牧骑全国巡演的序幕。

——1978年夏,布赫时任内蒙古党委常委、宣传部长,他在苏尼特右旗调研时给乌兰牧骑以特殊的关照,他和旗委书记陈德才谈话时说,一定要给在"文化大革命"中受到不公正待遇的乌兰牧骑队长、队员落实政策,他们是为内蒙古文化事业发展做出贡献的功臣。

——1982年8月,布赫时任内蒙古党委副书记,他在乌兰牧骑成立二十五周年的纪念大会上讲话时,对新时期乌兰牧骑建设提出八点殷切期望。

——1985年6月12日,布赫时任内蒙古自治区主席,他签发了《乌兰牧骑工作条例》,这是新中国成立以来,第一个以省级人民政府的名义为县级文艺团体制定的《条例》,其意义何其深远!

——1987年6月,内蒙古隆重纪念乌兰牧骑建立三十周年。活动期间,布赫邀请文化部部长王蒙、副部长王济夫,著名文艺理论家周巍峙等人参加乌兰牧骑理论研讨会,从而使乌兰牧骑从法治建设到理论研究都有所遵循。当时成立乌兰牧骑学会并召开第一届理事会,布赫担任名誉会长,贺敬之、王蒙、周巍峙、林默涵、贾作光等担任顾问。自治区主席担任乌兰牧骑学会名誉会长,这是对乌兰牧骑工作的莫大支持,这是对乌兰牧骑队员的莫大鼓舞!

——1992年3月3日,乌兰牧骑建队三十五周年纪念大会暨第一届乌兰牧骑艺术节开幕式在内蒙古人民会堂隆重举行。走过不平凡的三十五年,乌兰牧骑拥有了自己的节日,每个队员无不兴高采烈、欢欣鼓舞，布赫在讲话中语重心长地要求乌兰牧骑队员"要牢固树立中心意识和服务意识，更加贴近时代、贴近生活、贴近群众，进一步密切和人民群众的血肉联系，通过自己的辛勤劳动，创作并演出更多更好的能够反应沸腾生活和群众心声、具有鲜明民族特色和地域特点的高质量作品，努力丰富和活跃基层群众的文化生活，为经济建设和改革开放创造良好的社会文化环境"。

焦雪岱说，布赫担任内蒙古自治区主席和全国人大常委会副委员长期间，先后5次为乌兰牧骑题词，对乌兰牧骑的发展寄予厚望。2017年5月，布赫走完他作为"中国共产党的优秀党员，久经考验的忠诚的共产主义战士无产阶级革命家，杰出的民族工作领导人"的光辉一生，"斯人已逝，精神永存"，焦雪岱如是说，"我们对布老的最好纪念，就是认真贯彻落实习近平总书记给乌兰牧骑回信的精神，大力弘扬乌兰牧骑的优良传统，扎根生活沃土，服务牧民群众，推动文艺创新，努力创作更多接地气、传得开、留得下的优秀作品，永远做草原上的'红色文艺轻骑兵'！"

08

2017年11月21日，习近平总书记给内蒙古自治区苏尼特右旗乌兰牧骑队员回信，称赞"乌兰牧骑是全国文艺战线的一面旗帜"，勉励乌兰牧骑队员永远做草原上的"红色文艺轻骑兵"。

2018年11月21日，内蒙古自治区主席布小林在《人民日报》发表题为《一首永远动听的草原牧歌》的文章。她在文章中写道："乌兰牧骑的诞生是党的文艺路线在少数民族地区的成功实践，也是传承革命传统的重要成果","乌兰牧骑是在为农牧民服务的过程中成长起来的,热爱人民、热爱艺术、热爱乌兰牧骑事业,是这支'红色文艺轻骑兵'保持强大生命力的根本所在","乌兰牧骑的诞生是党的文艺路线在少数民族地区的成功实践,自诞生起她就有着鲜明而深厚的红色基因,是一支革命化、民族化、群众化的文艺工作队伍","乌兰牧骑队员既有蒙古族、汉族,也有其他少数民族,自身就是一个多民族的大家庭,大家相互学习、相互欣赏,同时与广大农牧民群众守望相助、共同奋斗,各民族交往交流交融,亲如一家,乌兰牧骑一直是民族团结的典范。"

布小林在文章中写道:"新时代,乌兰牧骑必然要担负起新的历史使命。"

"第一,担负起宣传习近平新时代中国特色社会主义思想的新使命。乌兰牧骑要充分发挥自己的独特优势,不断提升艺术创作水准,以丰富多彩的文艺形式,广泛宣传"两个一百年"奋斗目标和中国特色社会主义基本方略,让习近平新时代中国特色社会主义思想通过文艺的形式传遍草原,转化为广大干部群众决胜全面建成小康社会、夺取新时代中国特色社会主义伟大胜利的具体实践。

"第二,担负起推动社会主义文化繁荣兴盛的新使命。习近平总书记指出:'文化是一个国家、一个民族的灵魂。文化兴国运兴,文化强民族强。''我国少数民族能歌善舞,长期以来形成了多姿多彩的文艺成果,这是我国文艺的瑰宝,要保护好、发展好,让它们在祖国文艺百花园中绽放出更加绚丽的光彩。'乌兰牧骑和广大文艺工作者要坚持不忘本来、吸收外来、面向未来,坚持创造性转化、创新性发展,赋予草原文化新的价值内涵,使那些深藏在博物馆中、散落在民间蒙古包里、沉睡在草原森林沙漠戈壁上的优秀传统民族文化登上舞台,焕发新的生命力。内蒙古具有光荣的革命传统,在党的领导下,各族人民在反帝反封建革命斗争中,在建立内蒙古自治区的伟大实践中,写下壮丽诗篇,形成影响深远、可歌可泣的革命文化。我们要深入挖掘,努力创作更多讴歌党、讴歌祖国、讴歌人民、讴歌英雄的优秀作品,把革命文化继承好、弘扬好,使红色基因世代相传。发挥社会主义核心价值观对国民教育、精神文明创建、精神文化产品创作生产传播的引领作用,把社会主义核心价值观融入社会生活各方面,转化为人们的情感认同和行为习惯。

"第三,担负起满足人民群众日益增长的美好生活需要的新使命。习近平总书记强调,'人民需要艺术,艺术也需要人民''满足人民过上美好生活的新期待,必须提供丰富的精神食粮。'乌兰牧骑和广大文艺工作者要始终坚持以人民为中心的创作导向,把满足人民精神文化需求作为出发点和落脚点,把人民作为艺术表现的主体,把人民作为艺术审美的鉴赏家和评判者,把各族人民守望相助、团结奋斗的宏大实践作为艺术创作的不竭源泉,树立精品意识,扎根人民、扎根生活,创作更多接地气、传得开、留得下的优秀作品,实现内蒙古文艺创作由'高原'到'高峰'的迈进。"

布小林在文章中写道:"乌兰牧骑启示我们,只有始终坚持党的领导,永远听党话、跟党走,我们的事业才能够一往无前、蓬勃发展。中国特色社会主义是一项伟大的事业,我们必须牢固树立'四个意识'、增强'四个自信',坚决维护习近平总书记核心地位、坚决维护党中央权威和集中统一领导,确保令行禁止。只有这样,才能把我们已经开创的事业不断推向前进。"

"乌兰牧骑启示我们,只有真正做到以人民为中心,解决好'为了谁、依靠谁、我是谁'的问题,我们的工作才能把握正确的方向。以人民为中心是习近平新时代中国特色社会主义思想的核心要义之一,也是我们一切工作的出发点和落脚点。我们只有与人民同呼吸、共命运、心连心,把人民对美好生活的向往作为奋斗目标,始终带着对群众的深厚感情去工作,让各族人民享有更多获得感、幸福感、安全感,才能得到人民的信任和拥护。

"乌兰牧骑启示我们,只有坚持实事求是的思想路线,坚持一切工作从实际出发,才能使我们的各项工作经得起历史和人民的检验。内蒙古地域广阔,有城市、农区、牧区、林区、垦区,各地情况差异很大,各项工作必须以习近平新时代中国特色社会主义思想为指引,把党中央的决策部署与内蒙古的实际紧密结合起来,尊重科学,不断推进理论创新、实践创新,推动经济社会更高水平、更高质量发展。

"乌兰牧骑启示我们,只有把守望相助的理念和'民族团结是各族人民生命线'的观念,深深植根于各族干部群众的思想之中,才能凝聚起'建设亮丽内蒙古、共圆伟大中国梦'的磅礴力量。习近平总书记在参加十三届全国人大一次会议内蒙古代表团审议时强调,内蒙古的改革发展稳定工作做好了,在全国、在国际上都有积极意义,要求我们担负起维护国家统一、民族团结的更大责任。我们一定要牢记习近平总书记的嘱托,促进各民族像石榴籽一样紧紧抱在一起,不忘初心,牢记使命,建设新时代'模范自治区'。"

内蒙古乌兰牧骑协会原副主席朱嘉庚在题为《乌兰牧骑的红色基因从哪里来》的文章中写道:"60多年来,全区各地的乌兰牧骑坚持以人民为中心的工作导向,全心全意服务农牧民和各族群众;树立起'忠诚于党、热爱人民、吃苦耐劳、甘于奉献、团结拼搏、勇于创新'的团队精神和优良作风;探索出'队伍短小精干、队员一专多能、节目小型多样、装备轻便灵活'的轻骑特点;发挥了'以演出为主,兼做宣传、辅导、服务、创作、创新'的综合职能;形成了'农牧区原生态艺术与农牧民现实生活相结合'的民族文化品格;创作演出了许多'接地气、传得开、留得下'的优秀作品,为农牧民和各族群众送来了欢乐和文明,传递了党的声音和关怀;开创了'基层锻炼成长、坚持德艺双馨'的人才培养机制;坚持了'紧随时代步伐、不断开拓进取'的创新步伐;为促进农牧区基层文化建设和经济社会进步、增强民族团结、维护边疆稳定做出了独特贡献,受到党和人民的高度重视与喜爱支持,被誉为草原上的'红色文艺轻骑兵''全国文艺战线的一面旗帜'。"

阿拉善乌兰牧骑队长敖登高娃在题为《浅谈乌兰牧骑的"特殊性"》的文章中写道:"阿拉善乌兰牧骑紧紧围绕演出、宣传、辅导、服务、创作、创新,坚持到广袤的农村牧区去、到各族人民群众中去,坚决在思想上、政治上、组织上、行动上拥护核心、维护核心、服从核心、紧跟核心,深深扎根祖国北疆边陲,着力提升人民群众的获得感、幸福感。乌兰牧骑应从农牧民群众沸腾的生活、朴素的劳作、纯净的心灵中提炼艺术精华,以此创作出更多情绪热烈欢快的舞蹈、内容丰富多彩的好来宝、形式别具匠心的小戏小品、风格典雅古朴的长调及民乐以及高雅大气的交响乐,在时代前进洪流中吹响文艺号角、彰显艺术价值,为人民抒写情怀。"

鄂伦春自治旗乌兰牧骑队长何振华在题为《新时代乌兰牧骑如何提高创作水平的几点思考》的文章中写道:"重视培养少数民族创作人才对其民族文化的传承与发展具有深远的意义,特别是鄂伦春自治旗乌兰牧骑是全国唯一承担着鄂伦春民族文化艺术的传承发展和弘扬职能职责的专业艺术表演团体,他们的创作具有浓郁的本民族独特的艺术风格和艺术特色。鄂伦春族是我国人口较少的民族之一,是一个历史悠久、文化底蕴深厚的民族。鄂伦春族森林文化狩猎文化有着十分珍贵的历史价值、社会价值、文化价值、审美价值、宗教价值,它是人类精神文化不可缺少的重要组成部分。由此产生的狩猎文化、森林文化的传承亦是国家软实力和文化多样性的重要体现，也是各民族共同繁荣和发展的标识。鄂伦春文化艺术发展更加需要上级领导和专家学者的扶持和爱护，需要更多的作曲家、舞蹈家、词作家、剧作家到鄂伦春讲学，举办专题培训、调研，通过一系列行之有效的方法来帮助鄂伦春培养更多创作人才，提高本土创作人才的理论水平和创作技能。

鄂伦春族没有文字，许多珍贵的文化印记只是通过人们的记忆口口相传。因此，搜集整理鄂伦春民族文化艺术，进行深入细致的调查研究尤为重要。挖掘整理与创作相结合，即在现有资料的基础上，在保持民族传统特色的前提下，不断地创作出具有时代特点和具有民族特色的声乐、舞蹈、器乐艺术作品，从而引领鄂伦春民族文化艺术继续与时俱进繁荣发展。"

以往，对于内蒙古文工团和乌兰牧骑彼此关系的研究、探讨并不多见。然而，若把内蒙古文工团和乌兰牧骑放在同一"取景框"中，就会惊奇地发现它们的"同根同源"。

——内蒙古文化工作团和红色文化工作队是血脉传承。

——内蒙古文工团的"四条方针"和乌兰牧骑的"四种功能"是血脉传承。

——内蒙古文工团被誉为"穷哥们儿的文工团"和乌兰牧骑被称为"玛奈（我们的）乌兰牧骑"是血脉传承。

——内蒙古文工团的《一朵红花》《牧马舞》《达斡尔舞》《鄂伦春舞》《草原上升起不落的太阳》等节目和乌兰牧骑《两朵红花》《顶碗舞》《珠岚舞》《萨吾尔登舞》《雕花的马鞍》等节目是血脉传承。

而这条殷红的血脉就是毛泽东《在延安文艺座谈会上的讲话》所指出的文艺为人民服务的根本方向！

春潮激荡大草原

01

走进莫力达瓦达斡尔族自治旗乌兰牧骑

莫力达瓦达斡尔族自治旗乌兰牧骑成立于1959年5月，是内蒙古自治区第二批成立的乌兰牧骑，队员由达斡尔、鄂温克、蒙古、汉等民族组成。60年来，莫力达瓦达斡尔族自治旗乌兰牧骑始终前行在传承达斡尔民族文化、弘扬达斡尔民族文化、振奋民族精神的道路上，曾先后出访泰国、俄罗斯、捷克、韩国等国家。队长孟塬说："习总书记的回信，不仅仅是写给苏尼特右旗乌兰牧骑的，也是写给全区乌兰牧骑的。我们要用实际行动贯彻落实习总书记关于乌兰牧骑事业发展的重要指示精神。"

孟塬是这样说的，也是这样做的。

2018年2月20日（正月初五），内蒙古和林格尔县盛乐广场露天舞台上，一群身着薄如蝉翼的舞蹈服装的小伙、姑娘，在零下十多度的寒冷天气里，尽情地跳着极具达斡尔民族风情与特色的舞蹈《映山红》。这是莫力达瓦达斡尔族自治旗乌兰牧骑久跳不衰的品牌节目。走下舞台、走进权当休息室的大巴车，姑娘们冻得浑身发抖、嘴唇发紫，但她们的情绪却非常饱满。达斡尔族舞蹈演员孟雪蕾说："我们从1700多公里外的莫力达瓦达斡尔族自治旗风餐露宿、日夜兼程地赶到和林格尔来，就是要为这里的父老乡亲送来乌兰牧骑的新年祝福，就是要一展红色文艺轻骑兵的风采。我们的表演虽然只有几分钟，还是在刺骨的寒风中进行的，但我们每一个演员都精神抖擞，用心、用情跳好每一个动作，用我们的付出给台下的观众带来愉悦。"

呼伦贝尔市文化新闻出版广电局局长闫传佳对组织11支乌兰牧骑奔赴千里之外的和林格尔县进行巡演，有着更深刻的认识。他说，从正月初五至正月十五，我们的乌兰牧骑每天都有在赶往和林格尔路上的，每天都有在和林格尔演出的，也每天都有返回呼伦贝尔的。想想看，这不是在冰天雪地里奔腾的一股"文艺红流"吗？这次巡演是呼伦贝尔市落实习近平总书记给乌兰牧骑队员回信精神的生动实践，是探索和创新文化交流形式的具体举措，同时也是乌兰牧骑队伍的一次集体大练兵。

莫力达瓦达斡尔族自治旗乌兰牧骑是这次"集体大练兵"中第一支奔赴和林格尔的队伍。在数以千万计的人们从四面八方回家过年的时刻，这支队伍却要从温暖的家里走出，难免有困难、难免有情绪。孟塬在动员会上说："我和你们一样，也想在家里过年，也想和亲人团聚，但我们是乌兰牧骑，我们是红色文艺轻骑兵，我们肩负着宣传习近平新时代中国特色社会主义思想的神圣使命，我们肩负着为人民服务的崇高使命,希望大家能克服困难、战胜小我,不忘初心、不辱使命……"

"队长,我们跟你走!"队员们异口同声地表示。正月初三,一辆大巴车悄然驶出尼尔基镇,27个多小时、1700多公里的漫漫旅途中,服务区都没有营业,46名队员几乎都是吃开水泡面,饥一顿饱一顿的,但车厢里仍然回荡着他们的歌声:"我们是乌兰牧骑队员……"

正月初五,在演出前的排练中,孟塬发现舞蹈演员庄杰偶尔不在状态,情绪有点儿不对头。孟塬心想,跋山涉水这么老远的,我们都来了,不能在演出时出现纰漏啊!她把庄杰拉到一边了解情况,原来是庄杰妻子的预产期到了,现在已经住进医院,他因这个时刻不能陪伴在妻子身边而感到内疚。听到这儿,孟塬的眼圈有些发红,多好的队员啊,我们的队员时刻都在以不同的方式无私地奉献着!孟塬对庄杰说:"我能理解你的心情,可我们既然出来了,就一定要把舞跳好,跳出我们的精神和风采。回去给你一个月的假,多陪陪妻子和孩子,也算一种补救和补偿吧。"

"队长,请放心,我能把舞跳好,我知道荣誉对我们这支队伍来说有多重要。"

演出结束后,孟塬让庄杰乘坐飞机,早一点儿回到妻子身边。但庄杰表示,乌兰牧骑是一支队伍,来时和队友们一起风餐露宿,回去时也要和队友们一路风尘。在返程的途中,孩子出生了,队友们以最热烈的掌声和呐喊声为庄杰献上最真诚的祝福。

走进科尔沁右翼中旗乌兰牧骑

已过大雪节气,室外寒风凛冽。但在科尔沁右翼中旗巴彦呼舒镇西日道卜嘎查活动室里,琴声悠扬,歌声嘹亮,乌兰牧骑正在该嘎查举行送欢乐下基层慰问演出活动。近年来,科尔沁右翼中旗乌兰牧骑把文化下基层、进社区、进部队作为一项惠民工程来抓,充分发挥乌兰牧骑演出、宣传、辅导、服务的功能,深受全旗各族人民的欢迎。

自2012年起,科尔沁右翼中旗乌兰牧骑先后开展文艺进农村、进企业、进校园、进社区、进军营活动,"百团千场"下基层惠民演出,乌兰牧骑草原文艺天天演工程等系列活动,每年深入基层进行演出、宣传、辅导、服务时间达120余天,完成100场以上演出任务,同时协助完成旗为各项大型文艺演出、民俗礼仪活动等。

1999年以来,科尔沁右翼中旗乌兰牧骑连续6次被内蒙古文化厅评为一类乌兰牧骑,打造了科尔沁草原上一面靓丽的民族旗帜,建立起属于自己的民族文化自信。

科尔沁右翼中旗乌兰牧骑队长韩宝力说,创作是乌兰牧骑的灵魂,没有新作品就没有乌兰牧骑的立足与发展。多年来,科尔沁右翼中旗乌兰牧骑坚持以农牧民为中心的创作导向,充分利用乌力格尔、好来宝、蒙古族民歌等地方文化品牌优势,将创作重点放在蒙古剧,蒙古语小戏、小品上。近5年,科尔沁右翼中旗乌兰牧骑共创作出蒙古语小戏、小品《神奇的乌力格尔》,科尔沁歌剧《杂货买卖》,蒙古剧《巴图查干情缘》等64个新剧目,所获奖项达70多个,多次赴北京、天津、吉林、黑龙江、上海、云南及澳大利亚等地演出,为全国人民和外国友人展示了科尔沁文化的艺术魅力。

2017年7月,科尔沁右翼中旗乌兰牧骑原创蒙古剧《巴图查干情缘》作为兴安盟唯一入选第十三届中国·内蒙古草原文化节的优秀巡演剧目,在兴安盟、锡林郭勒盟、通辽市、呼伦贝尔市等地巡回演出30余场。

走进库伦旗乌兰牧骑

"库伦是安代舞的故乡,我们用尽所有文艺形式来张扬中国安代舞之乡的文化个性。"库伦旗乌兰牧骑队长傲根神采飞扬地说,"直属乌兰牧骑的两任队长图力古尔、牧兰都是从库伦旗走出去的艺术家,这是我们的骄傲,他们创作演唱的歌曲仍然是我们的保留作品。"

1996年,库伦旗被文化部命名为"中国安代艺术之乡"。

2012年,库伦旗被命名为"中国蒙医药文化之乡"。

2014年,库伦旗被命名为"中国荞麦文化之乡"。

库伦旗安代舞和民间体育项目布鲁分别于2006年、2014年被列入国家级非物质文化遗产代表性项目名录。这些丰厚而又独特的文化遗产和文化资源,成为库伦旗乌兰牧骑取之不尽、用之不竭的创作素材。利用这些资源,他们已经创作出《天地安代》《激扬布鲁》《俏皮恰恰》等一大批接地气、传得开、留得下的文艺作品。最具代表性的作品《安代传奇》被文化部确定为"科尔沁蒙古剧"新剧种。

"库伦旗委、政府不仅积极支持专业乌兰牧骑的发展,同时也把业余乌兰牧骑的发展纳入议事日程。"库伦旗委宣传部副部长仇玉敏说,"牧兰是从库伦旗走出去的艺术家,参加过乌兰牧骑全国巡演,多次受到毛泽东、周恩来、乌兰夫等党和国家领导人的接见。毋庸置疑,牧兰是库伦旗的文化名人和文化名片。为充分利用好这一优势,2016年1月,在牧兰的家乡茫汗苏木成立了内蒙古牧兰合唱团。该合唱团是在自治区民政厅注册的民间文艺团体。我们把这个团体视为业余乌兰牧骑来扶持。"

2018年8月,由中国少数民族声乐学会等单位主办的"向经典致敬"2018年中国合唱节暨首届民族乐器展演,在中央音乐学院举行。

来自库伦旗的内蒙古牧兰合唱团是内蒙古唯一参加展演的代表团,也是全国30支民间艺术团中唯一由农牧民组成的代表团。

一色的民族服装,一色的蒙古族农牧民,当这支年龄最小30岁、最大72岁的队伍站在舞台上时,立刻赢得热烈的掌声。《萨日娜花开红艳艳》是牧兰唱响全国的经典歌曲。这次他们再次激情演唱《萨日娜花开红艳艳》,让牧兰的经典曲目重新回荡在首都的舞台上。经过激烈的角逐,内蒙古牧兰合唱团摘得本届大赛银奖。

茫汗苏木党委、政府为打造内蒙古牧兰合唱团这个金色品牌,聘请国家一级演员、国家级非物质文化遗产蒙古族长调民歌代表性传承人赛音毕力格担任团长。赛音毕力格说,内蒙古牧兰合唱团的成立,体现了库伦旗人民对歌唱家牧兰的纪念和尊崇,也是保护和传承自治区级非物质文化遗产项目"科尔沁民歌"的需要,同时对进一步释放正能量、提振农牧民精气神具有积极的作用。

走进巴林右旗乌兰牧骑

挖掘原生态的草原文化,让巴林右旗乌兰牧骑创作的文艺作品具有独特的"巴林"属性,这是巴林右旗乌兰牧骑坚持不懈的追求。这追求也给他们带来丰厚的回报。

2005年,在云南昆明举办的第五届中国舞蹈荷花奖民族民间舞大赛上,巴林右旗乌兰牧骑参赛舞蹈《巴林蒙古女性》获得铜奖。

2015年,在四川凉山举办的第十届中国舞蹈荷花奖民族民间舞大赛上,巴林右旗乌兰牧骑的舞蹈《巴林·德布斯乐》入选民族民间舞十佳作品。

一个旗乌兰牧骑在两届荷花奖大赛中获奖,这是巴林右旗乌兰牧骑的殊荣。"我们获奖的原因是我们作品具有巴林'属性',这是我们的传统。"巴林右旗乌兰牧骑队长萨仁高娃说,"20世纪70至80年代,我们的前辈巴达玛、道尔吉等创作的《五彩情绸》《珠岚》《金色摇篮》《孟克珠岚》也都有鲜明的巴林'属性',也曾获得全区艺术创作最高奖'萨日纳奖'。我们的创作风格是一脉相承的。"

走进西乌珠穆沁旗乌兰牧骑

"国家二级演员3名、国家三级演员14名、国家四级演员3名,从职称上就能看出我们乌兰牧骑的艺术实力和梯队层次。"西乌珠穆沁旗乌兰牧骑队长阿荣高娃如是说。

乌兰牧骑感动着草原、感动着牧民。作为常年活跃在基层为牧民群众演出的红色文化工作队,乌兰牧骑队员们情系乌珠穆沁草原,用牧民们喜闻乐见的文艺节目感动着这片草原和生活在这片草原上的牧民。他们踏风雪、战严寒,以蓝天为幕布、以草原为舞台,活跃在牧区,用文艺节目服务牧民。

西乌珠穆沁旗乌兰牧骑人才辈出、精品迭出,不愧为艺术的摇篮。在近60年的历程中,西乌珠穆沁旗乌兰牧骑先后创作歌曲900多首,曲艺、小品、相声节目120多个,器乐演奏曲、作品25首,获国家和自治区级奖励近300项;向各地文艺团体及艺术学校输送人才100余名;涌现出达·金巴扎木苏、丹巴、扎丹巴、哈斯巴根、通嘎拉嘎、敖特根巴特尔等一批优秀演员。

西乌珠穆沁旗乌兰牧骑紧紧围绕文化品牌,打造文化精品,从素材、主题、结构到整台节目,始终贯穿以地方品牌特色为主的理念,在创作上体现出浓郁的民族特色,把独具特色的乌珠穆沁原生态艺术魅力展现在更大的舞台上。通过不断的努力,乌兰牧骑在继承发展民族传统文化、丰富民族艺术宝库、培养优秀民族艺术人才等方面取得了优异成绩,以其一专多能、灵活轻便和群众喜闻乐见的演出方式活跃在广阔的草原大地。

新时代,新气象,新作为。阿荣高娃说,习近平总书记给苏尼特右旗乌兰牧骑队员们的回信为乌兰牧骑的发展指明了方向,我们西乌珠穆沁旗乌兰牧骑队员们一定牢记习近平总书记的嘱托,大力弘扬乌兰牧骑的优良传统,扎根生活沃土,服务牧民群众,推动文艺创新,永远做草原上的"红色文艺轻骑兵",让乌兰牧骑这面光辉旗帜永远在乌珠穆沁草原上高高飘扬。

走进察哈尔右翼后旗乌兰牧骑

党委、政府的支持是乌兰牧骑发展的根本保证。察哈尔右翼后旗乌兰牧骑是一支具有光荣传统的基层文艺队伍,先后被评为自治区"一类乌兰牧骑""十佳乌兰牧骑",是"自治区、市、旗三级民族团结进步创建示范单位"。察哈尔右翼后旗机构编制委员会办公室认真学习贯彻落实习近平总书记关于乌兰牧骑事业发展的重要指示精神,主动作为,将乌兰牧骑升格为公益一类事业单位,理顺了乌兰牧骑工作体制,同时在全旗编制紧张的情况下,为乌兰牧骑调剂编制,从而使制约乌兰牧骑发展的机制体制问题得以解决。

中国东方演艺集团老艺术家莫德格玛的家乡是察哈尔右翼后旗。察哈尔右翼后旗为拥有这样一位蜚声海内外的舞蹈家而骄傲。察哈尔右翼后旗乌兰牧骑的队员们对莫德格玛的成就都是了然于胸的:莫德格玛1964年在音乐舞蹈史诗《东方红》中担任蒙古族舞蹈领舞,1986年成为我国首批被授予"国家一级演员"称号的舞蹈演员,代表作有《盅碗舞》《单鼓舞》《蓝蓝的天》《嘎达梅林夫人》《富饶的内蒙古》《边防雄鹰》等。然而,能够得到莫德格玛的真传,则是这些队员始料不及的。2018年8月1日,莫德格玛不顾年老体弱,为家乡乌兰牧骑队员教授《盅碗舞》。

察哈尔右翼后旗乌兰牧骑队长李燕东创作的歌曲《我是草原人》获中国大众音乐协会主办的"音乐·中国"——2011全国优秀词曲新作、歌手、乐手大型音乐展示选拔活动中获词曲创作金奖。

走进乌审旗乌兰牧骑

2017年12月26日,乌审旗委、旗政府召开乌审旗乌兰牧骑工作会议暨表彰大会。大会表彰乌兰牧骑工作先进集体2个、乌兰牧骑事业特别贡献奖20名、乌兰牧骑工作20年以上优秀队员10名、乌兰牧骑优秀队员8名、民间文艺突出贡献者1名、民间文艺新星1名。

乌审旗乌兰牧骑队长斯仁说:"旗委、旗政府召开这样的会议,既是落实习近平总书记关于乌兰牧骑事业发展重要指示精神的具体举措,更是对我们乌兰牧骑的鼓励和鞭策。"

说起乌审旗乌兰牧骑,斯仁如数家珍:乌审旗乌兰牧骑是全区一类乌兰牧骑、十佳乌兰牧骑,2010年被中宣部授予"服务农牧民 服务基层"全国文化建设先进单位,2015年被中宣部、中央文明办、文化部等12部委评为全国文化科技"三下乡"先进集体。

建队50多年来,乌审旗乌兰牧骑先后创作演出《孟克巴雅尔》《筷子舞》《礼物》《炒米飘香》《乳香飘》《故乡乌审》《敖包相会》《玛奈乌兰牧骑》《乌审天地歌》《草原·不落的歌》《黑缎子坎肩》《黄羊的故事》等1000

多部(首)文艺作品,荣获自治区级奖项640次,国家级奖项154次,国际奖6次。

斯仁说,乌兰牧骑精神在于传承,乌兰牧骑队员"一专多能"的才艺在于锻炼和为队员营造展示才艺的空间。2017年12月20日,乌审旗乌兰牧骑队员阿拉腾苏和三弦独奏音乐会在乌审旗文化宫奏响。阿拉腾苏和娴熟地弹奏着《草原晨曲》《森德尔姑娘》《土耳其进行曲》《巴音杭盖》《蒙古故乡》……

青年队员举办音乐会是认真落实习近平总书记关于乌兰牧骑事业发展重要指示精神的具体实践,也是加大人才梯队建设力度、培养"一专多能"人才的重要举措之一。斯仁说,凡是需要展示"一专"和"多能"才艺的队员,都可以申请举办个人作品或才艺演唱会、演奏会和演艺会,这是乌审旗乌兰牧骑培养人才的一条有效途径。

乌审旗乌兰牧骑还经常在国际舞台上一展风采。2018年1月31日,受文化部委派,应柏林中国文化中心邀请,乌审旗乌兰牧骑前往德国参加"欢乐春节"活动,2月1日在柏林举行首场演出后,又在汉堡、杜塞尔多夫等多地巡回演出。

乌兰牧骑队员纷纷表示:"此次德国之行为展示优秀民族文化、弘扬民族传统文化、促进中德文化交流做出应有的贡献。我们将不忘初心,牢记使命,永远做草原上的红色文艺轻骑兵。"

走进乌拉特中旗乌兰牧骑

隆冬时节,冰天雪地。乌拉特中旗温更镇文化活动室内却是一派热闹的景象,这里正在进行乌兰牧骑走基层文化惠民活动演出。舞蹈《吉祥草原》、马头琴齐奏《风中的苏力德》、女生独唱《牧民歌唱共产党》等一个个节目,赢得阵阵掌声。

这是乌拉特中旗乌兰牧骑走基层演出的一个缩影。

乌拉特中旗乌兰牧骑从2016年1月启动走基层"文化惠民"下乡演出活动。他们把一场场上传政策、下接地气的演出送到牧区,送到老百姓的心坎上。

"乌兰牧骑诞生于基层,文艺创作的灵感也来源于基层。在服务基层的同时传承民族文化,我们的《鸿嘎鲁》(即《鸿雁》)就是在这个大背景下创作出来的。"乌拉特中旗乌兰牧骑队长巴雅苏说。

呼斯楞的一曲《鸿雁》唱响世界,《鸿雁》就是乌拉特民歌《鸿嘎鲁》。

《鸿嘎鲁》是乌拉特中旗乌兰牧骑自编自创的精美舞台剧之一。该剧根据同名乌拉特民歌《鸿嘎鲁》改编,描写一对青年男女的爱情故事,通过一波三折、跌宕起伏的剧情冲突,着力表现乌拉特地区各族群众保护草原生态的真实历史。该剧是内蒙古自治区首部描写和反映环保题材的舞台剧,也是倡导爱护环境、保护环境、促进人与自然环境协调发展的给力之作。

《鸿嘎鲁》在锡林郭勒盟举办的自治区首届蒙古语戏剧节上摘得金、银、铜奖各1枚。巴雅苏说:"除《鸿嘎鲁》外,我们推出的歌曲《辽阔的杭盖》,舞蹈《成吉思汗》《草原情深》《欢乐的牧场》以及三声部合唱《黑眼睛》等,也都备受欢迎。"

副队长刘美丽说:"学习习近平总书记给苏尼特右旗乌兰牧骑队员们的回信,让我们倍感振奋。作为新时代的文艺工作者,要继续坚守和传承乌兰牧骑扎根人民、服务基层的优良品质,创作更好的作品,更好地服务于农牧民。"

走进额济纳旗乌兰牧骑

2017年12月12日,额济纳旗乌兰牧骑来到地处沙漠腹地的巴彦陶来苏木吉日嘎朗图嘎查,这是他们今年第十次来到这个嘎查演出。在以天为幕布、以地为舞台的一个多小时的演出中,一个个传递党的好政策的快板、好来宝、小品,滋润着牧民的心田。

"每次听说乌兰牧骑来演出,我就早早地等候在演出现场,乌兰牧骑是我们农牧民最喜欢的演出队,不仅丰富了我们偏远农牧区的生活,还给我们农牧民带来了欢乐。"71岁的老党员那仁其其格激动地说。

从1960年成立起,额济纳旗乌兰牧骑这朵大漠文艺之花,便深深扎根在广大农牧民的心中。数十年来,他们深深扎根基层沃土,为牧民送歌献舞,以实际行动践行着红色文艺轻骑兵的职责使命。

"哪里最需要,哪里最偏僻,就送歌献舞到哪里。"这是额济纳旗乌兰牧骑始终不渝奉行的诺言。建队58年来,额济纳旗乌兰牧骑克服重重困难,已累计深入牧区、厂矿、社区、部队、企事业单位、中小学校及旗外演出达7000多场(次),年均行程2万多公里。

额济纳旗辖3个镇、5个苏木,3.3万多人口分布在11.46万平方公里的大地上,地广人稀,这里沙漠戈壁面积占72.42%。夏季炎热、冬天寒冷,条件艰苦,许多地方被联合国有关组织称为"不宜人类生存的地方"。虽然条件很艰苦,但为把文化送到农牧民家中,额济纳旗一代代乌兰牧骑队员满怀着对党和人民的深情,走遍了居延大地的角角落落,数十年风雨无阻。

有一次,乌兰牧骑到巴丹吉林沙漠腹地一个苏木演出,途中天气骤变,沙尘暴袭来,队员们立即跳下车,用篷布盖好乐器行装,用身体压住四周。等沙尘暴过去后,队员们满身满面都是沙粒。但为了给农牧民演出,他们抖掉满身沙土,继续赶往演出地点。

"像沙尘暴、汽车爆胎和演员中暑这样的事儿,我们每年都要遇到好多次,只要能给偏远地区的农牧民送去欢乐,这些苦和累也就不算啥了。"队长雷冬香说。

额济纳旗与蒙古国南戈壁省、巴彦洪格尔省毗邻,乌兰牧骑充分利用这一得天独厚的地理资源和文化资源,与南戈壁省歌舞剧院、巴彦洪格尔省歌舞剧院积极开展文化交流活动,多次邀请蒙古国艺术家来额济纳乌兰牧骑开展业务培训、创作节目,通过相互借鉴学习,共同挖掘、搜集土尔扈特民间舞"贝依力格""萨吾尔登"等40多支。

"习近平总书记在给苏尼特右旗乌兰牧骑队员们的回信中说,'乌兰牧骑是全国文艺战线的一面旗帜',这是党中央对我们多年来取得的成绩的肯定,也是对我们今后工作的鞭策。我们乌兰牧骑要牢记习总书记的嘱托,结合农牧民需求,编排出更多传播正能量、接地气的节目,永远做草原上的'红色文艺轻骑兵',将党的声音传递给每一位农牧民。"谈到今后的工作,雷冬香如是说。

02

60多年来,在谈论乌兰牧骑事业发展时,偶尔提到内蒙古自治区直属乌兰牧骑,大都着墨不多,甚至对直属乌兰牧骑的来龙去脉,都是云里雾里的。直属乌兰牧骑不应该是令人费解的"庐山迷雾"。

2018年8月28日,呼和浩特市呼伦贝尔北路蒙古大营,我拜访了吉日木图。

吉日木图是直属乌兰牧骑第一批队员。图力古尔、牧兰先后任直属乌兰牧骑队长时,吉日木图都以副职的身份积极配合两任队长的工作。2005年,他从直属乌兰牧骑党总支书记的位置上退休,堪称直属乌兰牧骑发展历程最具权威的见证人。

1964年12月,毛泽东主席接见参加全国少数民族群众业余文艺观摩演出的各地代表团和乌兰牧骑代表队

吉日木图虽然已经74岁高龄,但身体特别硬朗,谈起乌兰牧骑往事,如数家珍。

1966年初,乌兰牧骑全国巡演结束后,三个演出队的队员仍在呼和浩特集结待命，准备按照周恩来总理的指示，开展第二次全国巡演。

周恩来总理始终关注唱遍全国、跳遍全国的乌兰牧骑。1966年9月初，周总理邀请乌兰牧骑进京参加国庆17周年纪念活动。内蒙古党委书记王铎指示内蒙古文化局在集训待命的50多名队员中挑选成分好、出身好、业务好、形象好的13名队员参加国庆典礼活动。为师出有名，9月10日，内蒙古自治区人民政府批准成立直属乌兰牧骑，任命色·普日布为队长，吉日木图为副队长，吴甫汕为指导员，队员有达日玛、伊·巴德荣贵、图力古尔、道尔吉仁钦、旺其格、江布拉、其木格、苏德、登梅、李桂英、乌日古玛拉、宝花、牧兰。

1966年9月20日，周恩来总理在北京饭店第十次接见乌兰牧骑队员。他勉励乌兰牧骑队员在北京期间，唱好歌、跳好舞，再次展示乌兰牧骑风采。

吉日木图清楚地记得，这次以直属乌兰牧骑名义进京参加国庆典礼活动的领队是内蒙古党委宣传部文艺理论处处长荣忠文，指导员是内蒙古文化局文艺处干事达·阿拉坦巴干。直属乌兰牧骑以名为"毛泽东思想光辉照草原"歌舞专场的形式在首都剧场、民族文化宫、工农兵俱乐部（原五道口俱乐部）等地演出十多场，主要有《草原民兵》《打草竞赛》《三个车老板》《为祖国锻炼》《顶碗舞》《抗旱夺丰收》《蝶恋花》《公社的春天》《春到草原》等歌曲、舞蹈、器乐演奏节目。

1966年10月1日，周恩来总理邀请直属乌兰牧骑全体队员同党和国家领导人毛泽东、刘少奇、朱德、邓小平、宋庆龄、董必武等一道参加国庆观礼。"东5台第0657号"是色·普日布的座位号，这张门票至今仍被他的子女珍藏着。吉日木图说："那隆重、庄严而又热烈的场景让人终生难忘，那是我们享受到的最高的政治待遇。"

当天晚上，天安门广场一派"火树银花不夜天"的热闹景象。在焰火

1966年7月21日,周恩来总理、李富春副总理接见进京参加国庆演出的群众文艺队伍和乌兰牧骑代表队

晚会上,毛泽东、刘少奇、周恩来、朱德等老一辈无产阶级革命家饶有兴致地观看了直属乌兰牧骑即兴创作的安代舞《草原上的红卫兵见到了毛主席》等节目。

1966年10月30日,高举红旗的直属乌兰牧骑从八达岭出发,途经河北、山西,徒步500多公里,沿途演出356场次,于1967年1月3日回到呼和浩特市。新华社记者针对这次演出采写的通讯《文艺界第一支长征队》发表在《人民日报》上。

"文化大革命"中,乌兰牧骑这支红色文化工作队也受到冲击。

直属乌兰牧骑指导员吴甫汕和队长色·普日布主动要求并经组织批准,分别回到翁牛特旗乌兰牧骑和阿拉善旗乌兰牧骑。直属乌兰牧骑

1966年直属乌兰牧骑从北京徒步返回内蒙古途经八达岭时合影

进入军管时代。

"文化大革命"中的工人代表、解放军代表大都以极"左"面貌出现在历史舞台上,但进驻直属乌兰牧骑的军代表特格西却用他的红帽徽、绿军装只身筑起一道保护乌兰牧骑的"长城"。他来直属乌兰牧骑前,是内蒙古军区歌舞团合唱队队长,既有政治觉悟,又有业务水平。他置社会上的一些非议于脑后,说:"我们是一支由蒙古族组成的毛泽东思想文化宣传队,穿蒙古袍、唱蒙古歌、跳蒙古舞是我们的特色和特点,要坚持、要发扬。"

在那段岁月,图力古尔的音乐天赋、伊·巴德荣贵的创作天赋和牧兰的演唱天赋渐渐显露出来,形成直属乌兰牧骑词、曲、演唱的"金三角"。牧兰演唱的许多经典歌曲都是图力古尔、伊·巴德荣贵根据她的音量、音色以及表演张力量身定制的,其中最有代表性的歌曲就是人们耳熟能详的《牧民歌唱共产党》。说着说着,吉日木图哼起了那优美的旋律。

> 在那百花盛开的草原上
> 肥壮的牛羊像彩云飘荡
>
> 富饶美丽的牧场
> 啊哈嗬咿无限兴旺
> 勤劳的牧民建设着祖国的边疆
>
> 在那万马奔腾的草原上
> 丰收的歌声响彻四方
>
> 我们的生活多么美好
> 啊哈嗬咿前进路宽广
> 草原人民永远歌唱共产党
> ……

吉日木图珍藏着内蒙古人民出版社1985年出版的《图力古尔歌曲集》,表达对老朋友的深切怀念。

吉日木图说,图力古尔没有就读过任何一所艺术院校,他是在乌兰牧骑这所大学里成长起来的音乐家。在乌兰牧骑长期的下乡演出过程中,他虚心向牧民学习,从民族民间音乐中汲取丰厚的艺术滋养。他的好多作品都是在马背上和蒙古包里创作出来的,这是著名音乐家辛泸光称赞他的作品"充满浓郁的民族风格和崭新的时代气息"的根本所在。辛泸光说,图力古尔的每一首作品都显现着他的创作智慧和创作激情。

图力古尔善于学习和借鉴,也勇于突破和创新。从他创作的《内蒙古好地方》《弹起我心爱的好必斯》中不难看出有受《新疆是个好地方》《弹起我心爱的土琵琶》的影响,但他能推陈出新、出奇制胜,《弹起我心爱的好必斯》中那热情激荡的节奏、平易朴素的旋律是对他音乐天赋最好的诠释。

图力古尔曾经是吉日木图的部下,20世纪又成为吉日木图的"班长",这种职务的变化丝毫没有影响他们之间的友谊。从民族舞到芭蕾舞,从印度舞到非洲舞,从独舞到群舞,吉日木图曾以其奔放潇洒的舞姿征服过数以万计的观众。从舞台隐退后,他负责直属乌兰牧骑的后勤工作,秋储白菜冬储煤,忙得不亦乐乎。他说:"把服务做好,是对图力古尔工作的最好支持。"

吉日木图对图力古尔的英年早逝扼腕痛惜。和吉日木图一样扼腕痛惜的还有草原和草原人民。

1988年4月23日,内蒙古人大常委会主任巴图巴根,内蒙古党委副书记千奋勇,内蒙古人大常委会副主任色音巴雅尔、潮洛蒙,内蒙古自治区副主席张灿公,内蒙古政协副主席云照光以及文化界、艺术界、库伦旗的牧民代表600多人在大青山公墓参加内蒙古直属乌兰牧骑队长、中共党员、著名作曲家图力古尔追悼会。

国家副主席乌兰夫,内蒙古党委、人大、政府、政协及有关厅局敬送花圈和花篮。

内蒙古文化厅副厅长白朝蓉在悼词中说:"图力古尔同志是深受群众欢迎的艺术家之一,也是乌兰牧骑队伍中最出色的带头人之一,他的一生是为党的文艺事业忘我工作的一生,是为乌兰牧骑的建设和发展艰苦奋斗的一生。"

走了,草原人民的儿子,图力古尔。

走了,草原人民的音乐家,图力古尔。

"薪火相传,后继有人,是直属乌兰牧骑蓬勃发展的真实写照,那顺这小伙子干得相当不错。"吉日木图说。

那顺现任直属乌兰牧骑艺术团团长,一曲《雕花的马鞍》唱醉草原,唱响全国,唱响世界。说起那顺和《雕花的马鞍》的缘分,那顺非常激动。

1985年冬,在哲里木盟(今通辽市)乌兰牧骑会演上,那顺第一次听到《雕花的马鞍》时,就为那优美的旋律和生动的歌词所倾倒。"每句歌词都有画面感。"那顺说。

当时,那顺是科尔沁左翼中旗乌兰牧骑队员,他找到词作者印洗尘说:"印老师,我想唱《雕花的马鞍》。"

1976年内蒙古直属乌兰牧骑到西乌珠穆沁旗为牧民演出时,老额吉与队员握手交谈

时任哲里木盟(今通辽市)文化处副处长的印洗尘对那顺并不熟悉,但听到他浑厚的声音,似乎感到《雕花的马鞍》非他莫属。犹如伯乐

发现了千里马,印洗尘认定《雕花的马鞍》深刻的内涵和丰富的情感,一定能在那顺的歌声中表现出来。他辗转从曲作者宝贵那里找来歌谱,郑重其事地交给那顺道:"小伙子,好好唱吧!"

那顺回忆,最初他只觉得唱得顺口,但唱着唱着,他突然体味到这首歌更深层次的意境,从此和《雕花的马鞍》结缘,走到哪儿唱到哪儿。调到直属乌兰牧骑后,队长牧兰问他:"你怎么总唱《雕花的马鞍》啊?"

那顺回答:"喜欢,就像您总唱《牧民歌唱共产党》一样。"

那顺说完有点后悔:《牧民歌唱共产党》是牧兰老师演唱的经典歌曲,我能把《雕花的马鞍》唱成经典吗?

十年之后,《雕花的马鞍》引起内蒙古电视台的关注。1995年,内蒙古电视台为那顺拍摄了《雕花的马鞍》MTV并推送到中央电视台参加全国MTV歌曲大赛。那顺诙谐地说:"那是我第一次参加中央电视台的MTV歌曲大赛,一不留神撞上个三等奖。随着《雕花的马鞍》在全国唱响,许多不知道我的人也都知道我了。"

"《雕花的马鞍》给我带来声誉,我也更加用心用情地演唱《雕花的马鞍》。"那顺说,"每次演唱都有新的感受和新的感动。这感受和感动来自《雕花的马鞍》的深刻内涵。印洗尘和宝贵两位老师,把他们对草原和草原所承载的文化的热爱,融进抑扬顿挫的歌词和温婉优美的旋律,用这样有生活底蕴的歌曲反映马背民族的热情与奔放,这就是这首歌常唱常新的时代意义。无论是30年前还是30年后,这首歌带给我的永远是明快的节奏和生动的画面。《雕花的马鞍》永远是我生命的摇篮……"

那顺快人快语。他说,从马车到大巴车,从汽灯到电灯,直属乌兰牧骑建队50多年来,图力古尔、牧兰、敖德木德、达日玛、德德玛、拉苏荣、金花等一批蜚声全国的艺术家从这里成长;创作出《牧民歌唱共产党》《草原姑娘》《北疆赞歌》《火红的青春》等一批经典之作。

如何继承乌兰牧骑的光荣传统，如何发扬乌兰牧骑的奋斗精神，这是新时代赋予我们的新课题。

2015年5月16日，那顺领衔主演的民族歌舞情景剧《草原上的乌兰牧骑》在北京保利剧院激情上演，全国人大常委会原副委员长布赫、乌云其木格，中宣部副部长孙志军，中国文联党组书记赵实，文化部副部长董伟等观看演出。情景剧分《红色记忆》《守望家园》《草原铸梦》三个篇章，饱含深情地讲述了乌兰牧骑50多年波澜壮阔的发展历史和惊天地泣鬼神的生动故事。

《草原上的乌兰牧骑》在北京保利剧院首演后，先后在全国各地演出50多场次，中央电视台和《人民日报》《光明日报》《中国文化报》以及内蒙古电视台、《内蒙古日报》等竞相报道，刮起一阵"乌兰牧骑旋风"。

《草原上的乌兰牧骑》相继获得中国·内蒙古第十二届草原文化节优秀剧目奖、第五届全国少数民族文艺会演剧目金奖、乌兰夫基金会优秀剧目奖。

直属乌兰牧骑不是世外桃源，不是人间净土，也曾经有过低谷，也曾经有过困惑，也曾经受到过各种思潮的冲击和影响。

那顺始终在坚守，坚守乌兰牧骑的神圣职责，坚守乌兰牧骑的光荣使命，坚守乌兰牧骑的拳拳初心。

2014年，内蒙古民族艺术剧院成立，那顺出任直属乌兰牧骑艺术团团长，当时只有11名舞蹈演员，乐队也很难称其为乐队，"招兵买马"成为那顺的当务之急。通过几年的努力，直属乌兰牧骑现在的声乐队、器乐队、舞蹈队都能独立承担国内外演出任务，青年演员渐成中坚力量，8人组合的奈热乐队能够使用马头琴、潮尔、四胡、陶布秀尔、图瓦三弦、口弦琴、羊皮鼓、旮兒哈等古老乐器演唱呼麦、长调等传统歌曲。今年春节期间，奈热乐队曾出访罗马尼亚。罗马尼亚前总统康斯坦丁内斯库、现任副总理伯查尔在雅典娜音乐厅欣赏了奈热乐队带去的呼麦、长调等蒙古族传统节目。青年演员孟和乌力吉在中央电视台、山西电视台联合举办的"歌从黄河来"大赛中，荣获"歌王"称号。托雅娜莎在呼伦贝尔市文旅军团用15首草原金曲打造的歌舞剧《天边》中担任主演。毕希勒图在舞剧《草原英雄小姐妹》中担任主演。

那顺喜不自胜，他说："青年演员的脱颖而出，带给直属乌兰牧骑的是无限的希望……"

2017年11月21日，习近平总书记给苏尼特右旗乌兰牧骑队员们的回信传到直属乌兰牧骑后，每一个队员都倍感兴奋。11月24日，他们开始奔赴革命老区、边疆哨所，在第一时间以实际行动贯彻落实习近平总书记关于乌兰牧骑事业发展的重要指示精神。

在革命老区武川县哈拉合少乡庙沟村演出时，张荷花、焦桂桃两位大娘拉住那顺的手说："乌兰牧骑要多来我们这山沟沟，老百姓喜欢你们哪！"

"你们爬冰卧雪，为祖国巡逻放哨，祖国和人民感谢你们！"习近平总书记2014年1月26日视察内蒙古阿尔山边防某团三角山哨所时，对边防官兵表示慰问。时隔3年多，直属乌兰牧骑为贯彻落实习近平总书记关于乌兰牧骑事业发展的重要指示精神，顶着风雪、冒着严寒，来到三角山哨所。

白雪皑皑，朔风萧萧，银装素裹，好一派北国风光。在极寒的天气中，直属乌兰牧骑队员载歌载舞，使寂寞的哨所顿时充满欢声笑语。

习近平总书记要求乌兰牧骑"努力创作出更多接地气、传得开、留得下的优秀作品"，而这样的作品只能从生活中来，只能从实践中来，只能从人民群众中来。

2018年4月16日，那顺和内蒙古民族艺术剧院创作中心主任高艳率领乌兰牧骑舞蹈编导、编剧、词曲作者等15人深入兴安盟科尔沁右翼中旗、科尔沁右翼前旗，呼伦贝尔市鄂温克族自治旗、陈巴尔虎旗采风20多天。

在兴安盟，创作团队参观和走访了民族解放纪念馆、群众艺术馆、乌兰牧骑宫、图什业图亲王府、满族屯满族乡等地，拜访了乌力格尔说书艺人；在呼伦贝尔市，创作团队参观和走访了民族博物馆、非遗文化传承艺术馆、鄂温克旗博物馆等地，并和鄂温克族民间艺术家巴·贡楚巴图老人举行座谈。看到的火热的生活场景，听到的感人故事激励创作团队以饱满的激情投入创作。情景歌舞剧《金色的摇篮》先后五易其稿，已经进入排练阶段……

03

内蒙古文化大厦，523室。

吉日嘎拉、王正义、希·乌日图的办公桌呈"品"字形摆放。他们都属马，都曾经是翁牛特旗乌兰牧骑队员，在各自的工作岗位上退休后，又聚在内蒙古乌兰牧骑学会的旗下，吉日嘎拉任会长，王正义任办公室主任，希·乌日图任副秘书长。人们开玩笑说，他们是"翁牛特牌"拉着乌兰牧骑学会奔跑的"三驾马车"，都来自翁牛特旗，都属马，都曾经是乌兰牧骑队员，贴切而又形象。

2017年12月4日，内蒙古乌兰牧骑学会成立并开始高效运转。吉日嘎拉感慨地说，事实上，内蒙古自治区乌兰牧骑学会早在1987年就成立了，而且轰轰烈烈、卓有成效地工作了十几年，后来随着文化厅领导的频繁更替和其他原因，内蒙古自治区乌兰牧骑学会被民政厅注销。

2017年11月21日,习近平总书记关于乌兰牧骑事业发展的重要指示传到草原后,恢复内蒙古乌兰牧骑学会工作职能,被内蒙古党委列为贯彻落实习近平总书记指示精神的重要举措之一。

吉日嘎拉老当益壮,肩负起恢复内蒙古乌兰牧骑学会的时代重任。按国家有关规定,凡是注销的学会,不得以任何理由重新注册。身负使命的吉日嘎拉"不用扬鞭自奋蹄",犹如一枚陀螺奔波在组织部、宣传部、文化厅、民政厅之间,既讲政策又讲策略,既讲党性又讲人性,晓之以理、动之以情,最终找到在名称上做文章的"突破口"。既然被注销的学会不能再度重新注册,那就将原"内蒙古自治区乌兰牧骑学会"变为"内蒙古乌兰牧骑学会"。这个折中方案得到有关各方的共同认可,内蒙古乌兰牧骑学会应运而生。

吉日嘎拉精神抖擞,走马上任,乌兰牧骑学会的第一要务就是围绕习近平总书记关于乌兰牧骑事业发展重要指示精神,创造性地开展工作。

吉日嘎拉进入翁牛特旗乌兰牧骑的考官是年长他12岁的王正义。现年76岁的王正义,当年也是豪情万丈的血性青年。他是内蒙古师范学院(内蒙古师范大学前身)艺术系的高才生,钢琴弹得极好,整天和肖邦、贝多芬、莫扎特们"打交道"。1963年8月毕业后,他只身来到翁牛特旗乌兰牧骑,成为全区第一个在乌兰牧骑工作的大学生。

吉日嘎拉看着王正义,半开玩笑半认真地说,"这老哥们儿当年考我时故意出难题,开始手风琴的调给得有点低,后来给到高八音,我几乎是用阿宝的陕北高腔唱下来的《东方红》。"

王正义的表情犹如"苦恼人的笑",任他说去吧!他们之间让人感觉到深深的战友情。

吉日嘎拉在乌兰牧骑工作期间,曾扮演过《智取威虎山》中的侦察英雄杨子荣。杨子荣是他工作和生活中的偶像,他的确具有"时刻听从党召唤"的自觉意识和"越是艰险越向前"的革命精神。

2017年12月4日,内蒙古党委、政府隆重庆祝乌兰牧骑建立60周年,其间一道亮丽的风景线就是在内蒙古展览馆推出的乌兰牧骑60年成就图片展。朱嘉庚、吉日嘎拉、洪涛等人为这次展览夜以继日地奋战了半个多月。

提及这次展览,洪涛的眼里饱含泪水:"虽然说展出的500多幅照片,80%是我提供的,但这些照片是我父亲生前用半个世纪的时间收藏的。"

达·阿拉坦巴干是洪涛的父亲,他是乌兰牧骑一座绝无仅有的宝库。

继2017年12月4日在内蒙古展览馆推出乌兰牧骑60年成就图片展后,2018年6月14日,又在内蒙古美术馆推出大型乌兰牧骑图片展。这次图片展由内蒙古自治区文史研究馆和内蒙古乌兰牧骑学会主办,乌兰牧骑学会在其中起到了不可替代的重要作用,在乌兰牧骑发展史上应该给它写上浓墨重彩的一笔。

王正义是参加过乌兰牧骑全国巡演的老队员。当年参加过全国巡演的58名队员,现在只有34人健在,而且像星星一样散落在全国各地,联系起来相当困难。乌兰牧骑就是在克服和战胜重重困难中成长起来的文艺轻骑兵。每个队员都是克服困难、战胜困难的战士。王正义尽管已经76岁高龄,还是把34位健在的老队员都联系上了,打了45天电话,从老队员手里征集到弥足珍贵的历史照片1200多张。经过严格筛选,入选300多张。乌兰牧骑学会提供的照片占参展照片总数的70%

以上,对此王正义说:"虽然付出一些辛苦,但也值得,失去联系多年的老队员又都联系上了,这是积累的又一笔精神财富啊!"

王正义,汉族,而这些老队员大都是蒙古族,他们沟通起来没有语言障碍吗?没有。因为王正义可以说一口流利的蒙古语。

55年前,王正义的确不懂蒙古语。

1963年8月,翁牛特旗乌兰牧骑副队长乌国政从赤峰直接把风华正茂的王正义带到白音套海公社,乌兰牧骑正在那里演出。

傍晚,指导员吴甫汕领着几个队员搭建舞台。所谓"舞台",就是在一块儿较为平坦的空地上插下四根木柱,前面的两根柱子间拉起一道绳子,准备挂汽灯,后面的两根柱子间挂起一块幕布。乌国政往汽灯的油箱里注煤油,捆纱罩,打气。在乌兰牧骑,指导员、队长和普通队员没什么两样,该干什么就干什么。

整场演出几乎都是蒙古语节目,曲调婉转、柔情缠绵的东部蒙古民歌《达古拉》,如清泉般浸润着王正义的肺腑。尽管他听不懂歌词,但那凄怆优美的旋律令他如痴如醉。

乌兰牧骑的规矩是每次演出后都要开会总结经验。总结会上,吴甫汕、乌国政都能用流利的蒙汉双语和队员们进行交流。王正义在成为乌兰牧骑队员的第一天就发现了自己的"语言短板"。

王正义记得,在大学读书期间,外国文学老师雷成德会用纯熟的俄语声情并茂地朗诵《莫斯科郊外的晚上》。他说:"可惜你们不懂俄语,语言和音乐的关系非常密切,不懂一个民族的语言,便很难真正理解、欣赏一个民族音乐的内在美。"

王正义意识到,不懂蒙古语、不会蒙古文就不可能打开蒙古族的音乐宝库,也不可能很好地为牧区人民服务。吴甫汕、乌国政是他学习的榜样和楷模,乌兰牧骑所有的蒙古族队员都是他的老师。

乌兰牧骑要到希日塔拉牧场演出。王正义向吴甫汕请教："希日塔拉的汉译是什么？"

从"希日塔拉"到"金色的草原"，是王正义学习的第一个"蒙汉互译"的单词。55年过去了，他仍然记忆犹新。

王正义买的第一本工具书是《蒙语会话读本》，尽管老旧泛黄，但他仍然将其珍藏在身边。这本书堪称"文物级"的书籍了。

征集图片的工作并非一帆风顺。杨玉兰是曾经教周总理唱《草原儿女爱延安》的乌兰牧骑队员。然而，在表彰乌兰牧骑建立60周年先进个人中却没有她的名字，老人感到委屈，尽管藏有几十幅珍贵的历史照片，但是一张都不肯拿出来。而缺少她所珍藏的照片，展览就称不上完美。

王正义几十次地给杨玉兰打电话，苦口婆心地进行劝导，可杨玉兰就是死活转不过弯来。是啊，如果我们能设身处地地想想，是会对此感同身受的。正值青春芳华的花季，穿山越岭，风里来雨里去，把草原的歌声唱遍大江南北，把蒙古族舞蹈跳遍长城内外。在北京中南海，她的舞姿和歌声得到周总理的赞许。周总理对延安怀有深厚的感情，他听到乌兰牧骑队员们唱的《草原儿女爱延安》时，十分动情，除安顿秘书周荣鑫向内蒙古文化局秘书朱嘉庚要曲谱外，还当场学唱《草原儿女爱延安》。

尽管已经过去52年，但说起周总理学唱《草原儿女爱延安》时的情景，杨玉兰依然历历在目，"仿佛就在昨天"。

作为《草原儿女爱延安》的领唱，杨玉兰站在周总理的对面，周总理身边的乌兰牧骑队员围成一个半圆，杨玉兰唱一句，周总理和其他队员学一句。杨玉兰的歌声清脆婉转，周总理夸她是"铁嗓子"。每每提及周总理的关怀，她都兴奋不已、激动不已。这样一位显山露水的人物被遗忘，她心里的痛苦可想而知，我们只能给予理解和同情。

王正义要的是照片,仅仅表示理解和同情,没法使杨玉兰迈过这道横在心里的"情感之坎"。王正义发起火来,冲着电话吼道:"杨玉兰,那些照片你就藏着掖着吧,我们学会不要了!别忘了,我们是乌兰牧骑学会,你曾经是乌兰牧骑队员!连乌兰牧骑学会的工作都不支持,你还配说自己是乌兰牧骑队员吗?"

没想到,激将法奏效了。杨玉兰在儿子、儿媳的陪同下,专程从鄂尔多斯来到呼和浩特。当几百张微微泛黄的照片在会议桌上铺开时,吉日嘎拉、王正义、希·乌日图被杨玉兰的深明大义、高风亮节所感动。杨玉兰意味深长地说:"谁让咱是乌兰牧骑人呢!"

王正义说:"老杨,我在电话里发火,你生气了吧?"

杨玉兰笑道:"咱们老队员几十年的友谊,是不怕风不怕浪的。倒是你的吼叫,让我开窍了……"

吉日木图是直属乌兰牧骑的老领导。他的老部下道尔基仁钦生前珍藏着很多老照片。乌兰牧骑学会得到消息后,就搬出吉日木图这个"援兵",请他说服道尔基仁钦的遗孀捐献照片。吉日木图不辱使命,一次次地登门拜访,一次次地……他的真诚令人动容,最终道尔基仁钦的遗孀小心翼翼地拿出102张黑白照片,每张照片都规规整整地贴在二十世纪五六十年代的毛头纸上,可见收藏者的良苦用心和对这些照片的重视程度。吉日嘎拉说,这些照片大都是孤品,在以往的展览中不曾见过。

乌兰牧骑老队员的精神着实令人感动。

参加过乌兰牧骑全国巡演的翁牛特旗乌兰牧骑队员图雅正在北京住院。接到王正义的电话,她不顾医生的再三劝阻,拖着病弱之躯,回到赤峰家里,翻箱倒柜地寻找自己珍藏的照片。

朱嘉庚、宋正玉这对乌兰牧骑艺术伉俪接到王正义的电话时正在上海,他们让在家的儿子把所有的照片打包邮寄到上海。然后,老两口按照要求,极其认真地一张张挑选,再把照片从上海邮寄到呼和浩特。

海棠、登梅也都从外地把照片寄来……

大规模地征集老照片,这是乌兰牧骑建立60年来的第一次。乌兰牧骑学会的作用得到淋漓尽致的发挥,乌兰牧骑学会的作为得到社会各界的广泛认可。

乌兰牧骑学会还在做着许多事情。

内蒙古人民广播电台的蒙古语广播节目在牧区有着广泛影响,是牧民政治生活和文化生活中不可或缺的精神食粮。

希·乌日图就乌兰牧骑学会的性质、任务和作用,接受内蒙古人民广播电台记者采访。一个小时的录音专访在《服务直播》《文化时空》《欢聚今晚》等栏目相继播出。听到这次广播,80岁的策仁那德米德专程从额济纳旗来到乌兰牧骑学会。老人幽默地说:"你们几个年轻人在做好事啊!听说你们要编写《乌兰牧骑长卷》,我高兴得睡不着觉,就跑到这儿来见你们,千万不要把我哥哥普日布给漏掉了!"

广播的力量,广播产生的影响让希·乌日图这个"老广播"感到骄傲和自豪。

1970年,16岁的希·乌日图成为翁牛特旗乌兰牧骑队员。从演员、演奏员到副队长、队长,12年的乌兰牧骑生涯把他锤炼成一名能征善战的文化名人。

希·乌日图于1984年调入赤峰人民广播电台任文艺部主任,音乐创作的潜能得以充分发挥,但他只有初中文化,觉得很难适应新闻单位的工作。希·乌日图开始自学,1989年毕业于赤峰教育学院蒙文系。1997年,他调入内蒙古人民广播电台蒙语文艺部,学历又成为他职称晋级的

"拦路虎",他再一次选择自学,1999年拿到内蒙古师范大学的本科毕业证书。2008年,他被评为高级编辑。

在从事蒙古语文艺广播的30年中,希·乌日图创作歌曲、广播连续剧音乐230多首,采编、录制各类文艺专题广播节目1600多组,采录、搜集、编辑、播出蒙古族民歌1800多首,策划、组织大中型广播电台文艺晚会61台,荣获全国、全区奖项达68次之多。

乌兰牧骑学会成立,希·乌日图应召归队。

三匹"马",挂着一挂"大车",奔跑在朝圣的路上,亦如当年乌兰牧骑的马车在草原上行走。

为撰写《乌兰牧骑长卷》,从2018年清明节开始,吉日嘎拉自己开车,带着王正义、希·乌日图走访4个盟市的12支乌兰牧骑,征集了100多篇老队员写的回忆录。

04

2016年隆冬时节,高晓红从包头民族歌舞剧院调到内蒙古艺术研究院,受命推进内蒙古艺术研究院的深度调整,把业务向更深、更为广阔的时空拓展。从包头到呼和浩特,是地理跨越,而从剧院到研究院,则是跨界挑战。这种跨界挑战,看似简单,实则需要指挥千军万马似的排兵布阵。面对艺术研究院千丝万缕、错综复杂的宏大格局,高晓红与乌兰牧骑邂逅,乌兰牧骑带给她的是震撼。在国家社科基金艺术学项目《乌兰牧骑发展史》中,她找到了乌兰牧骑历经60年沧桑但依然蓬勃发展的根本原因,她找到了乌兰牧骑60年累计行程百万公里、演出40多万场、观众两亿多人次这一中国文艺发展史上奇迹产生的内在动力。

"遇见乌兰牧骑是我职业生涯中一次向晚的邂逅。"高晓红如是说。

向晚也是美丽的。2017年初春时节，两位老人走进高晓红的办公室，达日玛、孟根珠岚这对艺术伉俪都是从内蒙古直属乌兰牧骑退休的老艺术家，他们退而不休。达日玛在马头琴的世界里遨游，不仅成功改革马头琴制式，而且撰写出十几部100多万字的马头琴教材。谁都不知道，达日玛这些著作是在罹患癌症的前提下完成的。孟根珠岚是舞蹈艺术家，曾创办过草原姑娘马头琴艺术团，现在还在辅导家乡的牧民业余文艺团体……

他们缘何以这样的年纪、这样的身体状况，还在顽强而执着地追求艺术梦想？他们秉承的是乌兰牧骑精神！

高晓红突然觉得豁然开朗，为乌兰牧骑老队员树碑立传是艺术研究院的历史责任和光荣使命。

高晓红找到副院长王家隽谈，找民族音乐舞蹈研究室主任白雪艳谈，找档案中心主任哈斯格日勒谈，所有能谈的、该谈的人都找遍了，为乌兰牧骑老队员建立口述史档案成为艺术研究院的共识和集体行动。

一组数字令高晓红心生悲怆，参加过乌兰牧骑全国巡演的56个队员，现在健在的只有34人，这不是历史的残忍，而是我们艺术档案意识淡漠和档案工作者错位、缺位造成的历史遗憾。

抢救工作刻不容缓。2017年6月，第七届乌兰牧骑艺术节在巴林右旗举行，高晓红派出采访团队进入现场，见缝插针地开展采访活动，现在已经采集到拉苏荣、达日玛、朱嘉庚、乌国政、莫德格玛、李洪军等乌兰牧骑队员或见证者的口述史。这仅仅是个开始，采访团队就已经在乌兰牧骑惊天动地的精神中得到洗礼和锤炼。

2017年11月21日，习近平总书记给苏尼特右旗乌兰牧骑队员们回信，消息传到草原，在全区乌兰牧骑队员和文艺工作者心中激起万丈波澜。高晓红和全区文艺工作者一样，欢呼着、激动着、兴奋着、幸福着。

如何贯彻落实习近平总书记关于乌兰牧骑事业发展重要指示精神，是摆在艺术研究院面前的重大课题，也是艺术研究院必须用实际行动回答的重大课题。

2017年12月18日，内蒙古艺术研究院以"为深入学习贯彻习近平总书记给苏尼特右旗乌兰牧骑队员的回信中的重要指示，深化对乌兰牧骑及其精神研究"为题上报的"乌兰牧骑研究"项目获得文化部批准，高晓红群策群力、集思广益，对年初制定的规划进行大幅度调整，变乌兰牧骑音乐舞蹈原创作品田野调查为乌兰牧骑历史、现状的全方位田野调查。

呼伦贝尔市14个旗市区中有12支乌兰牧骑，其中包括极具民族特色的鄂伦春自治旗乌兰牧骑、鄂温克族自治旗乌兰牧骑、莫力达瓦达斡尔族自治旗乌兰牧骑，是一个非常典型的地区。

呼伦贝尔市被选定为推进"乌兰牧骑研究"项目的第一站。

2018年5月15日，内蒙古艺术研究院副院长王家隽率领白雪艳、刘尧晔、特木其勒、赛罕、赵香莲等人踏上呼伦贝尔。在为期一个月的田野调查中，他们累计行程3000多公里，对老队长、老队员以及音乐、舞蹈、曲艺原创作者共95人进行深度采访，累计采访音频、视频1.8TB（TB即太字节，为计算机存储容量单位），征集珍贵照片2500多张。

这是继内蒙古艺术研究院完成《内蒙古艺术集成》25年后又一次系统集中的田野调查，是一次深入乌兰牧骑精神家园的朝拜之旅。

王家隽每天都在感动着，乌兰牧骑精神不是简单地写在纸上的文字概括，而是每一首歌、每一支舞和每一场演出中体现出来的家国情怀及对职业的忠诚……

白雪艳每天都在感动着,以前听过乌兰牧骑的歌声、看过乌兰牧骑的舞蹈,也曾被感动,但当知道这些歌曲和舞蹈的创作背景以后,就不仅仅是感动了,而是对灵魂的拷问和洗涤。乌兰牧骑60年坚持为基层服务、为农牧民服务,我们也应该更加充分地利用工作职能,全心全意地为乌兰牧骑服务。

刘尧晔每天都在感动着,她从北京师范大学中文系毕业后,又考取了研究生,学习民俗专业,读博期间又研究戏曲。她有着宽泛的研究领域和开阔的视野,为"乌兰牧骑研究"设计了科学的架构,但走进乌兰牧骑,聆听乌兰牧骑60年来感人至深的故事后,她对"乌兰牧骑研究"有了更深层次的思考。

赛罕每天都在感动着,在这个团队里,尽管她的年龄最大,但她始终都以饱满的情绪投入工作,不停地问、不停地记、不停地学习和思索。这样脚踏实地的社会实践,为她完成"内蒙古乌兰牧骑现状调查与优秀传统文化传承研究"国家社科基金艺术学项目洞开一扇窗户。

赵香莲每天都在感动着,她是这个团队中唯一用蒙古语采访、用蒙古文记录的采访者。最多时,她一天采访过8名用蒙古语讲述的队长或队员。蒙古语是有韵律的,听着抑扬顿挫的讲述,她常常热泪恣肆。

特木其勒每天都在感动着,他是这个团队的"老黄牛",每天都扛着摄像机、背着照相机,录像照相,忙得不亦乐乎。1.8TB的视频、音频资料都是他一秒一秒录下来的。超强度的付出,换来的是满足、是幸福、是充实。

感动中也有不尽的忧虑,那就是严重制约乌兰牧骑发展的问题还没有从根本上得到解决。

在采访中发现,一个乌兰牧骑队长带领队伍参加自治区及华北五省区舞蹈大赛,由于经费短缺,迫不得已用工资卡做抵押贷款。尽管拿到金奖、银奖，但谈到这种困境时，他还是忍不住几度落泪。堂堂七尺男儿，若不是痛到极处，岂能潸然泪下？

自治区下拨的乌兰牧骑专项经费很难及时到位，挪用、占用的现象时有发生。

乌兰牧骑自身的管理也存在着巨大漏洞，由于缺乏档案意识和知识产权意识，许多堪称经典的作品找不到原稿，许多弥足珍贵的原始资料遗失殆尽……

作为研究机构，艺术研究院发出的声音毕竟是微弱的，但尽最大可能为乌兰牧骑服务则是他们职业操守的体现。在2017年8月举办的全区舞台艺术编创人员培训班上，政策有意识地向乌兰牧骑倾斜，乌兰牧骑学员占比达30%；在2018年度全区舞台艺术编创人才培训班上，来自乌兰牧骑的编导和导演学员占比更是达到70%。

2018年开始的"乌兰牧骑研究"项目是综合的系统工程。对此，艺术研究院将组织精兵强将从8个方面进行深入研究，为乌兰牧骑的未来发展提供理论支撑和智库支持，有望形成乌兰牧骑理念体系。

"乌兰牧骑研究"这盘大棋已经开局，但帅、仕、相、车、马、炮、卒如何摆布，还是需要勇气和智慧的。

前几年，内蒙古电影集团将一些电影拷贝移交给内蒙古艺术研究院所属的内蒙古艺术档案馆。高晓红在这些拷贝上做起文章。刘俊是电影拷贝管理的行家里手，高晓红对他说："刘师傅，你把这些拷贝梳理一下，看看能不能淘到关于乌兰牧骑的电影或纪录片。"

刘俊不辱使命，在堆积如山的拷贝中找出一部珠江电影制片厂1977年拍摄的彩色纪录片《乌兰牧骑》。

2018年4月9日，内蒙古自治区副主席艾丽华到内蒙古艺术档案馆调研时，高晓红请艾丽华到放映室观看这部弥足珍贵的纪录片。

艾丽华对这部纪录片极为重视，要求最大限度地做好纪录片的保护抢救和数字转化工作。

内蒙古艺术档案馆副主任特木其勒承担起这项光荣而又艰巨的任务，通过海量信息类比，最终实现与上海电影制片厂的对接。上海电影制片厂的设备、技术和服务堪称一流，采取逐帧扫描的方式进行数字转换。所谓"逐帧扫描"，即每秒钟的影像要拍成24张照片，转换过程拍摄的资料达4TB之多。

经过一个多月的技术处理，长达48分钟的纪录片《乌兰牧骑》旧貌换新颜。内蒙古电视台根据《乌兰牧骑》纪录片制作的宣传片在2018年6月22日召开的全区乌兰牧骑论坛上播放时，一些老队员从中看到自己当年的身影、听到自己当年的歌声，都激动得说不出话来。

高晓红说："纪录片《乌兰牧骑》展示的是反映20世纪70年代草原红色文艺轻骑兵的风貌，具有珍贵的史料价值和研究价值。"

热喜是鄂托克旗乌兰牧骑第一任队长，是乌兰牧骑全国巡回演出第二队队长，是第一个受到周恩来总理接见的乌兰牧骑队长。

2018年8月1日，鄂托克旗乌兰牧骑推出蒙古剧《乌兰牧骑的热喜》，并邀请热喜的老同事、老部下观看首场演出。

高晓红认为，这是一次不可多得的机遇，中午简单吃点便饭，就风风火火地率领哈斯格日勒、巴特尔、武宇等人奔赴500多公里外的鄂托克旗。抵达鄂托克旗时已经暮色苍茫，他们不仅没有错过首场演出，而且见到了和热喜同为鄂托克旗乌兰牧骑第一批队员的格日格、赛花、宝迪、美丽亭、米丽命、道克腾稍。这些耄耋之年的老人怀有深深的乌兰牧骑情结，每每讲起乌兰牧骑的往事，大都激动得老泪纵横……

鄂托克旗乌兰牧骑老队员口述史不能因为没有丹毕、阿拉坦桑而成为遗憾。

鄂托克前旗，丹毕老人家中，丹毕尽管因为腰部意外摔伤不能下床，还是安排爱人和儿子以蒙古族最高礼节欢迎这些远道而来的客人。

丹毕侧卧于床，古铜色的脸庞上洋溢着慈祥的笑容。他说："你们能来，我比过年过节还高兴呢！"在长达一个半小时的访谈中，老人深情地回忆了自己7年的乌兰牧骑生涯以及乌兰牧骑对他一生的影响，思路清晰，谈吐生动。

访谈结束，老人尽管坐不起来，但还是坚持从爱人手里接过蓝色哈达，一条一条地戴在高晓红等人的脖子上，以表达老人最真诚的祝福！

丹毕老人感动着，高晓红和她的同事们感动着，所有人都感动着，因为乌兰牧骑……

05

冬日阳光温暖地照耀着内蒙古鄂托克前旗昂素镇的一座独栋小楼，这里是第一代乌兰牧骑队员达日玛和孟根珠岚伉俪建立的乌兰牧骑博物馆。

74岁的达日玛头发已经灰白，说话的声音特别沙哑。孟根珠岚解释说，以前达日玛的声音像铜锣似的洪亮清脆，现在这么沙哑是2007年喉癌手术留下的后遗症。

达日玛就用这沙哑的声音给我们讲述60年的乌兰牧骑往事……

1965年5月30日，作为乌兰牧骑全国巡演二队的马头琴演奏员，达日玛来到北京。

达日玛是第一次到北京,他第一个要去的地方就是雄伟壮丽的天安门广场。在毛主席巨幅画像前,他连磕三个响头,额头上磕出一个鸡蛋大小的红包。他用这种特殊的方式表达对伟大祖国和伟大领袖的热爱。

1965年6月2日,乌兰牧骑全国巡演二队到中南海小礼堂为朱德、董必武、陈毅、贺龙等党和国家领导人演出。达日玛的节目是马头琴独奏曲《蝶恋花》和《大海航行靠舵手》。乌兰牧骑队员的特点是一专多能,达日玛既是演奏员又是报幕员。他左手提着马头琴、右手提着小方凳,走到台口,向中央领导鞠躬致意后开始报幕:"马头琴独奏《得格勒花》……"

马头琴声还没有响起,坐在观众席上的陈毅副总理禁不住捧腹大笑。他边笑边说:"得格勒花、蝶恋花……"

《蝶恋花》是根据著名作曲家李劫夫为毛泽东词《蝶恋花·答李淑一》谱写的歌曲改编的马头琴独奏曲,但达日玛的汉语不行,一着急便说成《得格勒花》,而"得格勒"是"蒙古袍"的意思。

达日玛浑然不觉,回到后台,队长热喜把他拉到一边,告诉他陈毅副总理大笑的原因。达日玛顿时脸色绯红,说:"我的汉语不听我的话啊!"

"我的汉语不听我的话",现在仍然是在草原上流传的红色幽默,也是说不好汉语的蒙古族同胞的自我解嘲。

1965年7月9日,乌兰牧骑全国巡演二队抵达长沙。达日玛说,走进长沙就犹如走进蒸笼,没有一个毛孔不冒汗。观众都是一身短打,而演员则都穿着蒙古袍和长筒马靴。一场演出下来,演员们浑身湿透,汗如雨下。在韶山参观毛泽东故居时,达日玛摘下两片树叶,夹在笔记本里做纪念。

1965年10月10日，毛泽东、周恩来、朱德、邓小平、董必武、彭真等党和国家领导人在人民大会堂接见进京演出的各省文艺代表团和乌兰牧骑队员，达日玛站立的地方离毛主席的座位很近，都能听到毛主席和周总理交谈的声音。此时此刻，达日玛心潮澎湃，热血沸腾，能受到伟大领袖毛主席的接见，是何等的幸福啊！

1966年6月27日，亚非作家紧急会议在北京举行。

周恩来总理电召内蒙古乌兰牧骑进京，为来自53个国家和地区的170多名作家演出。达日玛深情地回忆道，1966年初全国巡回演出的三支乌兰牧骑回到呼和浩特后，从中挑选一部分队员组建自治区直属乌兰牧骑，其他队员大都回到旗县乌兰牧骑。

新队伍、新气象、新作品，达日玛从单纯的马头琴演奏向马头琴曲创作迈进。他在著名作曲家莫日吉呼、辛泸光的帮助下，完成第一支曲目——《草原新歌》的创作。

1966年7月9日晚，北京饭店会议厅，灯火辉煌。

内蒙古直属乌兰牧骑和广州军区海上文化工作队为参加亚非作家紧急会议代表演出的大幕徐徐拉开。

22岁的达日玛身着蒙古袍、脚蹬高筒蒙古皮靴，气宇轩昂地出现在舞台上。周总理立刻就认出他来，说："达日玛。"1966年元旦，周总理在北京饭店和乌兰牧骑联欢时，和乌兰牧骑队员海棠合唱《赞歌》，当时就是达日玛用马头琴为他们伴奏的。时隔半年多，周总理听到达日玛演奏的新曲《草原新歌》，用热烈的掌声对他表示鼓励。

1966年9月30日，人民大会堂小礼堂，周恩来总理兴致勃勃地观看内蒙古直属乌兰牧骑、河北省农民业余文艺演出团、大庆油田工人业余文艺演出团的联袂演出。

达日玛演奏的曲子依然是《草原新歌》。他刚回到后台，就被人拦住:"达日玛同志你好,我是周总理的秘书。总理特别喜欢你演奏的《草原新歌》,你能把曲谱给我吗?"

"这……"达日玛显得手足无措,因为他压根儿就没带曲谱。

秘书看出他的窘态,和颜悦色地说:"别急,你回到宾馆后抄一份,我到住地去找你。"

1966年10月1日,中央人民广播电台播出马头琴独奏曲《草原新歌》,并且将录音带送给周总理。

"周总理的亲切关怀是我一生前进的动力,乌兰牧骑是我一生所爱。"达日玛如是说。孟根珠岚接过话茬儿:"作为乌兰牧骑队员,站在台上是为牧民演出,可这演出的背后是难以想象的付出和牺牲。"

达日玛和孟根珠岚都是鄂托克旗乌兰牧骑队员。1966年,达日玛调入直属乌兰牧骑。人调走了,爱却留下了。1969年10月15日,他们结成伉俪,婚假只有3天,然后便是8年牛郎织女般的生活。他们的女儿出生56天后就被送到牧区的姥姥家寄养。孟根珠岚说,女儿被送走后,她的乳房憋胀得像两座山头,每天用吸奶机往外抽奶水,然后把白花花的奶水浇在门前的榆树下。喝到鲜奶的榆树长得枝繁叶茂。

1973年腊月二十九,达日玛风尘仆仆地回到鄂托克旗。孟根珠岚从牧区把女儿接来,一家人高高兴兴地准备过一个团圆年。大年三十,达日玛接到紧急电报,让他立刻归队,有重要演出任务。

孟根珠岚泪眼汪汪地说:"你就不能晚一天走吗?"

达日玛十分无奈:"晚一天我就掉队了!"

达日玛把女儿紧紧地抱在怀里,豆大的泪珠一滴一滴地落在女儿的脸上:"孩子,爸爸对不起你,连个团圆年也不能和你一起过,原谅爸爸啊!"

从马头琴演奏员到荣获"马头琴事业突出贡献奖",达日玛演奏马头琴已经到了炉火纯青、出神入化的境界，凭借无与伦比的实力，成为马头琴演奏大师。然而，他并没有就此止步，而是把精力投放到对马头琴的改革上。

马头琴是蒙古民族的传统乐器，对这一传统乐器进行改革是需要勇气和胆识的。达日玛在几十年的马头琴演奏中，深深地感到马头琴的关键部位——琴弦和琴箱，往往制约着演奏技巧的正常发挥。他借鉴从前马头琴大师在音箱规格、蒙面用料上做过的尝试，结合自己的演奏经验，提出用木质材料做蒙面板的大胆设想。经过达日玛和资深制琴师邓守成两年多的反复实践，新型马头琴应运而生。这一成果于1989年荣获文化部、轻工业部颁发的"科学进步"三等奖。

2004年，达日玛从直属乌兰牧骑退休。艺术档案对他的记载是这样的：在乌兰牧骑工作的45年里，参与国内外演出6000多场次，荣获自治区、国家和国际奖项30多次。

达日玛离开的是工作岗位，而始终保持的则是乌兰牧骑火红的本色。退休以后，他从马头琴的演奏、改革转向马头琴教材的编写，即便身患癌症，也没有停下手中的笔，十几年来，以乐观豁达的心态和顽强拼搏的精神，写出《马头琴入门》《马头琴演奏法》等十几部教材，为马头琴的普及和发展做出了贡献。

现在，人们更为关注的是达日玛、孟根珠岚创建的乌兰牧骑博物馆。

06

声若洪钟，慷慨激昂，眉飞色舞。

这是用文字勾勒出来的苏尼特右旗委书记佈仁接受采访时的神态和风采，时间是 2018 年 5 月 3 日。

作为乌兰牧骑诞生地的旗委书记，佈仁对乌兰牧骑有着更为深刻的认识和更为深厚的感情。佈仁说，我们乌兰牧骑队员之所以能够给习近平总书记写信，习近平总书记之所以能够给我们乌兰牧骑队员回信，是有着深刻历史背景和重要现实意义的。

60 年前，内蒙古党委、政府之所以选择苏尼特右旗作为创建乌兰牧骑试点旗，是由苏尼特右旗当时的政治条件、经济基础、文化背景、地理环境等综合要素决定的。丝绸之路上的张库大道，连接北京、莫斯科的国际列车，都途经苏尼特右旗。相对其他更为边远的旗县来说，地处内蒙古大草原中心地带的苏尼特右旗的交通状况要好一些，试点的信息和经验向外辐射的条件要好一些。

内蒙古自治区和中华人民共和国相继成立，苏尼特草原上的民间艺人依然在走嘎查、串浩特，用三弦、四胡、马头琴，用呼麦、长调、乌力格尔传承着优秀传统文化，活跃着牧民的文化生活，组织好、发挥好这支队伍的力量，对推进牧区文化建设有着举足轻重的作用。苏尼特右旗党委、旗政府具备创建乌兰牧骑的文化氛围，时任旗长的朝克巴达拉呼曾经是"文艺青年"。1957 年 4 月 9 日，内蒙古文化局党组委派社会文化处干事庆来前往苏尼特右旗，就开展乌兰牧骑试点工作进行协商。朝克巴达拉呼和庆来进行了深入、广泛、热烈的探讨。4 月 20 日，内蒙古文化局通过苏尼特右旗党委、旗政府拟定了《关于组建第一支乌兰牧骑试点队和试点工作的初步方案》。6 月 2 日，试点工作队进驻苏尼特右旗后，朝克巴达拉呼始终和工作队一起摸爬滚打，遇到问题随时解决，在旗财力相当紧张的情况下，根据工作需要，为筹建中的乌兰牧骑配备了一辆胶轮马车、两顶帐篷、两块幕布和四套民族服装。

所以，第一支乌兰牧骑于1957年6月17日在苏尼特右旗建立，似乎也是一种历史必然。

牧民散居在草原深处，乌兰牧骑以马匹、骆驼为交通工具，甚至徒步来到草原深处。牧民需要了解党和政府的方针政策，乌兰牧骑就以牧民喜闻乐见的文艺形式把党和政府的声音传递到牧民心中。原始、落后的生产方式导致牧民的体力劳动极其繁重，乌兰牧骑就和牧民"同吃、同住、同劳动"。就是这样经年累月地生活在、活跃在、服务在牧区和牧民中间，乌兰牧骑和牧民建立了水乳交融的深厚感情。

60年来，乌兰牧骑矢志不渝地为基层、为牧民服务。

60年来，苏尼特右旗历届党委、政府也是矢志不渝地为乌兰牧骑服务，积极解决乌兰牧骑发展过程中出现的问题和困难。"这不是口号和空话，"佈仁扳着指头数道，"我们有乌兰牧骑办公大楼、乌兰牧骑广场、乌兰牧骑大街。不仅如此，我们还在乌兰牧骑大楼前为第一批乌兰牧骑9名队员铸起青铜群雕。这些地方之所以以'乌兰牧骑'命名，就是要继承、弘扬乌兰牧骑精神和乌兰牧骑传统。为乌兰牧骑队员雕塑群像，以乌兰牧骑名字命名大楼、大街和广场，这方面，苏尼特右旗是走在自治区前列的……"

佈仁在谈到乌兰牧骑的文艺作品时，也深有感触，乌兰牧骑在和人民群众"同吃同住同劳动"中吸收到丰富的文化营养，在泥土当中提炼出"接地气、传得开、留得下"的作品。乌兰牧骑是因为人民群众的需要而存在的红色文化工作队，乌兰牧骑创作的作品也是因为人民群众的需要而创作的，这种和人民群众的血肉联系才是乌兰牧骑长盛不衰的根本原因。

佈仁经常深入乌兰牧骑进行调查研究，在和乌兰牧骑老队员、新队员的座谈交流中,他常常被乌兰牧骑队员无私的奉献精神所感动。乌兰牧骑是一个特殊的群体,他们一进牧区就是十几天、几十天,甚至两三个月。试想一下,他们要克服多少个人困难、家庭困难和生活困难,才能完成一次次的演出任务?乌兰牧骑没有惊天动地的壮举,他们的奉献在于平常和平凡,而正是这种坚持几十年的平常和平凡,才凸显出伟大品格和难能可贵的品质。

"60年来,乌兰牧骑的名称没变、机构没撤、队伍没散,这也是苏尼特右旗历届党委、政府对乌兰牧骑政治保障、政策保障、机构保障和经费保障的责任传承。"佈仁说,"一届届党委、一届届政府的这种接力传承,是乌兰牧骑长盛不衰的根本原因。"佈仁总是从更深层次思考乌兰牧骑的未来发展。苏尼特右旗乌兰牧骑从创建之初的9个编制发展到现在的35个编制,这是根据乌兰牧骑的逐步发展而逐步增加的。即使现在,35个编制仍然不能适应和满足社会及人民群众的需要,因此以政府购买的形式,又增加了12个公益性岗位。佈仁说,编制问题不是地方政府能够解决的问题,但我们尽最大努力、最大可能让这些编制外、体制外的队员能够安下心来工作,经旗委常委会研究决定,让他们享受同工同酬的待遇。佈仁大声疾呼,希望从更高层次加大乌兰牧骑人才,特别是编创人才的培养力度,建议高等院校设立乌兰牧骑专业或开设乌兰牧骑班,因为"人才荒"是乌兰牧骑存在的普遍问题。遏制乌兰牧骑人才"孔雀东南飞"现象,就要从待遇、职称、编制等诸多方面解决实际问题。有些政策、条例、意见过于强调原则性,缺少可操作性和灵活性,从乌兰牧骑的实际出发,才能解决乌兰牧骑的实际问题。

为乌兰牧骑"站台"是佈仁的家常便饭。

2017年8月5日,苏尼特右旗隆重集会,率先庆祝乌兰牧骑建立60周年。表彰大会、专场晚会、乌兰牧骑论坛、纪录片《小队伍大使命》首映式等活动都有佈仁的身影，都能听到佈仁洪亮的声音。佈仁说，乌兰牧骑是一支了不起的队伍，60年来，累计演出1万多场次，创作各类文艺作品3900多个，获得国家、自治区各种奖项的作品达900多个。旗委、旗政府决定授予伊兰、荷花两位第一代老队员终身荣誉奖，授予巴图朝鲁等5人突出贡献奖，授予达布嘎扎木苏等16人第一代乌兰牧骑队员奖，授予呼木吉勒图等9人30年以上乌兰牧骑队员奖，授予索日娜等6人优秀人才奖，授予赛西雅拉图等12人优秀队员奖。"在60年的时间节点上，对各个时期的乌兰牧骑队员进行表彰和鼓励，是为了增强他们的自豪感、成就感和荣誉感，使乌兰牧骑成为让全社会羡慕的队伍。"佈仁如是说。

2018年8月16日，苏尼特右旗党政大楼701会议室，一场别开生面的交流座谈会在这里举行。上海市委宣传部副部长胡劲军之所以率领上海艺术家千里迢迢来到苏尼特草原，就是要"学习弘扬乌兰牧骑精神，不忘初心种文化，全心全意为人民"。

在交流座谈会上，第一代乌兰牧骑队员、第六任乌兰牧骑队长、78岁高龄的巴图朝鲁充满深情和激情的报告打动了来自上海的每一个文艺工作者的心灵。中国音乐家协会副主席、上海音乐学院副院长廖昌永在巴图朝鲁发言时，5次和巴图朝鲁对视。他说："这次座谈会是一次上海和内蒙古的对话，是城市文化是草原文化的对话。我们和乌兰牧骑的差距就是深入生活不够，和老百姓打成一片不够。"

坐在巴图朝鲁身边的中国上海国际艺术节中心党支部总书记王隽在听巴图朝鲁报告时，几度热泪盈眶。她说，巴图朝鲁的报告是一堂生动的党课。在这次座谈会上，中国上海国际艺术节中心党支部和苏尼特右旗乌兰牧骑党支部结成共建单位。王隽向苏尼特右旗乌兰牧骑发出热情邀请,第 20 届中国上海国际艺术节期间,请乌兰牧骑到上海演出,让乌兰牧骑精神在大上海得以弘扬和传承。

2018 年 8 月 16 日晚,苏尼特右旗乌兰牧骑广场,在霏霏细雨中,上海文艺工作者和乌兰牧骑队员同台献艺。罗雨演唱的《红旗飘飘》,廖昌永演唱的《我和我的祖国》,梁彬演唱的《鸿雁》,席燕娟演唱的《不忘初心》,都赢得观众在雨中喝彩。

素有"钢琴神童"之称的青年作曲家龚天鹏,特别向往内蒙古大草原,经常通过电视节目欣赏草原风光。为来内蒙古演出,他特意创作了一首钢琴曲《草原意象》。由于露天舞台的条件限制,钢琴不能搬上舞台,他就在雨中用电子琴演奏,那专注投入的神情令所有观众感动。

来自上海的二胡演奏家姚申申和苏尼特右旗乌兰牧骑队员特日格勒的二胡、马头琴合奏更是别有一番情调和韵味。特日格勒的爷爷是乌兰牧骑第一代队员,也是著名的马头琴手。能用马头琴和二胡"对话",特日格勒显得特别激动。他说:"和姚老师这样令人仰慕的二胡演奏家同台演出,进行艺术交流,使我学到很多东西,期待再次和姚老师进行合作。"

2017 年 11 月 21 日,习近平总书记给苏尼特右旗乌兰牧骑队员回信,鼓励他们"永远做草原上的'红色文艺轻骑兵'";2018 年 6 月 25 日,习近平总书记给 83 岁的上海电影表演艺术家牛犇写信,勉励他"发挥好党员先锋模范作用,继续在从艺做人上作表率"。

2018 年 8 月 17 日,佈仁、胡劲军和身着民族盛装的 60 多名牧民席地而坐,在桑宝拉格苏木巴彦淖尔嘎查牧民乌宁巴图家门前的草地上观看上海艺术家的精彩演出。

当主持人邀请著名歌唱家廖昌永出场时,坐在牧民中间的廖昌永站起来面对牧民,深情演唱乌兰托嘎的作品《往日时光》。在牧民的欢呼声中,他又清唱一首牧民们耳熟能详的歌曲《父亲的草原母亲的河》。即使如此,导演奇·哈斯敖登还是觉得不过瘾,她又"怂恿"廖昌永与蒙古族歌唱家阿·其木格合唱《敖包相会》,"十五的月亮升上了天空哟,为什么旁边没有云彩……"歌声在蓝天白云绿草间久久回荡。

廖昌永说,这是他第一次在没有舞台、没有音乐的情况下演出,也是他最动情、最卖力的一次演出。"以天为幕布、以地为舞台"的演出,使他真切地感受到"人民需要艺术,艺术需要人民"的真谛所在。巴彦淖尔嘎查牧民斯琴拉着廖昌永的手说:"我在电视里见过你,那感觉就像隔着山隔着水,影影绰绰不真切,今天能在草原上听你唱歌,感到太亲切了!"

在桑宝拉格草原上,在乌宁巴图的蒙古包里,佈仁和胡劲军就习近平总书记的信展开热烈的讨论。

佈仁的案头始终放着习近平总书记的回信,晨诵暮读,每学习一次都有不同的感受。佈仁说:"习总书记298个字的回信,字字千钧,每句话都有深刻的内涵。"

习近平总书记的回信,是写给苏尼特右旗乌兰牧骑队员的,也是写给全区、全国文艺工作者的。

习总书记的回信,不仅仅是对乌兰牧骑60年光辉历程的肯定和赞扬,也是对全国文艺战线的鼓励和鞭策。

进入新时代,乌兰牧骑要在习近平新时代中国特色社会主义思想指引下,继承和发扬优良传统,创作更多"接地气、传得来、留得下"的作品,把党的关怀和政策送到人民群众当中去。

佈仁说,苏尼特右旗乌兰牧骑肩负光荣使命,任重而道远;不忘初心,高举旗帜,砥砺前行。

我们回溯历史,回溯到60年前乌兰牧骑初创时期的内蒙古大草原。

东风第一枝

01

1957年5月1日，内蒙古自治区成立十周年。

中共中央政治局候补委员、内蒙古自治区党委第一书记、内蒙古自治区主席乌兰夫以政治家的高度在《十年来的内蒙古》中，深情地回顾了内蒙古自治区成立十年来在政治建设、经济建设和文化建设方面取得的伟大成就，同时也客观、冷静地分析了内蒙古在建设、发展中存在的困难和问题。

1949年10月1日，中华人民共和国成立。在党中央、政务院的坚强领导下，解决内蒙古的行政区划问题被提上议事日程。

1950年1月，中华人民共和国成立3个月后，日理万机的政务院总理周恩来把乌兰夫等人召集到北京，就实现内蒙古东西部统一、恢复内蒙古历史区划原貌进行部署。周恩来说，恢复内蒙古原有区划，是党中央、毛主席对内蒙古和内蒙古人民的关怀。实现内蒙古东西部的统一，要按照"尊重历史、照顾现实"的原则积极推进。

民族区域自治是中国共产党和毛泽东同志运用马克思列宁主义民族理论解决我国民族问题的基本政策,是中国共产党解决民族问题的一贯主张。

1952年8月,中央人民政府公布《中华人民共和国民族区域自治实施纲要》,这为解决内蒙古长期被肢解、被割裂的区域问题提供了政策依据。乌兰夫在《十年来的内蒙古》中写道:"中央人民政府于1954年6月决定撤销绥远省建制,将绥远省原辖地区划归内蒙古自治区。1955年7月国务院决定将原热河省翁牛特旗、赤峰等六个旗县划归内蒙古自治

1965年5月,内蒙古自治区党委第一书记、自治区主席乌兰夫接见即将赴全国巡演的乌兰牧骑队员

区。1956年4月,国务院决定将甘肃省的巴彦浩特蒙古族自治州和额济纳旗划归内蒙古自治区,并成立巴彦淖尔盟。从此,内蒙古地区圆满地完成了推行民族区域自治的历史任务,结束了三百多年来内蒙古民族被分割的局面。"乌兰夫满怀感激地继续写道:"这是中国共产党的民族政策的辉煌胜利。"

几百年后重归完整,这无疑是让人欢天喜地的大事情。但由于几百年的被割裂和肢解,恢复118万多平方公里土地面积的内蒙古在政治、经济、文化方面存在着极端的不平衡性。面对历史和现实,乌兰夫在《十年来的内蒙古》中写道:"实现了区域自治的蒙古民族,要跻身先进民族的行列,过渡到社会主义,根本的问题是发展自治区的经济、文化建设事业。"

经济建设、文化建设是自治区发展的根本。

回望历史我们知道,1952年底,国民经济恢复基本完成;1954年,全国重点工程包头钢铁公司开始建设。在这种波澜壮阔的宏大历史背景下,推进文化建设成为当务之急。据有关资料显示,借去北京开会之机,乌兰夫多次向周恩来汇报内蒙古农村牧区,特别是牧区文化极为落后的现状,并寻求改变这种现状的途径。周恩来对乌兰夫说,应建立一支相应的队伍,满足基层群众的文化需求,丰富基层群众的文化生活。

贯彻周恩来的指示精神,满足农牧民的文化需求,立即在内蒙古化为行动。从1955年开始,内蒙古文化局在达尔罕茂明安联合旗、正镶白旗、苏尼特右旗等地对文化馆、文化站的作用和功能进行深入调查。调查显示,文化馆、文化站的触角还不能伸向更边远、更偏僻的农村牧区,还不能从根本上解决农村牧区文化活动极端匮乏的问题。

听取乌兰夫的汇报后,周恩来强调,要进一步探索适应广大牧区分散生活的文化活动形式。

在总结前两年关于文化馆、文化站调查研究经验的基础上,在牧区和半农半牧区建立小型的、流动的、综合性质的文化工作队的共识渐次形成。在研究、制定工作方案时,这样一支队伍的名称被定为"乌兰牧骑"。

1957年5月27日,内蒙古自治区副主席哈丰阿签批《乌兰牧骑试点计划》和《乌兰牧骑工作条例(草案)》。

1957年6月2日,内蒙古文化局派出以达瓦敖斯尔、刘英男为正、副组长的乌兰牧骑试点工作组,进驻苏尼特右旗。半个月后,即6月17日,第一支乌兰牧骑在苏尼特右旗宣告成立。

乌兰牧骑是蒙古语,翻译成汉语是两个单词,即红色和嫩芽。至于为什么称为"乌兰牧骑",我尚未查到原始出处,牵强附会之说颇多。

1965年5月,为配合乌兰牧骑全国巡演,内蒙古文化局曾编印《乌兰牧骑简介》。在《乌兰牧骑简介》中,内蒙古文化局对乌兰牧骑的权威说法是"红色文化工作队",其性质是"以演出为主,同时进行辅导和宣传的综合性文化单位","通过演出、宣传、辅导三种形式,向广大农村、牧区输送社会主义文化,普及社会主义文化,为广大农牧民服务,占领和巩固农村、牧区的文化阵地"。

02

2018年5月2日,清晨,我的"白色骏马"——美国进口的越野吉普悄然驶出呼和浩特,我开启了乌兰牧骑采访的全区之旅。上蜈蚣坝,越大青山,出北魏重镇武川,过四子王旗乌兰花,穿旅游景区葛根塔拉,一路狂奔,进入第一支乌兰牧骑诞生的地方——苏尼特草原。斯时,虽然山还没青,草还没绿,花还没红,但并不影响我带着一腔热情、一腔激情扑进苏尼特草原,扑进独具内蒙古特色的乌兰牧骑诞生的摇篮和成长的天地。

中午时分,越野吉普停在赛汗塔拉乌兰牧骑广场西侧的塔木沁饭店门前,我和苏尼特右旗党委常委、宣传部部长聪美,苏尼特右旗副旗长娜日娜,苏尼特右旗宣传部副部长萨茹拉在这里相聚。极其简单的午餐,极其重要的话题,极其热烈的讨论,极其周详的安排。所有这些都让我这个肩负创作长篇报告文学《红色文艺轻骑兵——乌兰牧骑纪事》的作者感动和激动、兴奋和亢奋,让激情燃烧起来的冲动从心底升腾,因为只有燃烧起来的激情,才能让文字有声有色、有血有肉、有情有义……

2017年11月21日,习近平总书记给苏尼特右旗乌兰牧骑队员们的回信犹如温暖的春风吹绿苏尼特草原的山山水水,使生活在苏尼特草原上的20万各族人民欢欣鼓舞、心潮澎湃。

聪美、娜日娜、萨茹拉,这三朵"草原金花"是苏尼特右旗宣传文化战线的中坚力量。她们虽然不是乌兰牧骑队员,但对乌兰牧骑的了解和热爱并不亚于乌兰牧骑队员。

聪美告诉萨茹拉:"苏尼特右旗第一代乌兰牧骑队员、乌兰牧骑第六任队长巴图朝鲁刚刚从呼和浩特回到赛汗塔拉,你先安排一下,对他进行采访。"

03

一间斗室,一杯清茶,一段往事。

巴图朝鲁是一位长者,一位慈祥的长者,一位幽默的长者。我和他相对而坐,这样坐,便于交谈和交流;这样坐,便于心灵与心灵碰撞;这样坐,便于眼神儿和眼神儿的互动。

巴图朝鲁慈祥得有如一尊佛,嘴角、眼角都挂着那种与生俱来的微笑,逝去的岁月和时光在他紫红色的脸庞上凝结,犹如汉唐时期的古币,斑斑驳驳地雕刻着往日时光的沧桑。浅蓝色的牛仔衬衣洗得有点儿发白,些许褪去的原色并不影响衬衣本身的特点。

1960年,巴图朝鲁18岁,正是青春岁月最灿烂的时节。他是苏尼特蒙古族中学的高才生。他有理想、有抱负,给自己设定的人生目标是考入中国一流的名牌大学。他也始终朝着既定的方向,努力着、拼搏着、奋斗着。

"课间操的时候,教导主任斯布金戈把我叫到办公室,"巴图朝鲁变换一下坐姿,陷入对往事深深的回忆当中,"他递给我一张有旗长巴日玛嘎日布签名的苏尼特右旗人民委员会的红头文件,是让我到乌兰牧骑工作的调令。"

这纸调令让巴图朝鲁一头雾水。正做着大学梦的巴图朝鲁仿佛遭到雷击,战栗过后的第一反应是拒绝。他有些激动,慷慨激昂地向斯布金戈陈述他的理想、他的抱负、他的大学梦。

"你是被镇压的反革命分子的儿子,不管你学习多好、成绩多好,不会有任何一所大学能录取你的,无论如何,你是过不了政治审查这一关的。"斯布金戈这几句话犹如一把尖刀扎进巴图朝鲁的心灵深处,坦白直率的话语是想让巴图朝鲁明白,梦想往往会被现实击得粉碎,而面对现实才是最好的人生选择。继而,斯布金戈语气放缓一些,拍着巴图朝鲁的肩膀说:"赶紧去吧,一到乌兰牧骑,你就是干部,人生也就出现转折了。"

思想的弯子不是立刻就能转过来的,巴图朝鲁回到宿舍真想把为他赢得荣誉和名望的手风琴、马头琴统统砸烂。如果没有手风琴、没有马头琴,他就不会成为学校的文艺骨干。如果不是学校的文艺骨干,他就不会被乌兰牧骑"盯"上,都是手风琴、马头琴惹的祸。

"高尔基没有上过大学,但人家最后成为伟大的作家!"斯布金戈的话由远及近,"一个真正有理想、有抱负的青年,在任何岗位上都能让理想、抱负放射出灿烂的光芒,乌兰牧骑同样是一所大学。"

"既然来到乌兰牧骑,就要融入乌兰牧骑,就要热爱乌兰牧骑。"这是苏尼特右旗乌兰牧骑队长伊兰对巴图朝鲁提出的要求,有些空泛,像是在讲大道理,但下面的话就是实实在在的具体要求了,"要和乌兰牧骑一起学习、一起下乡、一起前进!"掷地有声,犹如军令。

乌兰牧骑是草原的乌兰牧骑,是牧民的乌兰牧骑。只有扎根草原,心系牧民,乌兰牧骑才能茁壮成长。

这是巴图朝鲁在乌兰牧骑工作几十年的深刻体验。

1964年春,时逢大旱,苏尼特右旗乌兰牧骑的十几名队员顶着烈日艰难跋涉在阿其图乌拉公社乌日根大队的荒原上,每个人的嘴角都龟裂开一道道口子,能喝到一口水是每个队员心中最真实的需求和最热切的渴望。

在和牧民"同吃同住同劳动"的过程中,乌兰牧骑队员们由衷地钦佩和敬仰牧民的博大胸襟和坚强毅力。苍天如此吝啬,草原如此缺水,

苏尼特右旗乌兰牧骑第一代队员、第六任队长巴图朝鲁

但牧民们却没有怨天尤人,仍然对生活、对未来充满期望。

　　巴图朝鲁找到队长伊兰大姐,把自己这几天的想法和思考和盘托出:"我们是乌兰牧骑,我们的四项基本任务之一就是服务,但如何服务,我们需要探索。现在干旱少雨,牧区严重缺水,乌日根大队方圆几十里都没有一口像样的水井。我们年轻力壮有力量,在这里多停留几天,挖出一口好井,你说怎么样?"

　　"怎么样?"伊兰被巴图朝鲁的热情感染,"那还能怎么样,说干咱们就干呗!"

　　乌日根大队党支部尽最大努力支持乌兰牧骑的行动,一天、两天、三天,一米、两米、三米,当挖到六米深时,井里出现塌方,危险和困难随之而来。直到这时，乌兰牧骑的队员们方才如梦初醒，在这片草原生活的人们为什么宁愿忍受干旱和缺水，也决不轻言打井，因为这里的土质含砂量大，挖着挖着就会塌方，导致前功尽弃。然而，乌兰牧骑队员们没有一个打退堂鼓的。在危险面前，巴图朝鲁挺身而出，在腰间系一根绳子，这样遇到危险时队员们能把他从井底拽上来。他赤脚站在冰凉的井水中，一锹一锹地打捞流沙，队员们一筐筐地拉上来。经过七天的忘我奋战，乌兰牧骑队员终于在浑善达克沙地的边缘打出一口造福于牧区、造福于牧民的水井。

大队党支部书记格日勒组织所有牧民来到井边，为乌兰牧骑队员们庆功，大队年纪最长的老额吉吻遍所有队员的额头，以蒙古族最高的礼节给他们最衷心的祝福！

格日勒在井边竖起一块儿木牌，上面写着"乌兰牧骑井，1964"。

时隔42年，2006年巴图朝鲁故地重游，这里成为阿其图乌拉苏木乌日根嘎查。当年的老书记已经去世了，坐在井边迎接巴图朝鲁到来的是现任书记拉木扎布，打井时他还是个孩童。拉木扎布从蒙古袍里拿出一瓶酒，以庄严的神情完成敬苍天、敬大地、敬圣火的传统仪式后，和巴图朝鲁边喝边聊起来。拉木扎布呷一口酒，咂咂嘴儿，然后语重心长地说："这口井啊，是乌兰牧骑给我们挖出来的。几十年了，生活在这片草原上的牧民都约定俗成地叫它'乌兰牧骑井'。"在老百姓的心中，这是一汪圣水，几十年都没有干枯过的圣水。

2016年7月，为拍摄电视纪录片，巴图朝鲁再次来到阿其图乌拉苏木乌日根嘎查。"乌兰牧骑井"依然清泉汩汩，用清流滋润着这片草原，但当年的老支书却不在了。

敬酒，是蒙古民族的传统礼仪。

巴图朝鲁显然有些激动。他跪在草原上，举起的双手托着哈达，把烈酒洒向苍天、洒向大地,然后满怀深情地说:"老支书不在了,但这片草原上的人们依然念念不忘'乌兰牧骑井'。作为乌兰牧骑老队员,我心存感激!我要给苍天、给大地、给祖祖辈辈生活在这片草原上的牧民磕头!"

"乌兰牧骑井"见证着乌兰牧骑和牧民的血肉相连的鱼水之情。

"乌兰牧骑井"是乌日根草原上的精神坐标、信仰坐标和理想坐标。

1968年7月,"文化大革命"愈演愈烈,在"清理阶级队伍扩大化"的浪潮中,苏尼特右旗乌兰牧骑被强行解散,队员们茫然不知所措地各奔东西,就像迷途的羔羊,不知道母亲在哪里、不知道家在哪里。

26岁的巴图朝鲁像头健壮的牤牛,浑身都是使不完的劲儿,然而他却找不到使劲儿的地方了。歌不能唱了,舞不能跳了,马头琴不能拉了,苦闷与苦恼犹如孪生兄弟,日夜折磨着这位热血青年。他就这样失魂落魄地度过一年多的时光。突然有一天,巴图朝鲁接到让乌兰牧骑队员集合的通知,他兴奋得一跳三尺高,激动的心情无法言表。

墨绿色的军车在查干诺尔天然碱湖边停下。

白茫茫、野茫茫,只有朔风没有牛羊的荒原。

查干诺尔,白色的湖。一亿多年前,这里曾经是猛犸、恐龙等大型动物的天堂。由于地壳运动和地质变迁,不知在什么时候这里形成了偌大的碱湖盆地。20世纪20年代,现代考古工作者在这里发掘出一具长23米、高12米的亚洲最大的白垩纪时期的恐龙化石。1965年底,内蒙古地质局提交的《查干诺尔碱矿勘探报告》显示,13平方公里的碱湖盆地中蕴藏着4000多万吨优质天然碱,储量为亚洲第二、中国第一。

如果不是到这里来接受劳动改造,这些年轻的歌者、舞者或许会调动他们的艺术思维和创作激情,写出时代之歌,跳出时代之舞。

没有房屋、没有牧群、没有人烟,一片没有篝火的荒凉。

住进阴冷潮湿的窑洞,每天从事着超强度的体力劳动,巴图朝鲁和队友累得连腰都直不起来。

巴图朝鲁和队友是从草原上成长起来的文艺工作者,唱歌、跳舞、弹琴,每个人都是行家里手,骑马、放羊、打草,亦不在话下,但他们面对炸药、雷管、导火索这些从未见过的东西,的确会手足无措。然而,多舛的命运就是如此,残酷的现实就是如此,每个人都别无选择地接受命运的安排和现实的捉弄。打矿眼、装炸药、埋雷管、拉导火索,他们在最短的时间内掌握了这些技能。巴图朝鲁说,最糟糕的是排除哑炮,一排打出四个炮眼,"咣、咣、咣"三个响了,有一个没响的是哑炮。哑炮不排除不行,但排除就意味着风险,一旦操作不当,哑炮一响,人也就没了。这不是危言耸听,这样的事故不知已经发生过多少次了。

即便如此,在这碱湖边改造的两年多时间里,他们也有欢乐的时光。

几个月以后的某天晚上,腰酸背痛的巴图朝鲁和其他队员被军管战士从窑洞里喊出来:"你们不是唱歌、跳舞的吗?现在就唱吧、跳吧,让我们欣赏一下。"

可以唱歌了、可以跳舞了,巴图朝鲁和其他队员的情绪立即高涨起来。没有演出服装,平时穿什么还都穿什么;没有乐器,就哼出熟悉的旋律伴奏。

唱的、跳的、听的、看的,同时都忘掉了自己当时的身份,艺术的魅力在软化着每一个人的心灵。

在查干诺尔碱湖劳动改造结束后,巴图朝鲁被派到商都县。

然而,就在他打点行装准备前往商都的时候,命运出现转折,草原为他铺就驰骋的疆场,牧民为他敞开温暖的怀抱。

阿其图乌拉公社革委会派一名干部带着公函来到查干诺尔碱矿,找到军管干部说:"你们这儿的学习班马上要解散了,我是代表公社革委会来要乌兰牧骑队员巴图朝鲁的。我们那里学校的孩子们想唱革命歌曲,但没有音乐老师。巴图朝鲁会唱歌、会拉琴,正合适到我们那儿当音乐老师,教孩子们唱革命歌曲,用歌声宣传战无不胜的毛泽东思想。"

来者态度坚决、语气坚定,不容置疑。

谁敢不让牧民的孩子学唱革命歌曲?谁敢不让向牧民的孩子宣传毛泽东思想?在那个火红的年代,唱革命歌曲、宣传毛泽东思想是最大的政治,没有人敢冒险去犯政治错误。军管干部顺水推舟,一"推"就把巴图朝鲁"推"到阿其图乌拉公社小学。

两间土房,三口之家,巴图朝鲁每天都能和妻子相伴,每天都能看到刚满周岁的儿子稚气的脸庞,他自然是喜不自胜。而这一切的得来,都源于牧区人民对他的关爱、对他的信任和对他的理解。他立志要以最大的热情、最勤奋的工作和看得见摸得着的成绩来回报牧区人民的大恩大德大慈大悲。

阿其图乌拉公社小学是一所寄宿制学校,百八十里以外的牧民都把孩子送到这里来上学。

那是中秋时节,学校刚刚开学,赛吉拉呼校长找到巴图朝鲁,商量着说:"、再过一个月就是国庆节了,你能不能教孩子们唱唱歌、跳跳舞,咱们学校也像乌兰牧骑似的搞一场演出。"末了,赛吉拉呼补充一句:"我看过你的演出,手风琴拉得太好了!"说话间,他把大拇指举到巴图朝鲁的面前。

巴图朝鲁感觉到周身的热血在沸腾。他想:"一个人如果能燃烧,我就在牧区燃烧,我就在学校燃烧。让我的光和热,尽可能地照亮孩子们的心灵。"

巴图朝鲁的爱人王桂琴曾经也是乌兰牧骑队员，看到丈夫如此受到人们的尊重，看到久违的尊严又悄然回到丈夫的心里和身上，她甚至比巴图朝鲁还激动、还兴奋、还精神抖擞。她和巴图朝鲁一起教孩子们唱歌、教孩子们跳舞，在孩子的歌声和笑声中绽放青春的灿烂！

1972年10月1日，阿其图乌拉公社小学历史上第一场文艺演出在学校操场上有序进行，公社所有的干部都来了，镇上所有的牧民都来了，所有学生家长骑着马赶着车从几十里、上百里以外的草场都赶来了。

入冬时节，巴图朝鲁的小家被羊粪砖围了起来，这是学生家长陆陆续续送来的过冬燃料；七只白条羊整齐地摆放在屋角，小屋都显得有几分拥挤，这是牧民们送来的过冬肉食。草原和牧民以最为博大的胸怀接纳了巴图朝鲁，巴图朝鲁也将灵魂和生命融进了这片草原。

强行解散乌兰牧骑，就宛如在牧民心头割下一块儿肉。以往，无论多么偏远的牧区，每年都能看上几场乌兰牧骑的演出。看不到乌兰牧骑的演出，牧民感觉生活都失去了色彩。

"玛奈乌兰牧骑罕白哪（我们的乌兰牧骑在哪）？"

"我们需要乌兰牧骑，如果政府不能养，我们牧民来养！"

牧民要求恢复乌兰牧骑的呼声一浪高过一浪，"浪涛"的声音震得旗委书记、军代表张奎坐不住了。

行伍出身的张奎是汉族干部，在特殊年代以特殊身份来到民族地区工作。面对复杂的政治局势和复杂的社会局面，他在思考中得出的结论是：不管在任何时候、任何情况下，党和政府都要认真倾听人民群众的呼声，人民是党和政府一切工作的出发点和落脚点，这是毛泽东思想的精髓所在，这是马克思主义的真理所在。

张奎在马克思、毛泽东那里找到理论根据。既然牧民需要乌兰牧骑,那就恢复乌兰牧骑的建制,让乌兰牧骑的歌在草原上唱起来,让乌兰牧骑的舞在草原上跳起来,让乌兰牧骑旗帜在草原上飘起来!

恢复乌兰牧骑建制,巴图朝鲁平静、安适、充满情趣的生活必然会受到影响。乌兰牧骑乐队使用的乐器是三弦、马头琴和手风琴。三弦和马头琴是蒙古族传统乐器,能弹能拉的人很多。而手风琴是"洋玩意儿",如果苏尼特右旗手风琴第一高手巴图朝鲁缺位,那乌兰牧骑乐队的"三驾马车"势必会"瘸腿儿"。苏尼特右旗革命委员会的电话打到阿其图乌拉公社书记阿拉腾的办公室,命令巴图朝鲁归队。

命令就是命令,当时还在军管,一切都要按军队的命令行事。

阿拉腾理解巴图朝鲁的心情,但他更知道命令的严肃性和不可抗拒性。他语重心长地说:"你是从碱矿出来的,应该知道军事管制意味着什么。我知道你不愿意也不舍得离开阿其图乌拉,但这里只是你的暂栖之所。你的根在乌兰牧骑,你的舞台在乌兰牧骑,这里的老百姓需要你,全旗的老百姓更需要你!去吧,到更高更远的天空飞翔吧!"

"胡木吉勒格图,你还记得咱们在北京木偶剧团学习的日子吗?"巴图朝鲁和胡木吉勒格图在皑皑的雪地上深一脚浅一脚地走着,他们要去一个浩特,向牧民宣讲防灾保畜的政策和相关知识。

"记得,当然记得,就像用烙铁烙在脑子里一样,哪能忘呢!"

1973年11月,苏尼特右旗乌兰牧骑的部分队员在北京木偶剧团进行了为期两个月的培训。作为文艺战士,这是他们第一次零距离地接触木偶戏,记忆深刻是理所当然的。

咯吱咯吱,两人吃力地走在雪地上。"巴图,你怎么突然想起这事儿了,是不是有什么鬼点子啊?"胡木吉勒格图问道。

"被你猜中了，我是有些想法。"巴图朝鲁说，"我们乌兰牧骑面对的是苏尼特草原上的所有人，其中包括那些天真无邪的少年儿童。以前，我们为这部分观众考虑得太少了。孩子们的心灵更需要文化的滋养啊！"

他接着说道："1974年盛夏的那达慕期间，北京木偶剧团在咱们草原上演出的木偶剧《草原红花》，多受孩子们的欢迎啊！他们欢呼雀跃的样子，我至今都记忆犹新，美中不足的就是孩子们听不懂汉语。因此，我在想，咱们乌兰牧骑应成立一个木偶剧组，到外地学习学习，然后用蒙古语为孩子们演出，那效果不是更好吗？"

"这真是个好主意、好建议！"胡木吉勒格图显然有些激动，"咱们回去后就向队里、旗里汇报，争取让草原上的孩子能看上蒙古语木偶戏。"

两人齐刷刷地把目光射向天穹，激情憧憬着美好的未来。

1981年底，苏尼特右旗人民政府以文件的形式将成立蒙古语木偶剧组的计划上报内蒙古自治区文化局。1982年2月2日，内蒙古自治区文化局做出批复，同意在不增加编制的情况下，在乌兰牧骑内增设蒙古语木偶剧组，指出蒙古语木偶剧组要面向牧区，特别是为蒙古族青年、少年和儿童服务，用民族木偶文艺形式努力反映他们的生活风貌，为牧区精神文明建设做出贡献。

为解决设备、服装、道具及外出学习的问题，内蒙古自治区文化局拨付一万元，作为对苏尼特右旗乌兰牧骑增设蒙古语木偶剧组的支持。

1982年3月，苏尼特右旗乌兰牧骑副队长巴图朝鲁肩上又压上了一副担子，组织决定让他兼任蒙古语木偶剧组组长，并率领其达拉图、其木格、萨如拉3个平均年龄只有19岁的队员前往上海木偶剧团"取经"。

上海木偶剧团坐落在繁华的南京路上。巴图朝鲁和他的队员都知道"南京路上好八连"的故事,虽然近在咫尺,但到离开上海的时候,他们都没能去参观一下。"我们把全部精力和时间都用在学习上了,"巴图朝鲁自豪地说,"我们肩负使命而来,老师上班时我们跟着学,老师下班后我们自己练,胳膊举酸了、大腿站肿了,没有一个人叫苦叫累。因气候、水土不服,偶尔会头疼脑热,吃两片药也就顶过去了。两个月的时间,没有一个人请假,没有一个人掉队。"

学习结束前,上海木偶剧团安排老师带领他们到杭州演出,在十几所幼儿园进行演出,均获得好评。离别时,上海木偶剧团指导老师对巴图朝鲁说:"在这儿,你们学到的是木偶剧的表演艺术和表演技术,我们在你们身上看到的是乌兰牧骑精神和草原文艺轻骑兵的风采!"

学成归来,他们精神抖擞,意气风发。

1982年6月1日,巴图朝鲁率领蒙古语木偶剧组走进苏尼特右旗幼儿园。《不讲卫生的猪八戒》《金鸡冠的小公鸡》《一只小黑猫》《三毛小淘气》《两个小朋友》5个蒙古语木偶节目相继登场,草原上的孩子第一次看到用母语演出的木偶戏,草原欢腾了!

《人民日报》《内蒙古日报》《锡林郭勒日报》都满腔热忱地对"草原木偶戏"给予热情报道,"草原木偶戏"逐渐成为苏尼特右旗乌兰牧骑的金色品牌。

1984年5月,巴图朝鲁应邀参加在广西南宁召开的全国木偶剧本研讨会,他的儿童木偶剧本《马头琴的传说》被评为优秀剧本,他本人成为中国木偶剧和皮影戏艺术研究协会会员。

1985年12月,苏尼特右旗乌兰牧骑巴图朝鲁、其达拉图、王红岩、贾凤英、刘云祥等参与内蒙古电视台、中国木偶剧团联合拍摄的七集电视剧《马头琴的传说》的拍摄。

1982年7月,40岁的巴图朝鲁出任苏尼特右旗乌兰牧骑第六任队长。知恩图报是每个人都应该遵循的道德操守。上任伊始,巴图朝鲁径自找到时任旗委书记的乌力吉图,直言要把第一批队员、第二任队长伊兰请回乌兰牧骑任指导员。

乌力吉图对伊兰很熟悉,但考虑到伊兰年龄偏大,他有些犹豫。巴图朝鲁诚恳、动情地陈述选择伊兰的理由:"乌书记,我们乌兰牧骑12名队员中没有1名党员,而且大部分是20多岁血气方刚、风华正茂的青年,有激情,但思想也特别活跃。伊兰是第一批队员,又当过队长,有着丰富的乌兰牧骑工作经验,这样有威信、有影响、有经验的人来乌兰牧骑把握方向和做年轻人的思想政治工作,是再合适不过了!乌书记,您说呢?"

"我还能说什么?"乌力吉图用赞美、欣赏的目光打量着巴图朝鲁,"你的理由那么充分,我还能有什么意见吗?好了,你们俩拉着乌兰牧骑这辆'文艺战车'往前奔吧!"

1984年7月,内蒙古自治区文化厅电召时任苏尼特右旗文化局副局长、乌兰牧骑队长的巴图朝鲁火速赶往呼和浩特。他风风火火地走进文化厅艺术处处长达·阿拉坦巴干的办公室,迫不及待地问道:"巴处长,有啥重要任务啊?"

达·阿拉坦巴干指指对面的沙发,示意他坐下:"都40多岁的人了,还像个毛手毛脚的小伙子,坐下,慢慢说。"

达·阿拉坦巴干把国家民委、文化部的文件递给巴图朝鲁,然后有板有眼地说:"根据国家民委、文化部的指示精神,今年内蒙古要制作一辆文艺彩车,参加国庆35周年庆典,通过天安门广场,接受党和国家领导人的检阅。厅党组决定,把这一光荣而艰巨的任务,交给全国第一支乌兰牧骑来完成,你们肩上的担子不轻啊!"

巴图朝鲁的泪水夺眶而出，激动得不能自已。苏尼特右旗乌兰牧骑是全国第一支乌兰牧骑，但从1965年开始的声势浩大的乌兰牧骑全国巡演中，苏尼特右旗乌兰牧骑却没有一个队员参加，遗憾，莫大的遗憾！这个遗憾犹如一块巨石，压在苏尼特右旗乌兰牧骑的头上近20个年头，喘不过气来啊！现在，终于得到机会参加国庆庆典，而且是代表全区乌兰牧骑和全国文艺战线，这崇高的荣誉怎能不让巴图朝鲁欣喜若狂、手舞足蹈呢？

巴图朝鲁奉命前往北京，与国庆活动筹备办公室接洽后，就一头扎进文艺彩车承制单位——北京木偶剧院。

国家民委、文化部对文艺彩车的设计要求是突出内蒙古草原特色、突出乌兰牧骑特色。

在苏尼特草原生活40多年、在乌兰牧骑工作20多年，毋庸置疑，巴图朝鲁对草原、对乌兰牧骑是熟悉的，然而想要把内蒙古特色和乌兰牧骑特色都准确地提炼出来，不是轻而易举就能做到的。盛夏七月，酷暑难当，巴图朝鲁在北京木偶剧院的一间办公室里挥汗如雨地工作着，构思改了一次又一次，草图画了一张又一张。北京木偶剧院院长刘纪不时走进来和他交谈、磋商、探讨，使他得到许多有益的启发。蓝天、白云、彩虹、草原、鲜花、骏马，似乎什么都有了，似乎又缺少点什么，想啊、想啊，突然灵光一闪，巴图朝鲁的眼前飘起一面旗帜，旗帜上是用蒙汉两种文字书写的"乌兰牧骑"，设计完成了。

1984年10月1日，突出内蒙古特色和乌兰牧骑特色的文艺彩车出现在天安门广场。当文艺彩车缓缓驶近金水桥时，全国第一支乌兰牧骑的新老队员伊兰、巴图朝鲁、胡木吉勒格图、达林太、其达拉图、乌兰巴根、巴图德力格尔、巴特尔、娜仁花、乌兰托亚、乌兰塔娜、王红岩、贾凤英、刘云祥14人，载歌载舞，向党中央、向国务院、向全国各族人民表达草原的祝福。他们唱着、跳着、呐喊着,幸福的泪水夺眶而出,特别是指导员伊兰,更是感慨万千。20年前,她作为全国文教系统群英会的代表,曾经受到毛泽东、刘少奇等党和国家领导人的亲切接见。20年后,她作为乌兰牧骑的一名老兵,又在天安门广场接受党和国家领导人的检阅,该是多么幸福、多么激动、多么自豪啊!

"小平您好"!

这是1984年10月1日,北京大学学生在天安门广场上打出的横幅上的标语,而巴图朝鲁就见证了这个横幅的诞生。横幅虽然只出现了几十秒,但表达的却是十几亿人民对小平同志深厚的爱戴之情。

晚上,苏尼特右旗乌兰牧骑队员身着色彩斑斓的民族服装,在天安门广场参加篝火晚会。他们不但唱蒙古歌、跳蒙古舞,还非常完美地演唱了胡松华的《赞歌》、才旦卓玛的《北京的金山上》。巴图朝鲁说:"这两首歌都与草原、天安门和少数民族有关,在天安门广场演唱这样的歌曲,表达的是草原儿女对伟大祖国的衷心祝福,唱响的是中华民族大团结的颂歌!"

10月2日,时任文化部副部长的周巍峙和对外友好协会会长陈昊苏来到驻地,看望苏尼特右旗乌兰牧骑队员,并和他们亲切座谈。座谈高潮时,大有陈毅元帅遗风的陈昊苏向后微仰靠在沙发上,伸出大拇指高兴地说:"你们真棒,在天安门展示了草原文艺轻骑兵的风采。中央领导看到了,全国人民也都看到了,电视在进行实况转播嘛!"

1986年是巴图朝鲁人生和事业的重要节点。

之所以说是人生的重要节点,是因为他父亲在被镇压35年后得以平反昭雪,北京军区为其补发"起义人员证书",背在巴图朝鲁背上几十年的包袱、压在巴图朝鲁心上几十年的石头顷刻间不翼而飞,他可以向所有人一样,挺直脊梁做人了,再也不用夹着"尾巴"做人了!

说这一年是他事业的重要节点是因为一纸调令使巴图朝鲁成为内蒙古人民广播电台的一名音乐编辑。他流着泪和草原告别,和乌兰牧骑告别,和草原上所有的生灵告别……走进呼和浩特,走进内蒙古人民广播电台大楼,巴图朝鲁最迫切想见到的就是文艺部主任巴德拉。两人热烈拥抱后,便海阔天空地聊了起来。

10年前,1976年冬,粉碎"四人帮"以后,某天傍晚,巴德拉从呼和浩特来到赛汗塔拉。他没有惊动当地政府,先来到巴图朝鲁家,刚坐在炕上就快人快语地说道:"坐一天车都快要颠得散架子了,给两杯酒喝,解解乏。"

酒酣耳热之际,巴德拉把公函递给巴图朝鲁,然后兴奋地说:"我是来调你的,这许多年来,你的上百首歌曲在我们广播电台播出,影响广泛、反响热烈,我们早就想要你了,但是苦于政治原因,我们只能'望人兴叹'。"

巴德拉所说的"政治原因",无非就是巴图朝鲁是被镇压的"反革命分子"的儿子。

"那现在我能去了?"巴图朝鲁不无疑惑地问。

"当然,现在'四人帮'被打倒了,你父亲也平反昭雪了,你也该'解放'了,明天我就去旗委宣传部协商调人,你等着我的好消息吧!"

巴图朝鲁满怀欣喜地等待消息,一个月、两个月,一年、两年,最终还是没有等来。

10年后,当巴图朝鲁真的坐在广播电台大楼里时,巴德拉感慨万千:"当时我太乐观、太天真了,'四人帮'虽然被打倒了,但'四人帮'的影响是不可能一下子就没了的。"

说完,两人释然地笑了,一切都是过眼云烟。

根植草原，心系乌兰牧骑。

2017年8月，苏尼特右旗委、旗政府隆重集会，纪念乌兰牧骑成立60周年，巴图朝鲁荣获"乌兰牧骑突出贡献者"称号。78岁高龄的巴图朝鲁"老夫聊发少年狂"，他找到苏尼特右旗副旗长娜日娜，激情追溯苏尼特右旗少年儿童歌唱的历史。1998年4月，苏尼特右旗少儿艺术培训中心和苏尼特右旗乌兰牧骑小骏马少儿艺术团同时成立。2000年7月28日，苏尼特右旗乌兰牧骑小骏马少儿艺术团的舞蹈《雪山上的小卓玛》《草原牧童的喜悦》在锡林郭勒盟教育系统文艺会演中双双获奖。

"草原上的孩子有跳舞的天赋，有唱歌的天赋，"老人深情地说，"我曾经也是孩子，那时多么渴望拥有唱歌、跳舞的舞台啊！旗委、旗政府授予我'乌兰牧骑突出贡献者'的奖励，是鼓励，更是激励，我有余热，我要把余热奉献给生我养我的苏尼特草原！"

他努力地使自己的情绪平静下来，长长地舒口气后接着说："我建议，咱们旗里成立一个少年儿童合唱团。"

巴图朝鲁对家乡、对音乐、对儿童爱得执着，爱得深沉，爱得热烈，用不同方式、不同形式表达着这种执着、深沉、热烈的人间大爱。

巴图朝鲁笃信草原儿童拥有音乐天赋，只要给他们插上翅膀，他们就会在音乐的天空翱翔。

巴图朝鲁从20世纪70年代开始从事儿童音乐教育和儿童歌曲创作。他1970年创作的第一首儿童歌曲就是写给草原儿童的，40年来童心从未泯灭。他从苏尼特右旗乌兰牧骑调到内蒙古人民广播电台的同时，也把对儿童音乐的关注带到那里，出任文艺部少儿节目组组长后所组建的"小骏马合唱团"，蜚声草原。

1992年初，内蒙古教育出版社社长查德格尔找到巴图朝鲁，和他探讨由"小骏马合唱团"把蒙古语小学音乐教材中的歌曲全部唱出来的可能性。

　　现实不容乐观,内蒙古教育出版社负责全国蒙古文授课的所有教材的出版工作。据查德格尔反映,大部分小学因缺少音乐教师导致音乐课形同虚设。教育要从娃娃抓起,音乐教育更应该是娃娃们放飞梦想的天空。为民族音乐教育、为儿童音乐教育付出心血和汗水是理所当然、责无旁贷的事情,巴图朝鲁欣然应允。两年时间,20盘盒式录音带,蒙古语音乐教学从一年级到五年级的有声教材,全部由"小骏马合唱团"的孩子们唱出。这些歌曲洗涤着数以万计的蒙古族儿童的心灵,影响着数以万计的蒙古族儿童的成长。

　　草原上不能没有儿童合唱的声音。

　　2017年庆祝苏尼特右旗乌兰牧骑建立60周年活动结束以后,巴图朝鲁找到苏尼特右旗分管文化工作的副旗长娜日娜,把要在苏尼特右旗成立少儿合唱团的想法和盘托出。在娜日娜灿烂的笑容中,巴图朝鲁得到肯定的答案。

　　苏尼特右旗少儿合唱团落地青少年活动中心,在两所蒙古族小学中"海选"出的50名学生,成为苏尼特右旗少儿合唱团的第一批团员。

　　少儿合唱团的成员是"海选"产生的,少儿合唱团的老师同样要经过"海选",最终胜出的是在上海音乐学院攻读博士学位的蒙古国军队歌舞团合唱指挥阿如达雅。

　　阿如达雅虽是外教,但因同操蒙古语,极易和团员们沟通,这对合唱团整体水平的提高大有裨益。另外,外教执教的合唱团,在某种意义上说,也具有国际意义。

　　孩子们被选中了,但家长们未必都同意。巴图朝鲁便把家长们都找到一起,和他们促膝谈心,掰开揉碎地和家长们讲:"到合唱团来不一定都能成为歌唱家,但政治家、军事家、科学家懂得音乐、喜欢音乐、热爱音乐的也大有人在啊!不管孩子将来从事什么职业,音乐都可以滋养他们的心灵。"

合唱体现的是一种团队精神,合唱没有个体的"我",只有集体的"我们"。年届八旬的老人整天被一群孩子围在中间,乐此不疲地向孩子们灌输集体观念,其乐也融融、其情也融融。苏尼特右旗青少年中心主任苏德颇为感慨:"八十岁的老人和十来岁的孩子,居然没有代沟。"

巴图朝鲁要把苏尼特右旗少儿合唱团带到北京参加第十四届中国国际合唱节的消息不胫而走,犹如一块巨石投入湖中,在孩子家长心中激起层层涟漪、朵朵浪花、阵阵波涛。他们比孩子更激动,他们比孩子更加懂得参加中国国际合唱节对孩子成长的重要意义。

巴图朝鲁的老朋友、内蒙古合唱协会主席色·恩和巴雅尔向第十四届中国国际合唱节组委会鼎力推荐巴图朝鲁和他倾注全部心血的苏尼特右旗蒙古族少儿合唱团。中国国际合唱节有一个"公益板块",每届组织9家热心公益事业的企业或机构资助9个革命老区、少数民族地区、边疆地区和贫困地区的少儿合唱团参与中国国际合唱节活动,让老少边穷地区的孩子感受社会的温暖和音乐的力量。

在组委会的统筹安排下,内蒙古苏尼特右旗蒙古族少儿合唱团和企业家张永便结成"帮扶联盟"。张永便热心公益事业,正在全力打造"海棠花开"公益品牌和筹建"海棠花开"公益组织,所以他更愿意人们称他为"海棠花开"公益人士。

巴图朝鲁、苏德、张永便犹如"三驾马车",拉着35个心里装着七彩梦想的蒙古族孩子,穿行在北京的大街小巷,让他们感受中国国际合唱节的盛况和祖国伟大首都的无限风光。

巴图朝鲁会记住这一天,来自苏尼特草原的孩子们会记住这一天,

2018年7月19日晚,第十四届中国国际合唱节暨国际合唱联盟合唱教育大会在北京五棵松体育馆凯迪拉克中心隆重开幕。来自59个国家的308支合唱团共约1.5万名不同洲际、不同国度、不同民族、不同肤色、不同语言的合唱爱好者共同唱响《相亲相爱》,共同唱响繁星闪烁的夜晚,共同唱响炽热如火的盛夏。由48个国家和地区的青年歌手组成的世界青年合唱团在东方神骏组合气势磅礴的马头琴伴奏下演唱的《八骏赞》,是草原儿童和草原人民耳熟能详的蒙古族歌曲。

在这个国际大舞台上听到《八骏赞》和在草原上、在蒙古包里听到《八骏赞》的感觉迥然不同,巴图朝鲁利用这个千载难逢的机会,向孩子们讲述优秀民族传统文化和圣祖成吉思汗的故事,以激发孩子们的民族自豪感,并树立正确的民族史观。孩子们想和这些来自世界各地的文化使者合影,想让这些来自世界各地的文化使者签名,但因语言不通,显得手足无措。巴图朝鲁鼓励孩子们用肢体语言和他们交流,该合影的合影、该签名的签名,不要留下遗憾。同时,他有意识地让孩子们认识到学习外语的重要性,从而激发孩子们学习外语的兴趣和热情。

7月21日,苏尼特右旗蒙古族少儿合唱团走进中欧国际工商学院北京校区,置身设在这里的"海棠花开学堂",聆听非遗传承人讲述糖画、风筝的制作技巧和流程,同时在非遗传承人的指导下,现场制作糖画和风筝。一幅幅糖画,融进孩子们甜蜜的笑容;一只只风筝,放飞孩子们天真的梦想。

在中欧国际工商学院北京校区,苏尼特右旗蒙古族少儿合唱团与中欧校友海棠花开合唱团共同演唱《美丽的草原我的家》《共同的心愿》和《海棠花开》等歌曲,让音乐架起沟通的桥梁。

7月26日晚,来自全国各地被资助的9支少儿合唱团专场晚会在北京天桥剧场演出。作为压轴团队,苏尼特右旗蒙古族少儿合唱团奉献的两首歌曲——《铁木真》和《共同的心愿》,博得阵阵喝彩。

巴图朝鲁是《共同的心愿》的词曲作者,他说:"这首歌写在几年前,没想到在国际合唱节派上用场了。"

苏尼特右旗蒙古族少儿合唱团被中国国际合唱节组织委员会授予"优秀表演奖",巴图朝鲁被授予"爱心奉献奖"。孩子们激动,巴图朝鲁更是激动。面对中央电视台和各大媒体的采访,巴图朝鲁动情地倾吐着心声:"苏尼特草原是第一支乌兰牧骑诞生的地方,我是第一代乌兰牧骑队员,在还能走得动、听得见的时候,活跃在、活动在孩子们中间,就是要让他们从心里接受和传承乌兰牧骑精神。如果在学习中、生活中、工作中始终秉持乌兰牧骑精神,那么便没有做不好的事情,没有完不成的任务。乌兰牧骑精神应该一代一代地传承下去、发扬下去。"

巴图朝鲁和苏尼特右旗蒙古族少儿合唱团的孩子们回到苏尼特草原,深受乌兰牧骑精神熏陶和感染的"海棠花开"公益人士张永便乘风"追"到苏尼特草原,而且把自己在美国留学的儿子张曜麟也带到了苏尼特草原。

黑黑的公路,宛若仙女抛在草原上的一条黑色"丝线",一辆越野吉普在这条"丝线"上狂奔。张永便要到合唱团团员额尼日勒家里进行家方,苏德便陪同他前往桑宝力格苏木查干楚鲁嘎查。

一路都是望不尽的绿色,以及在这绿色上悠闲吃草的牛群、马群和羊群。张永便第一次来到草原,第一次走进蒙古包,第一次在牧民家里做客。

女主人其其格和她的女儿额尼日勒以蒙古族的礼节把张永便一行迎进蒙古包。额尼日勒和张永便是"老熟人"了,她是苏尼特右旗蒙古族少儿合唱团的成员,在北京参加第十四届中国国际合唱节期间,曾得到张叔叔无微不至的关怀,但她怎么也没有想到,张叔叔能来她家里做客。小额尼日勒脸上绽放着鲜花般的笑容,忙里忙外地帮着妈妈招待客人。

哈达、美酒、鼻烟壶、炒米、奶茶、手把肉。在草原上,在牧民家里,张永便彻彻底底地领略了蒙古民族的豪爽、真诚和热情。

豪爽对豪爽。

真诚对真诚。

热情对热情。

"想去北京读书吗?"

"想。"

"想去美国读书吗?"

"想。"

张永便和额尼日勒的对话虽然简短,但却引发出张永便许多联想和感慨。自己的孩子在北京、在美国读书,那是条件和环境使然,如若给予牧区的孩子同样的条件和环境,牧区的孩子同样可以在北京、在美国读书。诚如巴图朝鲁老师所说,牧民的孩子都有潜能和天赋,给他们一个支点,就能撬起地球。

张永便是有社会责任感的企业家,而在大城市解读社会责任感和在牧区解读社会责任感,是完全不同的两种概念。

张永便对苏尼特右旗蒙古族少儿合唱团的支持原本是随着第十四届中国国际合唱节的结束而结束的,但草原之行的思想洗礼和精神洗礼促使他让公益在草原上延续下去、让爱心在草原上延续下去。

张永便对苏德说,少儿合唱团要继续办下去,外教老师要继续请,社会活动要继续参加……

张永便对苏德说,明年的适当时节,中欧校友海棠花开合唱团和苏尼特右旗蒙古族少儿合唱团搞一台晚会,或在北京,或在三亚,或在苏尼特草原……

张永便对苏德说,这些事儿你尽管去张罗,资金短缺的问题由我来解决。

苏德对张永便说,如果有资金,那就什么问题都不是问题了。

四只眼睛深情对视,两双大手握在一起,协议达成了。

而当下,张永便的海棠花开学堂就已经落地苏尼特右旗青少年活动中心。从2018年8月13日开始,留学美国的张曜麟、刘珈希在公益课堂以英语口语、汉语拼音及中国古代文学和孩子们进行碰撞和互动。尽管时间只有短短的3天,但一扇扇心灵的窗户被打开了,孩子们学到的知识是有限的,但孩子们对未来的憧憬却是无限的。

全程记录苏尼特右旗蒙古族少儿合唱团北京之行的CD光盘和他们在第十四届中国国际合唱节上的音乐EP光盘,已经进入后期制作。CD和EP见证和记录着他们在北京的欢声笑语和快乐时光,这份礼物值得每个孩子永远珍藏。

张永便非常敬仰和崇拜巴图朝鲁。握别时,他饱含深情地对巴图朝鲁说:"您是我人生的楷模和榜样。如果我草原之行做过的事情和想要做的事情还算善举的话,这些都是因为您的影响所致。您是乌兰牧骑活的灵魂,草原因您而多彩……"

04

1947年5月1日,内蒙古自治政府在王爷庙(现乌兰浩特市)宣告成立,这是在中国共产党领导下成立的第一个少数民族自治政府。翻身

1957年6月17日，第一支乌兰牧骑在苏尼特右旗诞生

得解放、当家做主人的各族人民群众举着横幅、打着彩旗兴高采烈地走上街头，举行声势浩大的游行活动，以此纪念这一伟大的历史时刻。

游行队伍浩浩荡荡。在这浩荡的队伍中，有一个12岁的女孩儿显得特别活跃，不停地挥动彩旗、不停地高呼口号。少女妩媚的笑容如鲜花般灿烂地绽放，她就是后来成为第一支乌兰牧骑——苏尼特右旗乌兰牧骑队员的伊兰。

现年83岁的伊兰住在赛汗塔拉镇东北一隅的平房里安度晚年，种种花、种种草、种种菜，在平淡与平静中有滋有味地生活着。

2018年5月4日上午，在苏尼特右旗宣传部副部长萨茹拉的陪同下，我得以走进这所院落，得以坐在伊兰老人家身边，和她轻松自如地拉起家常。

1947年5月1日参加内蒙古自治政府成立群众大游行时，伊兰在内蒙古军属工厂学做服装，是地地道道的"童工"。1951年，伊兰16岁时被党组织送进内蒙古团妇校学习。学期很短，只有三个月。而这三个月，对她一生都至关重要，马克思主义的基本原理、民族区域自治政策的基本精神，都是在这三个月的淬火锤炼中学到的。从那时起，她就笃定了为社会主义、为共产主义奋斗终生的人生目标。

团妇校毕业典礼上，领导的讲话慷慨激昂："你们是毛泽东思想光辉照耀下的有理想有抱负有作为的青年，内蒙古自治区和社会主义新中国相继成立，祖国的建设需要你们，内蒙古的建设需要你们。你们想到、能到祖国最需要、内蒙古最需要的地方去工作吗？"

"能！"响彻云霄的呐喊传递着热血青年的心声。

没有什么比响应党的号召更光荣的，那个时代的青年就有那么崇高的信仰！

打起背包，告别父母，伊兰踏上西去的漫漫征途。一路上千折百回、千辛万苦，伊兰的脑海里交替闪烁着锡林郭勒、苏尼特右旗这些浪漫而富有诗意的名字。想着、走着，走着、想着，到了。

伊兰成为苏尼特右旗团委宣传干事。当时，无论是旗委书记还是普通干部，下牧区、进浩特宣传党的方针政策，是义不容辞的历史使命。团委就三五个干部，起初还有人带她一起下牧区、进浩特，后来因为每个人肩上都有工作任务，你往东走、我往西行，很少能有两个人结伴而行的时候。一个人骑马走在茫茫的草地上或茫茫的沙漠里，那种令人胆战心惊的寂寥，那种令人毛骨悚然的恐惧，那种令人不寒而栗的孤独，早把浪漫击得粉碎，早把诗情撕成碎片。她多少次在迷路中痛苦，又多少次在痛苦中迷路,甚至有多少次在绝望中,她都感觉到死神即将降临。

从爱好文艺到从事文艺工作,是伊兰命运的又一次转折。

1957年6月,为从根本上解决牧区缺少"精神食粮"的突出问题,内蒙古自治区文化局社会文化处和内蒙古群众艺术馆组织的乌兰牧骑试点工作组进驻苏尼特右旗。试点工作组组长由内蒙古群众艺术馆馆长于纯斋担任,成员有内蒙古群众艺术馆的达瓦敖斯尔、刘英男、图布新、张敏和内蒙古自治区文化局社会文化处的庆来和吴魁。苏尼特右旗旗长朝克巴达拉呼和宣传部部长明干积极而又热情地参与到试点工作当中。这两位领导对旗里的文艺现状和文化人才了如指掌,很快就敲定参加试点工作组的名单:乌力吉陶克套、额尔和木巴图、乌尼格日勒、伊兰、荷花、桑杰道尔吉、额尔登达来、娜仁图雅、刘细如。旗委、旗政府举全旗之力,为这支在苏尼特草原上破土而出的文艺新苗配备了一辆胶轮大马车作为交通工具,还有两块幕布、两顶帐篷、三盏煤气灯、四套民族服装、一台收音机、一台留声机、一套播音设备以及三弦、四胡、竹笛、马头琴和手风琴等乐器。

集合起来的文艺青年情绪高涨、热血沸腾。伊兰陷入深深的回忆:"那时,旗委、旗政府所在地还在温都尔庙。从6月初开始,我们这些人都集中起来学习。学什么呀?最先学的是毛主席《在延安文艺座谈会上的讲话》。领着我们学习的是旗长朝克巴达拉呼。那时的领导没架子,就像老百姓一样。他讲得好生动,眉飞色舞的,就像参加过延安文艺座谈会似的。经过他深入浅出、通俗易懂的讲解,我们明白了,干乌兰牧骑,最重要的是要听毛主席的话,要用毛泽东思想武装头脑。"

"自治区文化局社会文化处干事庆来隔三岔五地来试点组指导工作。自治区群众艺术馆的图布新老师给我们上声乐课,达瓦敖斯尔老师给我们上舞蹈课。辛沪光老师也来过……"

苏尼特右旗乌兰牧骑第一代队员伊兰参加苏尼特右旗庆祝乌兰牧骑成立60周年庆典活动

据伊兰回忆,在短短的十几天的时间里,他们排练出《两朵红花》《为了孩子》2部短剧,《党的关怀》《宏图》《幸福之路》3个好来宝,《阿萨尔》《八音》2个独奏乐曲以及舞蹈《挤奶姑娘》等12个节目,并学会了简单地化妆。

"党有党旗、国有国旗,我们这支队伍将来要到牧区演出,我们也应该有自己的旗帜啊!"伊兰又回忆起当年的往事,"我们的队长乌力吉陶克套是留日大学生,思维特别活跃。他和自治区群艺馆的张敏老师每天都在商量设计队旗的事。设计方案通过后,我跟荷花把队旗绣了出来,这就是第一支乌兰牧骑的第一面旗帜。"

1957年6月17日，苏尼特右旗党委、人委在温都尔庙举行乌兰牧骑成立庆典。在高高悬挂的"苏尼特右旗乌兰牧骑试点工作汇报演出"的横幅下，自治区文化局党组书记、副局长布赫，苏尼特右旗党政领导以及机关干部、农牧民群众观看了乌兰牧骑的汇报演出。旗委宣传部部长明干宣布苏尼特右旗乌兰牧骑正式成立。

布赫对试点工作取得的成绩给予充分肯定，对乌兰牧骑的成立表示热烈祝贺！

1957年6月18日，两辆大胶轮马车载着雄赳赳、气昂昂的9名乌兰牧骑队员和他们简单的舞台装备，从温都尔庙出发，向苏尼特草原深处奔去。

"什么是乌兰牧骑呀？你想让牧民知道和认可，就必须深入牧区，走到牧民中间，把牧民当亲人！"伊兰说，"乌兰牧骑是在牧民慈母般的呵护下成长起来的。"

骄阳似火，马蹄声疾。

1957年盛夏，刚从桑宝力格苏木达赖温都尔庙嘎查演出结束的9名乌兰牧骑队员，坐在马车上，向下一个演出地点阿其图乌拉苏木奔去。马车虽然颠簸，但队长乌力吉陶克套还是坚持在笔记本上写着东西。桑杰道尔吉凑上前去问道："队长，你在写啥呀？"

"庙，关于位于达赖温都尔庙嘎查的达赖却尔吉庙的历史掌故。"乌力吉陶克套边写边回答，"苏尼特草原上到处都是传说、都是故事，这些都是民间文学的汪洋大海。收集、整理民族民间文化遗产也是我们乌兰牧骑的责任和使命啊！"

"要说肚子里的墨水，我们8个人加起来也没有你1个人的多，"桑杰道尔吉背着三弦走遍了苏尼特草原，是家喻户晓的民间艺人。他接着说:"要说这草原上的故事和传说,你们8个加起来也没我1个人知道得多!"

于是,桑杰道尔吉滔滔不绝地讲起草原上的历史掌故:

清朝咸丰年间,达赖却尔吉喇嘛从雪域高原来到苏尼特草原。这座庙是他主持建造的,庙因人而得名,香火鼎盛时期有150多个喇嘛,庙产颇为殷富。1946年7月,西苏尼特旗18个苏木代表选举产生的西苏尼特旗民主政府就在这座庙里办公……

"你们知道阿其图乌拉的传说吗?"桑杰道尔吉尽情挥洒着民间艺人的高超本领,"相传,有座山上曾经盘踞着一个无恶不作、残害人民的魔鬼,人们对它恨得咬牙切齿但又无可奈何。成吉思汗南下伐金路过此地,听到老百姓怨声载道,于是怒火中烧,一箭将魔鬼的脑袋和山峰同时射穿,从此百姓过上了祥和安宁的日子,也就有了阿其图乌拉——双峰山。"

达赖却尔吉庙和阿其图乌拉之间横亘着茫茫沙漠。走进沙漠,气温骤然升高,平时精神抖擞、仰天嘶鸣的高头大马,此刻耳朵全都耷拉下来,汗如雨下,别说拉车,即便自己走路都是摇摇晃晃、东倒西歪的。

队员们扛起道具,艰难地在沙漠中跋涉,走一步退半步,口干舌燥,谁都不想多说一句话。

"那个冬营盘附近应该有井,有井就有水。"被称为"活地图"的乌尼格日勒指着沙漠边缘的远处说道。听到"水"字,大家又振作起精神,水就是希望,朝着有水的方向挪动就是捕捉希望。

来到井边,井里"倒立"着一头牛犊,不知掉进多少天了,朝天的屁股上有蛆在蠕动着。

这水还能喝吗?"能!"乌力吉陶克套斩钉截铁地说,"把锅架起来,把水倒进去,烧开就能喝了。"

就在这时,一支摇着驼铃的驼队由远而近,所有队员的感觉都是海市蜃楼。然而,这的的确确是一支真实的驼队,是专程来接他们的驼队。原来,他们在大沙窝子里艰难行走的时候,被一个放马的牧民看见了。那个牧民回去向互助组组长伊德新达瓦汇报了情况,伊德新达瓦果断派出了草原上这支"快速反应部队"。

憨厚、朴实、热情的牧民把他们的行装放在骆驼上,悠扬的驼铃声响起,犹如一支牧歌。

乌力吉陶克套的眼睛湿润了,所有队员的眼睛湿润了,多么纯朴的牧民,多么善良的父老乡亲啊!在这沙漠腹地,在这草原深处,几十里地才能碰到一座蒙古包,如果不是驼队的到来,他们什么时候才能走得出去呀!

就在阿其图乌拉演出期间,额尔德木巴图突然病倒。两位60多岁的老人把他接到家里,煮饭熬药,端尿倒屎,不分昼夜地守在身边。额尔德木巴图过意不去,想说点什么,可他虚弱得连说话的力气都没有了。老额吉在他热得像锅底似的额头上亲吻着,喃喃低语:"孩子,好好躺着、好好休息,这儿就是你的家。"

泪水犹如清泉从额尔德木巴图的眼里汩汩流出,身边两位慈祥的老人,不是亲人胜似亲人,不是父母胜似父母!

苏格尔、布达格日勒是阿其图乌拉草原上的两位游医,听到额尔德木巴图生病的消息,他俩从不同方向、不同牧场先后赶到老人家里为额尔德木巴图义诊,直到他康复归队。

额尔德木巴图归队时,布达格日勒也来到乌兰牧骑,他说:"你们在阿其图乌拉草原上演出,我就是你们的'队医'。"

脑干诺如,绿色的山梁。这一地名也和成吉思汗有关。传说,成吉思汗南下伐金来到此地时，天已很晚，他命令大军安营扎寨，自己头枕马鞍、手握马鞭酣然而睡。第二天清晨醒来，他发现自己的马鞭在这草木茂盛的草原上蜿蜒成一道长长的山梁，这山梁便是脑干诺如。

乌兰牧骑来到这里的时候，却寻不见一丝绿色，满眼都是皑皑白雪、层层黄沙。

伊兰扮演的是一位老额吉，观众当中的老额吉浩日勒边看边咂嘴儿："你看，人家那身子骨该有多硬朗啊！"

演出结束，卸装后的队员们挤在一座蒙古包里谈天说地。这时，浩日勒老额吉端着一碗酒走进来，跟乌力吉陶克套说："我的那老姐妹呢？我要敬她一碗酒。"

乌力吉陶克套把伊兰拉到老人跟前说："老额吉，这就是你要找的那位'老姐妹'。"

浩日勒活到 60 多岁，第一次看演出，死活不相信面前这位水灵灵的姑娘是她要找的"老姐妹"。无奈，伊兰当着浩日勒的面儿，再次化妆，再次穿上老额吉的服装，再次把角色演了一遍……

浩日勒老额吉感动得不能自已，她一手拉着伊兰，一手拉着荷花，把两位姑娘领进自己的蒙古包。

浩日勒老额吉的腰间挂着一串钥匙，安顿两个姑娘躺下后，她借着微弱的灯光，颤颤巍巍地走到蒙古包的西北角，打开箱子，拿出一块月饼和一把红枣。月饼和红枣几近风干，这是老额吉的全部珍藏。老额吉把珍藏的东西拿出来，就像把一颗滚烫的心捧在她俩面前："孩子，吃吧！走了一天的路、演了一晚上的节目，累啊！额吉心疼你们哪……"

伊兰、荷花的眼泪夺眶而出："额吉，我们就是您老人家的孩子！"

那一夜，伊兰、荷花睡得特别踏实、特别香甜，因为身边有慈祥的老额吉，乌兰牧骑的老额吉啊！

1960年初,25岁的伊兰接替38岁的乌力吉陶克套出任乌兰牧骑队长。斯时,伊兰英姿飒爽,乌力吉陶克套也正是年富力强。

伊兰理理灰白的头发,炯炯的目光如两道闪电射向窗外,仿佛要穿透半个多世纪的岁月:"乌力吉大哥离开乌兰牧骑的那天,我哭了,所有的队员都哭了,我们舍不得让他离开,但我们没有能力把他留下来。乌力吉大哥是好人,好人哪!"

乌力吉陶克套唱歌、跳舞、绘画、创作无所不能,是难得的艺术人才。他21岁东渡日本,进入和歌山县高野山大学兴亚密教学院深造,使其文艺潜能得到更深层次的开发。

高野山虽为日本宗教圣地,却与中国佛教文化有着极深的渊源。

公元804年,30岁的空海法师随日本国遣唐使来到长安,拜青龙寺阿阇黎惠果和尚为师,受密宗嫡传,上"遍照金刚"号,成为正统密宗第8代传人,还涉猎中国书法、绘画和诗词,书法造诣极深,被誉为"日本三笔"之一。

日本弘仁七年(816年),空海法师得到嵯峨天皇允许,在高野山开创弘法场所,群山环抱中的金刚峰寺是空海法师修建的第一座寺院。一千多年来,以金刚峰寺为中心陆陆续续修建起120多座寺院,使高野山成为一座颇有禅味的宗教城市。

学成归来,乌力吉陶克套于1947年3月,内蒙古自治区成立前夕,在王爷庙(今乌兰浩特市)进入内蒙古军政学院,标志着他革命生涯的开始。

内蒙古乌兰牧骑试点工作是在苏尼特右旗文化馆铺开的,作为馆长的乌力吉陶克套自然成为中坚力量。乌兰牧骑成立,他被任命为第一任队长。旗长朝克巴达拉呼拍拍他的肩膀:"担子不轻啊,要多学习、多思考、多创作、多演出,切莫辜负党和人民的期望啊!"

乌力吉陶克套在担任队长的三年时间里,率领乌兰牧骑走遍了苏尼特右旗的山山水水,在为牧民演出中,他唱的、跳的、吹的、拉的、弹的比任何一个队员都多,用实际行动诠释了乌兰牧骑"一专多能"的真谛。他创作的《乌兰牧骑之歌》成为每次演出的必唱歌曲。时任内蒙古自治区文化局党组书记、副局长的布赫听到这首歌后说:"这是来自生活的歌曲,唱出了乌兰牧骑的风格和风采。"让我们记下这第一首乌兰牧骑的歌曲吧!

乌兰牧骑之歌

乌力吉陶克套

我们扎根草原
以文艺启蒙草原儿女
我们一心一意
努力使牧区焕然一新
我们是文艺轻骑兵
我们是人民的乌兰牧骑

我们的志向在于
弘扬社会主义民族文化
让百花齐放在
草原这片文艺沃土上

我们组织群众

> 以文艺扶持和引导
> 我们的演出和服务
> 是为传承发扬传统文化

乌力吉陶克套的确没有辜负党和人民的期望，带出一支被牧民称为"玛奈乌兰牧骑"的文艺队伍，但在那个阶级斗争说甚嚣尘上的年代，他注定是一个悲剧人物，注定要从乌兰牧骑中被清理出去，注定要到最偏远、最艰苦的牧区去接受劳动改造。理由堂而皇之，"宣传毛泽东思想的无产阶级文艺队伍，怎么能让日本帝国主义培养出来的知识分子领导呢"？

1961年7月，乌力吉陶克套举家来到吉呼朗图苏木查干哈达嘎查，开始一种新的生活，开创一种新的生活。

乐观是蒙古民族的天性，乌力吉陶克套仍然笑对生活。

来到草原、来到牧民中间，他就别无选择地融入草原、融入牧民当中。

乌力吉陶克套坚定了在牧区生存下去、生活下去的决心。他虽然不是队长了，但仍然是家长。他带领几个不谙世事的"家兵家将"，和泥脱坯、打墙上梁，硬是自己盖起两间土房，使一家老小有了栖身之所。

在政治的高压之下，乌力吉陶克套由一个典型的知识分子蜕变成一个地道的牧民，成为牧业生产的行家里手。他很是幽默地说："我是从巡回演出变为定点演出了！"

不管在哪儿，他始终保持不变的是文艺战士的本色，始终保持不变的是乌兰牧骑的本色。牧区需要艺术，牧民需要艺术，他这个浑身都活跃着文艺细胞的人，自然会在牧民中间找到发挥艺术才能的理想平台。

1976年，乌力吉陶克套的二女儿哈斯考入乌兰牧骑，成为他事业的直接继承者。

05

映日荷花别样红。

2018年5月3日,当我见到81岁高龄的苏尼特右旗第一代乌兰牧骑队员荷花时,脑海里突然闪出南宋诗人杨万里的诗句。

荷花的故事也有别样的风采。

1960年夏,都呼木苏木,乌兰牧骑举行露天演出。

坐在草地上的贺希格看着演员表演的蒙古相声,笑得前仰后合,似乎从来没有如此开心过。

演出结束,伊兰、荷花发现这位朴实的蒙古族大姐原来是残疾人。她们顿生怜悯之情,坐下来和贺希格拉起家常。

贺希格的丈夫几年前就去世了,她一个人带两个孩子艰难地生活着。有一次遇到暴风雪,她为了不使羊群走散,在暴风雪中奋战好几个小时,小腿被严重冻伤,因为没有得到及时治疗,只好截肢。

贺希格轻描淡写,仿佛在说别人的故事。而听故事的伊兰、荷花却热泪横流,多么坚强的女性,多么伟大的母亲啊!

伊兰、荷花来到贺希格的家,这哪里有家的样子啊!两人边流泪边整理家务,衣服刚放进盆里,水就马上变黑,一件衣服要换好几次水才能洗净。忙活大半天,两人累得连腰都直不起来了,好歹收拾出个模样,能看得下眼了。

月色皎洁,草原静谧。

贺希格躺在炕上,兴奋得无法入睡,伊兰、荷花也非常激动,她们在

本书作者采访苏尼特右旗乌兰牧骑第一代队员荷花、巴图朝鲁

为贺希格大姐的未来着想。"总不能就这样下去呀,"伊兰用胳臂支起身子,关切地说:"大姐,你应该再找一个男人,帮你把这个家撑起来。"

荷花倏地坐起来,她想起一个人:"大姐,我们在浩特演出时,大队部有一个看门的人是单身,我觉得可以试试。"

三个人怀着一个共同的憧憬,渐渐进入梦乡。

第二天吃过早饭,伊兰留下来继续帮贺希格收拾家务,荷花飞马向20里外的大队部奔驰而去。

那木吉拉听完荷花的叙述,很是诚恳地说:"我没结过婚,也不会过日子,有的就是一身的力气。她能把家操持好,外面的活我就全包了。"

荷花喜出望外:"你同意了?"憨憨厚厚的那木吉拉使劲儿点点头,算是对荷花的回答。

两人策马扬鞭来到贺希格家,荷花拉起伊兰:"你们好好谈谈,我俩放羊去了。"

晚霞将天边染红。伊兰、荷花赶着羊群回来后,在贺希格和那木吉拉的眼神儿里读懂了一切。

在朝霞金灿灿的光芒里,一辆牛车朝着赛汗塔拉方向走去。

荷花挥舞着鞭子,对坐在车上的那木吉拉和贺希格说:"领了结婚证,组建了家庭,互相也都有了依靠,往后的日子好着哪!"

荷花有种成就感:"60年过去了,那木吉拉、贺希格已经不在了,但关其格、吉日格每年春节都去看伊兰,也来看我。60年间,我们就像亲戚一样走动、来往。"

关其格是贺希格的儿子,吉日格是贺希格的女儿。

荷花不胜感慨、无限唏嘘:"他们兄妹两个,也是奔七十的人了。"

1959年新春伊始,组织安排荷花到二道井子公社体验生活。她被安排在扎木苏老人家里跟群放牧。

昏暗的灯光下,老额吉颤颤巍巍地从木柜底下掏出4个小布袋子,每个布袋子里装的都是羊粪蛋儿。老额吉慢条斯理地对荷花说,这个袋子里的指绵羊,这个袋子里的指绵羊羔子;那两个袋子里的指山羊和山羊羔子……

原来,一个羊粪蛋儿代表一只羊,两种颜色的袋子分别代表绵羊和山羊。同一种颜色的袋子用不同的标识来区分大羊和羔羊。

这是何其生动的社会实践课,牧民不了解书本上的知识,但牧民的生产知识,谁能在几天、几个月时间里学懂弄通?老额吉几个布袋子里装着的是草原文化,是游牧文化。

若想使羊群膘肥体壮,必须让它们把水喝足喝饱喝够。每天放牧归来,荷花都要用帆布袋子从井里提水饮羊。起初,提上三五桶,荷花觉得腰酸酸的，胳臂也是酸酸的。可是"咩咩"的叫声分明还是在要水，她就咬着牙、忍着痛，一桶、两桶地提水，直到最后一只羊心满意足地离开井边……

荷花和以往一样，放牧归来，亲切地喊着阿爸、阿妈，可今天两位老人却不像以往那样眉开眼笑地迎接她的"凯旋"。原来，阿爸的肺气肿病犯了，喘着粗气，脸憋得紫一阵红一阵的。荷花问阿妈："附近有大夫吗？"

阿妈摇摇头："最近的也有30多里路。"

已是夕阳西下、薄暮时分，荷花问清方向，然后打马而去。草原上的人方向感极强，只要方向对头，就一定能找到去处。

夜幕完全降临，一个人、一匹马行走在寂寥空旷的草原上，着实让人瘆得慌。刚爬上一座山梁，荷花突然看见前面有两个黑影儿，吓得她头皮都酥了。前进还是后退，这一问题如流星般瞬间划过她的脑海："老人还在病中呻吟，我没有任何退却的理由。"她把眼睛一闭，用力打马两鞭子，使出平生力气大喊一声"冲"。应和她呐喊的是隐隐的狗吠，牧区有句谚语："有狗叫的地方一定有人家。"

荷花和大夫并辔而行，她睁大眼睛看那两个黑影儿，因为有人作伴，也用不着那么紧张了。黑影儿出现了，她放胆向前走去，原来是两棵树。

荷花想笑，但她更想哭。

荷花提前半年结束体验生活，还被公社党委评为"五好干部"。

深秋，荷花又被派到新民区参加劳动。新民区是苏尼特右旗唯一的农业区。荷花作为从牧区出来的乌兰牧骑队员，打草、接羔、剪羊毛样样都很出色，但对农活儿，她则是外行的外行。因此，队里交给她一项特殊的任务——挖鼠洞找粮食，变"虎口夺食"为"鼠口夺粮"。

现在有许多人会认为"挖鼠洞找粮食"是天方夜谭,然而历史就是历史。"三年自然灾害"期间,树叶、草根、野菜都是人们得以活命的"山珍海味",更何况藏在地下鼠洞里的金灿灿的大豆、黄澄澄的玉米呢?

"我们那个时候下乡,不是蜻蜓点水、不是浮光掠影、不是走马观花。让去哪儿就去哪儿,让干啥就干啥,像军人似的,服从命令听指挥,全心全意为人民服务嘛!"荷花扶扶眼镜,举手投足透着儒雅,"我从小就害怕什么蛇呀、老鼠呀,看到它们都战栗得浑身起鸡皮疙瘩,可现在是任务,你就得硬着头皮、鼓起勇气去和老鼠'打交道'。"

荷花的工具就是一把铁锹、一根铁棍。铁棍的一头是尖尖的,非常锋利,就像考古工作者手中的"洛阳铲"。

与老鼠"打交道",你就得下功夫研究老鼠的生活习性。

月光如水,经过多次的"侦察"和"跟踪",荷花终于目睹了一次"老鼠运粮"的全过程,那场面精彩,但也惊心动魄。母鼠四脚朝天地躺在地上,公鼠将和母鼠体重相当甚至超过母鼠体重的玉米棒子推到母鼠雪白的肚皮上。母鼠四脚紧紧抱住玉米棒子,然后用牙齿咬住公鼠的尾巴,从而形成"一组一挂"的"老鼠运粮车"。行至洞口,母鼠负责脱粒,公鼠负责洞藏,分工明确,配合默契。

如果像考古工作似的,挖掘一个"老鼠宫殿",同样会令人目瞪口呆。通往"宫殿"的通道,弯弯曲曲犹如九曲黄河,进入"宫殿"后更是别有洞天:卧室、卫生间、粮仓井然有序,卧室里铺着羊绒、羊毛等,粮仓与粮仓之间有"墙"隔开,玉米是玉米、大豆是大豆、高粱是高粱,泾渭分明。

"我在新民乡挖出1000多斤粮食",荷花诙谐地说,"那时,不知有多少老鼠气得'上吊自杀'啊!"

06

伊兰、荷花、娜仁图雅是苏尼特右旗乌兰牧骑初创时期的三个女队员。娜仁图雅是"三朵金花"中年龄最小的,也是在乌兰牧骑工作时间最短的,仅仅三个多月。第一次巡回演出途中,伊兰、荷花就发现了这位小妹妹的秘密。每每演出结束后,她都躲在一边偷偷地绣着什么。谁要是无意地撇去一眼,她脸上就会羞赧地泛起几丝红晕。

某天晚上,伊兰、荷花按捺不住心中的好奇,刨根问底儿地探究起来。娜仁图雅从枕头底下的背包里取出一份尚未完成的作品,从轮廓上看,是一个潇洒勇敢的骑手,长长的套马杆张扬着他的个性。

"你有对象了?"伊兰问。

"嗯、嗯。"娜仁图雅难为情地嗫嚅着。

"哪儿的?"荷花问。

"查干哈达的。"娜仁图雅的目光向遥远的地方望去。

"什么时候结婚?"两人不约而同地问道。

"阿爸说,这次演出回去就张罗着给我们操办喜事儿。"甜蜜的河流在娜仁图雅的心中汩汩流淌。

娜仁图雅在查干哈达草原上养育了8个子女,每个子女都继承了她的乌兰牧骑基因,有手风琴手、马头琴手、长调歌手……她的家庭是一个地地道道的"乌兰牧骑之家"。

1994年,52岁的娜仁图雅率领"家庭乌兰牧骑方阵"走进赛汗塔拉,参加"苏尼特之声"春节晚会;2015年、2016年又连续两年参加内蒙古电视台的蒙古语春晚。这个查干哈达草原的"家庭乌兰牧骑方阵"成为电视台观众心中的一道音乐风景线。

娜仁图雅在乌兰牧骑工作虽然只有短短的几个月时间,但她心中却有着浓得化不开的乌兰牧骑情结。2014年春节过后,她把"守灶"的儿子哈斯巴特尔叫到跟前:"你知道那个把狼都唱哭了的宝音德力格尔吗?听说她在家乡新巴尔虎左旗建了一座长调敖包。这事对我很有启发,我也想在咱们的草场上建一座乌兰牧骑敖包,给你们、给子孙后代留下个实实在在的念想。"

1941年夏天,7岁的宝音德力格尔和双目失明的父亲走在新巴尔虎草原上。走着走着,他们被一群狼困在中间。父亲是后天失明,对草原上的一切都相当熟悉。被狼群围在中间,他知道意味着什么。自己葬身狼腹倒也无所谓了,而让年仅7岁的女儿和自己一起葬身狼腹,作为父亲,于心何忍。

他对宝音德力格尔说:"孩子,想活命吗?"宝音德力格尔的眼泪犹如清澈的泉水:"想,阿爸,我想活命啊!"

父亲抚摸着她的头,仿佛在向她传递勇气和力量:"坐下,咱们坐下。它们要听歌儿,要听蒙古长调。"

父亲超乎寻常的镇静使宝音德力格尔深受感染,父亲是大山,有父亲在,就有一切。宝音德力格尔在父亲悠扬、悲怆的马头琴声中,放声唱起世世代代在草原上流传的长调民歌《辽阔的草原》。

唱着、唱着,原本站着的狼群都蹲下了,仿佛舞台前热情的观众。

唱着、唱着,原本蹲着的狼群又趴下了,眼角闪烁着泪花。

唱着、唱着,狼群让开一个缺口,放他们父女一条生路。

走出好远,宝音德力格尔回头看时,狼群还匍匐在原地。父亲说,这是被歌声感动的狼群在目送他们回家。

1953年,宝音德力格尔参加全国第一届文艺会演,在北京的舞台上,她演唱的仍然是蒙古族长调民歌《辽阔的草原》,高亢豪放的草原风格赢得首都观众雷鸣般的掌声。著名京剧表演艺术家梅兰芳说宝音德力格尔的歌声"像金铃一般的清脆"。

宝音德力格尔把"金星奖"捧回草原。

1955年,宝音德力格尔参加第五届世界青年联欢节,在波兰首都华沙的舞台上,她演唱的还是《辽阔的草原》,以征服狼群的艺术魅力征服世界观众。

宝音德力格尔把金质奖捧回中国,受封"长调歌后"。

宝音德力格尔是娜仁图雅崇拜的偶像,是她精神的寄托。她想:"既然宝音德力格尔能在自己的家乡建立长调敖包,我同样可以在自己的草场上建立乌兰牧骑敖包。"

老人的意愿转化为子女的行动。

2014年盛夏,敖包落成。

娜仁图雅把伊兰、荷花两位老大姐请来,共同参加在乌兰牧骑敖包前举行的那达慕。半个多世纪的岁月沧桑、半个多世纪的姐妹情深,尽管半个多世纪以来她们始终像亲戚一样来往走动,但今天的重逢和相聚,更具有特殊意义。她们不约而同地唱起第一任队长乌力吉陶克套创作的歌曲《乌兰牧骑之歌》……

07

伊兰、荷花、娜仁图雅都是蒙古族,而袁萍则是秀气的江南女性。袁萍1949年4月为南京铁马话剧团演员；1950年4月，南京第三野战军后勤卫政文工团演员；1952年12月，中国青年艺术剧院演员；1954年7月，中国地质部文工团演员；1956年，在第一届全国音乐舞蹈大赛中，以在舞剧《煤田姑娘》中的出色表演荣获三等奖，在中南海受到毛泽东、周恩来等党和国家领导人的亲切接见。

1962年10月，袁萍和丈夫丁兆南一同奉调来到苏尼特右旗乌兰牧骑。10月的赛汗塔拉，已是秋风萧瑟的时节，从南京、从北京、从张家口、从呼和浩特一路走来，最后落脚在这茫茫的苏尼特草原，袁萍心理有落差，思想有落差，感情也有落差。

袁萍看不惯大街上穿着臃肿的行人，戴大檐帽子、围长纱巾，没有美感。而她认识草原、认同草原正是从蒙古民族的服装开始的。

在一次大风中，袁萍认识到帽子和纱巾的作用：人们用长长的纱巾把头围起来，既挡住了风沙，又不影响视线。还有一次，袁萍在浩特抗灾时遇上大黑风，铺天盖地的大黑风严严实实挡住太阳，白天如同黑夜，伸手不见五指。这时，她要出去小解。额吉拿出一根绳子，一头系在蒙古包的"哈纳"上，一头系在她的腰间，慈祥地笑笑，然后示意她出去。出去后她才知道，如果没有这根绳子系着，她肯定找不回来。这是蒙古民族在与大自然长期相处中总结出来的生活经验和生存本领，彰显出蒙古民族的睿智。

在脑干诺如的一个浩特深入生活时，袁萍负责照顾一头卧病不起的怀孕母牛。起初，她有些害怕，不敢去接近母牛。牧民告诉她，牛很温顺，也通人性。她很虔诚，耐心细致地给病牛喂草、饮水、垫沙土，摸摸它的头，跟它说说话。母牛总是会意地向她点点头。

为使病牛康复，袁萍按照老牧民的指点，搂来地毛草，拣来动物骨头，给病牛熬汤，又用清水为病牛擦洗眼睛。在袁萍的细心照料下，病牛居然站起来了。正好朝克巴达拉呼旗长来这里检查工作,听到袁萍感化病牛的故事,啧啧称赞。他对陪同的公社领导说:"你带袁萍回公社,办个学习班,让她传授传授经验,去挽救更多的病牛。"

袁萍请求道:"朝旗长,再给我半个月时间,等它生下牛犊儿后我再走,行吗?"

"不行,它已经好了,还有更多的病牛需要你去挽救。"朝克巴达拉呼没有同意袁萍的请求。

10天以后,袁萍在公社的街上碰见那个浩特来的牧民。她追上去迫不及待地问:"那头牛生了吗?"

牧民遗憾地摇摇头说:"它死了,想你想死了,牛是有灵性的。"

袁萍的泪水如清泉般地涌出……

骑马、骑骆驼大有学问。会骑马、会骑骆驼的人在马上、骆驼上轻松自如;不会骑马、不会骑骆驼的人用自己的尾骨与鞍子硬碰硬,自然要受皮肉之苦。

1963年春节,乌兰牧骑要到桑宝力格公社对军烈属进行慰问演出。每人骑一峰骆驼,队长伊兰走在最前面,南京姑娘袁萍第一次骑骆驼,并且在骆驼身上颠簸了100多公里。到达演出地点,袁萍的裤子被血痂粘在肉上。伊兰把她扶进蒙古包,小心翼翼地揭开粘在肉上的裤子,袁萍连喊疼的力气都没有了。

安顿好袁萍,伊兰就忙活演出的事儿去了。她对负责剧务的巴图朝鲁说:"把袁萍的独舞换成别的节目吧,她屁股磨破了,别让她跳了。"

"不,"袁萍从蒙古包里出来,走到伊兰和巴图朝鲁跟前,"我们冰天雪地的到这儿来,不就是为军烈属们送欢乐来的吗?来都已经来了,如果不能用舞蹈表达对军烈属的那份感情,我心里过意不去呀!"

袁萍不仅承受皮肉之苦,也在承受心灵之痛。

又要下乡，袁萍在排练室里等待弟媳妇来接未满周岁的女儿。弟媳妇来时，女儿还在吃奶。被舅妈抱走后，女儿再没有吮吸过一次妈妈甘甜的乳汁，因为再见到妈妈是几年以后的事情了。

满头银发的袁萍已年过八旬，金黄色的毛衣、浅紫色的眼镜，透出著名演员于蓝似的风度和气质。她说："不是我们多么崇高、多么伟大。在那个年代，大多数人都是那么对待家庭、工作和事业的。"缺少母爱的女儿常常埋怨母亲："你不会辞职吗？"

"辞职？压根儿就没想过，"袁萍说，"那个年代哪有辞职的呀！工作是党给的，为党工作是义不容辞的责任。"

母女之间的隔阂几十年都不能化解，直到看到习近平总书记给乌兰牧骑队员的回信，女儿才突然觉得母亲几十年的付出非常值得，平凡的母亲不再平凡，伟大就在自己身边……

08

鲁迅有句名言：伟大也要有人懂。

伊兰、荷花、娜仁图雅、袁萍、巴图朝鲁他们是一代乌兰牧骑队员。

费宝金、高金梅、斯琴高娃、达林太、其其格他们是又一代乌兰牧骑队员。

时代不同、环境不同，但他们一脉相承的是乌兰牧骑精神，高举的是乌兰牧骑旗帜，秉持的是乌兰牧骑情怀。

费宝金，1971年考入苏尼特右旗乌兰牧骑，那年她只有17岁。

费宝金是汉族姑娘，第一次到牧区演出时，巴图朝鲁递给她一块儿还带血丝的羊肉。她含在嘴里，既咽不下去又不敢吐，因为在民族地区必须尊重民族习俗。这是她到乌兰牧骑第一天就学习的内容。

"从不吃羊肉、不喝奶茶到离不开羊肉、离不开奶茶,这不仅仅是生活方式的改变,"费宝金说,"更重要的是价值观、世界观的转变。作为乌兰牧骑队员,接受不了、适应不了牧民的生活习俗,那你怎么和牧民打成一片呀?"

费宝金回忆,有一次到都仁乌力吉公社一个浩特去演出,坐的是28马力的"东方红"牌拖拉机,前面是车头,后面是车厢,中间有轴承相连。

拖拉机在搓板路上颠簸着,生龙活虎的队员们兴高采烈地唱着、喊着、笑着,歌声和笑声因为拖拉机的颠簸,都成了颤音。

几个小时过去,天渐渐地黑下来,人们也渐渐地安静下来。空旷的草原上只有拖拉机在轰鸣声中奔跑。拖拉机骤然停下,被夜色包围的草原寂静得令人不寒而栗。拖拉机手一脸的无奈,他双手一摊对大家说:"水箱干了。"极富经验的队长扎木苏急中生智,他说:"女队员都转过身去,男队员依次站到机头上'放水'。"这不是办法的办法,居然使拖拉机缺水的问题迎刃而解,拖拉机又轰鸣起来。

两个拴马桩之间拉起一根铁丝,铁丝上挂着用棉球蘸煤油的照明灯。以照明灯为界,北面是舞台,南侧是观众席。费宝金说,在如此简陋的场地上,演员比观众还多。夜色漆黑,棉球灯使飞蛾和蚊虫蜂拥而至。飞蛾和蚊虫争先恐后地往演员的眼睛里、耳朵里、鼻子里、嘴里钻,真可谓无孔不入。即便如此,演员们唱得、跳得都特别聚精会神,演出质量丝毫没有受到影响。牧民们看在眼里、记在心上。演出结束,他们拉着演员的手说:"玛奈乌兰牧骑!"

玛奈乌兰牧骑——我们的乌兰牧骑,这是牧民对乌兰牧骑的认可和赞扬。

1974年4月,费宝金和其其格到脑干诺如公社与牧民同吃、同住、同劳动。勒勒车慢慢腾腾地向草原深处走去,干旱无雨,空旷的草原只有星星点点的绿色,新的生活就这样在干渴的草原上开始了。

费宝金和其其格背着接羔袋、挥着放羊鞭,赶着羊群出去了,来到指定的草场。每只羊都低头寻找食物,两个姑娘坐在草场上漫无边际地遐想着。

她们循着"咩咩"的叫声望去,只见一只母羊卧在地上,尾部露出一点东西,其其格紧张地喊道:"母羊下羔了!"

费宝金和其其格蹑手蹑脚地走近母羊,轻轻地蹲在它身边,羔羊一点儿一点儿地从母体中滑出。待到黏糊糊的羔羊全部落地后,母羊转过身来,用舌头舔着羔羊的绒毛。眨眼工夫,羔羊就踉踉跄跄地站立起来。第一次目睹羔羊出生的全过程,两人都很激动。生命的延续在这儿得到了最完美的诠释。其其格背起接羔袋向浩特走去。望着她渐行渐远的背影,费宝金陷入沉思。

放牧归来,等待哺乳的羔羊和想要喂乳的大羊都兴奋地"咩咩"叫,大羊寻找小羊,小羊寻找妈妈。

这是草原深处一幅和谐的图画。

这是草原深处一曲悠扬的牧歌。

然而,也有例外。有一只刚刚做母亲的大羊怎么也不肯让呱呱落地的小羊羔吃奶,急得费宝金团团转。这时,女主人走过来,轻轻地唱起在草原上世代相传的古老的《劝奶歌》。

台古、台古……

台古、台古……

曲调低沉而感伤,唱着唱着,费宝金看到大羊不再躲闪,小羊含住了乳头。看到此情此景,费宝金眼里闪烁着泪花,一支舞蹈的构想在脑海中形成。

《接羔舞》风靡草原,草原是《接羔舞》的生活源泉和艺术源泉。

高金梅和乌兰牧骑一起走过春夏秋冬。

1973年春,高金梅和举着红旗、唱着牧歌的队友们来到赛汗乌力吉公社宝力格浩特,这里地处偏远,人烟稀少,文化匮乏。

在空旷的原野上搭起简易的舞台,正准备演出,远处扬起的尘烟映入队员们的眼帘,骑马的小伙子、大姑娘,坐车的老阿爸、老额吉相继到来,他们大都穿着蒙古袍,就像参加那达慕似的,最抢眼的是他们的头饰和彩饰。老额吉和姑娘们的头上系着红、黄、绿、玫红等各色围巾,千变万化地盘绕在头顶;老阿爸和小伙子们挂在腰间的短刀、火镰和鼻烟壶,更是各有千秋。与其说这是来观看乌兰牧骑演出的观众,不如说他们是展现在乌兰牧骑面前的一道彩虹。

开场舞蹈《欢乐的挤奶员》,六个婀娜多姿的挤奶姑娘身着玫红色蒙古袍,腰间扎着白色小围裙,头上系着蓝色三角巾,边跳边唱:"我们是快乐的挤奶姑娘,迎着东方红太阳,尽情地欢乐……"

舞蹈高潮迭起,达林太扮演送牛奶的司机,学着开车的样子,精神抖擞、活灵活现地出现在舞台上,逼真的表演、夸张的动作逗得人们开怀大笑。牧民们连连伸出大拇指:"赛、赛,伊和赛!"翻译成汉语就是:"好、好,非常好!"

日落时分,晚霞映红草原,羊群"咩咩"地叫着,牛群"哞哞"地叫着,悠闲自得地走在"回家"的路上。

走下舞台的演员又走进牛圈、羊圈,打水、添草,一刻不停地忙碌起来。牧民们说:"在台上你们是演员,在台下你们是社员。我们打心眼儿里喜欢你们哪!"

蓝蓝的天空,洁白的羊群,连绵起伏的青山,"美丽的草原我的家"。

1974年盛夏,高金梅和队友们乘坐一辆马车下乡演出,出发时还晴空万里,可刚走出十几里路,突然电闪雷鸣,顷刻间暴雨倾盆,正应那句流传千百年的谚语:"草原的天说变就变。"

大车轱辘陷在泥坑里,辕马的套绳也断了。车老板说,套绳是皮子的,不沾水结实得很,一旦被水浸泡软得就像面条。大车不能走了,但不能因此困在前不着村后不着店的草原上啊!队员们任凭自己淋雨,用雨衣把乐器和服装包好,背起行李艰难地行走在泥泞当中。一步、两步,一里、二里,就像是当年过草地的红军。

到达浩特时,天已向晚,雨仍然淅淅沥沥地下,老天还没有开晴的意思。外面不具备演出的条件,那就让歌声、马头琴声在蒙古包里响起来吧。

第二天,雨还在下,大雨把浩特与外界隔绝开来,进不来也出不去。

这个浩特只有三个蒙古包,牧民把仅有的存粮都拿了出来。老阿爸说:"你们别担心,大雨过后政府会把粮食送过来的。你们要吃饱,前面还有许多任务等着你们呢!"

"遇雨滞留,令人心生烦恼,"高金梅说,"但在这困境里牧民那种自然流露出来的纯朴、善良,对我一生都有影响。"

中秋时节,牛羊肥壮。

苏尼特右旗拥有80多公里的边防线,慰问边防官兵是乌兰牧骑的主要任务之一。

1973年初秋,乌兰牧骑前往额仁淖尔公社,翻过一座大山已是正午时分。三三两两散落的蒙古包上空炊烟袅袅,缕缕肉香随风飘来,这是当地牧民用蒙古民族的最高礼节迎接乌兰牧骑的到来。奶茶、炒米、手把肉,电视画面里有过的、草原牧歌里唱过的,这里都有。乌兰牧骑队员用"狼吞虎咽"来报答牧民的盛情,大块吃肉、大碗喝茶,早把演出的事儿忘到九霄云外了。

当队长扎木苏张罗着演出时，每个队员都意识到吃得太饱了，同时也记起老队员巴图朝鲁的话："演出前不能吃得太饱，那样会影响演出效果的。"话犹在耳，但为时已晚，大家你看看我，我看看你，自嘲似的大笑起来。

额仁淖尔公社是边境地区，当时备战形势十分紧张，武装部负责同志带领乌兰牧骑队员从窄窄的巷道穿过蒙古包，走到距离边境线只有两公里的暗哨群观察地形。从暗哨望出去，哪个方位有石头、哪个方位有沟壑都要铭记在心，这是边防战士和边防民兵最基本的常识。

"我们那会儿去边防线，不仅仅是演出，还有体验边防军民生活的任务，"高金梅说，"晚上要全副武装地在暗哨里站岗。天黑透以后，我们要上岗，刚走出巷道，凛冽的寒风吹得我战栗不止。尽管穿着皮大衣，浑身还是直哆嗦，草原的秋天比我们那里的冬天还冷。"

黎明前的夜空被汽车的灯光照得通明，高金梅紧握冲锋枪，目不转睛地凝视着前方，突然发现山下有黑影在挪动。她以为是因为紧张过度而出现的幻觉，使劲儿揉揉眼睛再往山下看，的确有黑影，而且越来越大、越来越近。

高金梅下意识地端起冲锋枪就要扣动扳机。说时迟那时快，民兵队长巴特尔抬手把枪举向天空。这时，"黑影"已到高金梅身边，原来是武装部首长。他对高金梅说："警惕性很高嘛，是经得住考验的战士！"

高金梅还没有缓过神儿来，红头涨脸地喊道："你们、你们这是干什么呀？我那一梭子要是打出去，你不是白白地牺牲了吗？"

"子弹早就被我们卸出来了。"尽管高金梅还站在那发愣，武装部首长撂下这句话，拉起巴特尔，两人说说笑笑地走了。

生活有时单调得不能再单调，有时多彩得让你眼花缭乱、目不暇接。

豪爽好客的牧民又杀了一只羊,非要"犒劳"深夜站岗的乌兰牧骑队员。大家说,别煮手把肉了,包顿饺子吧!

高金梅俨然是"大厨",把女队员们指挥得团团转。莎丽选肉、费宝金剁馅、斯琴高娃剥葱、韶华打杂……

有人建议,饺子包成两种馅,一种精选瘦肉,留给女队员吃;一种肥瘦搭配,给男队员吃,油大,腻得他们吃不下去。

斯琴高娃负责煮饺子,第一锅煮的是瘦肉馅的,出锅后每个女队员往碗里盛几个,满以为会香喷喷的,结果因为没油干干的,和想象的相差甚远。第二锅出来,斯琴高娃捷足先登,尝了一下说:"好吃、好吃。"本来是想捉弄男队员,结果把自己给捉弄了。高金梅说:"这就是生活。"

白雪皑皑,朔风呼啸。

十几个乌兰牧骑队员蜷缩在大卡车里,尽管有皮大衣、皮帽子和大头鞋的全副武装,但每个队员还是冻得瑟瑟发抖。

到达演出地点,其他队员活动活动也就缓过来了,唯有高金梅始终感觉天旋地转,支撑不起身子来。

韶华多少懂一点医学常识,她说这是因为冷热不均造成的。当时既没有大夫也没有药物,大家急得不知所措。韶华从老额吉那儿借来一根针,用火烧烧来消毒,然后依次在高金梅的指尖上扎下去,黑紫色的血顺着指尖往下流。这招还真见效,一袋烟的工夫,高金梅的手脚热了,额头也渗出细密的汗珠。大家悬着的心也都落回原处,演出能够正常进行了。

那天,为牧民演出的是歌舞剧《草原红花》,这是一部根据草原英雄小姐妹事迹改编的作品,只不过是人为地将妹妹改成弟弟。在剧中,高金梅饰演姐姐,韶华饰演弟弟。高金梅和韶华状态都特别好,淋漓尽致地表达了剧中所要体现的精神实质,尽情渲染了主人公的精神和情怀,演出特别成功。

牧民们得知演员是带病坚持演出时,大为感动。一位老额吉走到后台,拉着高金梅和韶华的手说:"霍日嘿,玛奈呼很,达日吉努?"(哎哟,我的孩子,冷吧?)

"回首往事,岁月悠悠",高金梅无限感慨,"在乌兰牧骑工作、生活的那段时光,很艰苦、很快乐、很充实,有眼泪、有欢笑、有感动,是我一生中最难忘怀的日子,是我人生中最精彩的回忆……"

斯琴高娃和达林太是苏尼特右旗乌兰牧骑的艺术伉俪,他们的女儿卓妮长大后也加盟乌兰牧骑。他们的家庭是真正意义上的"乌兰牧骑之家"。

2018年5月4日下午,在苏尼特右旗乌兰牧骑会议室,我和斯琴高娃相对而坐。面对我,她好像面对的是中央电视台的摄像机,不知所措。这个身经百战的乌兰牧骑老队员、老队长居然也有"晕镜"的时候。

"晕镜"是短暂的,聊起来,斯琴高娃还是很放得开的。

斯琴高娃的经历现在听起来还是有些不可思议。1983年秋,锡林郭勒盟举行乌兰牧骑会演,为掩饰自己怀孕7个月而隆起的肚子,她穿一袭又肥又大的黑色金丝绒蒙古袍出现在舞台上。她是长调歌手,演唱的自然是长调。蒙古族长调是一种很独特的演唱方式,波折音特别繁杂,常常是将一个完整乐段从低音区唱到高音区,再从高音区降到低音区,一首长调中甚至有几个这样的反复。一个正常歌手唱完一首长调也会气喘吁吁,可想而知一个身怀有孕的歌手演唱长调时付出的是什么。斯琴高娃在舞台上拼尽力气引吭高歌,小生命在肚子里疯狂反抗。浑身是汗的斯琴高娃演唱结束后,小生命的反抗还没有停止,她从舞台下来就被送往医院。虽然没有早产,小生命保住了,但却把斯琴高娃折腾得死去活来、筋疲力尽。疼痛稍有缓解,斯琴高娃轻轻地、喃喃地说道:"冒这种险的我不是第一个,我们的指导员伊兰大姐当年不也是在舞台上早产的吗?我们是乌兰牧骑队员,一切都得服从党的需要、事业的需要、人民的需要啊!"

病床上的喃喃之语在人们的心灵上敲出缕缕颤音,斯琴高娃是用怎样的付出诠释着乌兰牧骑的崇高职责和神圣使命啊!

斯琴高娃从"冒险"到"无情"统统都是因为她所热爱的乌兰牧骑事业。女儿卓妮出生几个月后,她就从婆家、娘家轮番找来能帮助照看孩子的人,她和丈夫达林太还要经常深入牧区演出。回想往事,斯琴高娃思绪万千:"那个时代就那样,老达是舞蹈教练,我是声乐主力,我们不下去,演出就不好进行。再说了,我们有什么理由不下去啊?"

孩子肯定需要照顾,但照顾孩子不是理由,事业与孩子的天平永远是失衡的。下牧区演出还可以找人照顾孩子,若是不下乡,连个理由也找不出来。那就把孩子锁在家里,一锁就是半天,吃、喝、拉、尿全凭自己。"无情未必真豪杰,怜子如何不丈夫。"天下父母,有谁不想"怜子",达林太、斯琴高娃又何尝不想"怜子",只是……

夜深人静,达林太、斯琴高娃常常深情地凝视着睡熟的女儿,不知不觉中泪流满面:"爸爸、妈妈给予你的关心、呵护太少了,不知你长大后能不能理解爸爸、妈妈……"

"理解什么呀?"长大后的女儿满腹怨气,"我有时内向、孤僻的直接原因就是在我成长过程中缺少父爱和母爱。他们爱事业,却不爱孩子。"

隔阂、怨怼是横亘在女儿与父亲、母亲之间一座难以逾越的大山,直到女儿也成为一名乌兰牧骑队员,直到女儿也沿着父母的足迹跋涉在茫茫的草原上、浩瀚的沙漠中的时候,她才渐渐地尝试去理解父亲、理解母亲。特别是父亲猝然去世后,她印象中的父亲高大起来、伟岸起来。父亲的一生属于乌兰牧骑,父亲是乌兰牧骑的骄傲,更是女儿永远的榜样啊!峨峨兮若泰山,洋洋兮若江河。

"旗里决定,要在夏天隆重举行纪念乌兰牧骑成立60周年庆祝活动,"斯琴高娃有些伤感,"可是老达没有看到那恢宏热烈的场面,就在活动的前夕走了,走得好突然好突然哪!"斯琴高娃擦擦眼角的泪水:"人走了,作品还在,这是老达留给我们的永恒的纪念啊!"

斯琴高娃说的作品,是达林太在牧区的泥土中"拎"出来的舞蹈《蒙古莎特尔》。苏尼特右旗委书记佈仁在谈到学习习近平总书记关于乌兰牧骑事业发展的重要指示精神时说得很透彻:"乌兰牧骑的根在草原、在牧区,乌兰牧骑队员只有心系草原、贴近牧民,才能在牧民的生活中发现'富矿'。只有在泥土中'拎'出来的作品,才能像总书记说的那样接地气,传得开、留得下。"

1986年盛夏,乌兰牧骑到赛汗乌力吉苏木的一个嘎查演出。若是以往,搭台布景时达林太总是忙前忙后,今天却不见他的踪影,有点儿意外和反常。斯琴高娃便四处踅摸,广场的一个角落挤着一堆人,斯琴高娃朝那里走去。只见两位年长的蒙古族老人正在聚精会神地下着蒙古象棋——莎特尔。而达林太则像个小顽童,蹲在地上观战,那炯炯的眼神儿随着棋子的移动,滴溜溜地乱转,看到兴奋处情不自禁地"莎、莎"地喊起来。

斯琴高娃推推他:"演出都要开始了,你还在这儿?"达林太根本无视斯琴高娃的存在,直到把这盘棋看完。等他站起身、回过神儿的时候,演出早就开始了。

达林太找到斯琴高娃,抑制不住心中的激动,兴奋地说:"我有题材了,我要把'莎特尔'编成舞蹈。"

达林太回到家里便以亢奋的情绪进入创作状态，时常工作到凌晨三四点钟，每设计出一节动作，他都和斯琴高娃进行演练和推敲。1986年的冬天和1987年的春天，他们俩几乎都是以这种状况度过的。

舞蹈动作设计好了，舞蹈服装设计好了，由于是男女两队，乌兰牧骑的所有队员都派上用场了。

但出师不利，《蒙古莎特尔》没有通过锡林郭勒盟专家组的审查。这是达林太继《成吉思汗的童年》之后第二个被"枪毙"的舞蹈作品。他苦恼也苦闷，问题出在哪儿？蒙古民族的骑马、摔跤、射箭等都以舞蹈的形式被搬上舞台且好评如潮，为什么蒙古莎特尔就不能以舞蹈的形式搬上舞台呢？

达林太敬仰专家，但决不盲从专家。既然《蒙古莎特尔》来自牧区和牧民，那就让《蒙古莎特尔》回到牧区，接受牧民的检验和评判吧。

达林太相信，牧民会认可的。

达林太自信，牧民会欢迎的。

1987年春天，乌兰牧骑带着新编群舞《蒙古莎特尔》前往吉呼朗图苏木，去接受人民的检验。斯琴高娃和牧民坐在一起，边看边观察牧民的反应和表情，答案写在每一个牧民的脸上。舞蹈结束，牧民们纹丝不动，他们被带入了情节，他们被带入了境界，他们被带入了故事。这时，一位下了几十年蒙古莎特尔的长者捻着胸前雪白的胡须说："是这样、是这样，就是这样啊！"

"阿爸，"斯琴高娃凑上前去，"您能看得懂吗？"

"生活就是这样，"老阿爸说，"当然能看懂啊！"

"居高声自远，非是藉秋风。"群舞《蒙古莎特尔》在获得牧民认可的同时，也受到内蒙古自治区文化厅的青睐。文化厅抽调群舞《蒙古莎特尔》参加内蒙古自治区成立40周年暨乌兰牧骑建队30周年全区乌兰牧骑文艺会演。意想不到的是，群舞《蒙古莎特尔》在林林总总的舞蹈中脱颖而出，一举夺得特别奖、集体表演奖、优秀创作奖、服装设计奖。各种奖项，悉数收入囊中。

斯时正是全区备战第一届中国艺术节的关键时刻，内蒙古自治区文化厅副厅长达·阿拉坦巴干找到达林太说："先要祝贺《蒙古莎特尔》获得的巨大成功！这个舞蹈的成功再次证明，越是从基层、从生活中提炼出来的作品越有生命力、感染力和艺术魅力。"达·阿拉坦巴干接着说："自治区正在组建参加第一届中国艺术节的内蒙古乌兰牧骑艺术团，厅党组决定请你担任艺术团编导，《蒙古莎特尔》也将在第一届中国艺术节上一展风采……"

达林太以饱满的政治热情和高涨的创作激情，从舞蹈演员、舞蹈教练到舞蹈编导，一路朝气蓬勃地走来，一直走到生命的终点。

达林太读过苏联作家尼古拉·奥斯特洛夫斯基的长篇小说《钢铁是怎样炼成的》，他也常常背诵书中那段影响亿万人生的名言："人最宝贵的是生命，生命对于每个人只有一次。人的一生应当这样度过：回首往事，他不会因为虚度年华而悔恨，也不会因为碌碌无为而羞愧；临终之际，他能够说：'我的整个生命和全部精力，都献给了世界上最壮丽的事业——为解放全人类而斗争！'"

09

瓦·钢宝力道1976年17岁时考入苏尼特右旗乌兰牧骑，是全区唯一在乌兰牧骑坚持工作42年的老队员，对乌兰牧骑的感受和认识更为深刻。

瓦·钢宝力道是给习总书记写信的 16 名乌兰牧骑队员之一。"我们旗委、旗政府在乌兰牧骑建立 60 周年之际隆重集会，对乌兰牧骑 60 年的成绩给予肯定，对乌兰牧骑 60 年的经验进行总结，对伊兰、荷花这样的老队员进行奖励。"瓦·钢宝力道说，"集会结束了，但我们的心情却平静不下来。差不多就是在这个时候，我们知道习近平总书记将要主持召开中国共产党第十九次全国代表大会。当时我们就想，能不能把乌兰牧骑的情况向习总书记汇报一下啊。"

瓦·钢宝力道是好来宝演员，这时他那浓浓的"红色幽默"随着奶茶的醇香飘将过来又荡漾开去："打电话咱没有总书记的手机号，发微信咱不在总书记的朋友圈儿，那就还用咱们中华民族礼仪之邦的老传统，来个鸿雁传书。信写好也寄出去了，然后就是期待，短暂而又漫长的期待啊！"

2017 年 11 月 27 日，习近平总书记给苏尼特右旗乌兰牧骑队员们的回信传到草原，犹如冬日惊雷，震颤着每一个草原儿女的心灵。作为 16 名写信的队员之一，钢宝力道更是难以抑制兴奋和激动，一遍、两遍，反反复复拜读习总书记的回信，一次次地从中汲取精神力量。

漆黑的夜晚都像明亮的白天，钢宝力道躺在床上几个小时都没有一丝睡意。灵机一动，他翻身坐起："我是草原文艺轻骑兵，我要用文艺形式表达此时此刻的激动心情。"钢宝力道铺开纸、拿起笔……

黎明时分，伴着金鸡啼鸣，好来宝《乘爱起航》也在悠悠的四胡声中唱响……

乘爱起航

乌兰牧骑是我一生所爱

总书记的回信使我无比荣耀
每字每句都温暖着我的心
此时此刻我的琴声更悠扬
以天为幕布
以地为舞台
迎风雪、冒寒暑
传递党的声音和关怀
人民需要艺术
我们为人民服务激情澎湃
曼妙的舞姿、嘹亮的歌声
乌兰牧骑人的骄傲
感谢总书记记挂
总书记的鼓励亦我愿
草原上的文艺之花将更艳
美好的生活是我们的歌
乌兰牧骑的事业将更辉煌
乌兰牧骑六十年风雨历程
汇聚在此刻是幸福的歌
这封信珍贵无比
我们不负所托不负所望
我们将铭记总书记教诲
做好文艺战线的一面旗帜
致力于新时代文艺创新
把更好的作品奉献给群众
乌兰牧骑的兄弟姐妹们

请展现你们的才华吧
决胜全面建成小康社会的进程中
乌兰牧骑人必将奉献自己的力量
敬爱的总书记请相信我们
乌兰牧骑人定不负您所望
乌兰牧骑的所有人一起努力吧
优秀的作品才能使我们满意
党和政府的正确领导下工作今生所选
为了祖国的繁荣昌盛而奋斗平生所愿
为了实现中国梦奉献自己的绵薄之力义不容辞
把东方的艺术传播到世界责无旁贷

好来宝是大约形成于公元12世纪前后的蒙古族曲艺形式,近似于汉族的数来宝和莲花落。2008年6月,经国务院批准,好来宝被列入第二批国家级非物质文化遗产名录。

好来宝韵律和谐、节奏明快、曲调优美、铿锵悦耳、酣畅淋漓、诙谐幽默,运用比喻、夸张、排比等多种修辞方法,或抒情,或叙事,或赞颂,或讽刺,使人在捧腹大笑中启迪智慧,感悟哲理。毛依罕、琶杰、色拉西等老一代民间艺术家堪称好来宝大师,草原人民耳熟能详的好来宝代表作有《僧格林沁》《党和母亲》《铁牤牛》《两只羊羔的对话》《富饶的查干湖》等。

20世纪60年代乌兰牧骑成立之初,根据工作需要,在继承好来宝传统的同时进行大胆创新,变一人演唱为多人演唱,变一种乐器伴奏为多种乐器伴奏,掺入戏剧情节和舞蹈动作,结合独唱、合唱、轮唱、重唱多种形式进行表演,从而使好来宝的艺术魅力得到进一步增加。

瓦·钢宝力道在乌兰牧骑40多年的锻造中,已经成为远近闻名的好来宝表演艺术家。他创作的好来宝《浩日格庙的枪声》《草原之春》《在大自然的怀抱中》等在全区文艺赛事中相继获奖。2001年9月,他的好来宝作品集《草原明珠赛汗塔拉》由内蒙古教育出版社出版。

"好来宝这种曲艺形式的根在草原,在某种意义上说,好来宝属于民间艺术,"钢宝力道说,"我也是为牧民演唱好来宝的民间艺人。"

从中华人民共和国成立初期到20世纪90年代末期,赛汗塔拉镇有一处牧民招待所,各个苏木、嘎查、浩特到镇里办事的牧民几乎都住在那里,甚至在牧区工作的党政领导来旗里开会,也大多住在那里。事实上,那里约定俗成地成为牧民聚会的一座俱乐部。

瓦·钢宝力道几乎在那儿"驻场演出"。只要不下乡,只要有牧民在那儿住,他每天都背着一把四胡走进"牧民俱乐部",兴趣盎然地用好来宝艺术和牧民对话、交流,演唱到午夜时分是常常有的事,甚至有时通宵达旦。

"孩子,我能请你到我们浩特说上几天好来宝吗?"1982年深冬的一个夜晚,来自桑宝力格苏木白音乌拉嘎查毕力格图浩特的苏米雅老额吉在"牧民俱乐部"听完钢宝力道的好来宝后,提出这样一个要求。她接着说:"我都60多岁了,腿脚不太听使唤,以后来的次数会越来越少,走不动了,我在家等着你呀!"

瓦·钢宝力道答应了,但他20年后再见到苏米雅时,老额吉已经双目失明了。

2000年夏,乌兰牧骑在白音乌拉嘎查演出结束后正在打点行装,这时嘎查长走过来对斯琴高娃说:"斯琴队长,我们毕力格图浩特有个'乌兰牧骑迷',能走能动时到处追着看乌兰牧骑的演出,现在年龄大了,眼神儿也不好,行动不方便,你能带上几个队员给老人家唱上几首歌吗?"

"能,当然能,"斯琴高娃说,"牧民的需要,就是我们的行动啊!"

83岁高龄的苏米雅蜷缩在蒙古包的一角,听见包里有动静,老人慵懒地问道:"谁呀?"

斯琴高娃说:"老额吉,我们是乌兰牧骑的,专程到这儿来看您老人家的,想听什么歌,您就说吧。"

"乌兰牧骑啊?"苏米雅听到是乌兰牧骑顿时精神起来,她拉着已经坐在她身边的斯琴高娃的手说,"我和乌兰牧骑呀亲着呢,1957年6月17日乌兰牧骑成立的那天,我就在现场,有个姓马的回族小姑娘,顶碗舞跳得那个带劲儿啊!"

斯琴高娃听到这儿,顿时泪如泉涌,即便乌兰牧骑队员,有多少人能记着建队的日子,在这草原深处的老额吉却记得清清楚楚,有谁不会因此而激动呢?还有第一代队员马淑珍已经离开乌兰牧骑许多年了,而她跳的顶碗舞居然还清晰地印在老额吉的脑海里。斯琴高娃想:"马姐,你该有多幸福啊!"更让斯琴高娃吃惊的是,老人居然也记着自己。老人说:"你们乌兰牧骑还有一个唱长调的斯琴高娃,那黑油油的大辫子真漂亮啊!"

斯琴高娃已经哭出声来:"额吉额吉,我就是斯琴高娃啊!"

"你是斯琴高娃?"苏米雅颤颤巍巍地抬起手来向斯琴高娃的头上摸去,摩挲了好一会儿,略显失望,"你的辫子、你的辫子呢?"

"额吉,梳辫子的时候,我还是小姑娘,现在……"

"你们乌兰牧骑还有一个叫钢宝力道的小伙子,说起好来宝都能把人的魂儿勾去。20年前的冬天,我请他来我们浩特,他答应了。我等他20年,他都没来哟!"

瓦·钢宝力道羞愧难当,抢前一步单腿跪在老人面前:"额吉,我来晚了,来晚了,让您等了20年……"

一场特殊的演出开始了。

斯琴高娃的长调、钢宝力道的好来宝,交替在这座蒙古包里回响,又从天窗飞出,在辽阔的草原上回荡……

老人的衣服已经好久没洗了,油腻腻的。

老人的头发也好久没洗了,都粘成一片一片的了。

斯琴高娃热好水,端到老人跟前:"来,额吉,我给您洗洗头吧!"她轻轻地轻轻地把水敷在老人的头上,一点儿一点儿地浸湿硬片似的头发。第一盆水是黑的,第二盆水是浑的,第三盆水……头发洗好了,其他队员也把老人的衣服洗干净了。清清爽爽的老人说:"钢宝力道,你再给我说一段《两只羊羔的对话》吧!"

10

2018年8月6日,一架波音737飞机从深圳宝安国际机场腾空而起,在万里高空以每小时900公里的速度向北飞去。王红岩把脸贴着舷窗,深情地望着窗外的淡淡蓝天和悠悠白云。她的心似乎飞得更快,早已降落在令她魂牵梦萦的苏尼特草原。那里是她的家乡,她的根在草原。

2018年8月14日,我在苏尼特草原和王红岩不期而遇,话题仍然是聊不尽的乌兰牧骑。

王红岩姐妹七人,在七仙女中,她的体质最弱,没有精力参加锻炼和劳动。妈妈以为家里不好改变、不能改变的习惯在部队、在机关完全可以改变。乌兰牧骑的管理近似于军队,所以当妈妈看到乌兰牧骑招收新队员时就不假思索地把王红岩的名字写上,时在 1983 年,王红岩 15 岁的花季。

王红岩对乌兰牧骑、对唱歌、对跳舞没有任何兴趣,妈妈连蒙带哄地把她送进苏尼特右旗乌兰牧骑培训班。这里汇聚的都是和王红岩年龄相仿佛的初中学生或高中学生,大都有音乐细胞抑或舞蹈天赋,唯独王红岩属于另类。这个培训班的佼佼者无疑就是乌兰牧骑的新队员,这是不言而喻的事情。也就是说,培训班里同样存在竞争,存在优胜劣汰,竞争永远以无情的面孔朝向世界。

最初的日子里,王红岩在培训班既不显山也不露水,因为她的兴趣不在这里。然而,在时间推移的某个瞬间,王红岩突然意识到唱歌、跳舞是她张扬个性、放飞青春梦想的两支色彩斑斓的翅膀。她从蝴蝶的翅膀开始想象,一直想到百灵的翅膀、鸿雁的翅膀、仙鹤的翅膀、天鹅的翅膀,以至雄鹰的翅膀……有翅膀才能飞翔,要飞翔必须有翅膀。

某一时刻的顿悟以蓬勃的热情和力量推着她去撞击音乐和舞蹈的大门,而她的音乐、舞蹈潜能和天赋也就从那一刻渐次打开。40 多天的培训结束,辅导老师达林太赞不绝口:王红岩是一个不可多得的艺术人才。

老师的赞许无疑是王红岩迈进乌兰牧骑大门的通行证。然而,把她推进乌兰牧骑大门的妈妈又极力想把她拉出乌兰牧骑大门。妈妈让她参加乌兰牧骑培训班的初衷就是让她伸伸胳膊、踢踢腿,让身体好起来。但宝贝女儿真要去乌兰牧骑工作,妈妈却坚决不同意。她知道乌兰牧骑训练强度大,生活节奏快,下乡演出多,羸弱之女如何经得起这样的折腾?王红岩笃定的决心不可动摇,她以绝食来和妈妈抗争,最终赢得"胜利",兴高采烈、手舞足蹈地跑进乌兰牧骑大院,成为 20 世纪 80 年代乌兰牧骑的一个"新兵"。

王红岩说,在乌兰牧骑大院,她最怕的是巴图老师。"巴图老师"就是当时的乌兰牧骑队长巴图朝鲁。

巴图朝鲁谙知每一个队员的长处和短板,王红岩的长处是天资聪颖,短处则是自信心不足,而巴图朝鲁就一直鼓励王红岩。若干年后,王红岩回想往事,饱含深情地说:"和巴图老师共事的那几年是幸福的、快乐的,那是段激情燃烧的岁月。在我的心中和眼里,巴图老师不是什么领导,不是什么官儿,就是一位嘘寒问暖,给予你关怀和关心的父亲,有时严厉,但更多的是慈祥……"

王红岩说,在乌兰牧骑大院,她最喜欢的是伊兰老师。"伊兰老师"就是当时的乌兰牧骑指导员伊兰。伊兰是乌兰牧骑的第一批队员,是乌兰牧骑的元老。

指导员的重要职责是做好每一个队员的思想工作,思想工作是乌兰牧骑的灵魂。伊兰做思想工作有两件"法宝":一是言传身教,二是身体力行。

王红岩说,那个时候,伊兰老师都50多岁了,还经常和乌兰牧骑下乡,演出时总能看到她忙碌的身影。她忙,大家也跟着忙。这种潜移默化的带动让乌兰牧骑精神深入每个人的骨髓。

乌兰牧骑队员深更半夜回到旗里是常有的事儿,为不影响家人休息,伊兰每次都是和王红岩挤在一张床上睡觉。每每这时,王红岩就仿佛回到童年时代,躺在妈妈身边,听着摇篮曲……

王红岩说,在乌兰牧骑大院,她最尊敬的是达老师。

达林太是她的启蒙老师,是发现王红岩这匹"千里马"的"伯乐"。

达林太,1971年11月走进乌兰牧骑,从舞蹈演员、舞蹈教练、舞蹈编导一路走来,是乌兰牧骑培养出来的舞蹈家。

达林太16岁就有幸和队友索日娜、莎丽、扎·都格尔一道参加全区乌兰牧骑蒙古舞基本功和马头琴训练班,师从著名蒙古族舞蹈家斯琴塔日哈、查干朝鲁。这是两位重量级的老师,是两位神话般的人物。跟着旗帜般的大师学习舞蹈,也必将产生高举旗帜的冲动和愿望。

1976年,年仅20岁的达林太被委任为苏尼特右旗乌兰牧骑舞蹈培训班的老师,从此开始舞蹈教练的生涯。几十年来,几十名乌兰牧骑舞蹈演员大多是他发现和培养的。

从1977年的群舞《边防晨曲》起步,到1987年的群舞《蒙古莎特尔》,10年间达林太编创了几十个有灵魂、有筋骨、有血肉的舞蹈作品,将大大小小几十个奖项收入囊中,也由此奠定了他在舞蹈编导方面崇高的地位。

王红岩说,她不仅和达老师学习舞蹈,而且和达老师还是双人舞搭档。《飞翔的百灵鸟》就是达老师编导的双人舞,几年中跳过几百场,越跳越投入、越跳越空灵,仿佛自己真的生出一双拂动清风的翅膀……

1984年9月,16岁的王红岩跟着巴图朝鲁、伊兰、达林太走出草原,走进北京,参加中华人民共和国成立35周年大典。

《北京的金山上》《我爱北京天安门》这些歌曲,王红岩耳熟能详,但当她真的站在天安门广场、仰望天安门城楼时,还是激动得手舞足蹈。

1984年10月1日,参加国庆大典的"乌兰牧骑彩车"通过天安门广场,接受党和国家领导人的检阅。王红岩说,当时她根本没有看清楚站在天安门城楼上的党和国家领导人。这种遗憾在民族文化宫意外地得到补偿。

习仲勋、乌兰夫等党和国家领导人在民族文化宫参观中华人民共和国成立35周年少数民族成就展时,曾亲切接见苏尼特右旗乌兰牧骑队员。乌兰牧骑队员在两手间展开的蓝色哈达上托着斟满美酒的银碗,依次走向党和国家领导人。王红岩对应的是全国人大常委会副委员长、第十世班禅额尔德尼·确吉坚赞。班禅活佛高大威武,面色红润、目光炯炯,微笑着接过王红岩敬献的哈达和美酒。当时,她只有兴奋和激动,并没有想到许多。若干年后,她在深圳民俗村锦绣中华艺术团和藏族同胞谈及这段往事时,藏族同胞羡慕不已:"红岩,你给班禅活佛献哈达和美酒,这是多深的佛缘啊!在西藏,如果班禅活佛给谁摸顶,那是几辈子的大荣耀,值得炫耀几辈子!"

王红岩蒙古语说得好,汉语说得也好。由于她蒙汉兼通,报幕员(现在叫主持人)这一重任又历史性地落在她的肩上。报幕、唱歌、跳舞、拉大提琴,乌兰牧骑"一专多能"的特点在她身上体现得淋漓尽致。她甜美的声音和翩然的舞姿给牧民留下了深刻的记忆。2005年夏天,离开乌兰牧骑多年的王红岩到阿其图乌拉苏木参加一个嘎查牧民举办的家庭那达慕。虽然是家庭那达慕,那盛况并不亚于苏木、旗里举办的那达慕,方圆百里的牧民骑着马、开着车,身着节日盛装蜂拥而至。图红火、爱热闹是蒙古民族的天性。

在人山人海中,两位满脸皱纹但却神采奕奕的老额吉手拉着手,步履蹒跚地走近王红岩,用蒙古语亲切地问道:"你是乌兰牧骑那个跳舞的小姑娘吧?"虽然是问话,却不容置疑,"我们认识你,我们都记着你呢!"

感动,在草原上的感动,在牧民身边的感动,草原和牧民是乌兰牧骑得以茁壮成长的阳光、雨露和大地。为了表达对草原、对牧民那种深深的爱、浓浓的情,王红岩一如当年乌兰牧骑的队员,一展当年乌兰牧骑的风采,面对两位老额吉、面对大草原、面对父老乡亲,跳起他们喜欢的舞,唱起他们喜欢的歌。跳得大山一同起舞,唱得小溪一同欢歌。

下乡演出虽然艰苦,但王红岩特别喜欢下乡。一辆东风大卡车和"四大金刚"是绝配。所谓"四大金刚"就是分别装着服装、道具、灯光、乐器的四个超大超重的铁箱子。出征时,稳稳放在车厢里的"四大金刚"是队员们颇为理想的座位;演出时,"四大金刚"又是音响、灯光的底座。年复一年,"四大金刚"都是这样默默地付出和承受。或许因为如此,队员们都把"四大金刚"当作朋友和同事,都认为"四大金刚"是有血有肉的"人"。

牧民家的环境、条件千差万别。讲卫生、爱干净是女队员与生俱来的天性。每次需要住宿的时候,女队员都会选择到环境最好、卫生最好的牧民家里住,而对这个"秘密",粗心大意的男队员或许没有想过如何"破译"。

王红岩道破天机,卡车刚停下来,女队员就用柔柔的双眼对散落在周围的蒙古包进行"火力侦察"。牧区的主要燃料是羊粪砖,谁家的羊粪砖垒砌得规则、整齐,宛若长城,那么谁家就是女队员的下榻之处。王红岩说,凡是羊粪砖摆放有序的牧民家,蒙古包里也一定是最干净、最整洁的。

1990年,王红岩调入锡林郭勒盟歌舞团。虽然是盟级歌舞团,但是过得比起乌兰牧骑时冷清得多、寂寥得多。远离牧区和牧民,远离火热的生活和充满阳光、充满活力、充满激情的队友,王红岩觉得无所适从,作为舞者,不能尽情舞蹈的落寞感一天比一天强烈。就在这时,锡林郭勒盟歌舞团到深圳进行为期三个月的演出,王红岩和爱人海日太都身在其中。

三个月转瞬即逝,而就在这三个月里,王红岩深深地喜欢上了这座新兴的现代化城市。

回到锡林浩特,她和爱人喋喋不休的话题就是深圳,深圳是他们心驰神往的"仙境"。当时,王红岩的工资是204元,而在深圳演出时一个月的报酬达 800 多元。在物质生活相对匮乏的情况下，向往和追求高收入是人性使然。

1995 年春季的某一天，海日太兴冲冲地从外面回来，喜不自胜地递给王红岩一份已经揉搓得皱皱巴巴的报纸："你看，深圳民俗村锦绣中华艺术团面向全国招收演员！"

"你想去？"王红岩问。

"你不是天天念叨深圳吗？"海日太没有正面回答，其实答案是相当的肯定。两人会心地相视一笑。

南下深圳？领导不同意，家长不同意，亲朋好友不同意。王红岩对领导说："人家是面向全国招收演员，就我和海日太这水平，还能考上？我们无非是好奇，想去试试罢了。"

年轻人有好奇心是可以理解的，考不上还不是乖乖地回来看草原上的日落日出。宽厚仁慈的领导说："去吧，出去散散心，玩儿够了就回来啊！"

那时，《春天的故事》已经在全国唱响，王红岩踏着春天的旋律一路向南，热情地扑向她心中的伊甸园。

王红岩是早晨到达深圳的，她记得特别清楚，没顾上找宾馆，按图索骥地找到锦绣中华艺术团进行考试。

锦绣中华艺术团完全是港式管理，考官们都是真真正正的专家，虽然大都笑容可掬，但绝不会有一丝的徇私，也不会有一丝的舞弊。更何况，王红岩在深圳举目无亲，也没有徇私舞弊的条件和土壤，一切都听从命运的安排吧！

考试是紧张的、严格的，甚至有些苛刻。

走出考场，海日太已经完全失去自信："来这儿，就是过把瘾。瘾过了，也该准备打道回府了。"当时，《过把瘾》这首歌很流行，海日太便唱起这首歌,但唱得很沮丧、很沉沦、很颓废。

令他们喜出望外的是,下午就接到通知,夫妻双双都被录取而且受到考官的好评和肯定。再见到王红岩时,考官就询问她是哪个艺术院校毕业的,王红岩不假思索地脱口而出:乌兰牧骑!

乌兰牧骑？惊愕与惊讶,犹如两朵罂粟花在考官的眼里颤颤地绽放,在他们的记忆里是没有这样一所艺术院校的。

打拼从此开始,上班第一天,艺术总监就给王红岩一个"下马威":让她在7天内学会7个民族舞蹈,而且要达到演出水平,这样就能跟着锦绣中华艺术团到美国去访问。如果……

王红岩当然明白"如果"的意思,别无选择,只能用汗水证明一切。在深圳,敢拼就能赢！

锦绣中华艺术团是荟萃56个民族艺术人才的圣殿。在和56个民族的优秀演员比肩奋进、和睦相处的7年时间里,王红岩渐渐成长为不可多得的主持人和优秀的舞蹈演员。

2003年,王红岩考入北京舞蹈学院编导系,从此挥泪告别给她带来许许多多荣誉和声望的锦绣中华艺术团的多彩舞台。

王红岩痴迷于编导,始于她迈进乌兰牧骑门槛的时候,达林太是她的启蒙老师。那时,她曾创编一个独舞《小雪花》,但因种种原因没能在编导这条路上继续走下去,而走进北京舞蹈学院,则是对这种遗憾的补偿,是"圆梦"。

在北京舞蹈学院,她同样要向老师和同学解释"乌兰牧骑",因为她始终都认为,自己毕业于乌兰牧骑。

一个好演员未必是一个好编导,而一个好编导肯定是一个好演员。北京舞蹈学院的深造使王红岩从一个好演员向一个好编导过渡。

王红岩从北京舞蹈学院毕业后，没有再回锦绣中华艺术团，而是在深圳市后海小学等各中小学做舞蹈兴趣班的辅导老师，面向孩子就是面向未来。

身在面朝大海的深圳，王红岩血脉里奔腾的依然是马蹄的声音。在后海小学，她已经带过四届学生。每届的第一学期，她所教的都是蒙古舞。想让孩子们学好蒙古舞，首先要让孩子们知道草原、知道乌兰牧骑。她的家几乎就是微缩的草原：成吉思汗像悬挂在客厅的正中，草原风景画贴得满墙都是，奶酪、奶豆腐、奶皮子应有尽有，几乎所有的孩子都在她家体验过生活。不仅如此，在她的感染下，许多家长带着孩子走进草原、走进蒙古包，去认知和感受草原上的一切。

王红岩在乌兰牧骑跳过7年的舞蹈《飞翔吧，百灵鸟》，主题是保护生态。30多年后，她在深圳为孩子们创编的舞蹈《呼唤》，同样是蒙古基调的绿色环保题材。这个舞蹈曾在深圳少儿艺术花会中获奖。

蒙古舞框架大，有力度，质感强。现在，深圳中小学颇为流行街舞。王红岩的学生刘佩琦、张雨涵是她们这个年龄段街舞表演中的佼佼者，她们有冲击力的舞蹈中显露着蒙古舞的粗犷与豪放。

"我们一起跳蒙古舞吧！"

王红岩说，她几十年就是这样坚持过来的，还将这样坚持下去。孩子们会记住，他们有一位蒙古族老师，教他们跳过蒙古舞。

坚持再坚持，就会成为信仰。王红岩的信仰就是以舞蹈为载体，传播蒙古民族优秀传统文化和乌兰牧骑精神。

在面朝大海的城市，王红岩是乌兰牧骑精神的传承人和播火者。

11

1990年刚放暑假,16岁的苏日巴特尔背上简易行李,准备回到距赛汗塔拉45公里以外的巴润宝力嘎嘎查。那里是他的家乡,那里有属于他的草场、牛群和羊群。没有一个牧民不眷恋草场和牛群、羊群,苏日巴特尔是牧民之子,他同样拥有牧民的情怀。

回家的路被一个铁塔似的大汉挡住,那是他的叔叔,在乌兰牧骑已经工作十几年的瓦·钢宝力道。乌兰牧骑在暑假期间举办舞蹈培训班,瓦·钢宝力道早就看出苏日巴特尔是一个跳舞的苗子,就把他"裹挟"到培训班,接受舞蹈培训。

跳舞不是苏日巴特尔的志向,他心中装着的是蓝天、白云、绿草和牛羊。跳舞能跳来城市户口,跳舞能跳来工作,跳舞能跳来工资,叔叔的这些"现身说法"对一个16岁的少年来说,还是具有诱惑力和吸引力的。苏日巴特尔就这样迷迷糊糊、懵懵懂懂地走进培训班。而一经老师点拨,他的舞蹈潜能得以释放,在翩翩起舞中跳出了梦想和憧憬。在那个培训班中,乌兰牧骑选拔了7名队员,苏日巴特尔是唯一的男性。

苏日巴特尔和所有的乌兰牧骑队员一样,感受最深的就是到牧区演出,体会最深的就是牧民对乌兰牧骑的热爱。

炽热的夏天,如火的太阳烤得大树和小草都蔫头耷脑。飞奔的汽车没有空调,不开车窗,闷得要命;打开车窗,尘土犹如黄龙,裹挟每一个人。到嘎查到浩特,所有队员都犹如"土人"。即便如此,乌兰牧骑队员还是令人羡慕的。苏日巴特尔回忆,他们在桑宝力格苏木演出时,雄健奔放的男子群舞引起观众中一个小男孩儿的极大兴趣,他亦步亦趋、一招一式地跟着比画。若干年后，这个小男孩儿也潇潇洒洒地走进乌兰牧骑并成为一名舞蹈演员，他就是在舞台上独领风骚的呼斯楞。这就是乌兰牧骑潜移默化的艺术感染和艺术影响。

在阿其图乌拉苏木的演出是下午，演出结束后，大家正在收拾行装。苏木书记找到队长斯琴高娃说，在苏尼特右旗和苏尼特左旗交界处，有几位上了年纪的老人想看乌兰牧骑的演出。人民的需求就是乌兰牧骑的行动，为牧民服务永远是乌兰牧骑的天职！苏日巴特尔说，他就是在这样一次次的奔波中、一场场的演出中让乌兰牧骑精神深入骨髓的。心中装有鲜花，世界永远是艳丽的。

举着乌兰牧骑大旗走过十年的风雨后，苏日巴特尔被选入内蒙古自治区文化厅组织的乌兰牧骑巡演队伍，时在2001年。在呼和浩特集训时，苏日巴特尔等于是一次"回炉"，拿下高难动作、达到导演设定标准的代价就是摔得身上发青发紫。

巡演3个多月，苏日巴特尔在20多个城市跳过上百场次的《牧人浪漫曲》，使这一蒙古舞的经典作品得到更为广泛的流传。

《牧人浪漫曲》于1990年12月在昆明举办的全国少数民族舞蹈比赛中获得创作一等奖。编创舞蹈的胡·道尔吉说，这个舞蹈是在查干淖尔湖畔"拎出来的"，展现了鄂尔多斯蒙古族机智勇敢、热情奔放、风趣幽默的特点和个性，通过多变的节奏和大幅度的舞台调度，连贯舞蹈性和戏剧性，借此突破传统的单一情绪舞的表现方式，使舞蹈的意境得以升华。苏日巴特尔说，跳这样有难度、有高度的舞蹈，浑身的筋骨都能得到舒展，特别过瘾。

以往乌兰牧骑的伴奏乐器无非是三弦、四胡、手风琴，在几十年的历史进程中，乌兰牧骑已经有了属于自己的乐队，这也迫使队员的"一专多能"必须向纵深发展。苏日巴特尔的"转型"就具有示范意义，从台前到幕后,从舞蹈演员到调音师。他说,不管在哪个岗位上、在哪个角落里,我永远都是乌兰牧骑队员。苏日巴特尔的爱人也在乌兰牧骑,是扬琴手,女儿乌日玛是苏尼特右旗蒙古族少儿合唱团团员。他的家庭也是一个"乌兰牧骑之家"。

12

浅灰色蒙古时装衬托着高挑、苗条的身材,舞蹈演员的婀娜身姿楚楚动人。然而,在和哈斯塔娜进行一番交谈后,我觉得她的思想比形象更美丽。

哈斯塔娜于2005年考入苏尼特右旗乌兰牧骑,在执着的追求中使梦想变为现实。

哈斯塔娜是镶黄旗人,舅奶奶哈拉玛和表哥伊拉特都是乌兰牧骑队员,表哥伊拉特还当过镶黄旗乌兰牧骑的队长。哈斯塔娜的家虽然在牧区,但每到寒假、暑假,她都要跑到旗里来,在乌兰牧骑大院里出出进进,耳濡目染,便像百灵一样爱上唱歌,便像仙鹤一样爱上跳舞,她的"乌兰牧骑梦"也就逐渐形成。一个人最大的快乐是能把愿望变成现实,哈斯塔娜拿出一张泛黄的老照片,那是舅奶奶哈拉玛年轻时的演出照,颇具明星风采。哈斯塔娜说:"舅奶奶是我的太阳、我的旗帜和榜样,她对我的影响太深了。"

哈斯塔娜不仅跳舞,而且也编舞。在十几年的舞蹈生涯中,她相继创编出几十个舞蹈,男女群舞《塔布沁牧歌》曾获2015年国际蒙古舞展演表演奖和优秀奖,女群舞《祈》曾获2015年第四届蒙古舞大赛暨第四届电视舞蹈大赛传统舞蹈组创作铜奖和表演铜奖,女群舞《牧羊姑娘》

2015年获锡林郭勒盟乌兰牧骑创作二等奖。

虽然有这些获奖作品,但她对这些作品并不满意,正视自己是需要勇气的。她有正视自己的勇气,就更有突破自己的可能。

"我以前的作品大都是空想出来的,离牧区和牧民太远了,离生活和现实也太远了",哈斯塔娜直言不讳道出自己的"短板"。为改变这种脱离生活、脱离现实的状况,2018年5月初她利用休息时间和东方演艺集团的舞蹈演员斯日吉德玛两个人,脚踏实地地在苏尼特草原上进行采风,与诗人额尔德尼·陶克陶攀谈,与岩画专家达·查干攀谈,与古筝传承人胡其图攀谈。在乌云斯琴家里,老人把珍藏多年的蒙古族服装和帽饰拿出来让她们参考。每一次接地气的采风都是一次感动之旅,每一次接地气的采风都有一份沉甸甸的收获。三人舞《苏尼特·布斯贵》就是在这样深入采风的基础上创作出来的,尽情地展现出苏尼特女性的性格特征,而服装和帽饰的设计几乎是乌云斯琴老人"家藏"的翻版。哈斯塔娜说,这个舞蹈是有"心脏"的,这是"蒙古普通话"的一种特殊表达方式。

2018年8月18日,在第十五届中国·内蒙古草原文化节闭幕式上,《苏尼特·布斯贵》荣获"乌兰牧骑新人新作"创作一等奖,这是"心脏"跳出来的光环。

哈斯塔娜钟情于民族舞蹈,蒙古族舞蹈是具有世界色彩的舞蹈语汇。

2013年哈斯塔娜第一次走进蒙古国时,便和蒙古国贝·贝勒格传承人巴·巴雅日泰相识。

贝·贝勒格是蒙古民族最为古老、最为原始、最为传统的舞蹈。在蒙古高原,贝·贝勒格达12种之多。前几年,内蒙古民族艺术剧院奇·哈斯敖登曾导演一部舞剧《我的贝勒格人生》，艺术总监、舞蹈总监、作曲和舞美分别来自俄罗斯和蒙古国。这个国际团队对发掘、整理、弘扬、传承这一古老艺术所做出的努力和探索是难能可贵的。而这仅仅是开始，贝·贝勒格是"艺术富矿"，它所蕴藏的艺术之火、艺术之花、艺术之光仅仅被揭开"冰山一角"，更大的火焰、更灿烂的花朵、更耀眼的光芒还在等待着我们……

哈斯塔娜深深地被贝·贝勒格的无穷艺术魅力所吸引、所折服，以微薄之力研究贝·贝勒格的古老艺术成为她新的追求。她已被蒙古国文化艺术大学录取为编导系研究生，利用这个平台，她将对贝·贝勒格进行更深入、更持久的研究，用破译出来的新的舞蹈语汇歌颂新时代、歌颂新生活。

梦，总是色彩斑斓的。

哈斯塔娜是苏尼特右旗的骄傲，是乌兰牧骑的骄傲！她作为苏尼特右旗乌兰牧骑60年来第一个全国政协委员，2018年3月初精神抖擞、意气风发地走进北京、走进人民大会堂，履行参政议政的神圣使命。

20世纪80年代，国家民委、文化部曾举办过全国乌兰牧骑式文艺会演，这些活动至今仍然有着广泛影响。作为新一届政协委员，哈斯塔娜的第一份提案就是建议国家民委、文化部能够继续举办全国乌兰牧骑式会演，以促进乌兰牧骑事业的发展，殷殷之情、拳拳之心，跃然纸上。

哈斯塔娜对乌兰牧骑的现状和发展有着更为深刻的思考。她反反复复学习习近平总书记给乌兰牧骑队员们的回信：习总书记再次肯定"乌兰牧骑是全国文艺战线的一面旗帜"，要求我们"永远做草原上的'红色文艺轻骑兵'"。

如何把旗帜举得更高、如何让旗帜更加鲜艳，新时代的乌兰牧骑队员任重而道远。

　　乌兰牧骑事业的发展离不开党的领导,离不开政府的支持,离不开广大农牧民的认可,更离不开乌兰牧骑的自身建设和自我完善。

　　推进乌兰牧骑事业发展的政策和措施要符合乌兰牧骑的客观实际和发展规律,所以,在制定政策和措施前要多看看乌兰牧骑实际、多听听乌兰牧骑队员的意见和心声。

　　乌兰牧骑不是单纯的文艺演出团体,而是肩负"宣传、演出、辅导、服务"四项功能的文化工作队。继承传承才能创新发展,老一代乌兰牧骑队员能够和农牧民打成一片。"同吃同住同劳动",现在则是开上大巴车,停下演出,演完就走,根本没有和农牧民接触与交流的机会。哈斯塔娜在乌兰牧骑工作12年,从来没有在牧区住过一个晚上。20世纪50年代、60年代,乃至70年代、80年代,在乌兰牧骑中都能找到堪称经典的作品,诸如《顶碗舞》《盅碗舞》《挤奶舞》《筷子舞》,而现在呢?

　　习总书记要求我们"努力创作更多接地气、传得开、留得下的优秀作品",这样的作品得从农牧民中来,得从火热的生活中来,得从"扎根生活沃土,服务牧民群众"中来。乌兰牧骑不要一味地强调演出场次,不要以演出论英雄,还要兼顾传统的宣传、辅导和服务功能。时代的发展要求我们的宣传、辅导、服务同步发展。牧区在变、牧民在变,我们的宣传、辅导、服务也要跟进。研究宣传的新格局、探讨辅导的新路径、拟定服务的新内容,只有这样才能把习近平总书记关于乌兰牧骑事业发展的指示精神落到实处,才能创作出"接地气、传得开、留得下的优秀作品",才能让牧民从心底发出"玛奈乌兰牧骑"的由衷赞许……

　　哈斯塔娜的思考,是否能引起更多人们和更高层次的思考呢?

全国巡演的乌兰牧骑

01

1960年6月1日,北京。

庄严雄伟的人民大会堂,红旗飘飘,金光闪闪。

来自全国文化、卫生、教育、新闻战线的5000多名代表,迈着矫健的步伐走进人民大会堂,参加为期11天的全国文教群英会。这些代表中有两名身着蒙古族服装的年轻人格外引人注目,他们是内蒙古鄂托克旗乌兰牧骑队长查·热喜和内蒙古苏尼特右旗乌兰牧骑队员伊兰。是年热喜27岁,伊兰25岁。

全国文教群英会期间,中共中央、国务院表彰了2000多名全国先进工作者,热喜不仅受到表彰,而且在大会上做了典型发言。周恩来总理对热喜的发言印象颇深,因为这是他第一次见到来自内蒙古大草原的乌兰牧骑队员,第一次听到乌兰牧骑艰苦创业、全心全意为人民服务的先进事迹。会议间隙,周总理详细听取热喜的汇报后,称赞乌兰牧骑是草原上的一面红旗,并指示在场的中国戏剧报记者游默、毛瑞宁对热喜进行采访。游默、毛瑞宁采写的通讯《草原上的一面红旗》标题用的就是周总理对乌兰牧骑的称赞。这篇通讯的副标题是"访全国文教群英会先进工作者查·热喜同志",这个副标题特别重要,一是说明这是在全国文教群英会期间记者对热喜的专访,二是明确热喜是全国先进工作者。遗憾的是在内蒙古文化厅和鄂托克文化局编辑的相关书籍中都没有这个至关重要的副标题,至于什么原因无从知晓。《草原上的一面红旗——访全国文教群英会先进工作者查·热喜同志》刊登在1960年6月30日出版的第12期《中国戏剧报》上,这是国家级报刊第一次报道乌兰牧骑的先进事迹,具有里程碑意义,也可以说是乌兰牧骑参加全国少数民族业余文艺观摩会演和乌兰牧骑全国巡演的前奏。

或许是受到这篇通讯的影响,1964年3月,文化部委派民族文化司的张扬、冷德智前往内蒙古对乌兰牧骑进行长达一个多月的考察和调查,内蒙古文化局社会文化处副处长庆来陪同他们在正蓝旗工作期间,看到他们和乌兰牧骑队员同吃、同住、同下乡的工作状态和脚踏实地深入基层的工作作风,大为感动。

张扬、冷德智回到北京后,根据掌握的大量第一手材料撰写的翔实的调查报告以新华社内参的形式发表,引起中央领导和文化部领导的重视。斯时,文化部正在紧锣密鼓地筹备全国少数民族业余文艺观摩会演,张扬、冷德智建议文化部邀请内蒙古的乌兰牧骑也参加全国少数民族业余文艺观摩会演。文化部副部长周巍峙批示"同意",并通知内蒙古文化局选派乌兰牧骑代表队届时参加会演。这就是内蒙古同时派出两个代表队参加全国少数民族业余文艺观摩会演的来龙去脉。而正是由于周总理在这次会演中看到乌兰牧骑的演出,才指示文化部和内蒙古自治区政府组织乌兰牧骑全国巡演,责成文化部通知各省市自治区认真做好接待工作。乌兰牧骑全国巡演期间,各省市自治区党政主要领导大多观看了乌兰牧骑演出,接见或宴请乌兰牧骑队员,是和周总理的亲切关怀分不开的。

02

根据周总理的指示精神和文化部的具体要求,内蒙古文化局副局长席宣政于1964年11月17日,同时率领内蒙古群众业余艺术代表团和内蒙古乌兰牧骑代表队前往北京参加全国少数民族群众业余艺术观摩会演。

乌兰牧骑代表队由乌国政任队长,热喜任指导员,祁·达林太任艺术指导。队员有敖日吉玛(镶黄旗)、宋正玉(翁牛特旗)、仁钦索都那木(正蓝旗)、旭仁其其格(翁牛特旗)、陶亚(翁牛特旗)、杨玉兰(杭锦旗)、乌苓花(鄂托克旗)、刘桂琴(翁牛特旗)、银花(乌审旗)、郑永顺(翁牛特旗)、马西吉尔嘎拉(乌审旗)、敖其尔呼雅嘎(正蓝旗)、其木德道尔吉(正蓝旗)、吉日木图(乌审旗)、道尔吉仁钦(达茂旗)。

现年84岁的乌国政回忆,这支乌兰牧骑代表队是由从全区各地乌兰牧骑抽调的优秀队员组成的。经过7月27日到11月10日长达3个多月的政治学习和业务培训,队员们的政治觉悟和业务水平均有大幅提高,没有汉语基础的蒙古族队员能够简单说几句汉语,同样,没有蒙古语基础的汉族队员也能用简单的蒙古语交流。培训期间的学习和生活虽然十分紧张,但想到是去北京向党中央、国务院做汇报演出,每个队员的情绪都是高昂的,精力都是充沛的,精神都是振奋的。

唱什么歌、跳什么舞、奏什么曲,都是经内蒙古文化局党组反复讨论后确定的。"进京演出，要反映牧区的新变化、牧民的新生活，但我们是乌兰牧骑，一定要有展现乌兰牧骑精神风貌的作品"，时任内蒙古文化局党组书记布赫从政治和战略高度提出这样的具体要求。

作为队长，乌国政把这当作一项光荣而艰巨的政治任务，由他作词、甘珠尔扎布作曲的合唱歌曲《文化轻骑队之歌》作为队歌获得通过，被列为进京演出的第一个节目。进京之前，内蒙古文化局党组敲定的《节目单》为：

一、合唱《文化轻骑队之歌》
作词：乌国政
作曲：甘珠尔扎布
二、表演唱《请帖》
作词：波·都格尔
作曲：桑杰
表演者：道尔吉仁钦、仁钦索都那木、敖日吉玛
三、独舞《好社员》
编舞：保德斯
编曲：杜兆植
表演者：陶亚
四、独舞《顶碗舞》
编舞：宋正玉
编曲：祁·达林太
表演者：宋正玉
五、双人舞《巡逻之夜》
编曲编舞：祁·达林太

表演者：敖日吉玛、宋正玉

六、四人舞《为祖国锻炼》

编舞：阿拉善旗乌兰牧骑

编曲：普日布

表演者：旭仁其其格、陶亚、宋正玉、敖日吉玛

七、诗朗诵《枪》

作者：孙洪书

朗诵者：吉日木图、道尔吉仁钦

八、好来宝《达西是个好战士》

作词：金巴

演唱者：其木德道尔吉、敖其尔呼雅嘎

九、马头琴独奏曲《唱支山歌给党听》

作曲：朱践耳

演奏者：其木德道尔吉

十、女声独唱《党的教育好》

作词：巴达玛

作曲：拉西色楞

女声独唱《红旗一代传一代》

作曲：那春

演唱者：杨玉兰

十一、女声二重唱《人民公社好》

作曲：玛希

女声二重唱《一对红花》

作词：巴达玛

作曲：道尔吉

演唱者:旭仁其其格、敖日吉玛

十二、民乐齐奏《社员都是向阳花》

作曲:王玉喜

演奏者:其木德道尔吉、敖其尔呼雅嘎、马西吉尔嘎拉、宋正玉

十三、合唱《五个不可忘记》

词曲:额尔登格

演唱者:

合唱《风雪之夜》

作词:程光敏

作曲:晓河

1964年12月,参加全国少数民族群众业余文艺观摩会的内蒙古乌兰牧骑

演唱者：全体队员

十四、安代舞《歌颂三面红旗》

集体创作

1964年11月26日，全国少数民族群众业余文艺观摩会演在北京隆重开幕，内蒙古乌兰牧骑代表队参加开幕式。

国务院副总理陆定一在开幕式讲话中明确指出："少数民族的革命的文化艺术，必须注意运用民族形式，这样就更能为少数民族人民所接受。各民族的文化艺术，在内容上都必须是革命的，都必须符合社会主义利益，在这个问题上必须一致，只能一致。但是，在民族形式、民族风格、民族特点这一类问题上，各民族又是各不相同的，在这个问题上，可以不一致，也不必一致。当然，在社会主义祖国里，各民族的文化又应当互相交流，互相吸收，取长补短，共同提高，使它们成为祖国各民族的共同财富。这次观摩演出，就是各民族文艺互相交流，互相学习，共同提高的大会。"乌国政说，这是他第一次听到中央领导讲话，既兴奋又紧张。

11月28日晚，周恩来总理观看战士业余演出队演出后接见战士业余演出队队员，乌兰牧骑代表队队员敖日吉玛、旭仁其其格一同受到周总理接见，这是周总理第一次接见乌兰牧骑队员，值得每一个队员铭记。

12月10日晚，北京民族文化宫灯火辉煌。

乌兰牧骑的12名队员，朝气蓬勃、神采飞扬地高唱着《文化轻骑队之歌》第一次出现在全国少数民族群众业余文艺观摩会演的舞台上，向参加观摩会演的各民族文艺工作者和首都观众进行汇报演出。他们演出的15个风格多样、短小精干、具有浓厚的民族特色和地区特色的节目以及队员们在演出中所焕发出的革命热情，给观众留下了极其深刻的印象。14日,人民日报在第六版以《乌兰牧骑——文艺工作者的榜样》为题,刊登达·阿拉坦巴干拍摄的一组乌兰牧骑在草原上活动的图片,并配发题为《打成一片》的文艺短评,再次称赞乌兰牧骑与人民群众同甘共苦的良好作风。

北京刮起"乌兰牧骑旋风"。

全国少数民族群众业余文艺观摩会演期间,乌兰牧骑进部队、下企业,进行各类汇报演出24场次,观众达3.3万多人次。为此,中宣部召开座谈会,中宣部副部长林默涵深切希望乌兰牧骑保持荣誉,真正成为全国文艺工作者的榜样。

12月27日,党和国家领导人毛泽东、刘少奇、周恩来、朱德、邓小平、宋庆龄、董必武、乌兰夫等在人民大会堂接见参加全国少数民族群

1965年10月10日,毛泽东主席等党和国家领导人接见在京参加国庆观礼的代表和乌兰牧骑队员

众业余文艺观摩会演的全体演员,乌兰牧骑队员一同受到接见,这是毛主席第一次、周总理第二次接见乌兰牧骑队员。

12月29日,国务院副总理乌兰夫在全国少数民族群众业余文艺观摩会演闭幕式上讲话时说:"内蒙古乌兰牧骑代表队这次来北京演出,得到大家称赞。乌兰牧骑这个专业队伍在坚持走革命化道路,坚持劳动,同农牧民群众相结合,为农牧民群众服务方面,做了一些工作,取得了一些经验。当然,他们做得还很不够,应当继续努力。"

12月31日晚,周恩来总理邀请仍在北京演出的乌兰牧骑代表队参加在人民大会堂举行的元旦联欢晚会。晚会上,周总理在内蒙古文化局党组书记布赫的陪同下,兴致勃勃地观看乌兰牧骑队员们的精彩演出,并饶有兴趣地向队员们学唱蒙古族歌曲。当午夜钟声敲响的时候,周总理亲自指挥乌兰牧骑队员齐声高唱《东方红》。周总理这次接见的是乌兰牧骑全体队员,这也是乌兰牧骑的集体记忆。

正是在这次亲切接见和座谈中,周总理称赞乌兰牧骑是社会主义的新生事物。要求乌兰牧骑要走向全国,到全国各地去巡回演出,宣传毛泽东思想,把乌兰牧骑精神带到全国去。

03

乌兰牧骑载誉归来,内蒙古大草原群情激奋,一片欢腾。

内蒙古党委第一书记、内蒙古自治区主席乌兰夫在新城宾馆亲切接见乌兰牧骑队员并同他们进行座谈。

乌兰夫对他们说,中宣部肯定了乌兰牧骑是为农牧民服务的一个很好的组织形式,乌兰牧骑解决了为什么人服务、拿什么东西服务的根本性的问题。根据周总理的指示精神,文化部已经召开乌兰牧骑全国巡回演出工作会议,各省市自治区文化行政部门都已做出相应安排。

文化部在《通知》中说,到全国巡回演出,一支乌兰牧骑不够,还要再组织两支。他们是第一支,有在北京、天津、河北演出的经验,要起到表率作用,把毛泽东思想宣传到全国去,把乌兰牧骑精神带到全国去!

1965年1月20日,内蒙古文化局就举办全区乌兰牧骑训练班和组织乌兰牧骑代表队全国巡演发出通知。

2月15日,全区19支乌兰牧骑的240多名队员在内蒙古党校集结,参加全区第四期乌兰牧骑队员训练班和全国巡演队员选拔。经过100多天的政治审查和业务培训,3支乌兰牧骑代表队于5月31日宣告成立并前往北京。6月初,3支乌兰牧骑代表队在北京各演出一场,权当热身。中宣部、文化部、国家民委有关领导分别观看演出。

巡演之前,中宣部、文化部、国家民委多次召开座谈会,反复强调组织这次巡演的目的和意义。中宣部副部长林默涵说,乌兰牧骑的主要特点是真正面向工农兵,全心全意为人民服务。你们是毛泽东思想宣传队,不要辜负党和人民的期望,用你们的行动为社会主义文化事业发展做出贡献。

6月10日,3支乌兰牧骑巡回演出队从北京出发,意气风发、斗志昂扬地向全国各地奔去。

04

乌兰牧骑全国巡演第一队
领队:席宣政(内蒙古自治区文化局副局长)

秘书：朱嘉庚（内蒙古自治区文化局党组秘书）

队长：乌国政

指导员：达·阿拉坦巴干

艺术指导：祁·达林太

队员：郑永顺、王正义、宝锁、都古尔、江布拉、道尔吉仁钦、刘桂琴、杨玉兰、乌云、乌达巴拉、敖日吉玛、李秀英、宝花、李玉珍

乌兰牧骑全国巡演第一队于1965年6月13日乘火车抵达福州，开启华东巡演之旅。

在福建省活动的14天中，乌兰牧骑在福州、厦门、海军炮艇和前沿阵地慰问演出共18场次，观众达2万多人次。福建省委第一书记叶飞，书记处书记林一心，福建前线部队首长刘培善等在福州同群众一起观看首场演出。演出结束后，叶飞接见全体队员并亲切交谈。

福建省文化局抽调300多名基层文化干部，厦门市文化局抽调100多名基层文化干部跟随乌兰牧骑观摩学习。在福建省文化局举行的欢迎大会和报告会上，席宣政、乌国政分别向2000多名地方和部队文艺工作者、基层文化干部介绍乌兰牧骑在党的关怀下诞生成长的过程和翁牛特旗乌兰牧骑的发展历程。

6月22日，厦门，海军基地。

乌兰牧骑为海军官兵演出后兴致勃勃地观看海军战士的操炮、投弹、射击和拼刺表演，战士们高兴地把炮弹皮、子弹壳送给乌兰牧骑队员们留作纪念。

6月24日，福建日报在头版刊登通讯《乌兰牧骑的革命风格》，热情洋溢地报道了乌兰牧骑在福建的演出活动。其中一个细节令宋正玉终生难忘，记者用秒表把她跳《顶碗舞》时的旋转速度记录了下来——25秒旋转30圈儿。

乌兰牧骑一队访问海军某部时在炮艇上为战士演出

6月30日,南昌,火车站前广场。

刚刚走下火车的乌兰牧骑队员便和敲锣打鼓的欢迎人群融在一起。他们挥舞红绸,跳起热情奔放的《安代舞》,迎接的人群中响起热烈的掌声。

7月1日,江西省委书记处书记白栋材、刘俊森,候补书记黄知真和群众一起在南昌市艺术剧院观看乌兰牧骑首演并接见全体队员。

全国巡演的乌兰牧骑

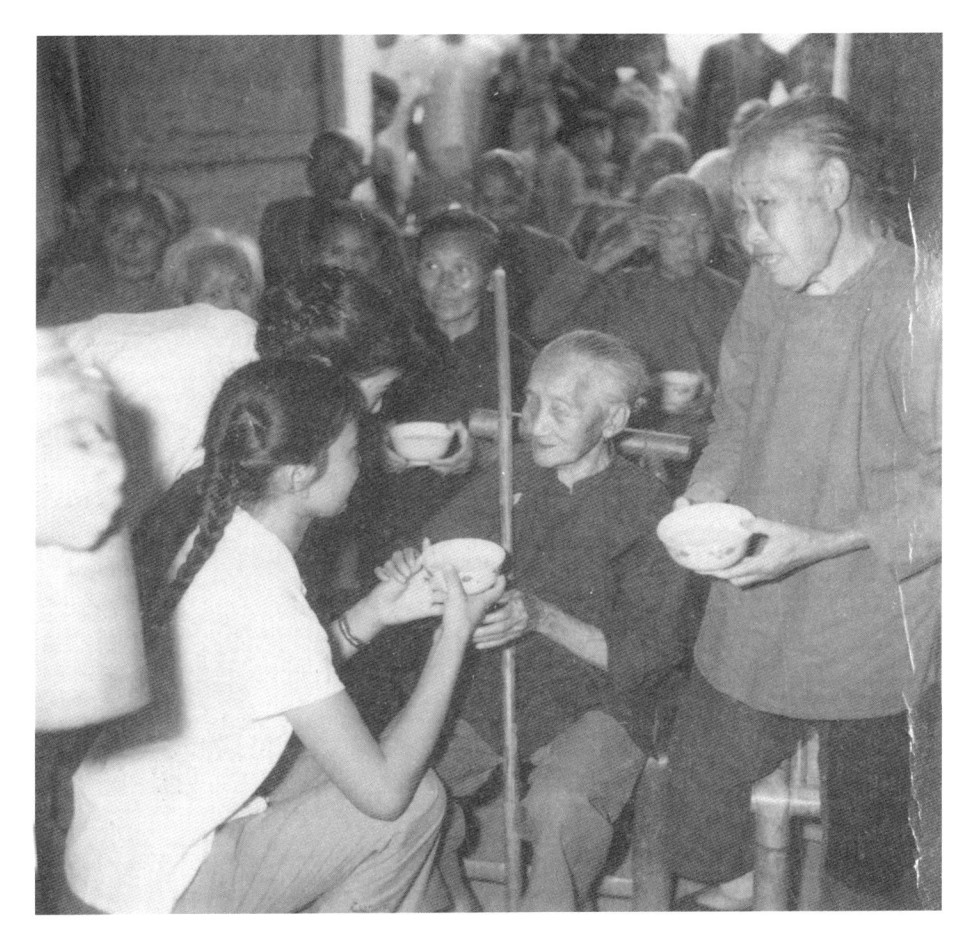

乌兰牧骑一队在瑞金演出时给老人们安排座位并倒茶送水

乌兰牧骑巡演一队在江西省活动 22 天,演出 20 场次,观众 2.5 万多人次。

7 月 10 日,乌兰牧骑巡回演出队到达革命圣地井冈山,先后在吉安、永新、宁冈、茅坪、大井、茨坪等地进行慰问演出。

在井冈山,队员们参观了毛主席当年办公、住宿的地方,参观了红军会师广场,参观了当年炮声隆隆、吓得敌军连夜遁逃的黄洋界,参观了毛主席写《中国的红色政权为什么能够存在》时所住的八角楼。

红军暴动队队员邹文楷深情地讲述了井冈山艰苦卓绝的革命斗争故事。

红军宣传队队员赖大娘、郭大娘为队员们唱起《当兵就要当红军》《送郎当红军》等当年的流行歌曲。

红军时期的少先队队长邹少坦赤脚上山，砍来两根碧绿的井冈翠竹，送给乌兰牧骑做旗杆。

指导员达·阿拉坦巴干从邹少坦手里接过竹竿，激动之情难以言表。回到驻地，躺在床上依然是难以入睡，浮想联翩，感慨万千。

井冈翠竹，是一种精神，是一种象征，是一种传统。

井冈翠竹啊，你有多少故事……

在井冈山，达·阿拉坦巴干曾听当年的赤卫队员讲过，他们用翠竹制作的梭镖如雨箭般飞向敌人的阵地，令敌人胆战心寒。

在井冈山，达·阿拉坦巴干曾听当年的宣传队员讲过，他们用翠竹制作的竹板噼噼啪啪地响起来，鼓舞多少红军战士奋不顾身英勇杀敌！在井冈山革命博物馆，达·阿拉坦巴干看到毛泽东委员、朱德军长当年挑粮用的竹扁担。毛泽东、朱德等老一代无产阶级革命家，就是用这"竹扁担"挑着中国的命运和前途，从井冈山挑到瑞金，从瑞金挑到延安，从延安挑到北京，一路挑来，挑出一个人民当家做主的新中国……

而今天，这井冈翠竹又将成为乌兰牧骑高举毛泽东文艺思想大旗的旗杆，指引我们继续向前！

从井冈山到杭州、上海、南京，直至回到呼和浩特，在半年多的时间里，达·阿拉坦巴干始终和两竿井冈翠竹形影不离，每到驻地都要先擦拭落在井冈翠竹上的些许微尘。

在内蒙古文化局办公大楼，达·阿拉坦巴干把这两竿井冈翠竹郑重地交到布赫手里,犹如完成一项历史使命。布赫满怀深情地说:"好啊、好啊,你们带回来的不仅仅是两竿井冈翠竹,而是井冈山的革命传统和革命老区对内蒙古的厚爱,我们一定要好好珍藏,让两竿井冈翠竹成为革命传统教育的生动教材!"

1965年12月22傍晚,一辆大轿车拉着30多名乌兰牧骑队员悄然驶进中南海,停在紫光阁前。

周恩来总理、陈毅副总理亲切地和乌兰牧骑队员进行座谈并共进晚餐。

周总理听取乌兰牧骑全国巡回演出总领队、内蒙古文化局副局长席宣政的汇报后,对乌兰牧骑全国巡演取得的成绩给予很高评价,他鼓励队员们要"永远保持劳动人民本色,永远保持谦虚谨慎、艰苦奋斗的作风"!

"总理请吃饭,不是山珍海味,怎么也得是大鱼大肉吧?"达·阿拉坦巴干在去往中南海的路上心里是这样美滋滋想的,开饭时主食居然是玉米面窝窝头和大烩菜。周总理吃得很香、陈毅副总理吃得很香,乌兰牧骑队员们吃得很香,一个日理万机的大国总理吃的就是这样的粗茶淡饭!这情形、这场景,让达·阿拉坦巴干着实感动,他酷爱摄影,巡演期间已经拍下数以万计的生动画面。现在,想用相机记录下这一历史瞬间,他想让这一瞬间成为永恒。于是,离开座位、挎上照相机、拎着镁光灯,他这些娴熟的动作无异于新华社摄影记者。或许是太"专业",总理看到后,微笑着摆摆手,示意他不要拍了。

周总理和大家边吃边谈,谈笑风生,气氛特别热烈。这时,周总理把和蔼的目光投向正在狼吞虎咽的达·阿拉坦巴干,亲切地问道:"小伙子,你是新华社的?"

达·阿拉坦巴干站起来,恭恭敬敬地回答:"总理,我是内蒙古文化

乌兰牧骑一队在上海参观南京路上好八连

局的达·阿拉坦巴干,乌兰牧骑全国巡回演出一队指导员……"

周总理环视一下大家,微笑着说:"你看,乌兰牧骑队员都穿蒙古袍,而你这一身中山装……,误会了、误会了!"

回到驻地,同一房间的朱嘉庚揶揄达·阿拉坦巴干:"你今天怎么了,打扮得像个记者,为什么不穿蒙古袍啊?若是穿着蒙古袍去,总理肯定会让你拍照的,你呀、你呀!"

达·阿拉坦巴干后悔不迭,"我想,总理是接见乌兰牧骑队员,咱们不是乌兰牧骑队员,就有点区别呗",他使劲儿在后脑勺上捶两拳,"唉,遗憾、遗憾啊!"

朱嘉庚不依不饶:"席局长是穿着中山装向总理做汇报的,你也穿中山装,想装干部啊!"

达·阿拉坦巴干一拳挥去:"你……"

周总理生前 12 次接见乌兰牧骑,12 次接见时都在场的只有达·阿拉坦巴干一人,他听到总理的教诲最多,他对总理的感情也最深。1976 年 1 月 8 日,敬爱的周恩来总理与世长辞,哀乐声中,达·阿拉坦巴干肝肠寸断,11 年前的那个"遗憾"在泪水中"显影",总理吃窝窝头时的神态和风采又浮现在他的眼前。他在心里默默地说:"总理啊总理,我当时虽然没能拍下那历史的瞬间,但那一刻却清晰地印在我的心里,谁坐在您的左边、谁坐在您的右边,我都记得清清楚楚啊!我不是画家,但我一定要找画家把当时的场景画出来,以此来表达我对您的忠心爱戴和无限思念……"

达·阿拉坦巴干找到内蒙古美术家协会副主席金高。金高师从徐悲鸿,1948 年入北平艺术专科学校,1952 年毕业于中央美术学院绘画系,擅长油画。1992 年,美国著名美术评论家卡桑德拉·蓝嘉在编撰世界大师作品集《绘画中的母与子》将金高的《母子图》收入其中。《绘画中的母与子》中当时健在的画家只有 3 位,金高是唯一的中国画家。金高边听达·阿拉坦巴干饱含深情的讲述,边以扎实的基本功飞速地画着草图。

达·阿拉坦巴干找到 1982 年毕业于中央美术学院中国画系的吴迅。作为中国美术家协会会员,吴迅的作品《净土》《暮歌》《记忆飘向远方》《寒林晓月》等被联合国收藏。作为专业画家,吴迅长期与联合国儿童基金会合作,1999 年 4 月,联合国儿童基金会于授予他"世界儿童之友"称号,时任联合国儿童基金会世界执行主席卡罗尔·贝拉米女士专程到中国为他授奖。

  吴迅的艺术创作灵感在达·阿拉坦巴干饱含深情的讲述中活跃起来,他很是激动地说:"敬爱的周总理还和咱们乌兰牧骑队员学过歌儿?这个题材太好了、太好了,我画、我画呀!"

  1977年1月,内蒙古美术馆举办纪念周恩来总理逝世一周年美术

乌兰牧骑一队在山西云周西村大队和刘胡兰烈士的妹妹刘芳兰在一起

作品展。金高的油画《总理请吃窝窝头》,吴迅的国画《心随总理唱延安》,以艺术的笔触,再现了历史的瞬间,再现了一代伟人的神韵和风采,表达了草原儿女对敬爱的周总理的敬仰之心和缅怀之情……

在瑞金时,队员们拜访了老赤卫队队员谢怀福,老人家讲的毛主席热爱群众、关心群众的故事,使队员们有身临其境的感觉。

受到教育、受到洗礼、受到鼓舞的队员们,怀着对井冈山和井冈山

乌兰牧骑巡回演出第一队在毛主席住过的延安杨家岭演唱《草原儿女爱延安》

人民的崇敬之情，把他们即兴创作的《井冈山红色的山》《各族人民团结在毛主席身边》等节目献给当地群众。住在茨坪敬老院的红军时期妇女主任马大娘说："当年的红军宣传队回来了，你们就是当年红军宣传队的小伙子、小姑娘啊！"

7月23日，乌兰牧骑巡回演出第一队抵达杭州。

浙江省委书记吴宪，副省长冯白驹，浙江省军区副司令员何以祥等在杭州观看首场演出并接见全体队员。

乌兰牧骑巡回演出第一队在浙江活动10天，演出8场次，观众1.3万多人次。

新安江水电站是中国第一座自行设计、自制设备、自己施工建设的大型水力发电站，被人们誉为"长江三峡的试验田"，是社会主义制度集中力量办大事的范例，是中国水利电力事业史上的一座丰碑。

看到这矗立在桐官峡谷中的宏伟工程和逶迤东去的一江碧水，队员们无限感慨，祖国伟大，人民伟大！

在梅家坞，队员们与全国三八红旗手、著名的双手采茶能手沈顺招和她所领导的"十姐妹采茶小组"亲切交谈。

梅家坞村四周青山环绕，拥有"不雨山长涧，无云山自阴"的自然山水风光，并盛产色绿、香郁、味醇、形美的龙井茶叶。这些来自草原的人们没喝过龙井茶，没见过龙井茶，甚至没听说过龙井茶。在沈顺招的娓娓讲述中他们才知道龙井茶是何等宝贝。当沈顺招知道乌兰牧骑是周总理派来的时，脸上顿时泛起幸福的红光，她兴奋地说："周总理还来过我们的茶园呢！"

8月3日，乌兰牧骑巡回演出队抵达上海。

在上海的19天当中，乌兰牧骑在友谊影院、文化广场、上海重型机器厂、南京路上好八连、东海舰队、马桥人民公社等地共慰问演出20场次,观众达4.5万多人次。上海市委书记陈丕显观看首场演出并两次和队员们亲切座谈。

上海市委宣传部、市文化局组织30多个剧团的演员和区、县文化工作者100多人轮流随乌兰牧骑活动。为使更多的文艺工作者和群众了解乌兰牧骑,上海电视台、上海广播电台先后四次转播乌兰牧骑演出实况,上海各大报刊连续发表71篇文章介绍乌兰牧骑经验,上海音乐书店在演出地点设立了售书摊,几天内就售出《乌兰牧骑之歌》1万多册。

在上海重型机器厂,队员们参观我国自行设计、制造的万吨水压机时特别激动,就在万吨水压机车间为工人们表演节目。道尔吉仁钦现场创作并表演好来宝《歌唱万吨水压机》,他所表现出来的带有草原特色的艺术令工人老大哥乐不可支。

在访问南京路上好八连时,队员们参观了好八连的荣誉室,并和好八连战士座谈、联欢。好八连的战士把一本《毛泽东选集》、两双草鞋、一叠报纸糊的信封和一个自编的草凳送给乌兰牧骑队员留作纪念。

8月25日,乌兰牧骑巡回演出第一队抵达南京。

江苏省委书记彭冲,江苏省副省长欧阳惠林,南京市委书记刘中,南京市市长岳维藩,南京军区政治部主任刘跃宗等观看首场演出并和全体队员座谈。

乌兰牧骑巡回演出第一队在江苏活动10天,演出7场次,观众达2万多人次。

队员们大都来自牧区,没有农耕经历,也不熟悉农村生活。在南京化肥厂参观时他们围住全国劳动模范杨传华问这问那,并和杨传华一起参加化肥运送劳动。在和杨传华的接触中,队员们了解到建造化肥厂的意义和化肥对农业生产的作用,队员们当即编出快板《一吨化肥万斤粮》。

9月6日,乌兰牧骑巡回演出第一队抵达合肥。

乌兰牧骑巡回演出第一队在安徽省活动21天,演出16场次,观众达2.1万多人次。

安徽省委第一书记李葆华、南京军区副司令员王平在合肥两次观看演出并同队员们亲切交谈。

在安徽期间,安徽省委宣传部、文化局组织省直属文艺单位、合肥市文艺单位、文艺工作者和各地文艺骨干共2400多人观摩学习11天。由于受到乌兰牧骑精神的感召,十几名文艺工作者随同乌兰牧骑进入大别山,慰问革命老区人民。

在金寨县休养的红军老战士特意为乌兰牧骑巡回演出队介绍当年的斗争史实,并且把珍藏多年的红军识字课本,鄂豫皖苏区纸币送给乌兰牧骑队员留作纪念。老红军还送给乌兰牧骑巡回演出队两根竹竿,勉励他们用大别山的竹竿作旗杆,高举红旗,奋勇前进。

9月28日,乌兰牧骑巡回演出第一队抵达济南。

山东省、济南市党政负责人白如冰、粟再温、李予易等在济南珍珠泉礼堂观看首次演出并与队员们亲切地交谈。

乌兰牧骑巡回演出一队在山东活动17天,演出15场次,观众达2万多人次。在演出中,除原有节目外,还增加了刚向山东省歌舞团学习的歌舞节目《三个老汉看庄稼》等,受到观众的热烈欢迎。

11月12日,乌兰牧骑巡回演出第一队抵达太原。

乌兰牧骑巡回演出第一队在山西活动5天,演出8场次,观众达1.5万多人次。山西省委书记处书记、山西省副省长武光汤观看首场演出并同乌兰牧骑队员合影留念。

山西省文水县云周西村,刘胡兰烈士家乡。

队员们怀着缅怀先烈、致敬英雄的心情参观刘胡兰烈士陵园,聆听刘胡兰、石三槐等七烈士生平和斗争事迹。为烈士扫墓,敬献花圈和挽联。

演出结束后,刘胡兰烈士的妹妹、五好民兵、神枪手刘芳兰领着队员参观刘胡兰烈士故居。

11月21日,乌兰牧骑巡回演出第一队抵达西安。

中共中央西北局第一书记刘澜涛,中共中央西北局书记处书记、中共陕西省委第一书记霍士廉,中共中央西北局书记处书记王甫等观看首次演出并同全体队员亲切交谈。

乌兰牧骑巡回演出第一队在陕西活动19天,演出15场次,观众达2万多人次。

在陕西期间,乌兰牧骑巡回演出第一队专程到革命圣地延安进行慰问演出,队员们满怀景仰之情参观毛主席曾经工作和生活过的枣园、王家坪、杨家岭、凤凰山等地,访问革命老人、老赤卫队队员和贫下中农社员,并请他们讲毛主席在延安时的故事。

在张思德墓前,队员们重温《为人民服务》,立志按毛主席的要求,做一个有益于人民的人。

朱嘉庚最为活跃也最为激动,在来延安的火车上,他激情澎湃地写出歌词《草原儿女爱延安》,立即由祁·达林太谱曲,杨玉兰领着几个姐妹在车厢里开始排练,这一切都源于对延安的向往和热爱。

女声小合唱《草原儿女爱延安》在宝塔山下、延河水边唱响,延安人民报以热烈的掌声。

05

乌兰牧骑巡回演出第二队

领队：宝音达来

秘书：唐荣臻

队长：热喜

指导员：于淑珍

队员：达日玛、乌嫩齐、拉西敖斯尔、于千、桑布、嘎达、塔娜、王玉英、孟玉花、荣德、海棠、登梅、牧兰、旭仁其其格

1965年6月11日，乌兰牧骑巡回演出第二队抵达武汉。

湖北省委常委、副省长张旺午，省委常委、宣传部部长曾惇，副省长韩宁夫、李明灏、陶述曾等在武昌洪山大礼堂观看首场演出。

武汉军区司令员陈再道观看乌兰牧骑演出后兴奋地说："我们要向你们学习，你们已经非常毛泽东思想化了。"

乌兰牧骑巡回演出第二队在湖北活动12天，演出12场次，观众达3万多人次。

在武汉期间，乌兰牧骑巡回演出第二队观摩了湖北省歌舞团演出的音乐舞蹈史诗《东方红》、楚剧《军队的女儿》，并辅导省市文艺团体部分演员学习了乌兰牧骑的优秀节目《顶碗舞》《巡逻之夜》《为祖国锻炼》《草原民兵》等。同时也向湖北省民间歌舞团演员蒋桂英学习了湖北民间舞蹈《莲香》和歌剧《洪湖赤卫队》选段。

在武汉期间，乌兰牧骑巡回演出第二队参观了长江大桥、武汉钢铁公司、武昌造船厂、施洋烈士墓、民族学院、艺术学院、武汉大学，还访问

了全国工业劳动模范李凤恩,全国人大代表、湖北省党代表、武汉杂技团演员夏菊花。

乌兰牧骑所到之处,都受到各界群众的热烈欢迎。在武钢,工会副主席张凤光亲自陪同乌兰牧骑队员参观炼铁车间、炼钢车间、初轧厂和烧结翻车机。在短短的一天之内,队员们在高炉上、在翻车机旁、在炼钢厂前、在二号高炉大修第一战役总结表彰大会上、在工人剧院里共演出6场,观众达3000多人。他们演唱了刚刚学会的湖北民歌《割早稻》《绣荷包》《幸福歌》,跳起安代舞《民族团结赞》。工人以《团结就是力量》《毛主席的战士最听党的话》等嘹亮的歌声答谢乌兰牧骑队员。

6月24日,乌兰牧骑巡回演出第二队抵达广州。

6月25日,广东省委书记处书记林李明、区梦觉、李坚真、刘田夫和5000多名群众代表在中山纪念堂观看乌兰牧骑首场演出。能容纳1200名演员的硕大舞台上只有12名乌兰牧骑队员,没有节目的还要下场,显得有点冷清和空旷。他们急中生智,有节目的继续表演,没有节目的随便拿上一件道具坐在舞台上助阵,就像在大草原上似的。

北方人唱南音,队员们到广州后刚刚学会的南音《歌唱农村新面貌》真是被他们唱得北腔南调,观众笑得前仰后合,在热烈的掌声中队员们几次返场,把演出推向高潮。

乌兰牧骑巡回演出第二队在广东省活动14天,演出12场次,观众达4万多人次。

6月29日,中南局第一书记陶铸,广东省省长陈郁,广东省委书记处书记刘建勋、王首道、李一氓、金明等在从化温泉接见巡回演出队的全体成员。在一个小时的交谈中,陶铸多次称赞乌兰牧骑真正做到了为工农兵服务、为社会主义服务。

陶铸曾经在内蒙古通辽工作过,对那里很有感情。在交谈中他亲切地问道:"你们当中有没有哲盟人啊?"

海棠、牧兰、登梅是库伦旗人,拉西敖斯尔是扎鲁特旗人。

陶铸说:"好啊,这么多哲盟人!库伦、鲁北、奈曼我都去过,咱们是老乡啊!"

7月1日,乌兰牧骑巡回演出队应邀出席中南区戏剧观摩演出大会开幕式。中南局书记处书记吴芝圃在讲话中说:"全国闻名的乌兰牧骑来到广州,他们出色的工作为我们树立了榜样。他们忠诚地为牧民和农民兄弟服务。他们的演出充满了时代的革命气息,给了我们很大的启发。我们特别请他们为我们的大会演出,希望我们中南地区的戏剧工作者好好向他们学习。"

还有一位老乡。

7月2日,乌兰牧骑队员乘坐客车前往温泉疗养院为中南局机关党委扩大会议演出。祁宝金在百花园宾馆找到拉西敖斯尔,自报家门:"我是科左中旗舍伯吐公社希伯花村人,16岁那年被日本鬼子抓去当劳工。逃出虎口后参加八路军,后来南下来到广州。20多年了,一直没有回过家乡,今天在这儿见到蒙古族同胞,我太高兴了!"

7月9日,乌兰牧骑巡回演出第二队抵达长沙。

湖南省委第一书记张平化,第二书记王延春,书记处书记周礼、李瑞山、万达,候补书记苏钢,省委常委郭森及各地市委书记等观看7月10日首场演出。张平化高度评价乌兰牧骑精神和乌兰牧骑的节目,号召全省文艺工作者向乌兰牧骑学习。

乌兰牧骑巡回演出第二队在湖南活动13天,演出11场次,观众达5.7万多人次。

在长沙期间,队员们既认真学习《浏阳河》《补锅》等湖南民歌和地方戏,又积极辅导湘西土家族苗族自治州歌舞团和江华瑶族自治县歌舞团学习《草原民兵》《巡逻之夜》《为祖国锻炼》等节目,文化交流进行得有声有色。

7月15日,长沙特大暴雨。

征得有关部门的同意,乌兰牧骑巡回演出第二队立即赶到受灾严重的春华公社春华大队进行慰问演出。在这次慰问活动中,队员们捐献现金43元、全国粮票205斤。达日玛、拉西敖斯尔等将自己头上戴的草帽送给当地农民,旭仁其其格把自己刚从北京买的新凉鞋送给一位女社员。队员们说:"这些东西虽然不值什么钱,却能代表我们的一颗心呀!"

乌兰牧骑队员们一进春华村,就四处散开。海棠、登梅、旭仁其其格为五保户老人清洗被褥和衣服,索德、牧兰、孟玉花帮助军烈属挑水、扫院子,桑布、达日玛为老人、学生理发,乌嫩齐、于千、拉西敖斯尔帮助农民割蒲草、和泥、抹墙;嘎达、于淑珍、唐荣臻为受灾家庭的学生发放铅笔和作业本……

整个村子到处都是乌兰牧骑队员忙碌的身影,一身泥水、一身汗水……

7月23日,乌兰牧骑巡回演出第二队抵达南宁。

到达南宁的第二天,广西壮族自治区党委书记伍晋南到驻地看望乌兰牧骑队员。晚上,他和1000多名群众一起观看首场演出。

乌兰牧骑巡回演出第二队在广西活动15天,演出18场次,观众达3万多人次。

7月27日,乌兰牧骑巡回演出第二队在祖国南大门友谊关为边防战士和当地群众演出五场。当听说有7名战士因站岗而没看上演出时,热喜一声令下,队伍向金鸡山进发。边防官兵一再劝阻,那里山崖陡峭,怪石峥嵘,风疾路险。热喜很是动情地说:"他们在为祖国和人民站岗,我们去为他们演出,不管克服多少困难,也是值得的呀!"

两名边防战士做向导,经过1个多小时汗流浃背的艰苦攀登,队伍最终登上海拔1400多米的金鸡山主峰。乌嫩齐的手风琴、于千的扬琴都是"大家伙",平时并不觉得有多重,但要把它们背上山,就觉得它重得像一辆坦克。他们喘气就像拉风箱,脸色红得快要滴血。

山顶上连块儿能跳舞的平地都没有。热喜说:"舞不能跳就多唱两首歌,不能亏着边防战士啊!"

乌兰牧骑的行动让记者感动。《南方日报》《广西日报》都在重要版面和头条位置热情报道了乌兰牧骑的事迹。

8月6日,乌兰牧骑巡回演出第二队抵达昆明。

8月7日,云南省副省长张冲、刘披云前往驻地看望乌兰牧骑队员。云南省委书记处书记、云南省省长周兴,省委书记处书记、副省长刘明辉,省委书记处候补书记、副省长吴作民以及云南省15个民族的文化工作者代表在昆明市艺术剧场观看首场演出。

8月18日,云南省委第一书记阎红彦接见乌兰牧骑巡回演出第二队全体队员并发表热情洋溢的讲话,高度赞扬乌兰牧骑精神。

乌兰牧骑巡回演出第二队在云南活动14天,演出8场次,观众达2万多人次。

在云南期间,乌兰牧骑走进撒尼人聚居的五棵树村,和当地少数民族群众联欢。一同前来的迪庆州宣传队藏族队员拉姆在乌嫩齐、于千的伴奏下放声高唱《毛主席的光辉》《在北京的金山上》等人们耳熟能详的歌曲,闻讯赶来的哈尼族、傈僳族、独龙族、怒族、拉祜族、纳西族群众和乌兰牧骑队员手拉着手,边唱边跳《阿哩哩献给毛主席》,联欢从傍晚持续到日出。依依惜别之际,撒尼民间艺人把亲手制作的大三弦送给乌兰牧骑留作纪念。

在昆明期间,云南省接待办邀请乌兰牧骑队员们教他们学跳、学唱《巡逻之夜》《草原民兵》《为祖国锻炼》《内蒙古是个好地方》等舞蹈和歌曲。

石林颂

风光无限好哟
二十多个民族
称兄道弟的好地方哟
送走皎洁的月亮
迎来冉冉升起的太阳
各族人民把手言欢
歌颂伟大的共产党
……

在石林,昆明军区政治部副主任于成德听到拉西敖斯尔即兴创作并演唱的好来宝《石林颂》后感慨万千,他说,早就知道蒙古民族能歌善舞,而像拉西敖斯尔这样的即兴演唱如果不是亲眼看到那是很难相信的。

8月20日,乌兰牧骑巡回演出第二队抵达贵阳。

8月21日,贵州省委第一书记贾启允,书记处书记吴肃,贵州军区政委石新安,贵州省副省长戴晓东,贵阳市委第一书记张二樵等在贵阳市红花岗剧院观看首次演出并接见全体队员。

乌兰牧骑巡回演出第二队在贵州省活动13天,演出10场次,观众达2万多人次。

8月30日,乌兰牧骑走进革命历史名城遵义。

在"遵义会议"纪念馆参观时,宝音达来特意和讲解员说,他们是从内蒙古来的乌兰牧骑,队员们大都是蒙古族,不太懂汉语。请讲解员讲的时候慢一点儿、细一点儿,让他们能更为深刻地领会遵义会议的伟大意义。

热喜说,这是宝音达来"失踪"5天后第一次出现,队员们看到"久违"的领队真是喜出望外。原来,有天晚上肩上扛着道具箱的宝音达来脚下一滑摔倒在地,不仅磕掉两颗门牙,还有几颗牙松动了,起来时脸上青一块儿紫一块儿的,嘴角还流着血。热喜"命令"他住院治疗,为不影响队员们的情绪,消息始终被封锁着。

9月3日,乌兰牧骑巡回演出第二队抵达重庆。

9月4日,重庆市委第一书记任白戈等党政军领导在人民礼堂观看首场演出。演出结束后,任白戈和乌兰牧骑队员共进晚餐,边吃边谈,气氛非常热烈。

乌兰牧骑巡回演出第二队在重庆演出7场,观众达1.8万多人次。

9月9日,乌兰牧骑参观白公馆、渣滓洞、红岩村等地,接受革命传统教育。在渣滓洞,看到江姐等革命先烈和敌人英勇斗争的故事,队员们眼含泪花地唱起:"红岩上红梅开……"

9月11日,乌兰牧骑巡回演出第二队抵达成都。

9月12日晚,西南局书记处书记、四川省委书记处书记、四川省省长李大章,西南局宣传部部长刘文珍,四川省委书记处书记杜心源等在晋江戏剧中心观看首场演出并接见全体队员。李大章说,乌兰牧骑是文艺界的一面红旗,西南地区的文艺工作者必须好好向乌兰牧骑学习。

乌兰牧骑巡回演出第二队在成都演出8场次,观众达2.3万多人次。

在成都演出期间,正值西南地区举办话剧地方戏观摩演出大会。

乌兰牧骑应邀为大会演出,各代表团、观摩团的3000多名文艺工作者一睹乌兰牧骑风采。乌兰牧骑也趁机向四川省歌舞团、重庆市歌舞团的文艺工作者学习《社员都是向阳花》《毛主席来四川》《盼红军》等舞蹈和歌曲。

9月14日,乌兰牧骑在成都部队为1700多名官兵演出,成都军区政委郭林祥、副司令员何正文一同观看。战旗歌舞团把一幅写着"大旗高举烛天红,轻骑驰骋舞东风,新我耳目长我志,携手并肩攀高峰"的大条幅赠送给乌兰牧骑。

9月20日,乌兰牧骑巡回演出第二队抵达洛阳。

洛阳市组织16个县的农村文化队队员和25个剧团的演员共500多人观看首场演出。

在洛阳期间,为满足乌兰牧骑队员学习豫剧的要求,洛阳市文化局安排著名豫剧演员、洛阳市豫剧团副团长马金凤到住地,教唱豫剧选段。旭仁其其格、索德、牧兰、塔娜还利用午休时间,为洛阳农机学院业余文工团的姑娘们教授舞蹈《巡逻之夜》。

9月25日,乌兰牧骑巡回演出第二队抵达郑州。

9月26日晚,河南省委第二书记、省长文敏生,副省长李庆章等在郑州戏院观看首场演出并接见了全体队员。

乌兰牧骑巡回演出第二队在河南演出13场次,观众达4.5万多人次。

10月1日,郑州全城张灯结彩,红旗飘飘。

河南省庆祝建国十六周年大会在人民广场举行,应文敏生邀请,乌兰牧骑巡回演出第二队全体队员身着鲜艳的民族服装,兴高采烈地走上观礼台,与河南人民一道,共祝祖国华诞。

10月2日,郑州市郊须水公社西岗大队迎来一群"不速之客"。乌兰牧骑队员们在报纸上看到河南省委发出关于抗旱种麦的紧急号召，于是决定利用国庆假期参加义务劳动。在西岗大队，队员们和社员一道整地、打畦，午休时为群众唱歌跳舞。大队书记李玉生拧着旱烟袋说："这帮小伙姑娘，唱歌跳舞是能手，还能扑下身子干农活儿，真是咱庄稼人的贴心人哪！"临走，李玉生把一把金光闪闪的麦萼和一顶还没编完的草帽作为礼物送给乌兰牧骑队员。

10月10日，毛泽东、周恩来、朱德、邓小平、董必武、彭真等党和国家领导人在人民大会堂亲切接见中南地区、西北地区戏剧观摩大会代表和刚从河南来到北京参加国庆十六周年演出活动的内蒙古乌兰牧骑巡回演出第二队的全体人员。当毛主席鼓着掌来到乌兰牧骑队员跟前的时候，周总理介绍说："这就是由十几个人组成一个队的内蒙古乌兰牧骑。"毛主席连连称好，频频招手致意。

乌兰牧骑队员们激动万分，热泪盈眶，一个劲地高呼："毛主席万岁！万万岁！"

10月24日，在北京休整16天的乌兰牧骑巡回演出第二队抵达长春。

10月25日，吉林省委书记处书记富振声，吉林省委书记处候补书记、副省长于克，吉林省委书记处候补书记、长春市委第一书记宋洁函等在长春市工人文化宫观看首场演出。

乌兰牧骑队员们巡回演出第二队在吉林演出8场次，观众达1.5万多人次。

乌兰牧骑到达长春时，长春地区戏剧观摩会即将闭幕。为互相交流学习，吉林省文化局把长春地区戏剧观摩会延长3天。

乌兰牧骑队员们观摩了吉林省二人转实验队、吉林市群众艺术馆农村文化队的歌舞节目，还学习了吉林新民歌《踩格子谣》。

11月1日，参观小丰满水电厂时，登梅悲伤的泪水夺眶而出。她大哥被日本鬼子抓劳工来修小丰满水电厂并惨死在这里，听到这个故事，队员们义愤填膺、怒火中烧，痛斥日本帝国主义的侵略罪行。

11月3日，乌兰牧骑巡回演出第二队抵达哈尔滨。

乌兰牧骑全国巡回演出第二队在长春电影制片厂学习参观合影

11月4日晚，国防部副部长许光达，黑龙江省委第一书记欧阳钦，省委第二书记、省长李范五，哈尔滨市委第一书记任仲夷等在哈尔滨工人文化宫观看首场演出。欧阳钦在接见队员时说："你们的演出把辩证法、政治和艺术结合得很好，有独特的风格。"

这晚有一位特殊观众，她就是著名战斗英雄黄继光的母亲。黄妈妈刚从朝鲜访问回来，老人虽然年过七旬，但面色红润，身子骨特别硬朗。

演出结束时,牧兰、旭仁其其格搀扶黄妈妈走上舞台。黄妈妈和每一个队员握手后,从黄继光的弟弟黄继恕的军挎包里掏出一个又红又大的苹果递给热喜:"这是金日成主席送给我的礼物,你们冰天雪地地来演出,不容易啊!这颗苹果送给你们,是我黄妈妈的一点儿心意……"

乌兰牧骑全国巡回演出第二队队员搀扶战斗英雄黄继光母亲走上舞台

可敬的黄妈妈,比金子还要珍贵的礼物,让每一个队员都感动得热泪盈眶。

苹果的故事还在继续……

乌兰牧骑巡回演出第二队在黑龙江活动15天,演出14场次,观众达2万多人次。

乌兰牧骑在哈尔滨期间,石油部副部长徐今强正陪同中央经委第一副主任陶鲁笳前往大庆。徐今强向黑龙江省委提出,希望乌兰牧骑能到大庆为石油工人演出。

11月14日,乌兰牧骑巡回演出第二队抵达大庆。

乌兰牧骑所有队员都知道大庆油田的故事,都知道"铁人"王进喜的故事。

在那台著名的钻井机旁,牧兰每唱一首歌,石油工人就热烈地鼓掌一次。当唱到第7首时,王进喜站起来,朝着沸腾的人群一再摆手:"工人兄弟们,不要再鼓掌了!再鼓下去,这个蒙古族姑娘就要累倒在这井台上了……"

　　王进喜向乌兰牧骑赠送一套《大庆会战画册》，当时大庆油田还处于半神秘状态，《大庆会战画册》也自然披着神秘色彩。王进喜半开玩笑地说："中央领导以外，你们是第一个得到这套画册的！"

乌兰牧骑全国巡回演出第二队领队宝音达来同志和铁人王进喜握手

　　离开大庆前夕，徐今强再次和乌兰牧骑队员座谈，他说："你们的一专多能让我很受启发。不仅文艺工作者需要学习，我们工人也需要学习。一个工人多掌握几样技术，有很重要的意义。"

　　11月20日，乌兰牧骑巡回演出第二队抵达沈阳。

　　11月21日，东北局第一书记宋任穷，辽宁省委第二书记、省长黄欧东，辽宁省委书记李荒，副省长王堃骋等在东北局戏院观看首场演出并接见全体队员。

在鞍山炼铁厂，热喜代表乌兰牧骑把黄妈妈赠送的苹果转赠给老英雄孟泰。

孟泰是新中国成立后第一代全国劳动模范，是20世纪50年代誉满全国的钢铁战线老英雄,时任炼铁厂副厂长。

乌兰牧骑巡回演出第二队在辽宁活动26天,演出13场次,观众达2.5万多人次。

12月1日,宋任穷出席东北局召开的乌兰牧骑艺术交流座谈会。宋任穷在讲话时高度赞扬乌兰牧骑全心全意为人民服务的精神,号召东北地区的文艺工作者向乌兰牧骑学习。

沈阳音乐学院院长李劫夫和草原、乌兰牧骑有着深厚的感情。《草原上的鲜花》就是他为乌兰牧骑创作的歌曲,乌兰牧骑来到沈阳音乐学院时,沈阳音乐学院师生为乌兰牧骑激情演唱了这首李劫夫献给乌兰牧骑的"情歌"。

草原上的鲜花
——献给乌兰牧骑

劫夫 词曲

金色的草原有一支鲜花

根深叶茂美丽芬芳人人都爱她

在那狂风暴雨中她娇姿挺秀

在那飞雪严霜下她不褪光华

她给草原增添了奇异的光彩

好像那天空上升起美丽的朝霞

农牧民见了心欢畅

改天换地雄心大

要问鲜花是哪个

她就是"乌兰牧骑""乌兰牧骑"

草原的鲜花为什么这样美

是草原的主人勤劳的人民亲手栽培了她

草原的鲜花为什么这样红

是毛泽东的雨露滋润了她

草原的鲜花为什么开不败

是共产党不落的太阳日夜照耀着她

鲜花飘香千万里

缤纷烂漫动百家

借助草原春风暖

喜看那大江南北长城内外开遍这鲜红的花

06

乌兰牧骑巡回演出第三队

领队：伊德新

秘书：朝格柱

队长：普日布

指导员：毕力格图

队员：慧秀英、巴达荣贵、张荣、贡其格、丁哈尔、满达、那仁朝克图、其木格、冯金英、陶娅、那仁、金花、巴达玛

1966年6月12日，乌兰牧骑巡回演出第三队抵达银川。

宁夏回族自治区党委第一书记杨静仁、书记处书记马玉槐等在银川市观看首场演出。

乌兰牧骑巡回演出第三队在宁夏活动10天，演出16场次，观众达2.2万多人次。

队员们高亢的歌声，富有民族和地区特点的生活语言，形象地描绘出乌兰牧骑深入农村牧区向广大人民群众进行宣传和服务活动的动人情景，受到各族群众的热烈欢迎。

乌兰牧骑在宁夏期间，还参观了宁夏毛纺厂和银川市良田公社盈南大队。队员们不顾炎热的天气，把富有草原气息的民族歌舞送到宁夏各族兄弟的家门口，在受到当地工人和农民欢迎的同时，还感动了在场的当地文艺工作者。

6月23日，乌兰牧骑巡回演出第三队抵达兰州。

6月24日上午，甘肃省文艺界在兰州市铁路工人文化宫举行欢迎乌兰牧骑示范演出开幕式。开幕式后，巡回演出队做了到兰州后的首次示范演出。他们演出的舞蹈、歌曲（齐唱、小合唱、独唱）、说唱、民乐小合奏、独奏、快板等十八个节目大部分由自己创作。演出富有强烈的革命气息，浓郁的民族特色，展现乌兰牧骑精湛的表演艺术和具有战斗精神的舞台作风。

乌兰牧骑巡回演出第三队在甘肃活动18天，演出13场次，观众达2万多人次。在演出期间，不断收到观众热情赞扬和亲切问候的信件。

乌兰牧骑在兰州期间，中共甘肃省委第一书记汪锋、书记处书记胡继宗，甘肃省副省长杨一木、王国瑞、赵文献以及驻兰州部队首长张达志、冼恒汉等分别观看乌兰牧骑演出，并接见全体队员。

甘肃省为学好乌兰牧骑的经验，组织全省各专区（州）、各县文化馆长和专业剧团以及农村文化工作队280多人观摩学习。

乌兰牧骑全国巡回演出第三队领队伊德新、队长普日布分别介绍了内蒙古乌兰牧骑的诞生和发展过程及阿拉善旗乌兰牧骑的情况。甘肃省文化局副局长霍仰山代表全省文艺界对乌兰牧骑成功的演出和生动的经验介绍表示感谢,要求全省文艺界认真讨论、学习报纸上发表的有关乌兰牧骑的文章和报告,要用乌兰牧骑的先进经验对照自己,找出差距,迎头赶上,使乌兰牧骑的经验在甘肃生根、开花、结果。

7月10日,乌兰牧骑巡回演出第三队抵达西宁。

中共青海省委第一书记杨植霖,省委第二书记、省长王昭当晚在西宁观看首场示范演出。7月11日下午,杨植霖、王昭等再次接见乌兰牧骑队员并进行座谈。杨植霖说:"乌兰牧骑的经验非常适合青海地区,学习乌兰牧骑对于促进青海的文化工作具有重要的现实意义。"

乌兰牧骑巡回演出第三队在青海活动15天,演出12场,观众达2万多人次。

在青海期间,乌兰牧骑到青海毛纺织厂、海南藏族自治州共和县倒淌河乡、湟源县、青海湖渔场等地进行参观访问,为那里的工人、农民、牧民、渔民和驻军官兵进行慰问演出。

8月20日,乌兰牧骑巡回演出第三队抵达拉萨。

乌兰牧骑巡回演出第三队这次赴藏,是作为中央代表团第五分团的演出单位,去参加西藏自治区成立庆祝活动的。

乌兰牧骑巡回演出第三队于8月8日从北京出发,历经13天的长途跋涉,跨越昆仑山脉和海拔5000多米的唐古拉山,赶到拉萨。

乌兰牧骑巡回演出第三队在西藏活动20天,演出13场次,观众达2万多人次。

西藏自治区党委第一书记张国华,西藏自治区主席阿沛·阿旺晋美

乌兰牧骑巡回演出第三队进藏时途经唐古拉山口

等接见全体队员并合影留念。参加西藏自治区成立庆祝活动的中央代表团成员、内蒙古党委书记处书记毕力格巴特尔，中央代表团成员、共青团中央书记处候补书记张德华等到住地看望乌兰牧骑队员。

乌兰牧骑巡回演出第三队为西藏自治区首届人民代表大会第一次会议全体代表的演出赢得了热烈掌声。

乌兰牧骑巡回演出队在拉萨观看了西藏自治区文艺团体、部队文艺团体300多人参加演出的大型音乐舞蹈史诗《百万农奴向太阳》和拉萨话剧团演出的话剧《普布扎西》。他们还向西藏文艺工作者学习《我的家乡好》《金色的北京城》《祝毛主席万寿无疆》《想念毛主席》《逛新城》等表演唱和独唱歌曲。

作为中央代表团第五分团的演出单位，乌兰牧骑巡回演出队又同一个电影队一起,前往海拔4000多米的阿里地区慰问演出20多天。

在青海巡回演出结束后,乌兰牧骑全国巡回演出第三队被文化部调回北京集训。回到北京,队长普日布才知道,西藏自治区即将成立,中央代表团将率领中国京剧院、中央民族歌舞团、北京人民艺术剧院、重庆杂技团、内蒙古乌兰牧骑三队等艺术团体到拉萨参加庆祝活动。"进藏的队伍好威武啊!"尽管65年过去了,回忆进藏时的情景,翁牛特旗乌兰牧骑老队员陶娅还是激动不已,她说,"前面是军车开道,中间是演员们乘坐的大客车,后面是拉着各种装备的大卡车,浩浩荡荡,犹如长龙蜿蜒在青藏高原上。"

西藏自治区成立庆典活动结束后,这支来自内蒙古大草原的文艺轻骑兵又意气风发、斗志昂扬地向海拔更高、氧气更稀、人口更少的阿里地区挺进,他们不仅要宣传乌兰牧骑精神,更重要的是为阿里地区的藏族同胞送去党中央、国务院的巨大关怀和亲切问候。

阿里地区是青藏高原北部羌塘高原核心地带,是喜马拉雅山脉、冈底斯山脉等山脉相聚的地方,被称为"万山之祖",也是雅鲁藏布江、印度河、恒河的发源地,故又被称为"百川之源",境内最高峰普兰县的纳木那尼峰海拔7694米,最低处札达县的朗钦藏布河谷,海拔2800米,最大相对高差4894米,地区行政公署驻地噶尔县狮泉河镇。"海拔最低处比我们最高处还要高出许多。"陶娅如是说。

长途颠簸跋涉和强烈的高原反应使演出难度骤然增加,但向藏族同胞传递党中央的关怀和声音又是每个队员强大的精神动力,克服一切困难、发挥最好水平,是所有队员的共同心愿。

由于极度缺氧,队员都要在节目的间隙到后台吸氧。而在阿里的首场演出陶娅的节目安排得过于紧凑,她忙得手脚不停闲,一次氧也没顾上吸。演出结束后,阿里地区机关食堂的师傅们把夜餐送到后台。"是高压锅煮的热面条",热面条好像就在眼前似的,陶娅说,"我刚吃两口,就觉得天旋地转、恶心想吐,急忙撂下碗筷往外走,在门外站岗的解放军战士问:'谁?'""我是……",陶娅还没说出名字,就软软地倒下去了。

陶娅是在医院的病床上醒过来的,她睁开眼睛后看到的是身穿白大褂的大夫、普日布队长,还有十几个战友。大夫长呼一口气,轻声对普日布说:"小姑娘脱离危险了!"陶娅慢慢坐起来,环视一下大家,不好意思地笑了!

普日布俯下身,用慈父般的口吻对陶娅说:"你的休克是因为没有及时吸氧导致的,记住,以后不管演出多紧张,都必须及时吸氧,我得把你们一个不少地带回大草原啊!"

阿里演出结束后,乌兰牧骑全国巡回演出第三队要去中国、尼泊尔边境慰问解放军战士。在前往哨卡的途中路过一座庄严肃穆的烈士陵园,一向爱开玩笑的普日布对陶娅说:"如果哪天没能抢救过来,你也只好躺在这儿了。"

陶娅心悸得很!她说:"听到普队长的话,头皮都怵怵的……"

陶娅没有成为烈士,但莫力达瓦达斡尔族自治旗乌兰牧骑队员冯金英却悄悄地写好了遗书,她是独唱演员,由于严重缺氧,唱上一两句鼻子就喷血,随时都有倒下去的危险。"既便如此",冯金英说,"我每次都是坚持把歌儿唱完唱好,这是毛主席交给我的任务啊!"

那个年代,成为乌兰牧骑队员是每个热血青年的青春梦想,而一旦成为乌兰牧骑队员,就意味着将有更多的付出、奉献,甚至是某种割舍和牺牲。

1960年8月1日,17岁的花季少女金花成为乌审旗乌兰牧骑的第一代队员,她的队长热希中乃来乌兰牧骑前是图克公社一个生产大队的党支部书记。

乌审旗乌兰牧骑的18个人没有一个是"科班出身",组建后的第一个任务是"练嗓子"。什么是练嗓子、怎么练嗓子,对于金花们来说都是云里雾里,但他们每天早晨5点起床在院子里扯着嗓子喊上半个小时,凭的就是一腔热血和一腔激情。

20世纪60年代,乌审旗只有一条东西走向的大街,而且还是土路。大街东、西两头的电线杆子上各挂一个高音喇叭,西头的那个高音喇叭正好在乌兰牧骑院子的外面,近水楼台,每天早七点、晚七点金花都准时来到电线杆子底下听高音喇叭放《每周一歌》,《歌唱祖国》《我的祖国》《洪湖水浪打浪》《九九艳阳天》等歌曲她都是在电线杆子底下学会的。若干年后,已经成为著名歌唱家的金花不无感慨地说:"高音喇叭是我的第一个声乐老师。"

1964年9月,乌兰牧骑第一次进京演出时的12名队员中的吉日木图、玛希吉日嘎拉、阿拉坦其其格都是乌审旗乌兰牧骑队员,斯时已是乌审旗乌兰牧骑"金嗓子"的金花如果不是身怀六甲,肯定也在其中。当听到阿拉坦其其格讲述周恩来总理等党和国家领导人观看乌兰牧骑演出并接见乌兰牧骑演员的情景时,金花羡慕不已也懊恼不已,夜深人静,她轻轻抚摸着隆起的肚子:"小东西,是你让我失去了这样千载难逢的机会……"

周总理指示,内蒙古乌兰牧骑要到全国去巡回演出,用这一新的文艺形式宣传毛泽东思想。

1965年2月,全区35支乌兰牧骑的240多名队员齐聚内蒙古党校接受培训,和以往培训不同,这次培训是挑选参加全国巡演的队员,意义非同一般。

正因为这样的特殊意义,金花"残忍"地将刚刚出生81天的儿子留给父母,含着泪水北上呼和浩特……

白天学习紧张,似乎什么都可以忘却。但晚上,金花那思念儿子的伟大母爱犹如脱缰的野马,再也控制不住了,泪水在流、奶水在流,她仿佛听到千里之外儿子的啼哭,她恨不得生出雄鹰般的翅膀瞬间飞到儿子身边。然而,这些都是不现实不可能的,唯有任泪水流成长河……

乌兰牧骑队员的基本要求是"一专多能"。素有"金嗓子"之称的金花"一专"独唱是没有问题的,而"多能"还必须提高。她要跟鄂托克旗乌兰牧骑队员乌日古木勒学习弹三弦,后来成为三弦演奏家的乌日古木勒告诉金花,三弦演奏,贵在坚持、熟能生巧……

从此,每天早晨5点,金花就坐在体育场旁的沙坑边上,一个小时一个小时地练,一支曲子一支曲子地弹,一天、两天,一个月、两个月,一直坚持到培训结束。

1965年5月27日,240多名经过两个多月培训的乌兰牧骑队员齐聚内蒙古党校礼堂,等待宣布参加全国巡回演出队员的名单,那一刻庄严而神圣,"似乎都能听到彼此心跳的声音",金花说。

内蒙古文化局副局长席宣政身着笔挺的蓝色中山装,站在主席台上神情庄重地宣布:"乌兰牧骑全国巡回演出第一队队长乌国政,队员……"

席宣政宣读的第一队名单里没有金花,她的心悬起来了。

"第二队队长热喜,队员……"

第二队名单里还是没有金花,她的心悬到嗓子眼儿了。

金花说,她甚至都不敢听第三队的名单了,然而她的名字却出现在第三队的名单里,那一刻她的心都要跳出来了!

"在拉萨活动的23天里,我和冯金英向西藏歌舞团的雍西、常留柱等老师学习《北京的金山上》《毛主席的光辉》《翻身农奴把歌唱》《逛新城》等藏语歌曲",金花说,"这些歌曲后来在阿里地区演出时派上了大用场,拉近了我们和藏族同胞的距离,加深了我们和藏族同胞的感情。"喜马拉雅山脉、冈底斯山脉耸入云端,终年积雪,山腰云雾缭绕,山下河水清澈、绿草如茵、牛羊成群,好一派恬静的田园风光。

金花回忆,在这一望无际的草原上有一排房子,那是驻藏干部的宿舍。他们演出结束后天已向晚,藏民们在房前燃起火堆,男人、女人、长者、孩童,无一例外地拉起手围着火堆又唱又跳,从日落跳到日出,熊熊烈火映照着一张张紫铜色的脸庞。

"歌的唱法、舞的节奏都很独特",金花说,"后来我们才知道,这是表演流传在阿里地区的藏戏。"

乌兰牧骑在演出,也在学习。演出没有止境,学习同样也没有止境。

10月25日,乌兰牧骑巡回演出第三队抵达乌鲁木齐。

新疆维吾尔自治区党委第一书记王恩茂,第二书记、自治区主席赛福鼎·艾则孜,书记处书记昌剑人、李栓等观看首场演出并同乌兰牧骑队员合影留念。

乌兰牧骑巡回演出第三队在新疆活动35天,演出22场,观众达2万多人次。

乌兰牧骑巡回演出队在新疆期间,先后到喀什专区、石河子市、哈密市等地进行参观演出和艺术交流。

12月10日,乌兰牧骑巡回演出第一队、第三队,完成在福建、江西、浙江、上海、江苏、安徽、山东、山西、陕西、宁夏、甘肃、青海、西藏、新疆14省市区的演出任务,返回北京开始工作总结,准备向党中央国务院进行汇报演出。

12月16日,乌兰牧骑巡回演出第二队完成在湖北、广东、湖南、广西、云南、贵州、四川、河南、吉林、黑龙江、辽宁等 11 个省区的演出任务，返回北京开始工作总结，准备向党中央国务院进行汇报演出。

12 月 18 日，周恩来总理、陈毅副总理、周巍峙副部长等在北京人民大会堂山东厅接见全国巡回演出的乌兰牧骑全体队员并同队员们进行联欢。联欢中，周总理边看演出边和乌兰牧骑队员交谈，鼓励队员们好好学习业务技能，全心全意地为广大工农牧民群众服务。联欢临近结束，周总理健步走到乐队前，带领大家高唱《在北京的金山上》，会场充满热烈、欢快、祥和的气氛。

12 月 22 日下午，周总理邀请乌兰牧骑巡回演出队、新疆和田文工团、中国大学生七人演出小组到中南海赴宴。

在紫光阁，周恩来、朱德、邓小平、李富春、陈毅、李先念、陆定一等党和国家领导人亲切接见乌兰牧骑巡回演出队、新疆和田文工团、中国大学生七人演出小组成员并合影留念。

共进晚餐时，周总理边吃边和大家交谈。他鼓励乌兰牧骑队员要认真学习毛主席《在延安文艺座谈会上的讲话》。

周总理问："内蒙古现在不是光骑马吧？火车、汽车还有吧？"

队员们答："有。"

周总理说："我建议，你们还得骑马，做一个名副其实的牧骑。把马骑上，把帐篷驮上，比较好。到了城市，不要忘了乡村，不要忘了牧区，不要忘了过去，不要忘了骑马。"

晚饭后是联欢。

周总理指挥大家高唱《东方红》。

在联欢中，乌兰牧骑队员杨玉兰唱了一支在去延安途中创作的新歌《草原儿女爱延安》，周总理听得非常入神，似乎回到了当年延安的峥嵘岁月。周总理要学这首歌，杨玉兰等人围在周总理身边，一句一句地教唱。两三遍后,周总理说:"你们来听,我试唱一下。"

周总理和着优美的旋律,饱含深情地唱完《草原儿女爱延安》。

朱德、陈毅、李先念和队员们为周总理鼓掌喝彩!

12月26日,乌兰牧骑巡回演出队前往中南海演出。

12月30日,中宣部召开乌兰牧骑巡回演出汇报会,中宣部副部长林默涵讲话。

12月31日晚,周总理邀请乌兰牧骑巡回演出队参加在北京饭店举行的迎新年联欢活动。新年钟声敲响的时刻,周总理精神饱满、红光满面地出现在乌兰牧骑队员面前。周总理朗声说道:"同志们!让我们一起迎接1966年的第一天吧!"

周总理神采奕奕地指挥大家高唱《东方红》《歌唱祖国》。

周总理是刚刚接待完外宾,在陈毅、贺龙两位副总理的陪同下来到北京饭店的。

1966年1月14日,演出历时七个半月,总行程达10万多公里,演出600多场次、观众近100万人次的乌兰牧骑巡回演出队,回到呼和浩特。

内蒙古党委宣传部部长潮洛濛,呼和浩特市委书记、代市长陈炳宇及文化艺术界代表,内蒙古艺术学校师生1000多人到车站迎接。

1月15日,内蒙古党委第一书记、自治区主席乌兰夫,书记处书记毕力格巴特尔,自治区副主席吉雅泰、沈新发等在新城宾馆接见乌兰牧骑巡回演出队全体队员。

乌兰夫对全国巡演的成功表示热烈祝贺!他勉励乌兰牧骑要进一步贯彻执行毛泽东文艺思想,保持乌兰牧骑这面鲜艳的红旗永不褪色,要全心全意为工农兵服务,为牧区、为牧民服务。

当天晚上,乌兰夫、孔飞、王逸伦、刘景平、吉雅泰、沈新发、潮洛濛等自治区党政军领导在乌兰恰特观看乌兰牧骑巡回演出队的汇报演出。

汇报演出的 16 个节目都是从三个队在全国巡演期间创编、学习的 69 个新节目中选出来的。朱嘉庚还保留着当时的节目单,历经半个世纪的风雨,节目单有些泛黄,也因此显得弥足珍贵。

乌兰牧骑汇报演出节目单
《请你喝一杯酥油茶》(青海)
《三个老头看庄稼》(山东)
《补锅》(湖南)
《果园之歌》《解放军》(新疆)
《花鼓灯》《卖椰子的姑娘》(安徽)
《阿哩哩献给毛主席》(云南)
《浏阳河》(湖南)
《毛主席和咱心连心》(陕西)
《人民公社好》(上海)
《我的家乡好》(西藏)
《社员都是向阳花》(四川)
《前线民兵》(福建)
《草原儿女爱延安》(自编)
《祝贺歌》(自编)

抚摸节目单,朱嘉庚思绪万千、心潮起伏。他说,这些节目有着鲜明的时代烙印,真实地反映了那个时代全国各族人民热爱党、热爱毛主席、热爱社会主义的思想感情,真实地再现了全国各族人民建设社会主义的革命干劲,真实地表现了各个地区和各个民族的精神风貌和民族特点,富有革命精神和生活气息。

1月20日,农历除夕。

内蒙古党委办公厅、内蒙古人委办公厅、内蒙古军区政治部联合举办春节联欢晚会,为凯旋的乌兰牧骑全国巡回演出队接风洗尘,把盏庆功!

内蒙古党委第一书记、自治区主席乌兰夫坐在乌兰牧骑队员中间,亲切而又慈祥。他说:"离家大半年,没喝过奶茶、没吃过手把肉吧?对喝奶茶、吃手把肉长大的你们来说,这也是严峻的考验啊!你们克服了饮食上的困难,经受住了考验,你们是好样的,你们是内蒙古人民的好孩子!"

"今天,自治区党委、人委为你们准备了奶茶、手把肉,还有烤全羊!尽情地喝吧,尽情地吃吧!"

掌声雷动,歌声响彻!

"那天的烤全羊真香!"吉日木图咂咂嘴,仿佛刚吃过似的,"那天,乌老始终陪着我们,高兴地看着我们吃肉、看着我们喝茶,满脸都是笑容。乌老的音容笑貌,我至今都清晰地记着!"

乌老的音容笑貌,我们至今都清晰地记着!

全国乌兰牧骑式演出队文艺会演

01

1983年,乌兰牧骑再次引起全国的关注。

如果说1965年乌兰牧骑全国巡演是大面积的"春播",那么时隔18年的全国乌兰牧骑式演出队文艺会演则是期盼许久的"秋收"。

1983年2月19日,文化部、国家民委联合下发通知,9月将在北京举办全国乌兰牧骑式演出队文艺会演。要求内蒙古、新疆、广西、宁夏、西藏、云南、贵州、青海、吉林、广东、四川、甘肃、湖南等省、自治区组团参加。通知强调,这次会演的创意来自中央领导,是各族文艺战士向党和祖国的一次汇报。

乌兰牧骑式演出队会演,15个省区的代表团参加,这充分说明党中央、国务院一如既往地关怀、关心、关注内蒙古的乌兰牧骑。事实也是如此,在短短几个月的时间内,内蒙古先后收到党和国家领导人邓小平、邓颖超、乌兰夫、杨静仁为乌兰牧骑撰写的题词,他们对乌兰牧骑精神给予高度肯定,对乌兰牧骑事业发展寄予殷切期望。

内蒙古党委、政府高度重视全国乌兰牧骑式演出队文艺会演,派出以内蒙古党委副书记、人大常委会主任巴图巴根为领队,内蒙古文化厅副厅长宝音达来、内蒙古民委副主任荣盛为副领队,由鄂托克旗、莫力达瓦达斡尔族自治旗两支乌兰牧骑组成的代表队前往北京。

2月21日,内蒙古自治区文化厅发出《关于做好参加全国乌兰牧骑式演出队会演准备工作的通知》,宣布由呼伦贝尔盟莫力达瓦达斡尔族自治旗和伊克昭盟鄂托克旗两支乌兰牧骑代表自治区参加会演的决定。出发时,内蒙古党委书记周惠,内蒙古自治区主席布赫等自治区领导到车站送行。

9月18日上午9时,北京民族文化宫剧场彩灯高照,国歌高奏。

文化部、国家民委主办的全国乌兰牧骑式演出队文艺会演隆重开幕。来自内蒙古、新疆、广西、宁夏、西藏、云南、贵州、青海、吉林、辽宁、广东、四川、甘肃、湖南、湖北等16个省区的汉、蒙古、回、藏、维吾尔、苗、彝、壮、布依、朝鲜、满、侗、瑶、白、土家、哈尼、傣、佤、畲、高山、拉祜、水、羌、达斡尔、撒拉、鄂伦春、裕固、京、鄂温克29个民族的16个演出队共400多名代表,穿着艳丽的民族服装欢聚一堂,喜庆各民族的文艺盛会。

中央书记处书记、中宣部部长邓力群,国务院副总理、国家民委主任杨静仁,文化部部长朱穆之等出席开幕式。

文化部副部长、会演领导小组组长丁峤致开幕词时说,举办这次会演是党中央、国务院对乌兰牧骑方向的再一次肯定和赞扬,乌兰牧骑不愧是文艺战线上的一面旗帜。国家民委副主任任英在讲话时说,乌兰牧骑这朵芳香的文艺之花,不仅盛开在内蒙古的千里草原,而且已飘香在祖国的东西南北。希望乌兰牧骑和乌兰牧骑式演出队,联系民族地区的实际和文艺战线的实际,认真学习,努力发扬光荣传统,发挥自己的特点和优势,不断提高服务质量和艺术水平,把更多更好的精神食粮输送给各族人民,努力为社会主义精神文明建设做出新的贡献。

能够参加这样的盛会,鄂托克旗乌兰牧骑队员萨仁已经激动不已,而代表乌兰牧骑在这样的盛会上发言,她想都没有想过。30多年过去了,回忆起当时的情景萨仁依然心潮难平:"领导让我发言,草原上长大的孩子,哪见过这阵势啊!要说的话很多,但说啥、从哪说却理不出头绪来。我们是乌兰牧骑,那就说乌兰牧骑呗。想到这儿,说什么心中就有数了。"

内蒙古党委、政府为充分展现乌兰牧骑风采,与全国乌兰牧骑式演出队文艺会演同步推出内蒙古自治区乌兰牧骑图片展览。邓力群、杨静仁、朱穆之等走走停停,看得特别认真。18年前,杨静仁任宁夏第一书记时就曾接待过乌兰牧骑、看过乌兰牧骑的演出,今天看到图片展,更是一番感慨:"展览搞得太好了,乌兰牧骑是蒙古族人民的创造,是各族人民的骄傲,让乌兰牧骑之花开遍祖国大地。"

深入基层,深入农村和牧区,是乌兰牧骑的光荣传统。

9月21日,趁会演的间隙,内蒙古乌兰牧骑代表队经过两个多小时的奔波赶到京郊平谷县夏各庄大队,为喜迎丰收的郊区人民进行露天演出。

除演出外,乌兰牧骑还肩负着宣传、辅导、服务的光荣使命,在夏各庄也不例外。

乌兰牧骑队员在夏各庄中学的操场上摆好书摊、挂好图片,拿出理发工具,各就各位地忙活起来。仅演出前的一个小时,就为14名群众理发。

演出结束后,乌兰牧骑队员又匆匆地赶到平谷县城,为住在"光荣院"里的50多名在抗日战争、解放战争中参过军、打过仗的老人去服务和慰问。他们不分场地、不讲条件,在食堂、宿舍、庭院以至床边为老人们唱歌跳舞。

锦州战役中负过伤的丁德富、赵惠清两位老人行动不便,曲云、朱朝霞就在床边为老人唱歌,还为他们擦脸、洗脚,感动得两位老人热泪纵横。

铁树开花?稀罕!

9月25日,内蒙古乌兰牧骑代表队在首都钢铁厂五一剧场为战斗在第一线的钢铁工人进行慰问演出时,正值厂里种的铁树灿然开放。首钢工人幽默地说"乌兰牧骑来为我们演出,铁树都高兴得笑起来了!"

9月29日,全国乌兰牧骑式演出队文艺会演在庄严雄伟的人民大会堂闭幕。党和国家领导人习仲勋、韦国清、邓力群、赛福鼎·艾则孜、杨静仁等出席闭幕式并与代表们合影留念。

会演期间,16支演出队演出15台文艺晚会223个丰富多彩的歌舞音乐节目。经会演评委会评选并报会演领导小组审定,内蒙古代表队的鄂托克旗乌兰牧骑、莫力达瓦达斡尔族自治旗乌兰牧骑双双被评选为先进乌兰牧骑队。

内蒙古代表队16个节目获奖:

鄂托克旗乌兰牧骑巴达玛表演的独舞《筷子舞》(巴达玛编舞,桑洁作曲)

阿拉腾其劳、郭明利等表演的《马铃舞》(青格勒图、良明义编舞,章沪作曲)

芙蓉的女声独唱

贺西格、冯美丽等表演的《特莫奈达拉喇嘎》(根据阿拉善左旗乌当牧骑演出的《骏驼赞》改编;达来都仍、索伊格图编曲,热喜、布·乌尔图那顺作词)

莫力达瓦达斡尔族自治旗乌兰牧骑志刚、丽如等表演的《欢腾的山村》(鄂林、淑英编舞,乌嫩齐编曲);

玉涛、璐燕等表演的《鹿橇》(李萍、潘华编舞,楚伦布和作曲);

钢克库、莫力、哈热、斯日古楞等表演的《曲棍球》(钢克库编舞,乌嫩齐编曲);

朱朝霞表演的《嬉水姑娘》(朱朝霞编舞,乌嫩齐编曲);

刘萍演奏的琵琶独奏《精奇里江,我的故乡》(刘萍编曲);

乌日娜的女声独唱;

曲云、白焱的女声二重唱。

鄂托克旗乌兰牧骑队员萨仁荣获"优秀表演奖",是这次会演两个获表演奖的队员之一。

在获奖项目中,凡荣获先进集体的,除颁发奖状外,均奖励一台彩色电视机;获优秀节目和优秀表演奖的,颁发奖状、奖金。

9月30日,《人民日报》《光明日报》《北京日报》等各大报纸纷纷发表新闻报道和评论文章,热烈庆祝全国乌兰牧骑式演出队文艺会演胜利闭幕。

10月1日下午,中央统战部、文化部、国家民委在民族文化宫举行国庆茶话会,全国乌兰牧骑式演出队文艺会演的各族代表应邀参加,中央统战部部长乌兰夫到会做讲话。会后,乌兰夫挥毫题词"让乌兰牧骑文艺之花,在全国开放"。

乌兰夫时隔多年又坐在乌兰牧骑队员中间,令队员们倍感亲切和温暖。

谈起乌兰夫对乌兰牧骑的关怀和希望,多次聆听过乌兰夫教诲的内蒙古文化厅艺术处原处长李洪军道不尽千言万语。

"在牧区创建乌兰牧骑,是在周总理亲切关怀下,乌兰夫为繁荣民族文化而推出的一项重大举措。"李洪军如是说。

内蒙古人都把乌兰夫尊敬地称为"乌老"。

李洪军回忆,在一次和乌老座谈时,一个年轻的乌兰牧骑队员好奇地问道,乌兰夫的名字和乌兰牧骑的名字有什么联系吗?

乌老稍一愣神儿,然后幽默地回答:"有啊,都是'红色'嘛!"

李洪军说,乌老针对乌兰牧骑的讲话达13次之多,这些讲话都是乌老在不同时期为乌兰牧骑工作指明方向或提出要求。他自己直接聆听的就有4次,令他终生难忘的是1987年在乌老家里,坐在乌老身边聆听教诲,字字句句、真真切切。30年过去了,但至今仍然历历在目,言犹在耳。

1987年5月3日,李洪军跟随国家民委专员宝音巴图走进北京东城居民区的一座老式四合院,这是乌老的家。

1983年,国家副主席乌兰夫在北京接见乌兰牧骑队员

时任国家副主席的乌老拄着手杖,身着中式黑色上衣、黑色西裤,脚穿黑色布鞋,笑容满脸地走进布置简洁的小会客室,李洪军第一次如此近距离地站在乌老身边,未免有些拘谨。乌老操着浓重的乡音面带笑容地说:"坐吧、坐吧,内蒙古来的人,都是我的乡亲啊。"

宝音巴图、李洪军是就乌兰牧骑建立30周年庆祝活动的相关事宜向乌老汇报来的,话题很快就转到乌兰牧骑上来。

宝音巴图详细汇报乌兰牧骑30周年纪念活动的筹备情况后敬请乌老为乌兰牧骑题词。乌老欣然允诺,高兴地说:"题词可以,我一定要写上乌兰牧骑30周年。30周年,应该庆祝。"

乌老详细询问全区乌兰牧骑分布情况、数量、人数、经费、每年在牧区演出场次、队员待遇等问题后,连声说好。

乌老兴致勃勃地从乌兰牧骑建立初期说起。他说:"建立的当时,队员非常辛苦,但他们有强烈的事业心。为发展民族艺术做了许多贡献,乌兰牧骑要发展、加强、推广、提高。内蒙古40年来的建设成就,乌兰牧骑是有一份功劳的,在艺术民族化发展上起了很大的作用。这是一支革命文艺轻骑队。应该在内蒙古的历史上写上乌兰牧骑这一页。"说到这儿,乌老有些激动地站起身来,慢步走到窗前,他用低沉的语音说:"周总理生前多次接见乌兰牧骑,他非常喜欢这支队伍,有几次是我陪同接见的。他要求我们要把乌兰牧骑办好,他非常关心乌兰牧骑的发展。你们没有辜负周总理的希望。"

乌老说:"乌兰牧骑是个创举,是在共产党领导下发展民族文艺的产物。也只有在共产党的领导下,有正确的民族政策,才有民族文化艺术的发展,才能产生具有内蒙古民族特色的文艺组织形式。"

乌老说:"乌兰牧骑在任何场合都可以演出。与群众亲密无间,有自己的独特风格。他们就是来自群众的艺术,是内蒙古文化艺术发展的成果,是从内蒙古实际出发创造的一种先进的形式。它不仅在内蒙古有重要的作用,对全国少数民族地区文艺事业的发展都会起到很好的作用。乌兰牧骑的组织形式,是在一定的历史条件下形成的。它不仅适用于今天,也适合于今后文艺的发展。在延安时期,我们经常组织文艺活动,为了向农民宣传,组成小型文艺宣传队,起着很大的作用。农民高兴起来也给我们唱歌,我还记得一首叫《红萝卜》的陕北小调,很有意思。"
乌老不由自主地哼唱起来:"红萝卜,皮皮红,皮皮里头白生生……"

乌老接着说:"乌兰牧骑可以说是延安宣传队留给我们的好传统,乌兰牧骑在农村牧区主要是进行宣传教育工作,宣传党的政策,活跃群众文化生活。"

"乌兰牧骑建立30年了,要搞纪念活动,要宣传它,因为它是在革命斗争中产生的。他们长期地艰苦奋斗,广泛地宣传群众、教育群众、组织群众,起过重要作用。总之,乌兰牧骑为内蒙古各项事业的发展做出了贡献,不是无所作为的。

"内蒙古自治区成立40周年的时候,应该对建设自治区有贡献的同志给予奖励,对文艺界和乌兰牧骑中有贡献的人都要奖励,要有一点特殊的表示。要宣传对革命有贡献的人。一个人有几个30年、40年啊!

"乌兰牧骑要好好办下去,坚持'二为'方向,你们要下点功夫,它是全国唯一的一种综合性、少数民族的文艺组织形式。认真总结一下30年的经验,它和内蒙古40年的建设成就是分不开的。乌兰牧骑和其他文艺团体一样,是大有作为、大有发展前途的。"

这时,李洪军汇报,内蒙古文化厅正在筹建乌兰牧骑学会,准备召开乌兰牧骑建设理论研讨会,出版理论刊物《乌兰牧骑研究》。

乌老高兴地说:"好啊,是要从理论上总结一下,逐步形成一套完整的理论和实践经验。我们还有下一代人啊!刊名我给写!"

1987年9月5日，首届中国艺术节在北京举行。

乌老在民族文化宫接见参加首届中国艺术节的乌兰牧骑队员时高兴地说："首届中国艺术节的举行，对我国民族艺术事业的发展，对社会主义精神文明建设，都有着重要意义。乌兰牧骑是我国少数民族文艺队伍中的一支轻骑队，你们这次到北京来演出，受到中外观众的好评，主要是因为你们坚持了正确的文艺方向，演出的节目有着鲜明的民族特点和地方特色。"

当乌老看到乌兰牧骑队伍中有许多年轻队员时，又高兴地对他们说："毛主席和周总理生前曾多次接见过乌兰牧骑队员，希望你们要继承和发扬乌兰牧骑的优良传统，不断地发展、提高，使乌兰牧骑在新时期中发挥更大的作用。乌兰牧骑要面向基层，经常深入牧区、农村、工厂去演出，和广大人民群众保持密切联系，才会有强大的生命力。"乌老的讲话对乌兰牧骑队员是极大的鼓舞，乌兰牧骑老队员热喜、萨仁向乌老表示，决不辜负他老人家的关心和希望，永远保持乌兰牧骑本色，全心全意为草原人民服务。

02

余音绕梁岂止三日！全国乌兰牧骑式演出队文艺会演半年以后，文化部和国家民委委派莫力达瓦达斡尔族自治旗乌兰牧骑前往西藏自治区、四川凉山彝族自治州等地进行巡回演出。临行之前，文化部顾问林默涵接见乌兰牧骑队员时说："我非常喜欢乌兰牧骑的艺术。你们的艺术具有浓厚的民族色彩，质量也很高、很动人。最重要的也是最宝贵的，是你们能够经常深入基层，为各族人民群众服务，同人民群众打成一片,表现了艰苦奋斗的作风。这种为人民服务的精神和作风,所有的文艺工作者都要向你们学习,并普及到全国去。"

林默涵还嘱咐乌兰牧骑的队员们,在西藏、四川少数民族地区巡回演出,要特别注意维护民族团结,要像保护眼睛一样保护民族团结。

1984年7月28日,呼伦贝尔盟文化处副处长高辉率领莫力达瓦达斡尔族自治旗乌兰牧骑抵达成都。

四川省委副书记冯厚慰、副省长罗通达在成都观看首场演出并亲切接见全体队员。冯厚慰说,乌兰牧骑的演出非常精彩,无论是舞蹈《欢腾的山村》《嬉水姑娘》《曲棍球舞》,还是独唱、独奏,都既有乡土气息又有浓郁的民族特色和强烈的时代感。"看完你们的演出,加深了对达斡尔族的了解,达斡尔族的民族文化遗产,在你们身上得到了继承和发扬光大。"

在四川期间,除在成都市演出外,还到凉山彝族自治州、阿坝藏族自治州、甘孜藏族自治州的20个县市,进行为期两个月的巡回演出。

巡回演出期间,四川省民委三处副处长益西曲珍全程陪同。在两个月的朝夕相处中,乌兰牧骑不怕苦,不怕累,全心全意为人民服务使她深为感动,她说:"我们不但看到了你们表演的精彩节目,更可贵的是,从你们的一言一行中看出了乌兰牧骑全心全意为人民服务的精神。我们要好好学习你们的优秀品质和工作作风,谢谢你们给我们带来的宝贵经验。"

9月6日莫力达瓦达斡尔族自治旗乌兰牧骑抵达拉萨。

西藏自治区党委副书记杨岭多吉,西藏自治区党委常委、宣传部部长李文珊,西藏自治区党委常委、文化局局长丹增,西藏自治区人大常委会副主任彭哲等领导亲切接见全体队员并进行交流座谈。杨岭多吉热情洋溢地说:"内蒙古人民创造的乌兰牧骑的宝贵经验,是文化工作特别是边远地区群众文化工作的一条成功之路,这次内蒙古乌兰牧骑演出队送'经'上门,是对我们加速发展群众文化事业的极大支持和促进,是我们学习的好机会。"

在拉萨市召开经验交流会时,西藏自治区有关文化单位、市属十几个县的文化局的主要领导均参加座谈,西藏最偏远的阿里地区也派人参加座谈会。

在西藏期间,除拉萨市外,乌兰牧骑还到山南地区、日喀则地区的8个县镇和公社,行程16000多公里,进行为期一个月总计13场的巡回演出。

乌兰牧骑离开拉萨时,西藏自治区文化局的一位干部怀着依依惜别的心情,赋诗为他们送行,表达180万藏族同胞的共同心声。

樽樽美酒
难以把无限的深情盛下
条条哈达
难以把美好的祝愿表达
感谢你们,尊贵的客人
千言万语说不完
藏族人民情深意长的心里话
让我们结成的新友谊
表达我们共同的心愿
祝福乌兰牧骑精神
在全国更加发扬光大

11月7日,莫力达瓦达斡尔族自治旗乌兰牧骑历时4个月,行程两万公里,演出53场次,胜利完成在四川、西藏的巡回演出任务后返回北京。

11月9日下午,国家民委文宣司、文化部民族文化司在民族文化宫三楼云南厅联合召开会议,听取莫力达瓦达斡尔族自治旗乌兰牧骑赴四川、西藏巡回演出情况汇报。

中宣部副部长贺敬之听取汇报后热情赞扬乌兰牧骑是"很合格的、很优秀的民族团结的'特派员'",是"社会主义文艺主力兵团的'轻骑队'"。贺敬之强调,乌兰牧骑精神对于建设社会主义文艺是很宝贵的,要坚持,要发展。

11月24日,文化部、国家民委和内蒙古自治区人民政府在呼和浩特市铁路工人文化宫联合召开表彰授奖大会。嘉奖在赴四川省、西藏自治区、新疆维吾尔自治区巡回慰问演出并在实践文艺革命化、民族化、群众化方面做出杰出贡献的莫力达瓦达斡尔族自治旗和鄂托克旗乌兰牧骑。

内蒙古党委副书记、自治区主席布赫向两个乌兰牧骑颁发奖状、奖章、奖杯、奖金和嘉奖令。

乌兰牧骑艺术节

01

72岁的焦雪岱鹤发童颜、须眉皆白。

焦雪岱曾任内蒙古文化厅厅长,乌兰牧骑文化节就是在他主政文化厅期间创立的。他谈起全国人大常委会原副委员长布赫对乌兰牧骑的关怀和支持,谈起乌兰牧骑艺术节依然是那样一往情深,往事并不如烟。

1992年2月17日,时任内蒙古文化厅副厅长的焦雪岱率领由莫力达瓦达斡尔族自治旗乌兰牧骑、鄂温克族自治旗乌兰牧骑、鄂伦春自治旗乌兰牧骑、锡林浩特市乌兰牧骑、镶黄旗乌兰牧骑、苏尼特右旗乌兰牧骑组成的内蒙古代表团前往云南省昆明市,参加第三届中国艺术节开幕式大型音乐舞蹈《神州彩虹》中的"民族团结之光"的表演。1965年,乌兰牧骑全国巡演时曾到过昆明。乌兰牧骑这支享誉全国的草原文艺轻骑兵再次踏上红土高原,与全国56个民族的文艺工作者一道,向昆明观众和各省市区的观摩代表献上达斡尔族民间舞蹈《鲁日格勒》、鄂温克族舞蹈《春到鄂温克》、鄂伦春族民间舞蹈《阿玛仁》、女声二重唱《鄂呼兰·德呼兰》以及蒙古族舞蹈《草原风情》等文艺节目,以其热烈的气氛,精彩的表演,新颖的艺术,独特的风格,展示出三少民族和蒙古族的艺术奇葩,以民族艺术讴歌民族大团结。

与此同时,内蒙古自治区直属乌兰牧骑也随团前往昆明参加第三届中国艺术节的演出。他们除在昆明剧院为本届艺术节演出三场民族歌舞外,还根据艺术节组委会的安排,到全国重点企业昆明三聚磷酸钠厂为3000多名工人进行专场演出。在整个演出活动中,吉日嘎拉等表演的歌舞《草原人民的问候》,朝伦巴根等表演的男群舞《驼铃声声》,乌兰花等表演的女群舞《草原姑娘》,巴特尔、乌日嘎、哈斯表演的三人舞《牧人浪漫曲》,王艳军、塔娜、阿拉塔等表演的歌舞《牧野欢歌》,王惠梅、乌日嘎等表演的男女群舞《伊敏河畔》,道尔吉仁钦、吉日木图等演唱的交响好来宝《腾飞的骏马》,朝鲁的男高音独唱《草原上升起不落的太阳》《七十只红蜡烛五十六朵花》,娜布沁花的女高音独唱《辽阔的草原》《褐色的鹰》,乌日哲的女中音独唱《草原的路》《祝酒歌》等节目,都使观众激动不已,交口称赞。观众深情地说:"乌兰牧骑献给观众的不论是独舞、群舞,还是男女声独唱、器乐演奏,都令人感到仿佛置身富有诗意的大草原,看到了草原上腾飞的骏马,翱翔的山鹰,听到了牧人的浪漫曲和驼铃声声。"牧兰独唱的《富饶美丽的内蒙古》《春光美》,敖登格日勒的独舞《翔》,毕力格的马头琴独奏《埃吉木》和达日玛的马头琴独奏《万马奔腾》,更是独具特色,韵味无穷,受到了观众的高度赞扬。

1992年5月23日,焦雪岱又率内蒙古自治区直属乌兰牧骑前往北京参加文化部主办的毛泽东同志《在延安文艺座谈会上的讲话》发表五十周年纪念活动。

所有演出都为呼之欲出的内蒙古乌兰牧骑艺术节做了激情铺垫,

奏响了振奋人心的序曲。

　　1992年6月，焦雪岱出任内蒙古文化厅厅长。主政文化厅伊始，焦雪岱就和副厅长达·阿拉坦巴干一同飞往北京，进见文化部副部长高占祥，就在昆明期间谈及的乌兰牧骑话题展开更为深入、更为广泛的探讨。

　　在昆明，高占祥看过两场乌兰牧骑的演出。当时，他对焦雪岱说，乌兰牧骑创建30多年了，所取得的成绩有目共睹。历史在发展、社会在进步，乌兰牧骑也应该"花样翻新"。

　　如何"花样翻新"，引起焦雪岱的深深思考。思考的结果就是创办乌兰牧骑艺术节，他要将新官上任的第一把火"烧"在乌兰牧骑上，让全国文艺界的目光再次聚焦乌兰牧骑。

　　高占祥对焦雪岱创办乌兰牧骑艺术节的构想给予充分肯定，文化部给予全力支持。他说："中国艺术节已经举办三届，你们可以借鉴一下操作模式和活动流程"，高占祥变换一下坐姿、喝一口茶，"老焦啊，我再给你一个建议，艺术节期间请请李瑞环同志。你回去找找布赫主席，征得他的同意后以自治区党委、政府的名义给中央办公厅写个报告。将报告抄送文化部，这样文化部就可以进行协调。"

　　走出高占祥办公室，焦雪岱、达·阿拉坦巴干乐不可支。

　　呼和浩特市新华大街一号，内蒙古自治区人民政府办公楼，布赫主席办公室。

　　布赫紫铜色的脸上灿烂着慈祥的笑容，听完焦雪岱、达·阿拉坦巴干的汇报，他说："文化厅是有作为的。在乌兰牧骑建立35周年的时间节点上创立乌兰牧骑艺术节，既有历史意义也有现实意义，肯定能产生积极的社会反响，自治区党委、政府全力支持！"布赫略做停顿，"对了，你们刚才说要请瑞环同志参加乌兰牧骑庆典，好啊，一定要请！"

1964年12月31日,周恩来总理在内蒙古自治区文化局党组书记布赫的陪同下观看乌兰牧骑首次进京演出

焦雪岱、达·阿拉坦巴干在激动中深情地回忆着布赫几十年对乌兰牧骑的一如既往的关怀和支持。

1957年春,内蒙古文化局组织力量深入牧区调查研究和开展试点工作,是贯彻落实内蒙古党委、政府关于推进牧区文化建设的具体行动。时任内蒙古文化局党组书记的布赫,轻车简从深入试点地区苏尼特右旗进行考察。他检查过第一支乌兰牧骑的胶轮车、幕布、汽灯、乐器、服装、帐篷等简单装备,他审查过《两朵红花》《为了孩子》《阿斯尔》《八音》《党的关怀》《幸福路》《宏伟的计划》《挤奶姑娘》等节目。这支队伍即将出发，布赫鼓励他们说："牧民群众一定会热情欢迎你们，预祝你们试点工作取得成功！"新华社记者拍摄的照片《坐在马车上高歌行进的乌兰牧骑》使这一瞬间变成永恒。

乌兰牧骑之花在大草原破土而出，内蒙古党委、政府施以阳光和雨露，布赫则是浇灌这株草原之花迎风怒放的辛勤园丁。1962年1月，内蒙古党委和政府下发《关于进一步加强民族文化工作的决定》，提出发展乌兰牧骑和提高乌兰牧骑工作的要求，内蒙古文化局党组及时部署在全区乌兰牧骑联系实际认真贯彻落实《决定》精神，加强对乌兰牧骑的领导和培训。从乌兰牧骑建队到1964年，内蒙古文化局举办了三期全区乌兰牧骑培训班，乌兰牧骑队长、指导员和业务骨干大都得到了培训，思想政治素质和业务素质大幅度提高。1964年3月举办首届全区乌兰牧骑会演。正是这次会演对全区乌兰牧骑的大检阅，使得乌兰牧骑受到文化部的高度重视，因此破例邀请乌兰牧骑代表队参加全国少数民族业余文艺观摩会演（当时内蒙古已经有一支少数民族业余文艺代表团）。

1964年12月31日，乌兰牧骑代表队应邀参加在人民大会堂举行的元旦联欢晚会。周恩来总理在布赫的陪同下兴致勃勃地观看乌兰牧骑队员们的精彩演出，并向队员们学唱蒙古族歌曲。当零点的钟声敲响时，周总理亲自指挥乌兰牧骑队员齐声高唱《东方红》。

新华社记者拍下的那张布赫坐在周总理身旁笑逐颜开地观看演出的照片，两代无产阶级革命家的风采由于共同的乌兰牧骑情结而定格在一起。斯时，周总理66岁，布赫38岁。

1965年1月15日至19日，布赫率内蒙古乌兰牧骑代表队从北京出发，前往天津、河北等地演出，这是乌兰牧骑全国巡回演出的前奏。

1965 年 1 月 23 日，内蒙古文化局、文联在乌兰恰特联合召开"全区文艺工作者热烈欢迎乌兰牧骑代表队胜利归来大会"，布赫在关于学习乌兰牧骑经验的报告中说："总结乌兰牧骑的经验，归结到一点，就是我们的文艺必须坚持为人民服务、为社会主义服务的方向，深深扎根在群众中，植根于民族的土壤中，反映我们伟大的时代和人民的心声。"

1966 年 1 月 14 日，历时七个半月，行程 10 万余公里，共演出 6000 多场，观众近 100 万人次的三支乌兰牧骑巡回演出队胜利返回呼和浩特。15 日，布赫陪同内蒙古党委第一书记、自治区主席乌兰夫，书记处书记毕力格巴特尔，自治区副主席吉雅泰、沈新发等在新城宾馆接见乌兰牧骑巡回演出队全体人员。

1978 年，布赫出任内蒙古党委常委、宣传部部长。当年 7 月，为推动关于真理标准问题的大讨论深入展开，布赫顺着苏尼特右旗、苏尼特左旗、阿巴嘎旗、阿巴哈纳尔旗（今锡林浩特市）、西乌旗、乌拉盖管理区、东乌旗一路走去，历时近一个月。布赫心系乌兰牧骑，每到一个旗县，他都会问到乌兰牧骑的情况。"文革"中受没受冲击？恢复活动没有？当得知有的乌兰牧骑被强行解散，队长、指导员被揪斗等问题时，布赫一再要求当地领导抓紧平反冤假错案，落实各项政策，尽快解决乌兰牧骑存在的问题，发挥这支队伍不可替代的作用。他和时任苏尼特右旗党委书记陈德才谈过，他和时任东乌旗党委书记高振声谈过，他和时任锡林郭勒盟党委副书记宝音诺木和谈过……

党的十一届三中全会后，乌兰牧骑一直活跃在改革开放第一线，满腔热情地反映和讴歌人民的新创造和新生活，坚持为基层服务。

1982 年 8 月，内蒙古召开乌兰牧骑建立二十五周年纪念大会。时任内蒙古党委副书记布赫出席会议并系统地提出搞好新时期乌兰牧骑建设的八点意见。一周以后，他又以党的十二大代表身份，给参加乌兰牧骑建立二十五周年纪念活动的全体代表传达十二大精神，与会代表深受鼓舞。

1983年，邓小平、邓颖超、乌兰夫等党和国家领导人相继为乌兰牧骑题词。为贯彻落实题词精神，内蒙古党委和政府决定通过加强领导、深化体制机制改革、切实解决发展中遇到的实际问题等综合措施全面提升乌兰牧骑建设水平和服务能力。自治区主席布赫担纲制订新的《乌兰牧骑工作条例》。从调查研究到征求意见、讨论修改，直至1985年6月12日自治区人民政府常务会议审议通过并向全区颁发。《乌兰牧骑工作条例》系统总结了乌兰牧骑建队以来的宝贵经验和实践成果，明确界定了改革开放时代乌兰牧骑的文艺轻骑性质和主要服务对象，规定了乌兰牧骑工作的基本方针和四项任务，还规定了深入基层活动时间、演出场次、突出民族特点和地方特色，以及改进活动方式和经费保障等内容，成为乌兰牧骑发展史上具有重大指导意义和深远影响的行政规章。《乌兰牧骑工作条例》是全国第一个以省级人民政府的名义为县级文化工作队伍下发的《条例》，当时布赫已经从法制建设上考虑乌兰牧骑的长远发展了。

在几十年的实践中，乌兰牧骑既有成功经验也有理论建树。

布赫认为，乌兰牧骑在长期的实践中，无论艺术发展还是队伍建设都积累了极为丰富的经验，用马克思主义立场、观点和方法，对这些经验进行系统、深入的总结和研究，从中找出规律性的东西，加以科学的理论概括，对于加强乌兰牧骑的自身建设，使其在新的历史时期发挥更大的作用，对于探索有中国特色的社会主义文艺，对于科学地制定内蒙古的文化发展战略和事业规划，都具有十分重要的意义。

加强乌兰牧骑理论建设既势在必行又迫在眉睫。

1987年6月纪念乌兰牧骑建立三十周年暨首届乌兰牧骑建设理论

研讨会在呼和浩特召开。文化部部长王蒙、副部长王济夫,文化部原代部长周巍峙以及长期从事文艺理论工作的专家、学者,乌兰牧骑队长和特邀代表100多人参加研讨会。会议就乌兰牧骑产生的必然性及其历史地位、乌兰牧骑在发展民族文化事业中的重要作用、乌兰牧骑的发展道路和宝贵经验、乌兰牧骑艺术的审美价值与社会效益等诸多问题进行具有远见卓识的理论探讨和研究。

为关怀和支持乌兰牧骑事业发展,布赫担任研讨会期间成立的内蒙古乌兰牧骑学会名誉会长,贺敬之、王蒙、周巍峙、林默涵、贾作光等担任顾问。

……

1992年8月3日,内蒙古自治区乌兰牧骑建立三十五周年纪念大会暨首届乌兰牧骑艺术节开幕式在自治区人民政府礼堂隆重举行。

这一天是乌兰牧骑的节日,当身着鲜艳民族服装的乌兰牧骑新老队员兴高采烈地走进彩球凌空高悬,红旗迎风招展的政府礼堂时,内蒙古党委书记王群、自治区主席布赫、中宣部副部长聂大江、文化部副部长高占祥、国家民委副主任文精以及与会的所有代表,用经久不息的热烈掌声,向光荣的乌兰牧骑队员献上全区人民的崇高敬意。

布赫代表内蒙古党委、政府讲话。他要求乌兰牧骑的同志们"要牢固树立中心意识和服务意识,更加贴近时代,贴近生活,贴近群众,进一步密切同人民群众的血肉联系,通过自己的辛勤劳动,创作并演出更多更好的能够反映沸腾的生活和群众的心声、具有鲜明民族特色和地域特点的高质量作品,努力丰富和活跃基层群众的文化生活,为经济建设和改革开放创造良好的社会文化环境"。此前,布赫主席还专门为乌兰牧骑题词:"坚持文艺'二为'方向,弘扬乌兰牧骑精神。"

乌兰牧骑艺术节盛况空前。

全国人大常委会副委员长布赫接见乌兰牧骑队员

聂大江、高占祥、文精分别代表中宣部、文化部和国家民委,热烈祝贺乌兰牧骑35年所取得的巨大成就,并向乌兰牧骑全体文艺工作者致以崇高敬意和亲切问候。

中宣部、文化部和国家民委分别向全区46支乌兰牧骑颁发奖品、锦旗和嘉奖证书。

内蒙古自治区副主席赵志宏宣布,自治区人民政府决定向14个乌兰牧骑先进集体颁发奖金共24万元。

内蒙古自治区文化厅对14个乌兰牧骑先进集体和48名先进工作者进行表彰,颁发奖状和证书。

布赫在讲话中说,乌兰牧骑是毛泽东文艺思想和党的文艺方针与内蒙古实际相结合的产物,是内蒙古文艺战线的创举。乌兰牧骑不仅为繁荣内蒙古社会主义文艺事业,为促进内蒙古两个文明建设做出了贡献，而且还走遍全国 29 个省市自治区，并单独或联合组团出访过世界 24 个国家和地区，为增进国内各民族团结友谊和国际国内文化交流做出了重要贡献。

聂大江在讲话中说，乌兰牧骑是坚持党的文艺方向，繁荣和发展民族文化的一个创举，是内蒙古人民的骄傲。乌兰牧骑精神值得全国文艺工作者学习。

高占祥在讲话中说，乌兰牧骑长年活跃在草原上，坚持为人民服务，为社会主义服务的方向，为宣传党和国家的方针政策，为两个文明建设做出了重大贡献。乌兰牧骑是广大文艺工作者学习的榜样，是社会主义文艺战线上的一面旗帜。

焦雪岱代表全区 1300 多名乌兰牧骑队员，感谢各级党委、政府多年来对乌兰牧骑事业的关怀和支持。

苏尼特左旗乌兰牧骑队员花拉表示，一定要继承和发扬乌兰牧骑的光荣传统，始终不渝地遵循文艺为人民服务，为社会主义服务的方向，坚持深入基层，深入群众，同火热的生活保持最密切的联系，为丰富农村牧区人民群众的文化生活，为自治区艺术繁荣、经济发展和社会进步，贡献出我们乌兰牧骑全部的光和热。

载歌载舞，欢度节日。苏尼特左旗乌兰牧骑在自治区政府礼堂演出舞蹈《情丝》《吉祥之火》，男声独唱《我可爱的苏尼特》，女声独唱《两位模范巴达玛》，古筝弹唱《敖特尔之歌》，器乐曲《飞腾的锡林郭勒》。

晚上，参加艺术节活动的 14 支乌兰牧骑分别在新华广场、博物馆广场、党委礼堂广场、百灵商场广场、团结小区广场、呼和浩特市政府广场、呼和浩特市群艺馆广场、郊区政府广场等 9 个场所进行露天演出，同呼和浩特地区数十万群众举行文艺大联欢。

斯时，全国民族文化工作经验交流会在呼和浩特召开。

1992年8月5日，焦雪岱走进会场，向全国民族文化工作经验交流会汇报乌兰牧骑的新成果、新贡献、新经验。为了让与会代表对乌兰牧骑有一个全新的感受和认识，内蒙古文化厅安排了专场演出、乌兰牧骑图片展览、乌兰牧骑电视专题片展映。

　　《大漠轻骑》电视专题片，完成于1989年9月30日，是献给建国40周年的礼物。拍摄期间，内蒙古文化厅艺术处陈宏鹰携带摄像机跟随阿拉善右旗乌兰牧骑进入巴丹吉林沙漠为牧民演出。一路前行一路更换交通工具，从汽车、链轨拖拉机到骆驼，徒步甚至爬行，穿过一座座沙山，最后来到只有几顶蒙古包的一小片绿洲。虽然是晚上，牧民们依然挂起国旗，张贴标语。当月亮升起的时候，牧民们和乌兰牧骑队员们全体肃立，面向东方，高唱国歌。接下来是队员们给牧民们演出精心准备的民族歌舞节目，然后是联欢，共同欢度国庆。夜深了，人静了，由于乌兰牧骑队员比当地牧民还多，男队员只能露宿在蒙古包外。早晨起来的时候，耳朵、鼻孔和嘴唇都挂满沙子，大家你看我，我看你，相视而笑。

　　乌兰牧骑离开的时候，牧民们一程又一程地含泪相送，老额吉拉着姑娘和小伙子们的手问"你们还会再来吗？"队员们的眼睛顿时潮湿了。

　　摄像机全程拍下的每一个画面都是真实的，几乎没有任何剪辑和修饰，解说也极简练，编辑和摄像也绝对都是业余。因为真实和纪实，所以感动了所有观众。中宣部副部长聂大江眼含热泪，激情地说："乌兰牧骑的精神确实难能可贵，值得全国文艺工作者学习。"

　　文化部副部长高占祥一边擦着眼泪一边动情地说："乌兰牧骑的确艰苦，而且能在艰苦中奋进。唯其如此，才须仰视。看过专题片，我深深地感到，乌兰牧骑确实是一面红旗，一面鲜红鲜红的旗帜。乌兰牧骑不仅为草原人民送歌献舞，而且为草原人民献出一片真诚的爱心。我看乌兰牧骑不仅是草原明珠，而且是祖国的明珠。我相信，乌兰牧骑这种全心全意为人民大众服务的精神,一定会在全国发扬光大。"

高占祥当场安排文化部艺术司把《大漠轻骑》和《牧人的百灵》各复制四十套,发给每个省市区的文化主管部门,向各地文艺工作者播放,使他们了解乌兰牧骑,学习乌兰牧骑精神。

1992年8月10日上午,历时8天的纪念乌兰牧骑建立35周年暨全区首届乌兰牧骑艺术节闭幕。

正在内蒙古视察工作的中共中央政治局常委李瑞环出席闭幕式并讲话。李瑞环对乌兰牧骑艺术节取得圆满成功表示热烈祝贺,并向全体乌兰牧骑队员表示崇高敬意和亲切慰问。他充分肯定了乌兰牧骑为丰富广大牧民的文化生活、加强民族团结、促进经济发展所做出的重大贡献,充分肯定了乌兰牧骑深入生活、服务群众、艰苦奋斗、开拓创新的精神。他指出,乌兰牧骑35年来的光辉历程,再一次告诉我们一个真理,社会主义的文艺事业,只有深深扎根于人民群众之中,同社会主义建设的宏伟大业紧密结合,才能繁荣发展,才会生机勃勃、兴旺发达。他希望乌兰牧骑永远保持、发扬优良传统和作风,在党的指引下,努力学习,奋发进取,为内蒙古和祖国的繁荣昌盛,为各族人民的大团结,为社会主义文化建设做出更大的贡献。

若干年后,李瑞环把他在纪念乌兰牧骑建立35周年暨全区首届乌兰牧骑艺术节闭幕式上的讲话节选编入《学哲学用哲学》一书当中。

02

鄂托克草原天高云淡,草绿花红。

2005年8月11日,重心下移后的第四届内蒙古自治区乌兰牧骑艺术节在鄂托克旗拉开序幕。

赛马场上彩旗飞扬、彩带高悬、花团锦簇、群情鼎沸。雄壮的乐曲声中，国旗护卫队、彩旗队、鼓号队、博克队，农牧民自发组织的驼队、马队以及来自全区的18支乌兰牧骑队伍相继走过主席台时，内蒙古文化厅副厅长安泳锝的眼眶湿润了……

为筹备和举办这届乌兰牧骑艺术节，他曾几次飞往北京，拜访布赫、珠兰其其柯两位内蒙古文化事业的开创者和开拓者，聆听他们的亲切教诲。布赫对他说，乌兰牧骑的根在牧区和农村，乌兰牧骑艺术节要办在旗县、苏木，甚至嘎查，要让最基层的人民群众享受到最丰富的精神食粮。举办乌兰牧骑艺术节的根本目的就是要继承和发扬乌兰牧骑优良传统，让乌兰牧骑这面旗帜永远飘扬在内蒙古大草原上。

安泳锝说，从开幕式《相聚鄂托克》的大型广场文艺表演，到闭幕式的《草原·乌兰牧骑》文艺晚会，在历时7天的第四届内蒙古自治区乌兰牧骑艺术节期间，他是在一种很久没有过的激情、振奋、感动和欣慰等多种深切的心灵体验和享受中度过了这段美好的时光。

安泳锝回忆，气势恢宏、场面壮观、具有浓郁民族特色的开幕式大型广场文艺表演《相聚鄂托克》，在乌兰牧骑老队员、著名艺术家拉苏荣和金花的歌声中拉开帷幕。《相聚鄂托克》由"迎宾曲""圣地雄风""欢乐草原""幸福天堂""乌兰牧骑新歌"5个版块组成，创作者们独具慧眼和匠心，紧紧抓住艺术节的主题和举办地的特征，对草原风光、民族历史、乌兰牧骑精神等进行深度挖掘、准确提炼和精彩展现。以反映乌兰牧骑光荣传统、精神风貌和鄂托克旗历史人文景观、时代精神为主题，深刻挖掘草原民族文化精髓，巧妙地将反映乌兰牧骑光荣传统和精神风貌与鄂尔多斯文化独特的魅力完美结合，文艺表演体现了草原文化的源远流长和旺盛的生命力。

从《文化轻骑队之歌》到"成吉思汗战车"花车；从欢乐的那达慕歌舞到草原上的婚礼景观和腾格尔演唱的《天堂》；从著名歌唱家牧兰等新老乌兰牧骑队员代表共同演唱的《乌兰牧骑新歌》到振奋人心的乌兰牧骑队旗方阵舞。整个表演主题浑厚、特色鲜明、构思精巧，具有较高的思想性、艺术性和观赏性，看后令人精神振奋、荡气回肠、激情难抑。

《乌兰牧骑新歌》响起，200面乌兰牧骑队旗飘过。乌兰牧骑经过48年的发展，一批高素质的优秀表演人才和高品位的文艺精品脱颖而出，乌兰牧骑作为草原文化的一个金色品牌，正以全新的时代风貌，遵循为人民服务、为社会主义服务的方向和贴近实际、贴近生活、贴近群众的时代要求，发扬传统、继承创新、转变观念、大步跨越、立足草原、走向世界，为宣传内蒙古，促进草原经济和现代化建设，承担起形象大使的历史使命。

乌兰牧骑的精彩在民间。

从乌兰宫剧场到乌兰广场，从苏木到嘎查，从白天到夜晚，来自全区各地的18支乌兰牧骑代表队在剧场、广场和周边的乡、镇、苏木、嘎查共演出39场，推出新编排节目255个，观众累计人数达到10万人次之多，这是本届乌兰牧骑艺术节的一大亮点。

8月17日晚，第四届内蒙古自治区乌兰牧骑艺术节落下帷幕。内蒙古自治区人大常委会副主任陈瑞清在讲话时说，第四届乌兰牧骑艺术节是内蒙古自治区乌兰牧骑成立48年来规模最大、内容最丰富、层次最高的一次艺术盛会，是一届群众喜爱、专家赞扬、嘉宾点赞的节日。这次盛会不仅对乌兰牧骑48年的历程做了回顾和总结，也对新时期乌兰牧骑队伍建设进行了一次全面检阅。艺术节期间，集中展现了乌兰牧骑成立48年来艺术创作和演出的优秀成果，深入研讨了乌兰牧骑建设与发展的理论和实践，充分展现了乌兰牧骑优良传统和改革创新的精神面貌。

依依惜别,安泳锝代表内蒙古文化厅以蒙古族习俗为即将返程的乌兰牧骑队伍敬献"上马酒"时不禁百感交集,从鄂伦春自治旗到鄂托克旗3200多公里,万水千山,相见时难别亦难……

乌兰牧旗艺术节要一届一届地办下去,但每届如何创新,安泳锝在思考。

2007年有两个重要的时间节点,即内蒙古自治区成立60周年、乌兰牧骑建立50周年。

"苏尼特右旗是第一支乌兰牧骑诞生的地方,在这片辽阔的草原上对乌兰牧骑50年的光辉历程进行回顾具有特殊意义",安泳锝如是说。

2007年8月23日,历时8天的庆祝乌兰牧骑建立50周年暨第五届内蒙古乌兰牧骑艺术节在苏尼特右旗塔木沁草原拉开序幕。

全国人大常委会原副委员长布赫,全国人大常委会副委员长乌云其木格,文化部部长孙家正,内蒙古政协主席陈光林等分别为乌兰牧骑建立50周年题词。

内蒙古党委书记储波、国家民委主任李德洙为庆祝活动发来贺信。

每一个题词、每一封贺信,安泳锝都烂熟于心。每每拜读,他心中都涌动着滚滚热流,这些题词和贺信,体现的是各级党委、政府对乌兰牧骑50年光辉历程的充分肯定和高度赞扬,也蕴含着各级党委、政府对乌兰牧骑事业发展的殷殷希望。

任重而道远,奋然而前行。安泳锝鞭策自己。

灿烂的阳光下,69支乌兰牧骑高举红旗浩浩荡荡地通过主席台,顿时掌声雷动,一片欢腾!

从一支乌兰牧骑到69支乌兰牧骑,50年来,数以千计的乌兰牧骑队员冒严寒、战酷暑,跋山涉水风餐露宿,足迹踏遍祖国大地和内蒙古草原,118万平方公里草原上的广大农牧民群众始终亲切地称他们为"玛奈乌兰牧骑"。

乌兰牧骑的风采,今天又一次得以集中展示!

全区十佳乌兰牧骑受到表彰!

全区一类乌兰牧骑受到表彰!

优秀乌兰牧骑队长受到表彰!

向在乌兰牧骑工作30年以上的老队员颁发"乌兰牧骑事业奉献大奖"时,安泳锝的眼睛又湿润了……

内蒙古文化厅原副厅长达·阿拉坦巴干披着满头白发走来,他退休多年后仍然为乌兰牧骑事业执着地奉献着。

著名歌唱家拉苏荣身着鲜艳的蒙古袍健步走来,他带着乌兰牧骑的歌声走向全国,走向世界。

永葆乌兰牧骑本色的著名歌唱家牧兰脸上带着孩子般的笑容走来,一曲《牧民歌唱共产党》唱响大江南北长城内外。

伊兰精神抖擞、满脸春风地走来,她是第一支乌兰牧骑的第一批队员,脸上纵横交错的皱纹里藏满乌兰牧骑的故事……

他们是乌兰牧骑的脊梁,是乌兰牧骑的楷模,他们身上再现着乌兰牧骑精神!

向他们致敬,向乌兰牧骑老队员们致敬!

乌兰牧骑事业发展始终得到党中央、国务院的亲切关怀!建立50周年庆典之际,中央代表团赠送17辆带有现代化灯光音响的流动舞台车。从50年前的一辆马车到现在的现代化交通工具,乌兰牧骑天翻地覆慨而慷!

3000多名演职人员参加的具有浓郁民族特色的开幕式大型文艺表演《乌兰牧骑之歌》,在奔放、欢快的乐曲声中开始。

在第一乐章"乌兰牧骑的摇篮"中,安泳锝看到了乌兰牧骑建立初期的艰苦奋斗历程。

在第二乐章"人民的乌兰牧骑"中,安泳锝看到了乌兰牧骑是农牧民真正的"玛奈乌兰牧骑"。

在第三乐章"永远的乌兰牧骑"中,安泳锝看到了乌兰牧骑辉煌的未来。

文艺表演紧紧抓住艺术节的主题和举办地的特征,以乌兰牧骑建立50周年为主线,突出草原文化和民族特点、突出地域特色和时代精神,采用乌兰牧骑经典作品和时尚元素相结合的艺术形式,再现乌兰牧骑精神。

文艺表演高潮迭起、气势恢宏。在欢乐、祥和、热烈的氛围中,安泳锝看到了乌兰牧骑这面社会主义文艺战线的旗帜在自治区民族文化强区建设中所发挥的重要作用。

新疆和布克赛尔蒙古自治县乌兰牧骑的大型史诗歌舞剧《江格尔》在乌兰牧骑广场演出。安泳锝悄然走到演员中间,当他知道这支队伍乘坐火车、汽车长途跋涉70多个小时才来到苏尼特草原时,深为他们的精神所感动。

演出是精彩的,赢得观众阵阵的喝彩声与鼓掌声,这支从新疆千里迢迢赶来的乌兰牧骑为苏尼特老百姓们带来耳目一新的艺术享受。

伊金霍洛旗乌兰牧骑开着中央代表团赠送的流动演出车奔赴额仁淖尔苏木阿尔善图嘎查进行慰问演出,他们用舞台车与地面舞台相结合的方式呈现出立体的演出效果,精彩的演出让农牧民看后都久久不愿离去。

乌兰牧骑理论研究蔚然成风。安泳锝回忆,在第七届全区乌兰牧骑建设理论研讨会上,从领导到牧民,从乌兰牧骑管理者到乌兰牧骑演员,不同岗位、不同层次的人们都从理论的高度谈论乌兰牧骑的建设与发展,描绘乌兰牧骑的未来蓝图。

相聚又离别,情深意更长……

安泳锝担任内蒙古文化厅副厅长期间,深度介入两届乌兰牧骑艺术节。他说,如果在乌兰牧骑发展史上能够找到他的些许痕迹,那是领导教诲和一代代乌兰牧骑队员激励的结果。布赫、珠兰其其柯两位革命老人曾谆谆教诲安泳锝,要把全区的乌兰牧骑工作抓好、抓实,要深入基层、深入农村牧区,为广大农牧民送去精神食粮。要学习乌兰牧骑精神,用乌兰牧骑精神去指导乌兰牧骑的实践。

达·阿拉坦巴干、伊兰、乌国政、热喜、色·普日布、牧兰、拉苏荣、金花这些老队员的事迹和歌声永远是鼓舞安泳锝前进的动力!

安泳锝说,我为乌兰牧骑付出的太少太少,乌兰牧骑给予我的太多太多……

平均年龄 78 岁的编辑部

01

2018年5月16日,鹤发童颜的乌国政在家里热情地接受我的采访,虽然已经84岁高龄,但依旧精神矍铄,思维敏捷,谈吐自如,津津乐道于乌兰牧骑的旧事和新闻。

1957年6月25日,苏尼特右旗乌兰牧骑成立8天之后,翁牛特旗也呼啦啦打出乌兰牧骑的大旗,乌国政就是最初的6名队员之一。从队员到副队长,从副队长到队长,乌国政在翁牛特旗乌兰牧骑一干就是20年。

2004年5月23日,乌国政退休7年后出任内蒙古自治区乌兰牧骑协会副会长兼赤峰分会会长,并创办会刊《艺苑轻骑》。

《艺苑轻骑》没有编制、没有经费、没有办公场所,但由乌兰牧骑老队员乌国政、朱嘉庚、李宝祥组成的编辑部却以坚忍不拔的意志、坚定不移的文化自信、坚持不懈的努力奋斗,使《艺苑轻骑》成为宣传党的文艺政策、跟踪乌兰牧骑发展、弘扬乌兰牧骑精神的舆论阵地。

乌国政把用一根鞋带串起的13期《艺苑轻骑》"合订本"摆在我的面前；"这是我们3个老同志13年的心血结晶，对你写书或许有用，拿去参考吧！"

顿时，一股暖流涌遍我的全身，让我的热血沸腾起来，让我的激情燃烧起来，让我的眼泪奔流起来。我在浏览《艺苑轻骑》时不经意发现，乌国政生于1934年，朱嘉庚生于1942年，李宝祥生于1945年。《艺苑轻骑》的3位编辑年龄相加有233岁，平均年龄78岁，这或许是中国平均年龄最大的编辑部。被乌国政称为"小李"的李宝祥不无幽默地说："我都73岁了，还经常像勤务兵似的被乌老唤来唤去的，在这个编辑部中我年龄最小嘛！"

捧读《艺苑轻骑》我常常不由自主地激动起来。编辑部虽然在赤峰，但站位却是自治区，乌兰牧骑60年来的大事小情尽在其中，应该说《艺苑轻骑》是乌兰牧骑的一部"百科全书"。

《艺苑轻骑》无疑是乌兰牧骑发展的"记录簿"。3位老人不仅时时跟踪乌兰牧骑的发展动态，也时时思考乌兰牧骑的发展方向。他们集体创作或个人撰写的理论文章不时跳入我的眼帘，诸如《乌兰牧骑在新时期面临问题之我见》《从农牧民的审美需求出发，认真搞好乌兰牧骑的创作》《论乌兰牧骑的生命力》等，这些理论文章从不同侧面、不同视角关注、探讨、研究乌兰牧骑发展中出现的新问题、新矛盾，以及解决新问题、新矛盾的新思想和新举措。字里行间，都能听到3位老人为乌兰牧骑"心跳"的铿锵之音。

我循着这铿锵之音，走进3位老人的"乌兰牧骑世界"。

1957年6月25日，翁牛特旗人民委员会下发文件，将文化馆改为乌兰牧骑，办公地址安排在牧区中心地带的海力苏苏木，规定的服务、辅导范围是那什罕、海力苏、白音他拉、白音套海、白音汉等苏木和嘎查。

鲍文儒由文化馆馆长改任乌兰牧骑队长，他赶着一辆小轱辘车拉着6名队员和幻灯机、二胡、四胡、汽灯等道具走出乌丹镇，奔向100公里以外的海力苏开启乌兰牧骑的"创业之旅"。

1966年1月内蒙古乌兰牧骑全国巡演队回到自治区首府呼和浩特

两年后乌兰牧骑从海力苏迁回乌丹镇，乌国政和好朋友张向午久别重逢，自然是举杯相庆，一醉方休。乌国政和张向午从1953年开始就同在文化馆共事、同住一个宿舍、同吃一个食堂。

1964年3月，乌国政刚被任命为乌兰牧骑副队长，就和队员宋正玉、旭日其其格、陶娅、刘桂芹、郑永顺一道被抽调到自治区，加入自治区组建的乌兰牧骑代表队进行集训，准备参加11月在北京举办的全国少数民族群众业余文艺观摩会演。

内蒙古自治区乌兰牧骑代表队的成员是各地乌兰牧骑中出类拔萃的青年演员,充满朝气和活力,文化部要求这支特殊文艺队伍的节目必须来自基层,平时在牧区演什么到北京来就演什么。《顶碗舞》《巡逻之夜》《好社员》《为祖国锻炼》等十几个节目很快就敲定了。但以什么形式开场、用什么把这十几个节目贯穿起来,则颇费一番周折和考量。毕竟,这是乌兰牧骑第一次走进北京,向党中央、国务院和全国人民做汇报演出,使命重大,意义非凡,决不能等闲视之。

拟定的几种开场形式都没有通过自治区文化局的审查,负责这次进京演出的自治区文化局副局长席宣政急得满嘴是疱,时间在一天天地逼近,时不我待啊!

孔子说,三十而立。这一年,乌国政刚好三十岁,天将降大任于斯人也!

乌国政不是作家、不是诗人,但他热爱生活、热爱乌兰牧骑,他饱蘸激情以作家的情怀和诗人的浪漫写出《文化轻骑队之歌》。这是他的处女作,也是他的成名之作。《文化轻骑队之歌》获得自治区文化局审查通过的同时乌国政亦被任命为自治区乌兰牧骑代表队队长,也为他日后成为"乌兰牧骑发言人"埋下伏笔。

文化轻骑队之歌

我们是文化轻骑队
走遍牧区和农村
图片展览搞收听
唱歌跳舞演幻灯
又辅导又宣传

红色文艺轻骑兵——乌兰牧骑纪事

　　一颗红心为人民
　　穿过那沙漠踏草原
　　遍地抛下红色种

　　我们是党的宣传员
　　一专多能思想红
　　哪里有困难就到哪里去
　　兴无灭资当尖兵
　　社会主义新文化
　　千里草原扎下根
　　高举起红旗向前进
　　前程越走越光明

　　1964年12月10日,乌兰牧骑在民族文化宫的首场演出一炮打响。在京期间,毛泽东、刘少奇、周恩来、朱德、乌兰夫等党和国家领导人亲切接见乌兰牧骑代表队,乌国政说"那一刻终生难忘"。

　　内蒙古自治区乌兰牧骑代表队50%的队员来自翁牛特旗,翁牛特旗乌兰牧骑扎根基层、服务牧民的生动事迹被《人民日报》记者以《一辆马车上的文化工作队》为题写成长篇通讯,发表在1964年11月20日《人民日报》三版。

　　鉴于乌兰牧骑在北京演出所产生的巨大影响和轰动效应,周恩来总理指示内蒙古自治区和文化部,组织乌兰牧骑到全国巡回演出。

　　乌国政率领巡演一队穿山越岭、涉江蹈海,足迹遍布10多个省市,每到一处乌国政都要向当地干部群众做报告,即便回到北京和呼和浩特他亦要汇报乌兰牧骑在各地的演出情况,用现代的话说,他就是"乌兰牧骑新闻发言人"。

1966年5月,乌国政载誉归来,原本组织上考虑把他留在自治区工作,但他响应周总理"你们还要回到基层去"的指示,毅然回到翁牛特旗乌兰牧骑,张向午犒赏他的是一只烧鸡、一斤散装白酒。

人们普遍认为,毛泽东、周恩来等党和国家领导人曾经接见过的乌国政,在"文化大革命"中肯定不会受到冲击,事实是他并没有逃过这场劫难。"有成分论但不唯成分论,重在政治表现"这是当时流行的一句冠冕堂皇的假话、大话、空话,率领乌兰牧骑走遍十几个省区宣传毛泽东思想、宣传党的民族政策促进民族团结,这能说政治表现不好吗?然而,这些都不能抵挡出身地主家庭的"罪过",乌国政同样被"专政"了。

乌国政被关押在一排平房最西头,张向午被关押在最东头,小分队看管得非常严格,除了上厕所,没有任何自由。

给乌兰牧骑赶大车的武师傅是根红苗正的贫下中农,他怎么也不认为乌国政是"坏人",躲过"明岗暗哨",他给乌国政送来一瓶散装白酒,那个年代能弄到酒是非常不容易的事情。武师傅话语不多:"队长,我知道你是好人,喝点酒,解解闷吧!"

乌国政想到被关押在另一头的"难友"张向午,怎么也得让他喝上两口啊!

乌国政的斗室里有一瓶墨水,是供他写"检查材料"用的。他把墨水倒掉,洗净瓶子,灌上酒装在兜里去厕所。厕所在正房的东南角,乌国政向厕所走去时能看到站在窗前的张向午,他示意张向午出来。

乌国政从厕所出来,张向午刚好到门口,乌国政悄声说道:"厕所的梁坨上有个墨水瓶,里面装的是酒,拿回去解解馋吧!小心,别被发现!"张向午说,那是他这辈子喝过的最香的酒。

1969年,乌国政、张向午被解除隔离反省,同时被解除隔离反省的还有乌兰牧骑队员于维平。8个月过去了,难兄难弟要举杯相庆。乌国政生炉子烧水,张向午去买菜,于维平挖门盗洞想办法弄酒。

菜买回来了,酒弄回来了,水也烧开了。张向午摸摸酒瓶,有点凉,他顺手打开壶盖把酒瓶插入滚沸的水中,只听"叭"的一声,瓶底儿掉了,一瓶酒兑成一壶酒,三个人喝得酣畅淋漓,喝什么酒无所谓,重获自由,使他们心花怒放!

1978年,乌国政奉调出任赤峰市文化局局长,张向午奉调出任赤峰市文联主席,而且两家毗邻而居,"过门更相呼,有酒斟酌之。"

酒,浇灌着他们的友谊,也见证着他们的友谊。

1989年翁牛特乌兰牧骑去海拉苏苏木演出途中突遇洪水

02

到基层去,到边疆去,到祖国最需要的地方去!

这是 20 世纪 60 年代响彻全国的口号。1963 年,21 岁的上海戏剧学院团委副书记、戏剧文学系团总支书记朱嘉庚毕业后,可以留在上海,也可以回到老家成都,但在这一口号的鼓舞下,他毅然决然地来到内蒙古,让青春之火为草原燃烧。

1965 年 3 月,全区乌兰牧骑培训班在内蒙古党校举行,培训分为创作班、音乐班、舞蹈班和乐器班,身为内蒙古文化局党组秘书的朱嘉庚被指定为创作班的班主任。这次培训不同以往,最主要的任务是落实周恩来总理指示,为乌兰牧骑全国巡演选拔演员,朱嘉庚从此结下长达几十年的"乌兰牧骑之缘"。在内蒙古隆重纪念乌兰牧骑建立 60 周年之际,他被授予"乌兰牧骑事业特别贡献奖",只有 20 人荣获此项大奖。

乌兰牧骑全国巡演开始,血气方刚、风华正茂的朱嘉庚被任命为一队秘书,在协助领队席宣政(自治区文化局副局长),指导员达·阿拉坦巴干,队长乌国政处理日常事务的同时,朱嘉庚更多的是负责联系新闻媒体报道、记录各地演出动态以及整理中央和地方领导关于乌兰牧骑的讲话。

走到哪儿、演到哪儿、写到哪儿,是乌兰牧骑的光荣传统。

农业学大寨声势浩大,关于大寨的宣传铺天盖地,对关心政治、热爱生活的朱嘉庚来说,大寨的故事早已烂熟于胸。在去往大寨的火车上,他乘兴写出反映大寨精神的好来宝《大寨颂》。在层层梯田前,乌国政手握四胡,自拉自唱这首《大寨颂》。大寨人听得心花怒放,神采飞扬。

他们说,听过许多歌颂大寨的歌,看过许多歌颂大寨的剧,但以蒙古族曲艺形式说唱大寨的人和事儿,这还是头一遭,看着真过瘾哪!

延安是革命圣地,是全国人民心驰神往的地方。1936年中共中央到达延安,从此这里成为毛泽东、周恩来、朱德等老一辈无产阶级革命家指挥抗日战争和解放战争的"大本营"。在长达13年血与火的斗争中培育出来的延安精神影响和鼓舞着一代又一代青年的茁壮成长。

朱嘉庚千百遍地读过毛泽东《在延安文艺座谈会上的讲话》。《讲话》提出文艺为工农兵服务,为人民大众服务;强调文艺工作者必须到群众中去、到火热的斗争中去!

墨绿色的列车向延安驶去,朱嘉庚临窗而坐,任思绪和列车一起飞扬。乌兰牧骑是《讲话》精神的产物,乌兰牧骑坚持扎根基层、为广大农牧民服务就是践行《讲话》精神。现在,乌兰牧骑队员奔驰在去往延安的路上,怎能不心潮起伏、浮想联翩,创作灵感和创作激情相约而至,《草原儿女爱延安》的歌词犹如清泉喷涌而出:

延安的河呀延安的山

延安的精神代代传

没到延安想延安

来到延安爱延安

……

乌兰牧骑全国巡演一队业务辅导员祁·达林太看到歌词后兴奋得几近疯狂,激越的音符从心里奔出,在纸上跳动,优美的旋律一气呵成,领队席宣政一挥手,队员们立刻围拢过来:"朱嘉庚、祁·达林太创作的这首歌我们马上投入排练,下车就唱,这是我们献给延安人民的礼物!"

群情激奋,训练有素的乌兰牧骑队员分别站好,婀娜多姿的杨玉兰担任领唱,车厢里骤然响起——

延安的河呀延安的山
……

从延安回到北京,乌兰牧骑在中南海做汇报演出时,周恩来总理听到《草原儿女爱延安》后格外激动,他说队员们的歌声把他带回延安,于是他通过国务院秘书长、总理办公室主任周荣鑫向朱嘉庚要来词曲,杨玉兰等队员学唱这首歌曲。几遍过后,周总理看着曲谱,非常谦虚地说:"我来给大家唱唱,你们听听对不对。"此歌,后来由中央人民广播电台录制并向全国播放。

周总理的关怀始终是朱嘉庚前进的不竭动力,1984年,朱嘉庚奉调出任赤峰市歌舞团团长,21年的风吹雨打,他已经深深地爱上广袤的内蒙古草原和在草原上生活的人民。主政歌舞团期间,他以极大的热情向农村牧区"淘宝",向民族音乐"淘宝",向火热的生活"淘宝"。他坚信,艺术是生活的、民族的、世界的,没有人民就没有艺术。

朱嘉庚以挖掘、研究、使用蒙古族民间乐器为突破口,一举打破赤峰歌舞团"万马齐喑究可哀"的沉迷局面,换来"一花引来百花香"的满园春色。

朱嘉庚成立以苏赫、刘桂英、孟和为顾问,自己任组长的蒙古族民间乐器研制小组,确定"挖掘研究、乐器制作、演奏实践"三位一体和"查阅资料找依据、田野调查寻踪迹、专家学者做考证、乐器厂家相配合"的方针,把捞取民族乐器瑰宝的大网向全市撒开。

线索一条条来了。

乐器一件件来了。

民间艺人一个个来了。

喀喇沁旗王府始建于康熙十八年（1679年），是内蒙古现存蒙古王府建筑中建成年代最早、规格等级最高、建筑规模最大、保存现状最好的王府建筑群，先后有12代喀喇沁蒙古王爷在此袭政，未代王爷贡桑诺尔布是近代杰出的蒙古族政治家、思想家和改革家，曾任民国政府蒙藏院总裁。

康熙三十一年（1692年）十月，康熙第五女和硕端静公主下嫁喀喇沁王爷葛尔藏，因公主自幼喜欢音乐，作为嫁妆，康熙御赐一整套蒙古宫廷乐队，这支乐队演奏的名曲《蒙古乐曲》被编入乾隆年间的《御制律吕正义后编》，成为国乐。

日本学者鸟居龙藏、鸟居君子对喀喇沁王府乐队的乐器和乐曲进行过深入研究并拍摄了大量照片。喀喇沁王府内现仍存胡笳、笛子、筚栗、西纳干胡尔、马头琴、火不思、双清、四胡、三弦、筝、蒙古琵琶、铜十三音锣等十几种乐器。

听到这些振奋人心的消息，朱嘉庚欣喜若狂，组织力量进行研究和开发。

居高声自远，非是籍秋风。朱嘉庚研究、开发民族乐器的消息不胫而走，民间艺人扎木苏抱着一把已有400多年历史的蒙古古筝"雅托克"出现在朱嘉庚面前。

在短短的两年时间内，朱嘉庚和他的团队成功研制出胡笳、筚栗、火不思、雅托克等9种28件蒙古族民间乐器，同时成立全国第一支全部使用蒙古族民间乐器的乐队。这支乐队的乐器合奏《奈门阿音》，胡笳独奏《胡笳十八拍》、筚栗独奏《森吉德玛》，雅托克三重奏《昭君行》，胡笳独奏《达雅搏日》等名曲悠悠地传到北京。

1986年5月8日,应国家民委邀请,朱嘉庚率团走进中南海,向党和国家领导人汇报演出,获得如潮好评。国家副主席乌兰夫亲切接见朱嘉庚等人,挥笔写下"古乐发新声、艺术为人民"的条幅赠送赤峰市民族歌舞团。

著名音乐理论家李凌看完这台独具特色的节目后,不胜感慨:"搞音乐的没有人不知道《胡笳十八拍》,但胡笳的形制如何没有多少人知道。今天看到赤峰市民族歌舞团用胡笳演奏《胡笳十八拍》真是大开眼界了。"

中南海演出以后,文化部、国家民委和内蒙古文化厅在北京联合召开赤峰市民族歌舞团研制的蒙古族乐器鉴定会,9种乐器全获通过。1987年,在文化部举办的全国文化科技成果评奖中,7种乐器获奖。

1987年7月20日,文化部、国家民委在赤峰召开全国少数民族乐器工作座谈会,来自14个省市区、11个民族的80多名代表听过朱嘉庚的典型发言后无限唏嘘,争相一睹赤峰市民族歌舞团研制出的蒙古族乐器……

2002年,朱嘉庚从赤峰市文化局副局长的岗位上退下来以后,又把主要精力投入了乌兰牧骑事业中。参与内蒙古党委、政府组织的关于乌兰牧骑事业发展的社会调查和相关政策措施的文本写作,撰写理论文章提出解决乌兰牧骑事业发展中存在问题的思路和对策。

乌兰牧骑全国巡演时的每一次感动,朱嘉庚都深深地铭刻在心里。当然,在全国巡演中收获的爱情更是他一生的财富,因为巡演,他和宋正玉结成伉俪。

1959年2月的一天,大雪纷飞,寒风刺骨。

人高马大的郑永顺领着小巧玲珑的宋正玉经过250多公里的长途

跋涉，从巴音塔拉公社胡兴大队走进翁牛特旗乌兰牧骑大院。从那一刻起，不懂汉语，也不懂蒙古语，只有15岁的朝鲜族姑娘宋正玉成为乌兰牧骑的新兵。当然，老兵也不老，只有两年的"兵龄"。

宋正玉高兴的不是成为乌兰牧骑队员，而是进城了，工作了，挣钱了，朴素而又简单。

乌兰牧骑是一支朝气蓬勃的队伍，所有人都对这个刚来的"小朝鲜"关爱有加，呵护备至。队长鲍文儒教她学蒙古语，指导员吴甫汕教她学汉语。人小接受能力强，不到半年，宋正玉基本上就可以用蒙古语、汉语和队友们进行交流了。

宋正玉的"一专"就是舞蹈上的功夫，朝鲜舞自然是她的长项和强项。蒙古舞、新疆舞的基本要领她也在实践中掌握了。

战胜自然灾害，举国欢庆，农村、牧区都沉浸在丰收的喜悦当中。如何用文艺形式反映农牧区的新面貌、农牧民的新生活，这是指导员吴甫汕始终在思考的问题。1963年深秋，乌兰牧骑下乡演出前夕，吴甫汕找到宋正玉，语重心长地说："你来乌兰牧骑已经4年多了。这期间，学了不少舞，跳了不少舞。利用这次下乡的机会，多观察生活，多向农牧民学习，回来尝试着自己编个舞蹈吧！"

在牧区，正在挤奶的老额吉自言自语地说道："这新鲜的牛奶，毛主席要是能喝到该有多好啊！"

老额吉质朴无华的语言，表达的是蒙古族人民对共产党、毛主席的感恩之心、感激之情。就是这样一句话，激发出宋正玉的创作灵感，她以朝鲜族舞蹈中顶碗旋转的动作为核心舞段，吸收、借鉴杂技顶碗的技术技巧，构思创作出顶碗舞《庆丰收》。

宝剑锋从磨砺出，梅花香自苦寒来。宋正玉创编的顶碗舞《庆丰收》大都是高难动作，稍不注意，大碗就会滑落下来"砸场"。这是她出给自己的难题,这是她要面对的考验和挑战。

舞蹈动作连贯起来后,牛棚、羊圈、草甸子、沙窝子都是宋正玉的"排练厅",走到哪儿练到哪儿,闻鸡起舞,披星戴月,不计晨昏,废寝忘食。

吴甫汕意外地发现,宋正玉趁大家午休悄悄地溜出去,在烈日的曝晒下,躲在沙窝子里苦练顶碗舞。从那天开始,吴甫汕就成为宋正玉的陪练和观众,看着小姑娘头顶砖头在沙窝子里旋转,吴甫汕煞是心疼。如果,如果可能,他真想把宋正玉替换下来。然而,没有这种可能,他只好坐在滚热的沙地上,感激着这些甘于奉献、敢于挑战的年轻队员。

宋正玉渐渐悟出,速度、角度、弧度是制服6只青瓷大花碗的"三把利剑",找到窍门和掌握规律后,6只青瓷大花碗如长在她头顶上似的,

顶碗舞《奶酒献给毛主席》演出剧照

不管她怎么旋转和前探后仰，6只青瓷大花碗都纹丝不动地"镶嵌"在头顶，久而久之，宋正玉的头顶凸起了一个圆圆的"碗托儿"。

1963年底，宋正玉在全区乌兰牧骑会演时所跳的顶碗舞《庆丰收》一举征服观众，赢得雷鸣般的掌声。著名舞蹈家贾作光对《庆丰收》给予充分肯定和高度赞扬，同时也提出一些可供参考的意见和建议。对贾老师的热心指导，宋正玉铭刻在心。

1964年春，根据文化部的指示和要求，内蒙古文化局在全区选拔乌兰牧骑队员和挑选乌兰牧骑节目，准备进京参加全国少数民族业余文艺观摩演出。经过严格审查，宋正玉和她的顶碗舞《庆丰收》双双入选。

在内蒙古新华京剧团集训时，时任内蒙古文化局党组书记的布赫对《庆丰收》提出更高要求，进京演出意义非凡，乌兰牧骑是内蒙古代表队，《庆丰收》更应该具有鲜明的蒙古族特色。

著名蒙古族舞蹈家斯琴塔日哈对宋正玉言传身教并为舞蹈加进转身、抖肩等蒙古族文化元素，乌兰牧骑艺术辅导员祁·达林太重新为《庆丰收》编曲配器，从而使舞蹈更上一层楼。从以朝鲜族舞蹈元素为主变为以蒙古族舞蹈元素为主，这是宋正玉面临的新挑战。她利用一切可以利用的时间学习蒙古族舞蹈的经典舞段，学习蒙古族队员的气质和表演，把握和体现蒙古族年轻女性的心理和情感。经过7个月的强化训练，顶碗舞以清新独特的思想艺术在舞台上展现出来，在进京前的试演中获得满堂喝彩。

舞蹈的艺术水准明显提高了，但人们对《庆丰收》这个名字提出异议，认为这个名字似乎有些狭隘，不能充分表达内蒙古各族人民对党中央和毛主席的一片真情，经过激烈争论和热烈讨论，进京前将这个节目定名为"蒙古族顶碗舞《奶酒献给毛主席》"。

1964年12月10日，内蒙古乌兰牧骑代表队在民族文化宫进行首场演出,《奶酒献给毛主席》一炮打响,轰动京城。

在京期间,毛泽东、周恩来、邓小平等党和国家领导人多次接见乌兰牧骑队员。周总理还殷殷告诫乌兰牧骑队员,不仅要在北京演出,而且要到全国去巡回演出,用乌兰牧骑的新形式宣传毛泽东思想。

1965年5月,在周恩来总理亲自关怀下,内蒙古组建了3支乌兰牧骑从北京出发奔赴全国各地,《奶酒献给毛主席》是3支乌兰牧骑的保留节目,逢演必跳。

宋正玉被编在乌兰牧骑全国巡回演出一队,她把顶碗舞从福建跳到江西、浙江、上海、江苏、安徽、山东、山西、陕西等9个省市。在福建、在上海,新闻记者曾用秒表计算,宋正玉一分钟居然能顶碗旋转63圈儿,炉火纯青,登峰造极!

《奶酒献给毛主席》跳遍全国的同时也给宋正玉带来巨大声誉,1966年6月全国巡演归来,组建自治区直属乌兰牧骑时她是重点人选之一,然而,她牢记周总理"不要忘了农场、更不要忘了牧场"的亲切教诲,放弃大城市的优越和大舞台的舒适,毅然决然地回到翁牛特旗,回到农村和牧区,用实际行动"保持不锈的乌兰牧骑称号"。

50多年过去了,这支舞蹈的名字几经变迁,最终干脆变成了《顶碗舞》。如今《顶碗舞》在国内外舞台上几千场次的演出中,已经打磨成熠熠生辉、闪闪发光的乌兰牧骑品牌,是乌兰牧骑艺术创作的一座巍巍丰碑。《顶碗舞》之所以几十年保持蓬勃的生命力而常跳不衰,是因为它是从草甸子上跳出来的,是从沙窝子里跳出来的!《顶碗舞》的根在农村牧区,《顶碗舞》的根在广大人民群众的心中。

03

1966年4月5日,巴林左旗乌兰牧骑成立,经过严格选拔,20岁的李宝祥从小学音乐教师变成乌兰牧骑队员。李宝祥的入选不是偶然的,他的老朋友毕世才说:"宝祥的入选是因为他的勤奋和天赋。1964年初,在昭乌达盟和自治区群众业余文艺会演上,宝祥用一支竹笛两次为著名民间艺人阿拉坦格日勒演唱的蒙古族民歌《云青马》伴奏,因而崭露头角。"

20岁学跳舞,对于身体发育基本定型的李宝祥来说,是到乌兰牧骑后遇到的第一道难题,也是必须闯过的第一道难关。乌兰牧骑的管理是革命化、军事化的,乌兰牧骑的基本功训练是半封闭、半军事化的。压前腿、压旁腿和压后腿这些高难动作每天折腾得李宝祥死去活来,腰酸背痛胳臂疼,晚上睡觉时上炕都得爬,队友苏日塔拉图刚脱下一条裤腿就睡着了,训练强度之大可想而知。

红旗一举、行李一背,乌兰牧骑迎着朝阳、踏着落日跋涉在山水之间。

1966年8月,新生的乌兰牧骑在乌兰坝草原深处的一处放牧点演出,演出刚结束,瓢泼似的大雨从天而降,不多时草原便是一片汪洋,孤零零的一座蒙古包在风中、在雨中如一叶扁舟飘摇着、呻吟着。

女队员和牧民一家挤在蒙古包里过夜,男队员在马车的下面铺上雨布,打开行李就睡在这湿漉漉的草地上。行李下的雨水越积越多,每翻一次身雨水就要灌进被窝一次,说睡在积水里更为贴切。李宝祥说,这是他唯一的野外露宿经历,终生难忘。

"文化大革命"中,巴林左旗相继进驻两支部队,驻扎在旗委大院的这支部队和乌兰牧骑是毗邻而居,来往得自然多些,部队首长把乌兰牧骑视为自己的文工团,每人发给一套没有领章和帽徽的军装,英姿飒爽,威武雄壮。

满脸络腮胡子的政治部主任张达人犹如串门儿似的信步走进乌兰牧骑,十分和蔼地商量道:"孩子们,我们有一支部队在大山深处进行国防工程建设,你们能不能去慰问一下啊?"

"能!"嘹亮的回答响彻云霄。

部队在海拔 1000 多米的大山上开凿山洞,没有路、没有水、没有电,积雪与荒芜渔歌晚唱。

山洞很高很深,黑幽幽、阴森森,冷风吹来让人一阵寒噤。

歌曲、舞蹈、表演唱,官兵们欢欣鼓舞、笑逐颜开,他们没有想到,在这瑟瑟寒风中、幽幽山洞里能听到歌声、能看到舞蹈,能和乌兰牧骑联欢……

环境如此艰苦,战地墙报却生动活泼,大山中军人的文化生活有着别样的风采和别样的风骨。李宝祥深有感触,与其说是到大山里慰问官兵,莫不如说是到大山里接受革命的洗礼、战斗的洗礼。他的军装虽然没有领章和帽徽,他仍然举起右手,向英雄的人民致敬,向钢铁般的战士致敬!

1975 年,李宝祥来到乌兰牧骑十个年头,他也走进而立之年。这一年,他入了党,提了干,受命主持乌兰牧骑的全面工作。

乌兰牧骑走过的十年,是全心全意为人民服务的十年,是打造巴林左旗文化品牌的十年。

雄关漫道真如铁,而今迈步从头越。作为老队员,李宝祥的足迹遍布巴林大地。作为新领导,他更清楚乌兰牧骑还有哪些地方没有去过。

诚然，没去的地方最边远、最偏僻、最闭塞，交通也最不方便。这些理由看似很充分，实则没有一条能站得住脚。乌兰牧骑的责任和使命就是要把社会主义文艺送到最艰苦的地方去，送到最需要的人民中间去。

新官上任的第一把"火"，李宝祥提出乌兰牧骑要走遍牧区的所有嘎查、浩特和农区的所有自然村，消灭乌兰牧骑成立十年来的空白和死角。

山山水水都是诗。

村村屯屯都是画。

这诗，是巴林左旗乌兰牧骑两支小分队用双脚丈量出来的。这画，是巴林左旗乌兰牧骑两支小分队用双脚丈量出来的。这是实实在在的深入基层，这是认认真真的为人民服务。巴林左旗乌兰牧骑是昭乌达盟也是内蒙古自治区第一支走遍境内所有浩特和自然村屯的乌兰牧骑。

党委感动了，政府感动了，人民感动了，记者感动了！从《昭乌达报》到《光明日报》，许多媒体都给予热情的报道。

李宝祥热衷于文艺创作，热衷于深入生活，他的大多作品都有着厚重的生活底蕴，都来自于如火如荼、丰富多彩的现实生活。

水利工地上人声鼎沸、热火朝天。李宝祥背着一个破旧的黄帆布挎包，见缝插针地和这个聊聊，和那个谈谈，在掌握大量鲜活素材的基础上创作出表演唱《姑娘我推着小车上大坝》；李宝祥生长在农村，张家大娘、李家大婶都知道他这个乡土"秀才"，就是这样东家进西家出的生活经历使他创作出表演唱《纳鞋底》。

李宝祥自己创作表演唱，也影响和带动其他文艺爱好者积极参与，一大批富有生活气息、泥土气息和草原清香的作品如雨后春笋遍布巴林大地，为巴林左旗赢得"表演唱之乡"的美誉。

带有"巴林左旗文化标识"的《纳鞋底》《阿爸的喜事》《姑娘抡锤好

气派》等一批表演唱作品在昭乌达文工团及旗县区乌兰牧骑普及,《纳鞋底》被沈阳音乐学院搬上舞台,《姑娘我推着小车上大坝》分别被黑龙江省歌舞团和昭乌达盟文工团搬上舞台。

谈起表演唱这一艺术形式,李宝祥眉飞色舞:"歌虽好听、舞虽好看,但歌舞不可能满足所有人的文化需求和欣赏习惯。农牧民常和我说,他们爱看有故事情节、幽默风趣的演唱类文艺节目。基层群众的文化需求是明确的,我们的创作也必须明确跟上群众的文化需求,这才是为人民服务啊!"

李宝祥是汉族,但特别热爱令他荡气回肠的草原文化。

1964年12月,全国少数民族业余文艺会演在北京举行,从巴林左旗伊斯力格草原走出的蒙古族民间歌手阿拉坦格日勒一曲长调《云青马》唱响京城、轰动乐坛。业余被专业注视,歌唱家胡松华拜访阿拉坦格日勒后撰写的文章发表在《文艺报》上。在京期间,党和国家领导人毛泽东、刘少奇、周恩来、邓小平等多次接见阿拉坦格日勒并合影留念。

李宝祥1964年就和这位民间老艺人相熟,而在"文化大革命"中,他依然顶着压力、冒着风险和老人频繁来往,听老人拉琴、听老人唱歌,听老人滔滔不绝地讲故事。

"文化大革命"中,阿拉坦格日勒这个巴林左旗唯一和刘少奇、邓小平照过相、握过手的人被工宣队、军宣队紧紧盯住,必欲置之死地而后快。

"我也和毛主席、周总理照过相、握过手,这也有罪吗?"工宣队、军宣队低估了这位蒙古族老人的智慧和胆识,被诘问得哑口无言。

工宣队、军宣队奈何不了老人,却气急败坏地把老人一年年、一棵棵栽在山坡上的松树全部连根拔掉,气得老人怒火中烧,悲愤而死。

阿拉坦格日勒生前最后一次到旗里找李宝祥,而李宝祥斯时正带领乌兰牧骑跋涉在山水之间,没得相见,竟成永别。

1976年春节刚过,李宝祥乘坐班车来到伊斯力格草原,带着哈达、烈酒和奶食品来到阿拉坦格日勒的墓前深情祭奠。然后,连续几天在伊斯力格草原上"拣拾"老人的事迹和歌声,几乎每户牧民都接待过这位"乌兰牧骑"。在嘎查昏暗的油灯下,李宝祥把几天来看到的、听到的、想到的统统融进笔端,钢笔在稿纸上划过的"沙沙"声如汩汩清泉,流淌着李宝祥对阿拉坦格日勒的无尽思念,1万多字的散文《飞奔吧,我的云青马》一挥而就,这是李宝祥的第一篇散文,也是他从事草原民间艺术研究的起点。

李宝祥写得腰酸背痛,他走出房间,走进旷野,活动一下筋骨,舒展一下腰身。

朔风凛冽,夜空浩渺,寒星闪烁。

仰望星空,仿佛每颗星星都在向他眨眼,每颗星星都在和他说话,哪颗星星是阿拉坦格日勒老人呢?

他找不见。在天上找不见,在地上一定要找得见。于是,他萌生出在墓前为阿拉坦格日勒老人立碑的心愿。

2012年,巴林左旗人民政府在阿拉坦格日勒墓前立起汉白玉石碑,时隔36年,李宝祥的心愿实现了。

2016年,巴林左旗旗委、政府面向全区举办"阿拉坦格日勒杯"长调大赛,《云青马》的旋律再度响彻巴林草原、响彻内蒙古草原……

李宝祥很执着,他执着地认为1947年6月在赤峰这片热土上创建的冀察热辽鲁迅文学艺术院和在内蒙古草原上竞相绽放的"乌兰牧骑之花"是一脉相承的,都是毛泽东《在延安文艺座谈会上讲话》精神影响下的产物。李宝祥说,从1947年6月冀察热辽鲁迅文学艺术院创建到1957年6月第一支乌兰牧骑在苏尼特草原诞生,这中间有一条看不见而又真实存在的红线,那就是《讲话》精神。

李宝祥是在巴林左旗乌兰牧骑工作期间开始关注冀察热辽鲁迅文学艺术院的,起因是一把焚烧历史文献的大火,他在焚烧现场无意拣起一本安波主编的《东蒙民歌选》,粗略一翻发现其中有好几首巴林草原的民歌,趁人不注意,他就"顺手牵羊"地把《东蒙民歌选》带回家中。这本从"火口""偷"出来的《东蒙民歌选》指引着李宝祥走近安波,走近冀察热辽鲁迅文学艺术院,并从中汲取政治营养、文化营养、精神营养来滋润自己的灵魂和生命。他说,无产阶级音乐家安波是我研究草原文化的启蒙老师,《东蒙民歌选》是我研究草原文化的第一本教材。

锲而不舍、退而不休,是李宝祥晚年生活真实而生动的写照。

一个乌兰牧骑的"老兵",自觉地承担起为冀察热辽鲁迅文学艺术院的文化前辈树碑立传的历史责任,自费走访70多名当年在冀察热辽鲁迅文学艺术院工作、学习过的师生,以50多万字的《烽火草原鲁艺人》再现了文化前辈们的峥嵘岁月。

90岁高龄的著名文艺理论家冯放是当年鲁迅文学艺术院文学系的老师,他看到《烽火草原鲁艺人》后,以书信的形式表达对李宝祥的感激之情,他在信中写道:"全体尚在的鲁艺人都会感谢你!"

冯放先生对李宝祥的感谢发自肺腑。他说,冀察热辽联合大学、冀察热辽鲁迅文学艺术院是同时存在的。中国人民大学延续着冀察热辽联合大学的"血脉",而冀察热辽鲁迅文学艺术院却没有这样的载体。聚集在武汉的鲁艺人曾编辑过一本内部刊物《冀察热辽文艺兵》,一些人也写过有关鲁艺的回忆文章,但都因发表在这本内部刊物没产生多大的社会影响。《烽火草原鲁艺人》挖掘的是中国文化发展史上的一块"瑰宝",展现的是一段弥足珍贵的中国革命文化史。

李宝祥在《烽火草原鲁艺人》中写到冯放先生对副院长徐懋庸的

"微词"，写到徐懋庸对周扬的"意见"。

冯放先生对李宝祥的这种"史笔"大加赞赏。他说正因为不回避矛盾，才能显示出历史的真实性。而当时的"微词"和"意见"并不影响徐懋庸、周扬对中国文化史的贡献。

李宝祥说，他天南地北地走访当年鲁迅文学艺术院的前辈，是接受革命传统教育，是接受革命文化洗礼，自费就是学费。

骆文是鲁迅文学艺术院创始人之一，在赤峰期间，由他作词、莎莱作曲的《纺棉花》是非常有影响的一首创作歌曲，曾被编入苏联柴可夫斯基音乐学院的教材。

2012年10月20日，骆文夫人、93岁高龄的王淑耘在家中热情地接待了李宝祥这位"草原赤子"。王老曾经聆听过毛泽东《在延安文艺座谈会上的讲话》，1947年6月跟随丈夫骆文奔赴东北解放区，王老虽然没在鲁迅文学艺术院工作过，但作为《冀察热辽日报》副刊的主编，她编发过许多鲁迅文学艺术院师生的作品，看到《烽火草原鲁艺人》的初稿，王老说李宝祥做了"一件了不起的大事儿"，并以七卷本《骆文文集》和她的《编辑人》相赠，以表达对"草原赤子"李宝祥的感激之情。

莎莱是著名音乐家冼星海的得意门生，《黄河大合唱》中《黄河怨》的首唱者。

"莎奶奶听说你们要来，不顾年迈体弱，翻箱倒柜地折腾一天，把要捐给你们的文物和资料都找出来了。"2012年10月21日，李宝祥一迈进莎莱的家门，保姆就告诉他莎奶奶的心情。

马灯，一盏锈迹斑斑的马灯。莎奶奶把这盏马灯提在手中，深情地讲述着它的故事，使人们不由自主地想到《红灯记》中的李奶奶。

在赤峰，这盏马灯的灯光不知照亮过莎奶奶多少不眠之夜。从赤峰开始，辗转承德、林西、锦州、天津，莎奶奶一直把这盏马灯带到武汉，这盏马灯见证着莎奶奶的革命生涯。

莎奶奶郑重地把马灯交给李宝祥并语重心长地说:"这盏马灯是我心中的明灯,它照亮了我的革命道路,寄托着我的革命人生,你要把它当作革命文物保存好啊!"

李宝祥是乌兰牧骑人,传承的是乌兰牧骑精神,关注的是乌兰牧骑发展。《对乌兰牧骑创作的思索》《论乌兰牧骑的生命力》《新时期乌兰牧骑必须认真解决的几个问题》《乌兰牧骑存在的问题与对策》《乌兰牧骑的继承、创新与发展浅谈》《乌兰牧骑民间文学传承与发展的重要载体》,一篇篇理论文章的字里行间都闪烁着李宝祥的真知灼见。他在《论乌兰牧骑的生命力》中写道:"乌兰牧骑是在毛泽东《在延安文艺座谈会上的讲话》精神和党的民族政策的光辉照耀下和群众文化蓬勃发展的基础上诞生与成长起来的草原文艺轻骑队;乌兰牧骑是一支能够同人民群众保持血肉联系的、全心全意为人民服务的草原文艺轻骑队;乌兰牧骑的生命力在于它不断地得到各级党委、政府的关怀和重视,这是乌兰牧骑建立以来之所以能够沿着正确的文艺方向前进、健康发展、获得勃勃生机的根本保证。"

乌兰牧骑的热喜

01

2018年8月1日，鄂托克旗乌兰牧骑推出的原创蒙古剧《乌兰牧骑的热喜》在鄂托克旗乌兰牧骑剧场首演。

主人公热喜是鄂托克旗乌兰牧骑的第一任队长，观众中有几十名曾经和热喜共同度过艰难岁月的老战友和老部下，剧情牵引他们一会儿开怀大笑，一会儿泪落如雨。

在观看演出时，我注意到两件道具，一个是佩戴在热喜胸前的毛主席浮雕像章，一个是别在热喜上衣口袋里的英雄金笔。这两件道具是热喜1960年6月参加全国文教群英会时的纪念品，也是热喜一生引以为傲的荣誉。

《乌兰牧骑的热喜》浓缩了热喜的一生。热喜是鄂托克旗乌兰牧骑的队长，也是全区乌兰牧骑为农牧民服务、为社会主义服务的典型。

热喜是鄂尔多斯高原毛乌素沙漠中一个土生土长的放羊娃，17岁在牧区供销社参加工作后连续6年被评为先进工作者，1956年加入中国共产党。

20世纪50年代牧区、牧民的文化生活极为贫乏。为活跃牧区文化生活，热喜把牧民中的文艺骨干和年轻人组织起来，成立牧民业余文艺宣传队，节目大都是队员们自己创作编写的适合牧民欣赏习惯的小型歌舞曲艺。1959年初，在鄂托克旗举行的全旗业余文艺会演中，热喜的文艺才干被领导发现，委以组建乌兰牧骑的重任。

创业艰难百战多。乌兰牧骑初创时期，国家困难，旗里也困难。热喜从大局出发，决不向国家伸手，自己带领几个队员用土坯垒起8间房，既做排练室，又做宿舍，他还用自己的工资购买必要的办公设备。

1960年6月，热喜从北京回来，听说旗里要解散刚刚成立一年多的乌兰牧骑，他冒着极大的政治风险，找到旗长大声疾呼，乌兰牧骑不能解散，我在北京开会时，周总理说乌兰牧骑是草原上的一面红旗，不管有多少困难、多大困难，乌兰牧骑这面红旗不能倒！国家的困难我理解，我们不要工资、不讲条件，只需政府保留乌兰牧骑的编制。有牧区、有牧民，我们就能活下去！

热喜带领队员捡糜穗儿、掏老鼠仓、挖土盖房，自食其力解决乌兰牧骑吃住行问题。就是在这种艰难困苦的情况下，仍然勒紧裤带为牧民演出，患难见真情，公社、大队、小队纷纷解囊，支持"玛奈乌兰牧骑"渡过难关。

就是因为这样长期植根于牧区和牧民，热喜和乌兰牧骑受到丰厚的优秀民间民族文化的滋养和浸润，所以创作出了乌兰牧骑的经典作品《鄂尔多斯婚礼》。

02

《乌兰牧骑的热喜》中活跃着一个白色背心上印着"南京"两个红色大字的年轻队员,他的原型就是南京下乡知识青年吴宁川。

吴宁川是热喜招到乌兰牧骑来的,后来成长为乌兰牧骑队长,应该说是从热喜的肩上接过乌兰牧骑这面红旗的。

谈起乌兰牧骑的往事,吴宁川说"仿佛就在昨天"。

记得1981年10月一个阴冷的夜晚,乌兰牧骑在阿尔巴斯苏木库计嘎查演出。舞台是库房前的一片空地,400多个牧民穿着羊皮袄席地而坐。演出进行到一半时,突然下起大雨,但牧民没有一人离开。他们有的把皮袄翻过来披上,有的用双手遮在眉头上静静地坐在原地。为保护服装、乐器和灯具,吴宁川让演员们进库房避雨,待雨停后再演。可回头一看此情此景,不知怎的,鼻子一酸,泪水就流了下来……还能说什么呢?一声令下,候场的演员跑上台去用塑料布和雨衣挡在乐器和照明灯上,演出继续进行。直到结束,雨一直没停。谢幕时,牧民们纷纷跑来用自己的皮袄裹住浑身湿透的演员们。在灯光的照射下,吴宁川模糊的眼睛分不清演员、牧民那一张张脸上晶莹闪亮的究竟是雨水,还是泪水。

1982年4月初的一天上午,吴宁川带着十几名演员乘卡车从察汗淖苏木马什海嘎查演出点出发去20多公里外的一个畜群点和一户牧民家演出,途中遇到一座5公里长的大沙丘和一道泥泞的河滩。垫杠子、挖淤泥,不仅搞得他们筋疲力尽,而且耽误了3个多小时的时间。赶到马什海,已是深夜12点。可万万没有想到的是,居然还有80多个牧民在等着看演出。看到演员们一个个疲惫不堪的样子,吴宁川实在不忍心再叫他们化妆。可看到身背婴儿、扶老携幼的牧民那一双双期待的眼睛,他更不忍心让他们失望而归。演员们和吴宁川之间似乎有一种默契,他们都自觉地坐在行李卷上等候"照常演出"的决定,有的干脆已经抹上了油彩。这场演出一直进行到深夜两点多,整个演出气氛异常热烈,掌声笑声不断。压场节目——歌舞《鄂尔多斯婚礼》的前奏曲刚起,牧民们就情不自禁地和着音乐节拍唱了起来。到高潮时,台上台下,欢乐的《敬酒歌》、筷子的敲打声、盅子的撞击声响成一片。这声音划破了夜空的寂静,在草原上久久回荡。

吴宁川说,类似这样的演出,对于乌兰牧骑来说已是家常便饭了。20年来,吴宁川带着这支文艺轻骑队跋山涉水,走村串户,不分春夏秋冬,不管风吹日晒,为牧民们送去欢乐和笑声,为牧民们带去满足和享受。为培养群众感情,吴宁川曾和老牧民同炕促膝谈心到深夜;参加洗羊劳动,烧焦了眉毛和头发;为满足牧民精神生活的需求,吴宁川曾带着一身药疹、40度高烧坚持演出……牧民感激他们,喜爱他们。下乡演出时,牧民腾出大炕给演员休息,自己睡地铺,有的甚至把为儿子、媳妇准备的结婚被褥拿出来给演员御寒。牧民用最好吃的黄油、奶皮、手把肉款待演员。

吴宁川说,在生活实践中,他真正体验到了艺术的生命力,体验到了自身的价值。

吴宁川不仅学会了蒙古舞的表演艺术,而且掌握了蒙古舞的创作方法。为了更好地塑造牧民形象,学剪马鬃,他曾被马蹄踩烂脚背;学套马,他曾磨破臀部,连续几天不能入睡。可他创作表演的牧民形象却得到牧民们的称赞。牧民们都亲切地称呼他"乌楞齐"(他名字的谐音,蒙古语善良的意思),说他"像蒙古族人"。

在乌兰牧骑工作期间,吴宁川独立创作、与别人合作创作并表演的节目达50多个，其中表现牧民劳动场面的舞蹈《送绒路上》《剪马鬃》，表现蒙古族少年热爱集体的舞蹈《草原新一代》，反映民族团结的小舞蹈《热血》，反映善良战胜邪恶的小舞剧《草原琴声》，歌颂改革开放的舞蹈《致富路上》等，分别在自治区或全国性的文艺会演中得过奖。

1988年5月，吴宁川跟随内蒙古鄂尔多斯民间艺术团到日本进行为期15天的访问演出。

吴宁川说，在日本，我们节目浓郁的民族特色、古老的传统习俗、清新的生活气息及精湛的表演艺术特别受日本观众欢迎。日本NHK广播电视台、《朝日新闻》《每日新闻》等都做了宣传报道。日本观众说，乌兰牧骑的表演"服装美、音乐美、舞蹈美，是一种最高的艺术享受"。岐阜县议会议长对乌兰牧骑的演出大加赞赏。在东京《朝日新闻》社文化会馆演出时，4000日元一张的门票不仅提前全部卖完，每场还售出了不少站票。新闻社负责人告诉吴宁川，这个剧场只接待过两个中国文艺团体，一个是梅兰芳的京剧团，一个就是鄂尔多斯民间艺术团。东京的首场演出，主要观众是30多个国家的驻日外交使节和日本知识界、文艺界的知名人士。他们对每个节目都报以长时间的热烈鼓掌。在《摔跤舞》中，吴宁川扮演的是单人角斗士。那两个道具摔跤手双腿（实际是他的四肢）的逼真的踢绊钩拐和绊倒动作令全场观众捧腹大笑。

吴宁川1984年被评为"全国边陲优秀儿女"；1988年，被评为"全国民族团结进步先进个人"。

抚今追昔，吴宁川感慨万千。他说，在鄂托克旗乌兰牧骑的20年，青春无悔，如果说有些许成绩，那是对老前辈、老队长热喜精神的继承。

03

1960年6月初,全国文教群英会在北京召开。

热喜作为先进工作者出席大会并做典型发言。碰巧,他发言时周恩来总理也在现场。乌兰牧骑是在周总理亲切关怀下,在大草原破土而出的文艺之花。对乌兰牧骑的名称周总理并不陌生,而见到乌兰牧骑队员这还是第一次。大会休息时,周总理把热喜拉到身边问长问短,谈到兴奋处,周总理对在场的《中国戏剧报》记者游默、毛瑞宁说,乌兰牧骑是新生事物,是草原上的一面旗帜,你们要写写热喜同志。

游默、毛瑞宁连续三个晚上在热喜的房间采访,饱蘸激情地写出长篇通讯《草原上的一面红旗——访全国文教群英会先进工作者查·热喜同志》,这是国家级报刊第一次宣传乌兰牧骑,为再现历史风貌,兹录原文如下。

草原上的一面红旗
访全国文教群英会先进工作者查·热喜同志
本刊记者　游默　毛瑞宁

在内蒙古鄂尔多斯西部的辽阔草原上活跃着一支流动性的文化宣传队伍——乌兰牧骑(蒙古语译音),这是一支红色的文化轻骑兵。无论是寒风刺骨的冬夜,还是烈日当空的夏日,乌兰牧骑的青年同志们都背着行李和演戏用的服装、道具,奔走在辽阔的草原上,勤勤恳恳地为牧民们歌唱、跳舞、演戏,鼓舞牧民们的生产情绪,活跃牧民们的文化生活。这支队伍走到哪里，就受到哪里的牧民群众的欢迎。牧民们亲切地称它为"我们自己的剧团"。这支受到全鄂托克旗牧民群众爱戴的乌兰牧骑只有十七个青年人，从成立到现在才一年零几个月。刚成立的时候，只有一个人，既没有经验，也没有任何物资设备。一年来，他们全凭党的领导和群众的支持，勤俭办事，白手起家，从无到有，从小到大，积累了经验，做出了成绩。现在任乌兰牧骑队长的查·热喜同志，是当时的创办人。他是出席全国文教群英会的先进工作者，在大会期间，我们访问了查·热喜同志。

第一次看见热喜的时候，感到他是一个不善于辞令的谦逊的同志，几次接触以后，又发现他是一个热情而朴实的蒙古族青年。热喜幼年丧母，没机会上学念书，终年在草地上牧羊，羊群陪伴着他度过了童年时代。童年的生活给这位只有二十七岁的青年的额头上过早地带来了皱纹，也给他带来了坚韧倔强的性格。解放军来到了草原，解放了草原上的牧民。热喜十七岁参加了革命工作，开始了他的新生活。他工作积极，事事听党的话。曾连续六年获得公社、旗、盟、自治区先进工作者的称号，得到过十七次奖励。1956年他光荣地加入了中国共产党。在革命的锻炼中，从一个什么都不懂得的牧羊娃娃，成长为一个共产主义的战士。

作为共产党员的热喜，深深懂得旧社会的苦处，懂得共产党是广大牧民的恩人，党使他获得了新的生活。伟大的共产主义理想时刻鼓舞着他，使他产生无穷的力量来完成党交给的一切工作。1959年3月，鄂托克旗党委为了丰富广大牧民的文化生活，普及社会主义文化艺术，交给热喜一项重要的任务——在鄂尔多斯西部草原建立乌兰牧骑。这是一项艰巨的任务。当时他只有一个人，既不会歌舞，又没有经验，但困难吓不倒一个共产党员。他深入各个社，大搞宣传，动员群众协助办好乌兰牧骑。在党的领导和广大牧民的支持下,当初只有一个人的乌兰牧骑,开始招收了四五个人,后来发展到七八个人,逐渐增加到十几个人,今年就变成了拥有十七个人的宣传队了。热喜和这十几名朝气蓬勃的青年人在党的领导下走过了一段不平常的道路。

乌兰牧骑刚建立就遇到了思想斗争。当时有人攻击乌兰牧骑说:"牧羊的娃娃,不懂艺术怎么能演戏、教育人?"还说建立乌兰牧骑是浪费国家资金。乌兰牧骑的一部分思想落后的人听了这些话发生了动摇,个别人甚至想卷行李回家。热喜依靠上级党的领导,及时组织大家学习毛主席《在延安文艺座谈会上的讲话》等文件,在全体同志中间展开辩论。他反复向同志们说明文艺宣传工作的重要意义,并以自己在旧社会的痛苦生活启发大家的觉悟。他说:"在旧社会给人家当奴才,别说自己演戏,连看都看不上。现在是在给大伙干,也给自己干,为什么不好好工作呢?"乌兰牧骑的青年人都比较单纯、热情,要求进步,热喜根据这些特点,向他们讲红军长征和刘胡兰、董存瑞等英雄故事,对同志们进行正面的革命教育。同时,他在生活上很关心同志们,用自己的衣服、工资帮助个别生活上有困难的同志。热喜就是这样从政治思想上、生活上关心同志们,帮助同志们提高阶级觉悟,安定了同志们的情绪,乌兰牧骑开始巩固起来了。

创办之初,他们的确有许多困难。下乡演出的时候,没有住处,就借文化馆的几间办公室当宿舍,有时睡地铺,有时睡椅子,白天还得把铺盖卷起来;没有排练场,就在草地上排练;吃饭则东家一顿,西家一顿。但是,这些困难并不能阻止乌兰牧骑前进的脚步。热喜总是抱着乐观主义的态度,条件尽管困难,他总是信心百倍,他的眼睛永远是看着未来,他经常向同志们谈前途,谈远景。他对同志们说:"别看我们目前暂时没有宿舍,没有食堂,我们将来还要成立歌舞团。现在全旗七万多人,将来发展到十几万几十万人,每个公社每个生产队都要有自己的乌兰牧骑,那时可就更需要我们了。"热喜的这些话照亮了小伙子们的心,大家团结得更紧,干劲鼓得更足,对乌兰牧骑的发展充满了信心。原先个别想卷铺盖回家的同志说:"乌兰牧骑就是我的家,想要赶我,我都不走。"同志们爱上了乌兰牧骑的工作,坚决献身于党的文艺事业。

在乌兰牧骑的创办过程中,热喜牢牢地记住党的教导,勤俭办一切事业。在困难的时候,他总是这么想:决不能伸手向国家要钱,必须自己想办法克服困难。下乡演出的时候,领导为了照顾同志们的身体,要他们坐汽车,公社也常派牲口支援他们,他们总是不肯接受。他们不管刮风下雨,背着行李和演出用具,徒步奔走,为散居在一千多里草原上的鄂托克旗的牧民们演出。热喜说:"回想起旧社会,我长到十六七,从没有穿过一条长裤子,没吃上一顿饱饭。今天条件那么好,走点路算什么。"他们还利用业余时间拾粪烤火。仅1959年的九个月里,就给国家节约了一千八百元的旅差费和烤火费。去年夏天,上级给他们拨了两千元的基建费,这笔款虽然不多,但热喜开动脑筋,一方面发动各机关献料支援,一方面率领同志们投入工地劳动,短短的时间内盖起了八间房子,既有了排演厅,又有了宿舍,还节约了三百元。这时,各机关也展开了共产主义大协作。热喜组织乌兰牧骑的全体同志,主动到各机关、学校进行协作,开展文艺辅导活动和服务活动,如帮助商业局搬运东西,还给商业局业余剧团排练参加业余会演的节目等。各机关受到了他们这种精神的感动,赠送他们桌椅,商业局给他们送来了三百斤的木箱板子。他们利用了这些木板和捡来的一些废料废物,制作了家具和一部分排练用的道具、灯光、布景。为了解决炊具,热喜到处奔走,找到一口破了底的大锅,自己动手焊好了锅底。演出没有服装,热喜把自己的衣服、靴子拿出来用,在他的带动下,同志们也纷纷把衣服拿出来供演戏用。

作为文化宣传单位的乌兰牧骑,这时,才初步有了工作上的设备和生活上的设备。

思想巩固了,物质上的困难也初步解决了。随之而来的是迅速提高业务能力,积极创造和排演节目的问题。热喜想:"牧民们迫切要求看好戏,我们不是高业务水平,怎能通过演出活动进行宣传呢?又怎能担起辅导别人的任务呢?难道说我们这些牧民的子女就不能掌握文艺的武器吗?我们一定要打破迷信,解放思想,立志发展蒙古族的戏剧。我们虽然没有专家,但是我们有党的领导,有群众的支持。"他一方面采取轮训的办法,派演员到盟文工队和外地来鄂托克旗演出的剧团学习,学好回来当"小先生"。同时,在同志们中间展开了业务学习运动,组织观摩,组织同志们互相学习,能者为师。热喜自己带头认真学习,因而同志们的学习热情都很饱满。有一个叫达毕的演员,别人睡觉了他还在学,早上别人还没起床他就起来学了,在很短的时间里,他就学会了吹奏短笛和小号。在他的帮助下,全体同志也日夜刻苦勤学,不到两个月的时间,同志们就初步掌握了黑管、小提琴等乐器。

乌兰牧骑的同志们不仅迅速地提高了演出水平,而且为了配合当前的运动,还创作了很多新的节目。他们一年来共创作了剧本十五个,舞蹈十六个,歌曲、好来宝八个,整理民歌七十首。其中《为公共》的演出,获得全旗会演的二等奖。向建国十周年献礼的蒙古语话剧《把一切献给人民》,更是受到了群众的欢迎。这出戏是描写革命烈士鄂力吉胡图嘎的英雄事迹的革命历史剧。当地人民都很熟悉,也很热爱鄂力吉胡图嘎,所以当这位革命英雄的形象重现在舞台上的时候,观众的反应特别强烈。群众看了戏说:"看这群放羊娃娃,不光能写戏,还能写当地的英雄故事,没有党成吗?"有人说:"多好啊!在戏上又看到了咱们的鄂力吉胡图嘎。英雄虽死,可他的名字永远记了下来。"这个戏在创作和演出中，还有一段插曲，被当地群众传为佳话。这个戏描写的鄂力吉胡图嘎为人民解放事业进行英勇斗争的故事中，穿插了一个歌颂我国各民族间团结友爱的细节。鄂力吉胡图嘎有一对儿女，但都不是他亲生的。女儿是一对青年私婚而生的，这情况在旧社会是不被允许的。当那位母亲不得不把孩子丢弃的时候，共产党员鄂力吉胡图嘎把她收留了。而儿子是一个汉族老乡由于子女多养不活而丢弃的，也由鄂力吉胡图嘎留下作为亲生儿子来抚养。乌兰牧骑的同志们在搜集材料、创作和演出的过程中，帮助这对儿女找到了二十多年毫无音讯的亲生父母，使他们骨肉团圆了。所以这出戏演出后，人们更加热爱乌兰牧骑了。他们说，乌兰牧骑不仅把戏送上门，还为大家办事，感谢党和毛主席为牧民们培养出这样一个好剧团。

"蓝天当幕，平地当台，拿起斧头是工人，拿起镰刀是社员，穿起服装上舞台是演员。"这是乌兰牧骑的同志们为自己的工作和生活编的一首歌。从这首歌看出他们多么热爱乌兰牧骑的工作，多么为自己的事业而感到自豪。他们不知疲倦地奔走在草原上，哪里有牧民就到哪里演出。有一次，他们到成川公社演出，海报也已贴出去了。可是当天夜里风大，十分寒冷，同志们长途跋涉来到成川公社已经是晚上十一点多了。集合看戏的观众以为时间太晚，演员们要休息，今晚演不成了，于是纷纷要散去。乌兰牧骑的同志们一致表示："我们说演一定演，只要有人看，我们就坚决演。"他们不顾疲倦和饥饿，马上就开始演出。他们觉得社员们好不容易集合在一起想看看戏，不能让他们失望了，累点、饿点又算得了什么。当他们演完后，许多老乡说："毛主席、共产党教导的娃娃们背着铺盖来为我们演戏，我们只有好好生产，才对得起党。"有一个老大娘发现剧团的小演员脚都走肿了，说什么也要留他在家里住，把脚养好。

乌兰牧骑的另一个任务就是辅导,走到哪里就辅导到哪里,有时把社员集中在一起办短期的训练班,在草原上到处撒下文艺的种子。乌兰牧骑的同志们在工作之余就参加劳动,有时到碱厂去背碱,有时帮助公社挖甘草,还给群众拆洗缝补衣服。他们和群众同甘共苦,为群众服务的作风,使他们迅速地和群众打成一片,紧密地和群众结合在一起。人民夸他们为好"三员"——好宣传员、好教员、好服务员。牧民们热爱乌兰牧骑,把乌兰牧骑当作自己的事业,全力支持他们,有的牧民把旧衣服送给他们改制服装;有的把自己花了一匹马的价值买来的翎子送给他们;甚至有一个老太太将当年用一千多银圆买的珍贵的头饰送给他们演戏用;喇嘛们也把大号、王爷帽子送给他们。乌兰牧骑在广大群众中生了根,他们和群众结成了深厚的友谊。

　　乌兰牧骑在短短的一年中,从无到有、从小到大地成长起来了,壮大起来了。他们的成长过程,表现了我国人民在党的领导下,以"白手起家""勤俭办一切事业"的精神,坚决改变我国文化落后面貌的干劲和决心,他们的成长说明了毛主席文艺思想的胜利。

　　乌兰牧骑是草原上的一面红旗。但是,他们并不满足于今天所取得的成绩。热喜说:"我们做得太不够了,这点成绩同党和人民所给的荣誉,是不相称的。我们还有一些山区没有去过,那里的人民多么希望看到戏呀!这次参加全国文教群英会,听到登山队队长史占春同志谈到他们如何克服了重重困难,从喜马拉雅山的北坡登上世界第一高峰——珠穆朗玛峰,给我很大的鼓舞。我们那儿的山虽然也很高,可是比起珠穆朗玛峰又算得了什么呢?他们既能登上珠穆朗玛峰,我们也有决心为居住在高山上的群众演出。"当他谈到在大会期间见到了毛主席等国家领导人的时候,他是那样的激动。他说:"没想到一个放羊的孩子,能到北京来,还看见了国家领导人。这是党给我的光荣,是党对我的培养。今后更要听党的话,以更大的干劲,办好乌兰牧骑。"

(原载《中国戏剧报》1960 年 6 月 30 日第 12 期)

1964 年 11 月,内蒙古乌兰牧骑代表队应文化部邀请,进京参加全国少数民族群众业余文艺观摩会演。作为内蒙古乌兰牧骑代表队指导员的热喜,刚到北京就成为新闻记者追捧的对象,一时间成为乌兰牧骑的"新闻发言人"。

人民日报给热喜一个政治任务,让他在京期间写一篇关于乌兰牧骑的署名文章,为配合宣传,文章将在全国少数民族群众业余文艺观摩会演期间发表。写文章不是热喜的长项,但作为共产党员,政治任务必须无条件完成,这是一名共产党员的基本政治素质。热喜的文章发表时,人民日报还配发短评,以示重视。这是乌兰牧骑队员第一次在《人民日报》发表署名文章,同样为尊重历史而"立此存照"。

走在为工农兵服务的大道上

内蒙古鄂托克旗乌兰牧骑队长　热喜

一九五九年,组织上调我到鄂托克旗乌兰牧骑工作。在这以前我一直在区供销社工作。在工作中,我曾经先后参加过旗、盟、自治区的先进工作(生产)者代表大会,一九六〇年又光荣地出席了全国文教群英会,这都是党的教育和培养的结果。在旧社会,我是孤儿、文盲,在新社会,我做了主人、入了党,这是我前进的动力,我下定决心为人民服务。

我虽然从小就爱好文艺活动,但直到调到乌兰牧骑搞专业文艺工作,学习毛主席的《在延安文艺座谈会上的讲话》以后,才认识到文艺是为工农兵服务、为社会主义服务的最根本的问题。

只有参加劳动,才能和群众打成一片

要革命化,必须劳动化,只有参加了劳动,才能和群众打成一片,才能反映他们的生活,演出有革命内容的节目。我们的队员绝大多数是从牧区里来的劳动人民的儿女,然而也受到旧的思想影响。有人说:"不说不劳动,少劳动点总应该嘛!"有人说:"要劳动,不如回家去。"甚至有的人参加了劳动就不参加演出了。开始的时候,我们捣米粉做糕得雇人,卸煤也要雇人。每次下乡去演出,大家都要求坐车骑马。针对这种情况,旗委领导对我们提出了严肃的批评:"你们这样发展下去,连吃饭也快要别人来喂了。"并且指示我们,"你们是为工农兵服务的文艺工作队,要体会群众的思想感情,不能脱离群众。不与群众同吃、同住、同劳动,就会严重地脱离群众。"

按照旗委的指示,我们到各生产队去巡回演出时经常徒步行军。为了树立起艰苦奋斗的作风,使大家能真正地下到牧民当中去,我们有意识地排演了舞蹈《飞夺泸定桥》。十几个队员不分男女都参加了演出,大家利用排练节目的机会学习了长征中的感人事迹,许多队员在排演过程中受到了教育,表示决心学习先辈的革命意志,对于自己担负的工作有了进一步的认识。而且觉得自己现在所碰到的困难,简直无法和革命前辈们的艰苦相比。同时,这个节目的演出也受到了牧民群众的欢迎,他们受到了革命的教育和鼓舞,表示不愿意再看旧戏了。为了提高演技,我们的队员在排练过程中苦练硬功夫,不会翻跟头的也学会了翻跟头,演技提高了,群众对我们的演出更欢迎了。

我们还建立了劳动制度。队员下乡途中,顺路就拣柴,到了目的地便把一捆捆柴火送给群众。一到了群众家,便帮助群众打扫羊圈,给老乡挑水、喂马。群众劳动时,我们也跟上一块儿干。经过一段时间,队员的思想感情就有了显著的变化,群众对我们的态度也有了明显的不同。我们节目一演完,许多群众便拥上来,拉了就走:"走,到我家去住!"队员说:"我还没卸妆呢!""不要紧,到我家再卸吧。"有的群众感动地拉着我们的手,问我们:"你们是毛主席派来的吧?"

我们参加劳动的办法是多种多样的,长期的——一年左右,短期的——半年或三个月,还有的随演出随劳动(白天劳动,夜晚演出)。回到旗里,在本机关也参加劳动。几年来,我们"乌兰牧骑"的住房都是我们自己推土,自己抹的,这样既给国家节约了钱,又培养了劳动习惯。现在队员们对待劳动不是当成任务和负担,而是像吃饭喝水一样,因为在劳动中和群众打成了一片,得到了教育,改造了思想,所以热爱劳动群众,愿意参加劳动,劳动已成为每一个队员自觉的习惯了。

按照领导的指示,我们"乌兰牧骑"不是一般的艺术表演团体,除了主要的文艺演出之外,还要进行各项文化宣传活动,如展览图片、放映幻灯、借阅图书、举办生产科学知识和卫生常识讲座等。此外,便是辅导业余文艺活动和搜集、整理民间艺术以及进行创作。我们的队员,为了及时进行宣传,每人身上都带着一个"立体镜",随时随地可以供牧民群众观看。有一次,我们行军途中,遇到一个牧羊老人,他很久没有看过文艺演出了,我们就给他看了"立体镜"(片子是《伟大的祖国》),他老人家看到天安门后高兴地说:"嘿,我没有想到骑马放羊的时候,能看到天安门!"

学习毛主席著作和向解放军学习之后,我们每个人都坚定了为人民服务的决心,我们不但完成本身的宣传任务,而且也尽可能地多做好事。我们的服务工作是多方面的,计有:代卖书刊,为群众理发,帮助接生，修理钟表、收音机……根据不完全的统计，今年一月至十月，我们队共为群众理发五百多人次，为书店、邮电局代卖书刊一万多册（份），邮电局的同志说："你们给我们找到了扩大发行的好道道。"现在我们每个人都养成了出门带书刊，随时随地代卖的习惯。看戏、看电影、下乡演出都带着书刊，甚至中间休息十分钟时，我们也到人多的地方去卖。去年下乡时，我队女队员乌日格木勒同志住在一户牧民家里，半夜，这家的妇女就要生孩子了，当时没有接生员，送旗里吧，路远来不及，我们的乌日格木勒虽然对接生是外行，但热情地帮助产妇，经过几个小时的奔忙，终于保住了母子生命。事后这个屯子的老乡都说："你们不光为牧民演出，而且也为牧民接生，真是好样的。"从此以后，群众送给我们的称号是八大员，即：社员、宣传员、演员、保健员、理发员、投递员、炊事员、售货员。过去思想没转变以前，一心想当文艺专家，喜欢人家称呼艺术家，有的同志甚至嫌"乌兰牧骑"这个名字不亮，不愿说自己是乌兰牧骑的队员；现在，听到群众称呼自己是八大员，就觉得是一种莫大的荣誉了。

生活是创作的唯一源泉

在劳动中，我们队员一直和群众坚持五同，即：同吃、同住、同劳动、同学习、同演出。同学习就是向民间艺人学习，并且教给他们唱革命歌曲。同演出是我们和业余剧团或文艺小组的成员一同演出。实践证明这个办法很好，这不但锻炼提高了乌兰牧骑队员的思想水平，养成爱劳动的习惯，在吸收民间艺术营养、培养业余文艺骨干方面也有很大的帮助。

参加了社会主义教育运动之后，我们每个人都受到了生动的阶级教育。我们根据真人真事编写了《重见光明》《眼镜》等富有阶级教育的忆苦思甜主题的小剧本。《重见光明》是写一个牧区老大娘在党的帮助和关怀下治好了多年的眼疾和找到了失散了二十多年的女儿的故事。《眼镜》是通过一个革命烈士的遗物,教育革命后代不要忘本的故事。两个小歌舞剧都是我们队员集体创作的,剧中人物只有两三个人,剧情比较简单,但观众反应很强烈。我们演出了《重见光明》之后,有很多公社干部说:"我们有了党和毛主席的领导,不单是失明人重见了光明,而且穷苦人们的心里都有了光明。"

经过一段时间深入群众中演出,我们队员的气质像牧民了,表现牧民劳动生活的舞蹈动作也像了。我们的歌舞、好来宝以及其他形式的节目,往往是根据当地的新人新事编的,里面许多情节、动作就是牧民生产生活中的东西,他们看了十分感兴趣,事后议论纷纷。例如我们队员把割草的动作加以提炼编到舞蹈里面去,群众看了说:"行,你们割草割得带劲!"当我们发现布拉格公社绿化工作有成绩,便画了表扬他们实现绿化的幻灯故事片。有时到了一个地方,当地干部和群众便向我们提供好人好事和模范事迹,我们队员就临时赶画幻灯片,当场演出。队员当中本来没有什么绘画人才,但是为了工作需要,我们就练画,每次出发都带上一些小人书和报刊上的插图资料,一旦需要,便模仿着小人书的一些相似的人物动作,再加上蒙古族的民族服装,便完成了创作。群众看到戏里和幻灯上演的是他本人或者他们生产队的事,当成一件大事看,群众说,"我们进了戏了,上了电影了,以后更要好好干,不然可丢脸了。"在这种时候,我们更懂得了革命文艺在群众中有多大的作用。

实践证明,如果我们不参加劳动,也不参加群众的生活斗争,不和群众打成一片,我们就产生不了像《重见光明》《眼镜》这样的小剧本,也产生不了反映牧民生产生活的歌曲、舞蹈、幻灯。这证明了毛主席说的,"人类的社会生活是文学艺术的唯一源泉,是一个颠扑不破的真理"。以前为了找寻演唱材料,我们常常往大城市跑,有时不远千里去找一个节目,那时从来不敢想自己创作,也不知道向生活里去找材料。深入牧区和牧民一起劳动、生活以后,我们再也不愁没有演唱材料了!

播下革命文艺的种子

鄂托克旗幅员辽阔,从南到北有七百多华里,从东到西有五百多华里,人口有九万多,生产小队有六百多个,如果光靠我们十几个人开展活动,是满足不了群众需求的。我们在外面转一年,仍不能把全旗的地方都跑遍。很多牧民写信给我们,说他们盼"乌兰牧骑"把眼睛都盼红了,因此做好群众业余文艺的辅导工作是一项十分重要的任务。经过几年的工作,现在我们旗很多公社、生产队都建立了文艺小组。共培养了业余文艺骨干分子二百多人,培养方法也是多种多样的,有的由我们的队员分散到各地去开小型训练班;有的是让业余文艺骨干看我们给群众的演出,边看边学;有时我们巡回演出时,征得当地领导的同意,也带上一两位业余文艺骨干跟我们巡回演出一两个月,让他们在参加我们的演出活动中边学边练。几年来我们带过十几个人和我们一起巡回演出,这些人回去以后都可以在生产队组织一个小型的晚会,成为我们有力的助手。例如经过我们辅导的赫愣格吐大队,今年就有五位业余演员参加了全国少数民族群众业余艺术观摩演出会,他们跳的安代舞和筷子舞受到了大家欢迎。

我们的幻灯故事片一共有二百多种,现在都交由公社的文艺小组放映,演出之后按照规定日期和附近公社交换,这样牧民群众便能经常看到新的幻灯片。

在民间艺术的搜集方面,我们也做了一些工作,几年来我们把主要力量放在搜集鄂尔多斯地区的民歌方面,并运用群众喜闻乐见的形式创作了一些新的民歌,这项工作已经引起群众的注意,现在有不少牧民主动向我们提供材料。

哪里最偏僻就到哪里去

我们全体队员在工作中做到了五个一样:一、在乡下的演出和在城镇一样;二、观众少时的演出和观众多时一样;三、天气坏时的演出和天气好时一样;四、晚间演出和白天一样;五、领导不在场时的演出和领导在场时一样。

牧区的牧民们整天生活在人烟稀少的草原上,文化生活比较贫乏,他们听说"乌兰牧骑"来了,有的夜里从几十里地以外骑马赶来看我们的演出,但是,我们过去嫌累,就是不演。结果他们失望地说:"算了,我们回去,不看'乌兰牧骑'演出我们照样活着。"这样,群众怎能把我们当作知心的亲人呢?

现在,我们队员有句口号:哪里最偏僻就到哪里去。公社里演,队里演,各家各户也演,就是一个人也要演。一九六二年冬天的一个晚上,我们正在行进中,发现一些牧民们披着皮袄,冒着风雪,一边烤火,一边挖着井。牧民们的行动,感动了我们所有的人。当时我们就下车和牧民一起挖井,劳动完以后,牧民们就提议回村休息,我们和牧民回到村,连夜给他们演了歌舞节目。有时演出赶上大风沙来了,汽灯被风一吹就熄灭了,过去便不演出了,现在我们坚持演出,觉得给这些忘我劳动的牧民们演出是我们最大的乐趣。汽灯灭了,我们就由四个队员站在四个角上,每人撕下被子和棉衣里的一些棉花或是找一些棉花裹成团,扎在铁棍上蘸上油,当灯点。一个队员在当中演完以后,马上去接替别人拿火把，再让那个队员来演。

有一次，我们背着背包，到一个生产队里去演出，中途经过一片沙滩，沙漠里堆起的沙丘，像楼房一样高。我们爬过了一个又一个沙丘，女队员累了，男队员扶着走。水喝完了，渴得不行，就把胸膛贴在潮湿的沙子上取凉。就在这时候，忽然看到前面冒烟了，我们很奇怪这里怎么会有人家，原来有的群众听说我们路过这里，怕我们受不了，特地赶来等着我们，还为我们准备了奶茶。有的时候演出完毕，我们要出发到另一个公社去，牧民往往牵上自己的马来送行。群众这样热诚地对待我们，给了演员很大的鼓舞，认识到过去不能满足他们的要求实在太惭愧了！

有一次我们步行八十里到玛拉德公社赫扬桐图大队后，顶着雨为群众演出，群众纷纷反映："同志们不要演了，唱一个歌就算看了你们的全部节目了吧。你们走远路还没休息呢，会着凉得病的！"还有的老乡说："同志们这样做是为了什么呢？都是为了我们牧民啊！我们都要好好劳动，来答谢同志们的心意。"

听到群众这样的反映，我们队员忘掉了疲劳和阴雨，每个人都感到了莫大的幸福和愉快，因为我们都意识到自己开始给人民做了一点事情了，意识到自己不是一个普通的演员，而是一个用毛泽东思想武装起来的革命的文艺战士！我们正走在一条全心全意为工农兵服务、为社会主义服务的大道上，我们还只是刚刚开始实践了毛主席的著作，终生做一个毛泽东的文艺战士，这是我们最大的幸福。

（原载《人民日报》1964年12月21日）

路是人走出来的

"乌兰牧骑"的事迹和示范性的演出,引起了文艺界强烈的反应。他们说:"乌兰牧骑的道路走对了。""乌兰牧骑同志们闯开了一条新路。"这话并不过分。社会主义的文学艺术,就需要走革命的道路。

我们今天发表一位"乌兰牧骑"队长的文章。他介绍的虽然是一个队的情况,但是从这里我们可以清楚看到:他们的路是怎么走过来的,他们是怎样从只向大剧团看齐、走专业化道路,逐渐培养了一专多能的思想,建立起全心全意为牧民群众服务的观点。

"乌兰牧骑"走过的路也是有曲折的。当初,有人怀疑走这条路是不是有前途呢?在他们前进的途中,也经常有这样和那样的议论,主观和客观的影响,甚至也有过摇摆,有过反复。现在,证明这条路是完全走对了。我们从热喜同志的文章里至少可以得到三点启发:

第一,文艺工作者应该为谁服务?我们无产阶级的革命文艺是为广大工农兵服务的,有的人尽管在口头上承认,一遇到实际工作,往往就忘记了这最根本的一条。在开始阶段,"乌兰牧骑"的有些队员也是这样的。虽然建队的方针是为了把革命文艺送到广大牧民中去,但有的队员却仍然是只考虑个人的名利,一心想当"艺术家",两眼只看"大"和"洋",即使身在牧区,却不能反映牧区的生活,也就不能满足牧区群众的要求。经过实际的考验,"乌兰牧骑"巩固了为工农兵服务的方向,逐步解决了为谁服务的问题,他们的进步也就日新月异了。事实再次证明,真正解决为谁服务的问题,这是文艺工作者最根本的一条。如果不解决这个问题,就不能使革命文艺繁荣起来。

第二,为工农兵服务些什么?有了为谁服务的政治方向,紧跟着就是拿什么为群众服务,是搬出资本主义、封建主义的一套呢,还是以革命的、社会主义的东西为群众服务?是拿洋的、古的东西,还是拿群众喜闻乐见、民族民间的东西来为群众服务?如果有人脱离群众,一味硬要把群众所不需要、不欢迎的东西塞给群众,群众决不会接受。这样的人也当不了真正革命的艺术家。"乌兰牧骑"按照党的文艺方针进行工作,把社会主义的文艺送给群众,符合了群众的利益,受到了群众的欢迎,群众给他们很高的荣誉,这是他们贯彻毛主席文艺方针的结果。

第三,用什么形式、什么方法为群众服务?"乌兰牧骑"一共十二个人,每个人都是一专多能,以演出活动为主,同时又开展多种多样的文化宣传工作,辅导群众的业余文艺活动。这种组织形式正是为了适应内蒙古牧区的特点,为了更好地贯彻党的文艺方针而创立的一种革命化、战斗化的形式,它本身就是革命化的产物。它的活动方式、工作方法,都是在全心全意为牧民群众服务的指导思想下创造出来的。"乌兰牧骑"这种组织形式保证了文艺为工农兵服务的顺利进行,他们的种种经验,值得很好地总结,也值得引起广大文艺工作者的重视。当然,由于地区和其他条件的不同,不能照搬,但是"乌兰牧骑"的这种革命精神是值得学习的。

"乌兰牧骑"的道路,是内蒙古自治区三百多位"乌兰牧骑"队员在党的领导下、在毛泽东文艺思想照耀下走出来的。"乌兰牧骑"的道路,是一条社会主义文艺为工农兵服务的康庄大道,是每一个革命文艺工作者应当学习的方向。不仅是边疆的牧区,就是内地的山区和广大农村、城市的厂矿,不是也可以走这样的路吗?路是没有止境的,为人民服务是没有止境的。

(《人民日报》1964年12月21)

普日布精神的传承

01

色·普日布是阿拉善旗乌兰牧骑第一任队长、乌兰牧骑全国巡演三队队长、内蒙古直属乌兰牧骑第一任队长。

历史不该忘记色·普日布，乌兰牧骑更不应该忘记色·普日布。

然而，在2017年12月4日公布的《关于表彰乌兰牧骑建立60周年先进集体和先进个人的决定》名单中却找不见色·普日布的名字。

色·普日布的妹妹，已经80高龄的策仁那德米德听完内蒙古人民广播电台的蒙古语广播后无限悲怆，忍不住老泪纵横："怎么就没有我哥哥呢？"

有谁能站出来回答这个问题呢？有谁能抚慰一下策仁那德米德那颗伤痛的心呢？

我找不到答案，但我知道《乌兰牧骑纪事》中应该有色·普日布浓墨重彩的一笔！

达·阿拉坦巴干曾对我说过,乌兰牧骑全国巡演回到北京后,周恩来总理和乌兰牧骑联欢时,想听蒙古长调,在没有伴奏的情况下,色·普日布把《富饶辽阔的阿拉善》唱得饱满而又浓烈,他的神态亦如痴如醉,给周总理留下了深刻印象。

乌兰牧骑全国巡演三队队员金花曾对我说,他们乘坐的汽车翻越海拔5000多米的唐古拉山口时,队员们大都出现高原反应,为鼓舞士气、振奋精神,色·普日布拉起手风琴、唱起歌:"下定决心,不怕牺牲,排除万难,去争取胜利……"拉着,唱着,豆粒儿似的汗珠儿从色·普日布的脸颊上滚落下来,他同样也有高原反应啊!

2018年9月7日,我踏上西去的列车,朝着遥远的额济纳奔去。额济纳是色·普日布的最后归宿,是策仁那德米德颐养天年的所在。

色·普日布的长子纳森把我领到策仁那德米德家里。门开处,一位慈眉善目的老人出现在我的面前。

纳森身子前倾,诙谐而又幽默地打着招呼:"赛白努,策主席……"

策仁那德米德是在额济纳旗政协副主席的岗位上退休的,纳森说:"不叫策主席,老人家不高兴呢!"在姑姑跟前,纳森永远是一个爱开玩笑的孩子。

策仁那德米德对往事的记忆,都刻进了那纵横交错、深浅不一的皱纹里了,每一道皱纹里都能读出故事。

我和策仁那德米德并排坐在沙发上,老人家把光盘放进堪称"古董"的砖头似的播放器里,旋即书本大小的屏幕上闪出一张张色·普日布不同时期的照片,然后响起的是悠扬的歌声。"这些歌,都是我哥哥写的。"策仁那德米德的回忆从这里开始。

1940年春夏之交,色·普日布一家在中蒙边境放牧时突然被全副武装的蒙古边防部队掳到蒙古境内,没有任何理由,事先也没有任何征兆。那一年,色·普日布12岁,策仁那德米德刚刚两岁。

辗转几个月,他们被安顿在后杭盖省浩腾图苏木的一个嘎查。入境时的108峰骆驼现在仅剩下9峰,对他们来说无异于倾家荡产。在远离祖国、远离故土,举目无亲的境况下,色·普日布一家开始颠沛流离的苦难时光。他们多么希望听到祖国的呼唤、多么希望回到祖国的怀抱啊!

蒙古政府对像色·普日布这样情况的人们说,每人只须50图格里克(蒙古流通货币)买一个类似现代"绿卡"似的证件,就可以享受蒙古国公民的待遇,甚至可以加入蒙古国国籍。然而,和色·普日布一家同时被掳去的人大都抱定回归祖国的决心,不管生活多么艰难和艰苦,都高昂着头颅面对一切。

色·普日布在做零工、打松子、挖芒硝中渐渐长大,也渐渐显露出吹打弹拉唱的艺术天赋。

1953年秋季,色·普日布一家又被迁至南戈壁省红格尔苏木。到这儿后不久,色·普日布就被招聘到地方政府的文化机构从事群众文化辅导工作,尽管不再去打松子、挖芒硝,可那缕乡愁是永远不会剪断的,他用长调那苍凉、悲怆的拖音、颤音、滑音来抒发内心的郁闷和纠结。

哪里有草原,哪里就有长调;哪里有牧民,哪里就有长调。长调是草原上的歌,长调是马背上的歌。色·普日布那具有穿透力的歌声飘进一个姑娘的心里,并在这个姑娘的心里酿造着甜蜜的爱情,这个姑娘叫嶒德。

色·普日布听到了祖国的召唤。1956年9月,中华人民共和国通过和蒙古国的多次谈判,最终达成协议,在蒙古高原颠沛流离15年的30户家庭、105人,终于能够回到祖国怀抱了。

30户人家从不同方向朝着蒙古国柴林边防站集结,他们将从这里回到祖国。

策仁那德米德从裹在襁褓中的两岁孩童出落成亭亭玉立的少女，而皱纹却悄悄地爬上母亲那美丽的脸庞，岁月啊，无情的岁月。

策仁那德米德和母亲已经先期到达柴林边防站，却不见哥哥色·普日布的踪影。她着急地问母亲："哥哥怎么还不来呀？"

母亲显得格外沉稳："他会来的，一定！"

色·普日布正在热恋中，然而，他既不能留在蒙古国，又不能把嶒德带回祖国，只能离别，或许就是永别。这样的生离死别，怎么不让热恋中的两个人肝肠寸断、伤心欲绝！

色·普日布把嶒德送回去，嶒德又把他送回来，来来往往，反反复复，流着泪，唱着歌，3天时间转瞬就溜走了！

不能再缠绵了！

不能再缱绻了！

色·普日布饱含深情地为嶒德唱完她最爱听的短调民歌《思念》后，迅速翻身上马，扬长而去，身后是姑娘肝肠欲断的哭声。

午夜时分，马蹄声由远及近，母亲翻身坐起，推推熟睡中的策仁那德米德："色·普日布来了，你哥哥来了！"

回家的感觉真好，色·普日布每天都处在激动、亢奋的状态中。

阿拉善旗委宣传部领导召见这位归来的游子并委以重任，让他负责和组建阿拉善旗乌兰牧骑，色·普日布的艺术天赋拥有了得以发挥的广阔空间。

20世纪50年代，茫茫的戈壁上没有铁路，也很少有公路，交通极为不便。色·普日布骑着一峰红驼，穿行在沙漠与戈壁之间，大海捞针般地寻找着能歌善舞者。

色·普日布特别喜欢骆驼,少年时就曾放牧过 100 多峰骆驼。1958年 8 月人民公社化以后,生产队出现几百峰甚至上千峰骆驼的庞大的驼群,每每看到放驼员那种神采飞扬的样子,他总是羡慕不已。

驼群在戈壁上移动,激情在他心中奔腾!歌曲《公社放驼员》应运而生。来自生活的歌都具有蓬勃的生命力,尽管人民公社的体制不复存在了,尽管阿拉善骆驼的数量锐减了,但这首《公社放驼员》的歌声依然在苍天般的阿拉善大漠戈壁上传唱,历时 60 年而不衰。

《不爱护骑乘的人》是色·普日布的经典之作。对经典作品要敬仰,更要传承。1978 年,色·普日布曾任额济纳旗乌兰牧骑队长,额济纳旗乌兰牧骑深深怀念这位老前辈、老队长,达楞太怀着对色·普日布的崇敬之情将 56 年前的《不爱护骑乘的人》改编为小品,而编剧赫然写着"色·普日布"!

2014 年 6 月 30 日,第十一届中国·内蒙古草原文化节小戏小品展演落幕,《不爱护骑乘的人》胜出,色·普日布获最佳编剧奖,达楞太获最佳编导奖,布音贺西格获最佳表演奖。

1965 年 7 月,三支乌兰牧骑开始在全国巡演,三支乌兰牧骑的节目单里都有《弓箭舞》和《为祖国锻炼》,而这两个舞蹈节目都是色·普日布的心血结晶。

1958 年,阿拉善旗乌兰牧骑成立之初,色·普日布就带着 4 名队员跋涉在大漠戈壁之中,年龄最大的不过 16 岁,年龄最小的只有 12 岁,色·普日布不仅教他们学知识、学文化、学歌学舞,还要照顾他们的生活起居,为了让队员们吃饱肚子,他自己往往要饿着肚子。

色·普日布每到一处演出之余,都要深入牧民当中搜集整理民歌,他在阿拉善旗乌兰牧骑以及后来的阿拉善右旗乌兰牧骑工作期间,搜集整理记录厄鲁特民歌、喀尔喀民歌、土尔扈特民歌达 500 多首,他是用五线谱记录阿拉善民歌的第一人,由于个别原因,他的心血之作大多散佚,少许保存在家人手中。

1965年春,全区42支乌兰牧骑的240多名队员在呼和浩特进行集训,色·普日布脱颖而出,不仅成为乌兰牧骑全国巡演的队员,而且被委以三队队长的重任。他率队走遍宁夏、甘肃、新疆、西藏等省区。

一路风餐露宿,一路欢歌笑语。色·普日布的组织能力、领导才干、艺术天赋深得领导赏识。1966年初,三个巡回演出队回到呼和浩特后,内蒙古党委、政府决定,在三个队的演员中进行筛选,成立自治区直属乌兰牧骑,众望所归,色·普日布出任直属乌兰牧骑第一任队长。

1967年7月,"文化大革命"开始一年多来,色·普日布经组织同意后,打点行装,回到他的根据地阿拉善旗乌兰牧骑,再次出任队长,一干就是10年。1978年,又奉调出任额济纳旗乌兰牧骑队长。这十几年的风里来、雨里去,使他的身体严重透支,高血压、心脏病导致他已经不能正常工作。额济纳旗委把色·普日布安排在温图高勒公社任党委副书记,让他在家乡调养身体。

1978年初春,色·普日布再次病倒。

策仁那德米德陪同哥哥到几百公里以外的乌力吉公社就医,住在一位鹤发童颜的老蒙古族医生家里,一间平房、一铺土炕,简朴亦简陋。

土炕中间是一张油漆已经脱落的方桌,色·普日布住在炕头,策仁那德米德住在炕梢。

策仁那德米德的最大心愿是哥哥能最大限度地恢复健康,即使不能工作,活着就好!所以,她每天烧炕、做饭、配药,无微不至地照顾着重病中的哥哥。

那时,乌力吉公社还没有通电,晚上只靠一盏油灯照明。为能让哥哥静养,策仁那德米德几乎不怎么点灯。某一天,策仁那德米德半夜醒来，发现哥哥的被窝里有一丝弱弱的光线隐隐地透出来，她意识到哥哥又在偷偷地工作。

策仁那德米德披衣起来，撩开色·普日布的被子，只见哥哥趴在炕上，左手打着手电筒，握笔的右手在烟盒上写着什么。

策仁那德米德"勃然大怒"，第一次也是最后一次对哥哥发出怒吼："我也是有工作有家的人，请着假出来照顾你，就是希望你能快点儿好起来。可你总是这样半夜三更地偷偷摸摸地写这写那，心脏怎么能承受得了，你这不是在糟蹋自己吗？"

色·普日布把烟盒递给妹妹，悲怆而又深情地说道："或许是因为百病缠身的缘故吧，我现在特别怀念敬爱的周总理，他老人家逝世三年多了，可我依然不愿意承认这个事实。我一个牧民的孩子能被周总理接见十几次，能当面聆听他老人家的教诲，能在中南海为他老人家唱蒙古长调，那是多么幸福啊！我要把对老人家深厚的感情写出来……"

策仁那德米德眼角流出泪水，她递给我一盒光盘，指着目录中的《周总理，您在哪里》说："这就是哥哥那天晚上写的歌，这也是哥哥写的最后一首歌，这是哥哥最后的生命绝唱！"眼泪滴落在光盘封面上色·普日布灿烂的笑脸上……

策仁那德米德递给我一本蒙古文书，版权页上汉文书名是《沙漠回音：色·普日布艺术生涯》："你刚才问，哥哥从直属乌兰牧骑回来后都做些什么，书里都写了。"

我尴尬至极、愧疚至极，虽然是蒙古人，但既不会说蒙语，也看不懂蒙古文，借降央卓玛的《草原情》自我解嘲："我虽然不会讲蒙古语，但我深深地爱着草原；我虽然不穿着蒙古袍，可我爱喝飘香的奶酒……"

策仁那德米德看到我的窘态，宽厚地笑笑："没关系，书是永红写的，你找她聊聊，她知道的事情可能更多一些。"

02

2003年,额济纳旗妇联举办联欢活动,额济纳旗广播电台年轻女记者永红到现场采访。65岁的额济纳旗政协原副主席策仁那德米德把永红拉到身边,亲切地说:"孩子,我给你点资料,你写写这个人呗!"

永红从老人手里接到10多页稿纸,就忙着采访去了。

永红回到家,为完成老人交代的任务,便开始认真研究材料,看着看着,她的眼睛湿润了,色·普日布的形象在她心中清晰起来。她把手放在激烈起伏的胸口,喃喃自语:"写篇广播通讯绝对没问题,还可以考虑向《阿拉善日报》《内蒙古日报》投稿。"

永红兴冲冲地去面见策仁那德米德并把自己的想法和盘托出。老人摇摇头,脸上露出慈祥的笑容:"孩子,我是想请你写一本关于我哥哥的书,他的一生是和乌兰牧骑连在一起的呀!"

"写书?"永红头大得像柳罐。写写消息、写写通讯,能挣来钱养家糊口就可以了,她做梦也没想干写书的差事儿。

蒙古族女人的天性就是答应的事情一定要努力去做,尽管她当时并没有弄明白策仁那德米德是让她写书,就稀里糊涂地答应了。现在知道是写书,不管多难都不能打退堂鼓,只好硬着头皮做下去了。

永红"上天入地"地收集资料,找到一本阿拉善盟委统战部编的《阿拉善名人录》小册子,虽然介绍色·普日布的文字只有几百字,但也能充分说明色·普日布是阿拉善的风云人物。别说是阿拉善,即便是内蒙古,有多少人受到过毛主席的接见?有多少人给周总理唱过歌?就凭这一点,色·普日布就值得大书特书。

年轻人容易激动,容易热血沸腾!

永红找到时任额济纳旗委常委、统战部长高·阿拉腾其木格,声情并茂地陈述着她要写色·普日布的理由和应该为色·普日布树碑立传的理由,从那一刻起,她变被动接受写书为主动投入写书。

高·阿拉腾其木格应该比永红更熟悉了解色·普日布,突然跑出这样一匹"黑马"要为色·普日布树碑立传,让她喜出望外。她对永红说:"这是一件好事,我向旗委、旗政府汇报,相信会得到支持的,准备行动吧!"

从这以后的几年里,高·阿拉腾其木格无论是在阿拉善盟还是到自治区其他地方,都把永红带上,让她去采访该采访的人,去了解该了解的事儿。搭顺车重要的是能节约许多资金,有钱要花在刀刃上。

色·普日布工作时间最长的单位是阿拉善左旗乌兰牧骑(其前身是阿拉善旗乌兰牧骑),和色·普日布共过事的老同事、老部下大多在阿拉善左旗,永红带着策仁那德米德提供的一长串名字,找到时任阿拉善左旗乌兰牧骑队长贾尚勤。

贾尚勤兴高采烈:"写普队长,好啊!普队长是我的老前辈,说到文字资料我这儿确实没有,但你要见的人,我都能给你请来。"

永红在20多天里采访17名色·普日布的老同事、老部下,说起他们的老领导他们每个都能讲出几箩筐的故事。

都德是色·普日布第一批选进乌兰牧骑的4个演员之一,虽然只有16岁,却是年龄最大的。

都德说,跟着普队长下牧区特别艰苦,每天都要徒步几十公里。他喜欢骆驼,每每看到驼群他都会情不自禁地放慢脚步,有时就干脆停下来,十分专注地观察骆驼吃草、喝水、奔跑等所有动作。他给乌兰牧骑编创的第一个舞蹈就是骆驼舞,道具就是驼绒或驼毛。他教我们跳舞是因为自己年龄偏大有些动作不到位,但他知道做到什么程度是到位,每个动作,每个细节我们都做到位了,他再往下进行。如此言传身教,我们跳起来也都活灵活现。舞蹈的动作都是从生活中提炼出来的,都是牧民熟悉的,跳给牧民看时他们自然高兴啊!

都德说,普队长被掳走时只有 12 岁,而回来时已经 28 岁了。他在蒙古国学的是斯拉夫蒙古文,所以他在做记录时使用的都是斯拉夫文。一天不管记录多少首民间故事或民歌,晚上都要找我这个"翻译"帮他转换为旧蒙文,完不成任务是不能睡觉的。普日布识谱,简谱、五线谱都会,开始我看他用五线谱记录民歌时,觉得特别好笑,那是什么玩意儿呀!我是弹三弦的,以往都是盲弹,凭感觉,在普队长的影响下,我渐渐地学会识谱,照着谱弹和盲弹的确是两回事儿,音节、音质、音色就是不一样。

都德说,普队长成为全区乌兰牧骑的风云人物不是偶然的,是火热的生活把他推上去的,是人民群众把他推上去的。

二十世纪五六十年代,内蒙古文化局每年都要组织全区乌兰牧骑会演,而每次会演,阿拉善旗乌兰牧骑带去的作品都是生动的,这些作品都是普队长从丰厚的生活热土中提炼出来的,他和他创作的《弓箭舞》《为祖国锻炼》同时被选进乌兰牧骑全国巡演,这是很能说明问题的。《公社放驼员》《不爱护骑乘的人》至今仍有广泛影响。普队长逝世近 30 年了,这些作品仍然让他"活"在我们当中。

2005 年,水草丰美的时节,永红来到温图高勒苏木格日图嘎查,色·普日布的爱人茫海一辈子没离开过这片草原。要写色·普日布不走进这片草原,不走进这座蒙古包是不可能写好的。

蒙古民族是好客的,蒙古族女人是好客的。茫海放牧归来,熬茶、煮肉，热情招待从 200 多公里外赶来的永红，但话题转到色·普日布时，茫海推托说累了想休息，明天再说。

第二天早晨永红醒来时，茫海早已赶着羊群放牧去了。

永红跟群放牧，还是一无所获，茫海根本不谈色·普日布。

策仁那德米德对永红说，嫂子不理解哥哥，始终对哥哥有意见。难怪啊，色·普日布全身心地扑在乌兰牧骑事业上，三两年不回家是常事儿，即便回来住上十天八天的，也多忙于搜集民歌，家里的大事小情根本就不过问。茫海既要赡养四个老人，还要养活四个孩子，肩上的重担压得她连气儿都喘不过来。她心里，能不怨这个丈夫吗？

茫海如此，孩子亦如此。

次子达布西拉图说，他到 15 岁前只见过 6 次父亲。

唯一的女儿乌云高娃说，她 8 岁时还不认识父亲。

2006 年初夏，格日图嘎查举行祭敖包活动时请来乌兰牧骑烘托气氛。

那晚，在草原的露天舞台上，额济纳旗乌兰牧骑演出的节目都是色·普日布的经典作品《公社放驼员》《弓箭舞》《不爱护骑乘的人》《温图高勒》《周总理，您在哪里》……

茫海隐没在人群中，开始她并没有在意，看着看着，她感慨万千、老泪纵横，豁然间对色·普日布有了一个全新的认识："老普走了这么多年，人们还都在唱他的歌，跳他的舞。老普是个了不起的人啊！"

永红在色·普日布的家里发现一件极其珍贵的东西，一条红绸带，烫着金黄色的图案和文字，下方是剪刀口。图案和文字依次是"国徽、1966、国庆、东五台、第 0657 号"。

1966 年 9 月，色·普日布率新组建的直属乌兰牧骑进京演出。周总理邀请色·普日布参加国庆观礼，一个牧民，一个乌兰牧骑队员，能登上国庆观礼台,这是多大的荣幸啊!现在,我们似乎可以理解,重病中的色·普日布为什么彻夜不眠,凭借微弱的手电光含泪创作《周总理,您在哪里》的心情了。

2008年11月,永红历时5年创作的纪实作品《沙漠回音——色·普日布》(蒙古文版)由内蒙古教育出版社出版,斯时正值色·普日布诞辰80周年。

03

"从舞蹈演员、舞蹈编导到副队长,再到队长。一路走来,我心中的榜样和楷模就是普日布老师。"现任额济纳旗乌兰牧骑队长雷东香如是说。

2018年1月16日,中宣部、文化部、国家新闻出版广电总局在北京召开第七届全国服务农民服务基层文化建设先进集体表彰大会,雷东香站在领奖台上显得格外激动。这是额济纳旗乌兰牧骑继2017年12月4日荣获内蒙古自治区"十佳乌兰牧骑"光荣称号之后又一次荣获的崇高荣誉。

那一刻,雷东香不知道感动还是感伤,不知道该笑还是该哭,心情复杂得难以言表。我们几代乌兰牧骑队员剪了那么多年羊毛,梳了那么多年驼绒,扎了那么多年网围栏,多少汗水、多少付出、多少奉献都凝结在这一个奖牌、一张证书当中,这奖牌和证书是党和人民对乌兰牧骑的肯定和赞扬。雷东香说:"在我这任上,额济纳旗乌兰牧骑受到中宣部、文化部、国家新闻出版广电总局的表彰,但成绩是几代乌兰牧骑人共同做出来的,荣誉属于所有在乌兰牧骑工作过的新老队员。"

1981年秋,16岁的雷东香考入额济纳旗乌兰牧骑,成为一名舞蹈演员,进队前她一点儿舞蹈基本功也没有。

一切从零开始,但16岁已经不是学习舞蹈的最佳年龄,两个月后,乌兰牧骑排演一个舞蹈《小羊羔的梦》,让她扮演仙女的角色。这段舞中最关键、最出彩的一个动作,她怎么也跳不出感觉,急得她直哭鼻子。没有专业老师、没有专业书籍,好多动作都要依靠自己的揣摩和悟性。

那一晚上,雷东香记忆犹新。吃过晚饭回到宿舍,她又开始练那个高难动作。宿舍的一角蹲着一个铸铁炉子,像笨笨的熊。炉膛里的煤块儿由黑变红,噼啪噼啪地发出燃烧的脆响,凹凸不平的红砖地上雷东香汗流浃背地"起舞弄清影",一个小时过去了,两个小时过去了。棉袄脱掉了,棉鞋脱掉了。老队员们看到这位小妹妹倔强中透着的刚毅,怜悯里有几分同情,不知是谁说道,"香香,脚抬起来后不要马上往下落,空上一拍"。

"空上一拍!"雷东香心领神会,调整一下呼吸,然后调整一个大腿的伸展节奏,居然掌握要领了。"会了,会了!"她呼喊着向全世界宣告。

天蒙蒙亮,雷东香蹑手蹑脚地爬起来,悄悄地向练功房潜伏,她想趁着大家熟睡,把这个动作再练一练,达到滚瓜烂熟的程度,给队长和队员们一个惊喜。

雷东香推开门,眼前的情景让她颇感意外,几个老队员已经开始练功了,她有点儿失落,心想:你们起得都比我早,怎么不叫我一声呢!

1983年夏,乌兰牧骑从酒泉市歌舞团请来舞蹈老师王波,王波又瘦又小但却身怀绝技,米色毛衣加咖色长裤,潇洒而又时髦。

这是雷东香第一次接受正规培训,虽然跳了两年,但横叉、竖叉都下不去。队长白有明、指导员王彩霞找到雷东香说:"你往音乐上发展发展吧,至于跳舞,我们对你就不抱什么希望了!"

"不行,我一定要跳出个样子给你们看!"雷东香倔强而又任性。

雷东香盯着这个"矮个子"教练王波,她甚至想"贿赂"王波,比如一瓶酒,比如一盒烟。

王波也不看好雷东香,但他被雷东香锲而不舍的执着精神所感动。

王波说,你的腰是锈住的,想要把舞跳好,腰一定要活起来,如果你能忍住痛,我先帮你搬腰。

雷东香不假思索脱口而出:"能!"

王波将雷东香放到杆上,然后让两个男队员压住她的脚,他抓住雷东香的双肩猝不及防地向下压去,随着"咔、咔、咔、咔"的四声脆响从腰间传出,雷东香双手无意识地向王波抓去。

是四声,雷东香昏厥过去前记得清清楚楚,是四声,四声脆响。

雷东香苏醒过来后,身体像在锅里煮过的面条,又湿又软。唯有嘴角,有那么一点儿淡淡的微笑。

王波的米色毛衣绽开"两朵花",这是雷东香的"杰作"。赔老师一件衣服,雷东香这样想过,但没有赔,因为赔不起,她一个月的工资还买不来两斤毛线。

王波好像也没在意毛衣的"开花",只是对雷东香的要求更加严格:"你的横叉、竖叉之所以下不去,是你的腿太硬。练腿不要蛮使劲儿,三分压腿七分踢,先踢腿,踢上几百次上千次,腿踢热了,自然也就软了……"

甩腰,坐地上甩,把杆上甩,站起来甩……

压腿,压前腿、压旁腿、压后腿……

钢铁就是这样炼成的,一个出色的舞蹈演员脱颖而出。

若干年后,雷东香成为乌兰牧骑的舞蹈教练和舞蹈编导。当年王波怎么教她的,她就怎么教别人,方法虽然算不上科学,但还是很奏效的。

她先后培养出13批舞蹈演员。

1995年,是雷东香人生的又一个转折点。

乌兰牧骑的天职是以文艺的形式为人民服务,而当时有的领导却把搞副业挣钱放到第一位,并美其名曰探索和创新。

雷东香看不惯想不通,和领导的矛盾越来越激化,自己也越来越迷茫。

额济纳周边最近的城市就是酒泉,看病就医或购物大都前往酒泉。在酒泉的大街上,雷东香和张玉梅不期而遇,张玉梅曾经是额济纳旗乌兰牧骑队员,现在是酒泉师范学校的舞蹈老师,老朋友相见分外高兴。

张玉梅说:"香香,我正要去市歌舞团王化民团长那里。走,你和我一起去!"

王化民和张玉梅谈笑风生,雷东香是看客也是听客。

王化民给雷东香冲一杯咖啡。雷东香以前没喝过咖啡,没有加糖没有搅,喝下去,好苦。

临走,王化民才意识到雷东香的存在,便有一搭没一搭地问道:"你叫什么名字呀?从事什么工作啊?"

"舞蹈编导。"

王化民神情一振,眼睛的光芒都是多彩的,他把纸笔递给雷东香:"好啊,好啊,把你编过的舞蹈给我写上几个名字。"

"《星空》《居延情》《蜂场情歌》《水月观音》《红柳花开》。"

十天后,酒泉市人事局的商调函放在额济纳旗文化局长杨中科的办公桌上,杨中科勃然大怒:"小小的雷东香,居然有这么大的本事,酒泉的商调函都跑来了!想离开额济纳,想离开乌兰牧骑,没门儿!"

天无绝人之路，雷东香从杨中科办公室出来，意外地碰上阿拉善盟文化处处长哈达，看着哭哭啼啼的雷东香，哈达不解地问："怎么啦，这么委屈？"

哈达毕竟是盟文化处的领导，站得高看得远，也有胸怀。他认为，人才外流是有原因的，我们不能为人才提供很好的发展空间，甚至不尊重人才不爱护人才，所以人才另栖高枝，是可以理解的，也是应该支持的。倘若我们的条件改善了、待遇提高了、环境宽松了，人才还会回来的。

哈达把这番话推心置腹地讲给杨中科。道理杨中科是懂的，又碍于哈达是盟文化处处长，是直接上级，颇不情愿地把自己的名字写在商调函上。

1995年12月15日，雷东香调入酒泉市歌舞团任舞蹈编导，通过17年的奋斗与奉献，雷东香成为酒泉市歌舞团业务副团长。

如果不是额济纳旗委书记陈万荣的意外发现，或许雷东香能在酒泉市歌舞团干到退休。

肖辉是额济纳旗委接待办主任，和陈万荣接触的机会相对多一些。一次闲谈中陈万荣问肖辉："我怎么没见过你爱人，她在哪个单位工作？"

"酒泉市歌舞团，副团长。"

陈万荣正在谋划额济纳旗民族文化发展的大局，其中乌兰牧骑是必须加强的一个重要环节。进一步了解雷东香的情况后，陈万荣求贤若渴，朗声说道："小肖啊，赶紧张罗着把小雷调回来，充实到乌兰牧骑领导班子里去，你们夫妻两地分居的问题也能得以解决了。"

2012年5月，雷东香从酒泉市歌舞团调回额济纳旗乌兰牧骑，用17年的时间画个圈儿，又回到原点。

从地市级文艺团体的副团长到副科级文艺团体的副队长,雷东香的心里是有落差的。

乌兰牧骑的副队长和乌兰牧骑队员没有多大差别,一切重新开始。

雷东香重新迈步的起点是从改善办公环境开始的。她从街上自费买来一个水桶、两个拖把、四副手套,还有清洁剂。穿上工作服、套上手套,先从4个正、副队长的办公桌开始,拖地擦桌子洗窗户,不知道的人还以为她是新来的"保洁阿姨"。一周时间,她把所有办公室、排练厅、琴房、卫生间彻彻底底地收拾一次,环境面貌焕然一新。她向队长同时也是向全体队员发问:在这样的环境中工作不舒服吗?

雷东香走进隔壁乐队办公室,乌达木弹吉他,杨海江打鼓,全都是一副旁若无人的样子。

雷东香顺手拿起一把贝斯,贝斯弦上按指头的地方有几个白点,其他位置大部分都是黑乎乎的油泥,看得雷东香心里一阵战栗,她用抹布小心翼翼地擦起来。

乌达木不屑一顾地说:那是擦不出来的。

雷东香把贝斯擦出来了,闪闪发光。

乌达木、杨海江坐不住了,面带愧色地说:"在这样的环境里待得时间长,麻木了、习惯了,雷队长,我们和你一起收拾吧……"

巴音那木尔是极具个性的长调演员,我行我素,放荡不羁。巴音那木尔是"吃百家饭,穿百家衣"长大的孤儿,在他应该接受教育的时候没能接受教育,唱歌是他的天赋。

"我让你唱你就得唱!"队长的观点。

"我想唱时才可以唱!"巴音那木尔的想法。

队长和巴音那木尔的矛盾非常尖锐,已经达到水火不容的程度。

雷东香试图走近巴音那木尔。她说:"今晚有场演出,旗里领导点名要听你唱的歌。"

巴音那木尔："旗里领导,哪个领导?"

雷东香："好几个领导呢,他们都很重视你。"

一股暖流涌上巴音那木尔的心头:"噢,我去,我去呀!"

如法炮制几次后,巴音那木尔活络起来,渐渐地向雷东香敞开心扉。

巴音那木尔对雷东香说:只有你不命令我,只有你夸我表扬我,只有你给我买过蒙古袍。

巴音那木尔阳光起来,灿烂起来,活跃起来。他能说话了,他能聊天了,他能开玩笑了!

人们都说巴音那木尔是一块儿"坚冰",雷东香是把"坚冰"融化的女人。

走出阴影的巴音那木尔在追求艺术的道路上奋力奔跑!

巴音那木尔演唱的蒙古语歌曲听不出一点儿汉语的味道,他演唱的汉语歌曲听不出一点儿蒙古语的味道,这是一种很难企及的艺术境界。

巴音那木尔的歌声曾经响彻维也纳金色大厅。

巴音那木尔演唱的歌曲《爱的眼神》曾经获得第十三届精神文明建设"五个一工程"奖。

雷东香和巴音那木尔曾经同是副队长。2016年5月,雷东香出任队长,巴音那木尔找到雷东香:"老人家,你好好掌舵,我就是拉车的黄牛。"

"老人家",是巴音那木尔对雷东香的戏称,也是尊称,是用他自己的思想方式表达的钦敬。

2018年初,根据组织人事部门的最新规定,乌兰牧骑领导指数超标,必须有一人退出领导序列,巴音那木尔"主动请缨":"老人家,我退出啊,你不要分心,把乌兰牧骑这杆大旗举好,咱是全国先进集体啊!我会一如既往地跟随左右,马不停蹄向前奔!"

雷东香既感动也激动,对这样的老同事、好同事应该负起更多的责任。她找到巴音那木尔:"工作这么多年,你的成绩和贡献有目共睹,你的职称也该晋级了。"

"职称?"巴音那木尔似乎一下子又回到了"冰冻"时期,他受过伤害。雷东香拍拍他的肩膀:"不要总纠结过去,向前看!你认认真真地把表填好,剩下的事儿我来跑。"

雷东香找人事部门、找组织部门,甚至找到旗委书记,陈述乌兰牧骑体制机制的特殊性,陈述巴音那木尔30多年对乌兰牧骑的贡献和付出。精诚所至,金石为开,评审一路绿灯。巴音那木尔继雷东香之后,成为额济纳旗乌兰牧骑第二个拥有副高职称的演员。

巴音那木尔用一首歌和雷东香调侃:

> 最爱的人是你
> 你是我生命中的唯一
> 最爱的人是你
> 我一生中不会放弃
> ……

苏和是治沙英雄,额济纳是英雄辈出的地方。如何用文艺的形式讴歌英雄,如何用文艺的形式诠释生态文明,是额济纳旗委、旗政府提出的时代命题,也是乌兰牧骑必须弘扬的时代主旋律。

时代楷模、优秀共产党员苏和走进雷东香的视野,在沙漠中时隐时现的历史古城黑城出现在雷东香的视野，一座座沙漠出现在雷东香的视野，一片片梭梭林出现在雷东香的视野，一蓬蓬绿色出现在雷东香的视野……

话剧《西风烈》横空出世，这是一部以平凡人的绿色梦为主线、以绿水青山就是金山银山为核心，融时代性、思想性和艺术性于一体的原生态戏剧作品。

小话剧歌颂大主题，这是《西风烈》的基本定位。

所谓"小话剧"，《西风烈》整台话剧只有6名演员，这6名演员都来自乌兰牧骑。

所谓"大主题"，《西风烈》讴歌的是生态文明，讴歌的是绿色发展理念，传播的是社会进步的正能量。

面对媒体沸沸扬扬地宣传《西风烈》是"国内首部大型原生态环保题材话剧"，雷东香淡然一笑："只有6名演员的话剧算得上大型吗？有些媒体呀，就是满嘴'跑火车'！"

乌兰牧骑属于人民，乌兰牧骑的所有作品都来源于生活。没有人民和生活，就没有乌兰牧骑。

雷东香在题为《乌兰牧骑，为人民抒写》的文章中深情地写道："人们习惯于赞颂乌兰牧骑艰苦卓绝、投身草原的奉献精神，却往往忽视草原和人民给予这支队伍的最丰厚的馈赠。没有源远流长的传统文化，没有激昂奋进的民族历史，没有争奇斗艳的民间艺术，没有广袤的大漠和戈壁，就没有乌兰牧骑生存的土壤，就没有乌兰牧骑创作的源泉！草原和人民，永远是乌兰牧骑的母亲！"

乌兰牧骑作品的"巴林属性"

01

春风吹拂着,细细嫩嫩的青草星星点点地拱出地面,些许春色在巴林草原上铺展开来。

走进巴林草原,俯拾皆是英雄的故事、美丽的传说、独具特色的舞蹈和不绝如缕的歌声。

说到巴林部落的英雄,最值得大书特书的应该是成吉思汗时代的大萨满豁儿赤。

成吉思汗称汗前名字叫铁木真。

豁儿赤对铁木真说:长生天让你做大汗呢!

豁儿赤对铁木真的堂叔、堂兄、堂弟们说:长生天让铁木真做大汗呢!

豁儿赤对所有能见到的人都说:长生天让铁木真做大汗呢!

蒙古民族虔诚地信仰着萨满教。豁儿赤是萨满,是长生天的代言人，他的话人们是相信的。

豁儿赤特别睿智、聪明。当把舆论造得沸沸扬扬的时候，他就对铁木真说："做了大汗，要赏我30个美女啊！"小小的老头儿，大大的花心。

1206年夏，铁木真在斡难河畔树起九斿白纛建立大蒙古国，始称成吉思汗，封豁儿赤为万户长。

豁儿赤念念不忘的是30个美女，风风火火地跑到秃马惕部去讨要，结果被塔尔浑夫人生擒并折磨得死去活来，身经百战的骁勇战将博尔忽为营救这位"花心大哥"而命丧黄泉。最后，还是在成吉思汗的干预下，豁儿赤如愿以偿，800多年前的风流韵事，现在仍然是人们茶余饭后的谈资。

伯颜也是巴林部可圈可点的历史人物，他能打仗，也会写诗，面对滚滚财富却甘于清贫。在临安（今杭州），作为征伐南宋的元军最高将帅，他想要什么都会唾手可得，而他"担头不带江南物，只插梅花一两枝"。

豁儿赤时期巴林部的封地在额尔齐斯河流域，经过几百年的游荡，清朝初年，巴林部被划定在西拉沐沦河北岸游牧，从此和清廷打得火热，札萨克郡王色布腾还成为清太宗皇太极的乘龙快婿，清朝入关后第一任皇帝顺治的姐夫，身份是相当显赫的。

皇太极、孝庄之女爱新觉罗·阿图下嫁色布腾王爷后，被封为固伦淑慧长公主。公主不甘寂寞，也不能寂寞，于是，连同300户"燕支"（陪户）一同带到巴林草原。300户"燕支"大多是满族人和汉族人，大多是能工巧匠和能歌善舞者，巴林草原的民族多元从此开始，巴林草原的文化多元也从此开始。

优雅的宫廷舞姿倒映在西拉沐沦河里，曼妙的宫廷音乐流淌在西拉沐沦河里，300多年来始终滋养着、滋润着巴林草原的文艺之花。

02

曾经参加过乌兰牧骑全国巡演，当过巴林右旗乌兰牧骑队长的巴达玛，是巴林草原上的"舞神"。现任巴林右旗乌兰牧骑队长萨仁高娃说："想知道我们乌兰牧骑的历史和辉煌，只能从巴达玛开始。"她庄重地把一本名为《孟克珠岚》的书递给我，书的封面是巴达玛一幅跳舞时的黑白照片，蒙古袍、蒙古靴，头上还缠着云雾般的纱巾，轻盈、洒脱、阳光、灿烂，"这本书是走进巴达玛丰富世界的钥匙。"我下楼时，萨仁高娃又追加一句："巴达玛是我的老师！"脸上荡起自豪的霞光。

蓝蓝的天上有你舞动的《五彩情绸》。
辽阔的草原上有你追风的《金马驹》。
美轮美奂的画面上有你绘出的《草原上升起不落的太阳》。
草原人民心中有你点燃的永不熄灭的《孟克珠岚》……

巴达玛任赤峰市歌舞团党总支书记时，黄伟光是团长，在为共同事业奋斗的几年里，两人配合默契，业绩斐然。巴达玛的远去令黄伟光悲痛欲绝，这是他怀念巴达玛文章的开篇，饱含深情。

在《乳香飘》的《草原盛会》上，《有趣的风力机》在转，《紫花苜蓿》芳香四溢，《金马驹》追逐突奔，富裕起来的牧民《游牧》在山水之间，激动地跳起《笑肩舞》，在《太阳能照亮蒙古包》里，欢度《团圆的除夕夜》，《五朵金花》系着《五彩情绸》，高唱《林牧恋歌》，憧憬着《生命随想》，婴儿睡在《金色的摇篮》里,做着色彩斑斓的《雪之梦》,《草原上升起不落的太阳》照耀着《金枝》和一丛丛一簇簇的《锦鸡》,《演兵场上》《弓舞》翩翩,《挤奶场的早晨》欢歌笑语……

20世纪70年代,巴达玛出任巴林右旗乌兰牧骑队长时,李宝祥是巴林左旗乌兰牧骑队长,这两支乌兰牧骑劲旅的"领头雁"关系甚笃。李宝祥用演出串连词的形式把巴达玛部分作品的名字展现出来。

巴达玛,梵语,意为莲花或荷花。这个名字的含义是双重的,一是取自周敦颐《爱莲说》的"出淤泥而不染,濯清涟而不妖";在佛教上,莲花被认为是西方净土的象征,佛座亦称莲座,笃信佛教的母亲把美好的希冀也都嵌进这名字里了。

每逢春节,给长辈"请安"是蒙古族的传统。9岁那年春节,巴达玛给一位见过世面的老人"请安"。老人夸道:"这小姑娘的请安好像舞蹈动作。"

舞蹈,就这样走进巴达玛幼小的心灵,而且成为她一生坚持不懈的追求。

20世纪50年代,人们沉浸在内蒙古自治区和新中国相继诞生的巨大喜悦中,蓬勃的群众文化以不同的文艺形式在巴林草原上如火如荼。

1959年4月,巴林右旗举办全旗农牧民业余会演,来自达尔其格图山下、查干沐沧河畔、德日苏艾里的巴达玛和锡林珠日嘎的双人舞《挤奶姑娘》拔得头筹,奖品是竹编外壳的大暖壶,那个年代暖壶都是稀罕物。

那一年,巴达玛只有15岁。15岁的孩子能编舞、能跳舞,还能拿大奖,在巴林草原上是凤毛麟角。

求贤若渴的巴林右旗乌兰牧骑指导员特古斯、队长成顺私下一商量,"这个孩子咱们要!"

  巴林右旗乌兰牧骑的全部家当是两块幕布、两盏汽灯、一台幻灯机、八双皮靴、九件蒙古袍。蒙古袍都得轮着穿,在这个集体里,巴达玛艰苦并快乐着。

  阿拉坦其其格是巴达玛舞蹈从业余向专业转变和跨跃的关键人物。跟着阿拉坦其其格的后面,巴达玛在跳挤奶舞、剪羊毛舞、鄂尔多斯舞、维吾尔族舞、藏族舞……

  1962年初,从昭乌达盟文工团培训回来的巴达玛接过阿拉坦其其格的担子,成为乌兰牧骑的舞蹈编导。拥有广阔的创作天地,她犹如一只小鸟儿,鼓足勇气展翅飞翔了。

  巴达玛曾被一次演出刺痛过,她和阿拉坦其其格、桑布、丹巴跳的新疆舞在热烈的掌声中,几次返场答谢观众。

  我们蒙古族舞蹈就不能这样返场吗?巴达玛不知道在问谁,但这个问题一定得有个答案,她坚信。

  拥有广阔而自由的创作天地,巴达玛把牧民对共产党和毛主席的深厚感情融进创作当中,把草原的风情和民俗融进创作当中。她左手端着斟满奶酒的硕大银碗,用右手无名指沾酒弹向苍天、弹向大地、弹向人民,然后把银碗放在头顶轻盈地旋转起来,一圈儿、两圈儿、三圈儿……独舞《奶酒献给毛主席》就这样出现在舞台上,掌声雷动,欢呼声、呐喊声如潮涌来,返场、再返场。

  巴达玛泪光闪闪,返场是观众的赞誉也是演员的荣誉,我们自己创编的舞蹈同样能够赢得频频返场这样的赞誉!

  巴达玛在全区20支乌兰牧骑240名队员中脱颖而出,1965年被选入乌兰牧骑全国巡演三队,她创编的独舞《接羔员舞》被选为乌兰牧骑全国巡演指定节目。巡演期间活动安排得满满的,在乌鲁木齐难得放假半天,巴达玛没有逛街、没有看风景,而是去新华书店买《毛泽东选集》。就是这样用毛泽东思想武装头脑的乌兰牧骑队员在"文化大革命"中同样被关进"牛棚"。

1973年底,辽宁省省委、省革命委员会为纪念毛泽东《在延安文艺座谈会上的讲话》发表31周年,决定选调巴林右旗乌兰牧骑到全国巡回演出。这个决定,使巴林右旗党委、旗革委会的阵脚大乱,因为当时的乌兰牧骑已经名存实亡。

1974年1月,旗委、旗革委会把被"发配"的巴达玛、道尔基、斯琴朝克图等乌兰牧骑的中坚力量重新召集回来,以解"燃眉之急"。在赤峰强化培训期间,巴达玛接过来的硬性任务是创编三个舞蹈,改编一个舞蹈,负责全部演出服装的设计……

1975年初,巴达玛临危受命,出任巴林右旗乌兰牧骑第七任队长,收拾烂摊子,重整旧山河。

"文化大革命"以来,巴林右旗乌兰牧骑犹如一盘散沙,没有组织力、没有创造力,甚至远离舞台、远离牧区、远离人民。

焕发乌兰牧骑的生命力尤为重要的是"不拘一格降人才"。

巴达玛徒步来到巴彦汗公社红旗大队,要把拉得一手好小提琴的知识青年陈波招进乌兰牧骑。

陈波在兢兢业业地喂猪,听说要让他去乌兰牧骑,脑袋摇得像拨浪鼓:"我刚插队时发过誓,要扎根农村60年,怎么能反悔呢?"

巴达玛将陈波一军:"你要扎根的红旗大队是农村,乌兰牧骑面对的是全旗的牧区和农村。乌兰牧骑要吃更多的苦,要受更多的累,要为全旗农牧区、农牧民服务!你若是怕苦怕累就别去了,乌兰牧骑没有软蛋。"

"谁怕苦,谁怕累?"陈波怒发冲冠!

"不怕苦,不怕累,那就去乌兰牧骑!"

"去就去,知识青年是块砖,东西南北任党搬!"典型的那个时代知识青年的豪言壮语。

知识青年间彼此是熟悉的,陈波告诉巴达玛落户在红星大队的知识青年苏东力的舞跳得特别好!巴达玛立即派老队员钟敏言赶着"驴吉普"去接苏东力……

若干年后,已经是《沈阳日报》总编辑的陈波深情回忆:"巴达玛是和蔼可亲的老大姐,她编创的舞蹈,堪称巴林草原原生态作品,特有'巴林风味'。离开乌兰牧骑的30多年中,始终梦想着和巴大姐的重逢,而这梦想因大姐的离去而无法实现了!"

1979年初夏,回到生活中间,回到人民中间的乌兰牧骑在巴彦塔拉公社塔木板大队拉开全旗巡演的大幕,远远近近的牧民或骑马,或坐勒勒车,潮水般地涌来,把巴达玛和乌兰牧骑的队员们里三层外三层地围在中间,嘘寒问暖,犹如亲人久别重逢。

老额吉流着泪,拉着巴达玛的手问:"老队员怎么就你一个人来了,桑布、道尔吉他们呢?"

巴达玛哽咽着说:"老额吉,桑布、道尔吉他们没有能来,但他们的责任和精神被这些新队员带来了,他们也都能够唱咱们草原的歌,跳咱们草原的舞……"

"嘿,巴达玛,你还认识我吗?"巴达玛面前站着一位脸膛赤红的蒙古大哥。

"道布敦?磨刀师傅!"巴达玛喜出望外。

时间闪回到1962年初秋,乌兰牧骑队员来到这里和牧民同吃同住同劳动,当时的活计是用杉刀打秋草,队员们不会磨刀,因此生产队派道布敦在草场负责给队员们磨刀。这次见面,巴达玛突然想起《红灯记》

里的地下交通员"磨刀师傅"，于是脱口而出，道布敦爽朗的笑声在草原上空炸响。

乌兰牧骑从巴彦塔拉公社塔木板大队来到幸福之路公社床金大队。演出时，草地上坐着一位"特殊"观众，中共昭乌达盟盟委委员、宣传部长结实。结实全神贯注地看完全部演出后对巴达玛说："好久没有看到这样令人心旷神怡、心情舒畅的演出了，在草地上和牧民坐在一起看演出是精神享受，难得啊！自治区明年要举办东三盟乌兰牧骑文艺会演，你们就代表昭乌达盟参加吧！从现在就开始着手准备，希望能把奖杯捧回来！"

欢呼雀跃，人们激动地堆起干柴、浇上汽油、燃起篝火，男女老少手拉手地跳起欢快的安代舞。

难忘今宵。

今夜无眠。

宗教是信仰，宗教是文化，宗教是艺术。然而，舞蹈创作冲破宗教禁区和思想禁锢，是需要勇气和胆识的，特别是刚刚有一丝思想解放曙光的20世纪70年代末。

巴达玛创作的每个舞蹈都有深厚的生活基础，《孟克珠岚》就是典范。

查干沐沦公社珠拉沁大队有康熙皇帝的姑姑固伦淑惠公主的陵寝和庙宇。固伦淑惠公主是皇太极与孝庄的第五个女儿，顺治五年下嫁巴林部辅国公色布腾，康熙三十九年（1700年）固伦淑惠公主病逝后康熙曾三改悼词，足见固伦淑惠公主在大清王朝中的地位和影响。

自固伦淑惠公主病逝后，这里每年都要举行祭祀活动，点燃孟克珠岚（即长明灯）是其重要内容之一。珠拉沁，意为点燃长明灯的职业，珠拉沁大队也因此而得名。

巴达玛把"珠拉沁"这个点放大到巴林草原、克什克腾草原、察哈尔草原,甚至内蒙古草原,烧香拜佛、献哈达点酥油灯看似宗教活动,其实曲折反映的是人们对自由、平等、和平、安宁的渴望和祈祷,通过舞蹈把人们这种向善、向美、向上的愿望表现出来,是有可能感天地泣鬼神的。

巴达玛呕心沥血创作出来的群舞《珠岚舞》意外地引起轩然大波,责问和质疑铺天盖地地席卷而来。面对如此狂澜,巴达玛大声疾呼,《珠岚舞》是文化,是艺术,是追求美好和光明的象征。

结实部长听取各方面的意见后明确表态:专家和群众的眼睛是雪亮的,先不要扣帽子,不要打棍子,把《珠岚舞》交给专家和群众,让专家和群众去评判嘛。一锤定音,《珠岚舞》获得参加东三盟乌兰牧骑文艺会演的"通行证"。

更让巴达玛感到意外的是,在内蒙古自治区东三盟乌兰牧骑会演中,《珠岚舞》荣获创作、表演两项大奖。

1980年10月,鄂托克旗乌兰牧骑"借"《珠岚舞》进京参加全国少数民族文艺会演,巴达玛前往鄂托克旗乌兰牧骑指导排练,《珠岚舞》又获文化部、国家民委颁发的优秀节目奖;1984年10月,《珠岚舞》再获内蒙古自治区首届艺术创作最高奖"萨日纳"奖。

《珠岚舞》还没有全部调动巴达玛的舞蹈语汇,还没有全部调动巴达玛的创作激情。巴达玛认为《珠岚舞》的缺憾在于创作时还没有完全冲破禁锢和禁区,她始终在思考和探索如何使这一题材更为丰富、更为饱满地展现出来。

1987年夏,巴达玛在牧区招来一位14岁的小队员珠日嘎,她在珠日嘎身上看到自己当年的影子。她眼前突然亮起一盏佛灯,摇曳的灯光里一个纤弱的少女翩然起舞。来了,灵感;来了,《孟克珠岚》!根据珠日嘎的身材、特点、才艺量身定制的独舞《孟克珠岚》一气呵成。

从群舞《珠岚舞》到独舞《孟克珠岚》，整整耗去巴达玛十年时光，所谓"十年磨一剑"是也！

向自己挑战，然后再完美地超越自己，渐渐成为巴达玛的创作风格。创作《孟克珠岚》时，巴达玛在保留《珠岚舞》蒙古族舞蹈元素的同时，大胆引入芭蕾舞碎步、脚尖儿点地等动作，使舞蹈既有蒙古舞的古朴婉约，又有芭蕾舞的轻盈高雅。

哈日根塔拉有一个远近闻名的银匠根敦，巴达玛翻山越岭、不辞辛劳地找到这位身怀绝技的老银匠，就佛灯的规格、形状、材质、工艺等诸多问题和老银匠探讨、交流起来。老银匠听说自己制作的佛灯要在舞台上点燃，眼睛顿时雪亮，灿烂的笑容挂在脸上："这活儿，我接了！"

巴达玛是服装设计的高手，她在蒙古袍的下摆绣上一圈儿荷花，这一独出心裁的创新，陡然增加了《孟克珠岚》的艺术魅力。

1989年8月，庆祝巴林右旗乌兰牧骑建立30周年暨巴达玛舞蹈作品专场晚会在大板镇人民广场拉开序幕。最后一个舞蹈是年仅16岁的珠日嘎跳的《孟克珠岚》，她头顶一盏大佛灯，两手各执一盏小佛灯，蒙古袍下摆还绣着一圈荷花，她在舞台上旋转起来的时候，头顶上的佛灯、手执的佛灯和蒙古袍下摆的荷花水乳交融般地构成一个有机整体，闪闪烁烁的灯光照亮人们的心灵，指引人们去追求光明、幸福和快乐……

《孟克珠岚》深化了《珠岚舞》的主题，丰富了《珠岚舞》的语汇，加强了《珠岚舞》的张力，特别是从群舞到独舞之变，既凝练又升华了《珠岚舞》的艺术感染力。

1990年9月，《孟克珠岚》荣获第二届内蒙古自治区舞蹈大赛创作一等奖。

1990年12月，《孟克珠岚》荣获全国少数民族舞蹈大赛二等奖。

1993年7月,珠日嘎把《孟克珠岚》跳到俄罗斯,又赢得了国际声誉。

1994年10月,《孟克珠岚》荣获内蒙古自治区艺术创作最高奖"萨日纳"奖。

不仅《珠岚舞》和《孟克珠岚》这两个舞蹈,巴达玛创作的所有舞蹈都来自火热的生活,都植根于厚重的民族文化。

尹湛纳希是清末著名的文学家,素有"蒙古族曹雪芹"之称,他把自己坎坷的爱情、婚姻蘸着心血和泪水写进《一层楼》和《泣红亭》,巴达玛荣获"萨日纳"奖的群舞《五彩情绸》就是在阅读《一层楼》《泣红亭》这些名著时产生的创作灵感。

长长的彩绸大都是蒙古男人系在蒙古袍上的腰带,而在《五彩情绸》中,巴达玛独具匠心地把装有五色彩绸的道具盒作为核心构图和结构要素,青春活泼的姑娘们打开饰品盒,出乎意料地发现里面装着的竟然是五彩丝绸,她们在羞赧和激动中,把彩绸缠绕在意中人的身上,使舞蹈极具画面感的同时趋于唯美和浪漫,凄美和婉约,人们解读《五彩情绸》时,或许也能发现作者剪不断、理还乱的一缕"情愁"……

世界上最伟大的爱莫过于母爱了。然而,巴达玛的三个孩子却很少能够享受到应有的母爱。因为不能给孩子们足够的母爱,巴达玛也时常内疚,失衡的天平使她内心深处隐隐作痛。

哈·代钦是巴达玛的侄子,他曾经目睹过姑姑的"残忍"。

1985年7月,巴达玛率队参加全盟乌兰牧骑会演,刚满周岁的儿子那日松因患小儿肺炎而住进医院,接到电话后巴达玛心急如焚,搭上长途客车火速从赤峰赶回大板。傍晚时分,她走进医院把正在发着高烧的儿子紧紧地抱在怀里,而泪水却打湿了儿子身上的毛毯。那泪水,就仿佛是断线的珍珠扑簌簌地落下,怎么也止不住。就这样,她整整一晚上都把儿子抱在怀里；就这样，她整整哭了一个晚上。

第二天早上，巴达玛把高烧刚退的儿子递给丈夫，泪眼婆娑地跑出医院，又向赤峰奔去！她心里装着参加比赛的十几名队员，她心里装着乌兰牧骑……

1987年8月，巴达玛率领巴林右旗乌兰牧骑代表赤峰市参加内蒙古自治区举办的纪念乌兰牧骑成立三十周年文艺会演，全区代表队都住在巴彦塔拉饭店。兄弟盟市的乌兰牧骑队员受当时思潮的影响，戴大墨镜、穿喇叭裤、浓妆艳抹，时髦而又潇洒。巴林右旗乌兰牧骑队员清一色的运动服，是最为"土气"的一支队伍，巴达玛告诫队员："不要攀比，不要羡慕，要永远保持乌兰牧骑朴素的优良作风！"

在文艺会演中，巴林右旗参赛的12个节目获得27个奖项，巴达玛一人拿到6项大奖。群舞《金色的摇篮》荣获优秀创作奖、服装设计奖和"萨日纳"奖，并被选定为内蒙古自治区参加首届中国艺术节的开场节目。

《金色的摇篮》以母亲、故乡、摇篮为主线，以极为抒情的表现手法渲染、讴歌和诠释最无私、最伟大的母爱，塑造出最可亲、最可敬的母亲形象……

或许由于兴奋，巴达玛向跟在她身边的舞蹈演员珠日嘎透露："《金色的摇篮》里有我孩子的元素，我把对他们的爱融进作品里了。也许他们现在不懂，我相信将来他们一定会懂的。"

珠日嘎回忆，巴达玛说这番话时，眼角是泪水涟涟。

伟大的母亲，伟大的母爱！

哈扎布是有着自己风格和流派的蒙古族歌唱家，素有"长调歌王"之美誉，《老雁》是哈扎布传唱几十年的经典长调民歌。出于对哈扎布的敬重，也出于对长调民歌的热爱，巴达玛选择舞蹈语汇诠释《老雁》。

"一只鸿雁,用她飞翔的翅膀,为草原驮来春的盎然、夏的碧绿、秋的果实和冬的瑞雪。四季奔忙的鸿雁教会孩子们学会搏击风雨、翻越千山后也渐渐老去……"这深沉的蕴涵和鲜明的意象在巴达玛的舞蹈语汇中被称为《生命随想》。这个曾获内蒙古自治区"五个一工程"奖的双人舞《生命随想》也是巴达玛的生命绝唱,这是她留给我们的最后一个舞蹈。

巴达玛的每个舞蹈都是从火热的生活中拎出来的"鲜货",更重要的是每个舞蹈都经历过厚重的、优秀的、传统的民族文化的滋养和浸润。

巴达玛对蒙古族舞蹈理论研究和她蒙古舞创作相伴相随,相得益彰。既从事蒙古舞创作,又醉心于蒙古舞理论研究,巴达玛是乌兰牧骑的旗帜和楷模。

舞蹈是人类早期表达情感、交流思想的艺术表现形式。早到什么程度?从原始社会就开始了。何以证明?阿拉善岩画、大青山岩画、乌兰察布岩画、哈拉海尔罕岩画都刻有舞蹈动作,大致可分为狩猎舞、祭祀舞、战争舞和欢乐舞。这是巴达玛在《蒙古舞浅析》中对舞蹈起源的宏观概述,同时还栩栩如生地描摹出100多幅岩画舞姿,扣人心弦,引人入胜。

巴达玛要谈的是"蒙古舞",在这宏阔的历史背景下,笔锋一转,引出《蒙古秘史》关于舞蹈的记载:"蒙古人之庆典,则舞蹈筵宴以庆之。既举忽图剌为合罕,于豁儿豁纳黑川,绕蓬松茂树而舞蹈,直踏出没肋之蹊、没膝之尘也。"

巴达玛在文章中对历史典故和古典诗词的旁征博引看似信手拈来,实则是她踏破书山的生动写照。

巴达玛执着地认为,蒙古舞蹈与宗教有关,与宗教信仰有关,与宗教文化有关。萨满教在忽必烈推行佛教以前,是北方游牧民族共同信仰的最为古老、最为原始的宗教。她在谈到萨满教对蒙古舞的影响时,把元朝中期学者吴莱的《北方巫者降神颂》长诗引入其中。吴莱何许人也?他是《元史》主编宋濂的老师,清代学者王海洋特别欣赏他诗格的雄浑恣肆、高古奇崛。在论及元朝宫廷舞时,把元代大文学家袁桷和元末诗人张昱牵涉进来,这两人分别写过《白翎舞》和《白翎雀歌》。观白翎鸟、赏白翎舞、听白翎歌,是忽必烈的生活乐趣。

我们知道,巴达玛是从巴林草原、从乌兰牧骑走出来的舞蹈家,她频频斩获大奖的舞蹈作品也源于火热的基层生活和丰富的社会实践。而我们不知道的是巴达玛这位没有上过中学、没有上过大学的舞蹈家对民族历史文化、对舞蹈艺术理论的深入研究。透过《蒙古舞浅析》打开的另一扇窗,我们看到的是另一个巴达玛,传承民族文化的巴达玛,研究民族舞蹈理论的巴达玛,以及她在传承民族文化、研究舞蹈理论过程中的付出与收获,广学与博览。

巴达玛的这种境界和精神,在今天依然有着典型意义和楷模作用,而且特别需要。

如果说蒙古舞是汪洋恣肆的大海,那么巴达玛就是在这大海中荡桨击水的巾帼英雄。大海捞针是相当困难的,但只要大海里有针,也就有捞上来的希望与可能。关键在于有没有毅力,愿不愿意付出,敢不敢把困难踩在脚下。这些,巴达玛都做到了,她从蒙古舞这个大海里捞出一枚枚金针、一枚枚银针,她用责任、用激情、用生命梳理出蒙古舞的源头和种类。

巴达玛之于蒙古舞的理论研究,是学习的过程,是上下求索的过程,是博览群书的过程。而上下求索、博览群书正是当下的一种缺失,亲近手机、远离书籍的现象越来越严重。作为乌兰牧骑队员、特别是乌兰牧骑编导,如果自觉地把巴达玛以及"巴达玛们"当作榜样和楷模,丰富内心、开阔视野、热爱生活、扎根泥土,就还会出现《孟克珠岚》这样的作品,就还会出现巴达玛这样的舞蹈演员、舞蹈编剧、舞蹈家。站在巨人的肩膀上,我们就会看得更高更远。

巴达玛《关于继承与发展蒙古族舞蹈琐谈》这篇文章写于 1996 年,收入民族出版社出版的《中国蒙古族舞蹈研讨会论文集》中。

因为是"琐谈",这篇文章起初并没有引起我的注意,不经意浏览时,巴达玛以犀利的语言提出的尖锐问题,进入眼帘的同时也震颤着心灵,这是一篇难得的、有见地的、敢于对制约蒙古族舞蹈发展的"病灶"狠下"猛药"的雄文、檄文。

我们必须站在这篇文章写作的年代和时间的大背景下去释读这篇文章,才能感悟到热心于、醉心于、倾心于蒙古族舞蹈艺术发展的思想者高瞻远瞩、高屋建瓴的远见卓识,才能听清振聋发聩、涤荡肺腑的金石之声!

问题一,在如何继承与发展蒙古族舞蹈艺术上,巴达玛直言不讳地指出,文化主管部门和业务部门都"缺乏深层次的思考、全面细致深入的调查研究和科学理性的分析;缺乏既有长远规划、又有近期目标的宏观决策"。

问题二,舞蹈编导队伍"由于受市场经济的冲击,人才流失现象十分严重,后继乏人"。

问题三,编导人员的创作"由于受到主观条件的限制,思想不够活跃,视野不够开阔,观念亟待更新与解放"。

巴达玛既然能够系统地提出这些问题,也一定对如何解决这些问题进行过缜密的思考并给出答案。

举措之一,文化厅、文联以及舞蹈家协会"要站得高看得远,站在世界文化的角度看继承与发展蒙古族舞蹈的必要性、紧迫性"。"制定出一整套符合内蒙古实际,振兴与发展内蒙古舞蹈的战略目标及实现决策"。

举措之二,"要千方百计地稳定舞蹈编导队伍,创造条件,培训跨世纪的编导新人,形成编导力量上的梯次结构"。

"要使蒙古族舞蹈以其鲜明的地区特点,浓郁的民族风格立于世界民族艺术之林,就必须十分注意从继承中去创新、去发展"。在借鉴、吸收舞蹈史诗《东方红》、舞剧《丝路花雨》、舞蹈《鄂尔多斯》等优秀作品创作经验的同时,必须从根本上解决编导队伍"根基不厚、创新不够、生活不足"的现实问题。

每一个问题的提出"点"的都是舞蹈编导队伍的"死穴",不知令多少人如坐针毡,如芒刺背。

根基不厚主要表现在对蒙古族历史和文化缺乏全面系统深层次的了解,对蒙古民族宗教信仰、风俗习惯以及由此产生的蒙古族民间舞蹈的韵律与特征不熟悉,不掌握。创而不新的原因是创作者总是翻来覆去地堆砌那些"看惯了、看腻了"的舞蹈语汇。编导人员没有做到长期地、全身心地深入到火热生活的最底层,亲身投入改革的大潮中去观察、去体验、去捕捉生活中的美。反映到创作上,也就很难产生出与时代合拍与群众共鸣的舞蹈作品来。

"要想用舞蹈形式颂扬这个民族,就必须对这个民族的历史、文化、风俗、信仰以及这个民族历史发展的脉络,有一个深入透彻的了解。"

舞蹈编导队伍如何提高民族文化素质,巴达玛开出的"药方"是读《蒙古秘史》,读《蒙兀儿史记》,读《蒙古源流》,读《蒙古游牧记》……

巴达玛感叹,有着悠久舞蹈历史的蒙古民族却没有一部《蒙古民族舞蹈史》,而阿旺克村编著的《西藏舞蹈通史》1995年就已经出版发行,横向比较,就显得相形见绌了。

巴达玛理想中的蒙古族舞蹈编导队伍是不被物质金钱所诱惑、不为仕途名利所动心的一群干才,"他们,也只有他们,才是内蒙古舞蹈艺术事业繁荣与兴旺的中坚力量,才是蒙古族舞蹈走出中国、冲向世界的中流砥柱,才是21世纪蒙古族舞蹈繁荣与发展的希望"!巴达玛如是说。

我把巴达玛这篇"琐谈"中的论点与论据、观点与要点梳理出来后心情并不轻松,因为她22年前提出的问题仍然是我们现在面临的问题,她22年前的希望依然是我们现在的希望。

巴达玛从1959年到1987年,在乌兰牧骑激情奋斗28年之久,带出了一支队伍,创作了一批作品,培养了一批人才。

"有的人活着/他已经死了/有的人死了/他还活着……"这是著名诗人臧克家为纪念鲁迅先生逝世三十周年而写的一首抒情诗。借得臧老的诗句,作为巴达玛的墓志铭吧!

我写巴达玛时偏重的是她的舞蹈创作和获奖作品,但任何一部被称为经典并得以传承的优秀作品都不会离开音乐而独领风骚、一枝独秀、一花独放。我国古代音乐典籍中明确记载:"诗,言其志也;歌,咏其声也;舞,动其容也。三者本于心,然后乐器从之。"苏联著名舞蹈理论家扎哈诺夫说,音乐是舞蹈的灵魂,音乐包含并决定着舞蹈的结构、特征和气质。我国舞蹈艺术家、理论家、教育家吴晓邦直言不讳地宣称,他就是在《义勇军进行曲》中获得舞蹈形象的!

舞蹈和音乐有着共同的节奏、韵律和情感,最原始的舞蹈也是用敲击出来的节拍伴奏的,舞蹈和音乐的密切关系从根本上说是舞蹈离不开音乐,没有音乐就没有舞蹈。

舞蹈离不开音乐,古代如此,现代如此,巴达玛亦如此。

二十世纪七八十年代,巴达玛、道尔吉分别是巴林右旗乌兰牧骑的队长和指导员,共同率领这支文艺轻骑兵跋山涉水为人民服务。在艺上,巴达玛编舞、道尔吉作曲,巴达玛所有舞蹈作品的内涵和外延几乎都是通过道尔吉优美的旋律得以展现和张扬出来的,他们创作巅峰时期,就有"巴达玛的舞、道尔吉的曲"之说,他们是令全区乌兰牧骑和舞蹈界羡慕的"黄金搭档"。

道尔吉是巴林右旗乌兰牧骑第一批演员,1965年曾参加乌兰牧骑全国巡演。他在几十年的乌兰牧骑生涯中创作出几百首人民群众喜闻乐见、耳熟能详的音乐作品,《金色的摇篮》《五彩情绸》《珠岚》等作品荣获国家文化部、内蒙古自治区大奖,因卓有成效的音乐创作和整理出版《昭乌达民歌》而被授予"民族文化突出贡献奖"。

03

无独有偶,巴林右旗乌兰牧骑现任队长萨仁高娃、指导员张文刚堪称巴达玛、道尔吉的"翻版"。萨仁高娃师承巴达玛,张文刚师承道尔吉。萨仁高娃编舞、张文刚作曲的《巴林蒙古女性》曾于2005年荣获第五届中国舞蹈"荷花奖"民族民间大赛铜奖,《巴林·德布斯乐》荣获第十届中国舞蹈"荷花奖"民族民间舞十佳作品奖。

1985年1月,巴达玛从大板第一中学把萨仁高娃领到乌兰牧骑,15岁的学校文艺骨干从此成为草原上的红色文艺轻骑兵。

巴达玛最令人称道的是对新队员无微不至的关心与关怀,她根据从巴林草原走出去的著名蒙古族诗人巴·布林贝赫的抒情诗《金马驹》,为萨仁高娃、其其格、吉如嘎三个新队员"量身定制"一个三人舞,萨仁高娃说:"我来到乌兰牧骑跳的第一个舞蹈就是巴老师创编的《金马驹》,或许因为每个舞段都是根据我们的特点设计的原因,跳起来特别舒畅。"

1987年6月，庆祝内蒙古自治区成立40周年暨乌兰牧骑建立30周年文艺会演在呼和浩特举行，巴林右旗乌兰牧骑代表赤峰市参加活动。

18岁的萨仁高娃第一次来到呼和浩特，鳞次栉比的大楼，川流不息的人群都令她眼花缭乱、目不暇接。不管巴达玛走到哪，她都跟在后面。离开巴达玛，她唯恐自己不知道东南西北。

巴达玛拜见老领导、老朋友、老艺术家，话题自然是演出，是舞蹈，是艺术。不经意间，萨仁高娃在这浓浓的艺术氛围中被熏陶。

文艺会演结束，巴林右旗乌兰牧骑荣获27个奖项。萨仁高娃没有拿到单项奖，但她却在崇高的集体荣誉感中陶醉。

初生牛犊不怕虎，在跳《金马驹》《金色摇篮》中，她跳出了激情、跳出了灵感、跳出了创编舞蹈的欲望。

萨仁高娃创编的第一个舞蹈是《腾飞》，框架、结构、舞段基本定型后，她反反复复地试跳，却怎么都找不到感觉，没有想象中的那样空灵和飘逸。斯时，巴达玛已经调任赤峰市歌舞团副团长，萨仁高娃跑到赤峰去请教："巴老师，我总是离不开《金马驹》，怎么办呢？"

巴达玛捋捋已经花白的头发，目光里充满慈祥："《金马驹》是我的作品，你不离开怎么行呢？说到家，舞蹈创作要走自己的路，吃别人嚼过的馍香吗？走自己的路，就是要深入最基层，深入人民群众当中。接受生活的洗礼。生活总会让你感动的，而你被感动的那一刻，或许就是作品灵光的闪现。孩子，到生活当中去，到人民群众当中去吧！仅凭所谓的天赋和海阔天空的狂想，是创作不出好的舞蹈来的……"

巴达玛语重心长的这番话，萨仁高娃不是第一次听到，但从来没有像今天这样让她心灵震撼，或者因为以前没有在意，或许因为环境不同,或许没有当回事。今天不同,老师的话每句都在她的心扉上打出颤音,醍醐灌顶,茅塞顿开。

走自己的路,到生活当中去,到人民群众当中去!

这几句朴实无华但闪烁着哲学光芒的箴言,从那时起就成为萨仁高娃艺术追求的座右铭,而且几十年来从来没有改变过……

1997年7月,时隔十年,巴林右旗乌兰牧骑再次代表赤峰市参加庆祝内蒙古自治区成立50周年、乌兰牧骑建立40周年暨第二届乌兰牧骑艺术节,所不同的是巴达玛、道尔吉等老一代乌兰牧骑队员功成名就后都退到幕后,萨仁高娃、张文刚这些日臻成熟的队员一跃成为中坚力量,挑起乌兰牧骑的大梁!

巴林右旗乌兰牧骑超前打造的歌舞晚会"西拉木伦情"在农村牧区巡演50多场、在赤峰市乌兰牧骑暨专业艺术团体会演中荣获29个奖项后,又满怀信心地进军呼和浩特,冲刺第二届全区乌兰牧骑艺术节。萨仁高娃回忆当时的情景:"当时的比赛形式还很传统,一个节目报幕一次,而我们的《西拉木伦情》的歌、舞的过渡与切换则是用诗一样的语言来衔接的,歌与舞有机结合,情与景融会贯通,这种表现手法和风格尚属创新之举,赢得掌声是自然的了。"

"西拉木伦情"整台晚会获集体金奖,萨仁高娃编创的舞蹈《西拉木伦河畔的姑娘》获创作奖和表演奖,这是萨仁高娃第一次走上自治区的领奖台。她说那一刻心跳得"怦怦的",怀里就像揣只小兔子。

之后,内蒙古自治区文化厅推荐歌舞晚会"西拉木伦情"进京参加全国乌兰牧骑先进团队表彰大会,并在民族文化宫为党和国家领导人及首都各族群众演出。

1997年,对巴林右旗乌兰牧骑来说意义非凡,在被内蒙古自治区党委宣传部、内蒙古自治区文化厅和内蒙古自治区民委评为"内蒙古自治区十佳乌兰牧骑"之后,又被文化部评为"全国乌兰牧骑先进团队"。

草原上的婚礼,往往是蒙古民族文化、艺术、风俗、服饰的大展演,萨仁高娃每次参加婚礼都格外关注不同年龄、不同层次妇女的神态、服饰、语言和礼仪,甚至奶奶、妈妈们的言谈举止都被她纳入观察生活的视野当中。

2005年初,巴林右旗乌兰牧骑全员进入备战第三届乌兰牧骑艺术节的紧张状态当中。

作为舞蹈编导,萨仁高娃更觉得任重道远,参加乌兰牧骑艺术节,必须有新作品,她的新作品在哪儿呢?

萨仁高娃上班思考、下班思考,躺在床上仍然在思考。某一天的某一刻,"巴林蒙古女性"这一主题突然在她的脑海里闪现,她欣喜若狂,推开时任队长张文刚办公室的门:"张队、张队,有了、有了,我想用舞蹈的形式展现我们巴林草原蒙古女性的娴雅、贤惠、勤劳和淑静……"

张文刚指指对面的椅子:"别急,坐下慢慢说,谈谈你的构思和框架。"

于是,萨仁高娃、张文刚就《巴林蒙古女性》的结构、音乐、服饰、舞段进行了热烈的讨论。

萨仁高娃说:"张队,我们巴林草原有过固伦淑慧公主,有过宫廷乐队,有过宫廷舞。《巴林蒙古女性》的音乐一定要有古典味道、宫廷味道。"

萨仁高娃离开后,张文刚陷入创作前的沉思,他仰靠在沙发背上,微闭眼睛,喃喃自语,"古典味道、宫廷味道……"

2005年8月,鄂托克草原碧波荡漾,鲜花锦簇。第三届内蒙古自治区乌兰牧骑艺术节在鄂托克旗举行,这是乌兰牧骑艺术节落地旗县的肇始。

巴林右旗乌兰牧骑毫无悬念地捧回集体演出金奖和一专多能团队奖。

一群身着古典民族服装的巴林蒙古姑娘嫣然地出在舞台上，她们通过饱满的蒙古族文化元素和丰富的蒙古族舞蹈语汇，淋漓尽致地展现出巴林女性古朴典雅的性格特征和精神气质，这就是萨仁高娃编舞、张文刚作曲的群舞《巴林蒙古女性》。

萨仁高娃激动而又兴奋，她拨通查干朝鲁的电话："查干老师，我的群舞《巴林蒙古女性》拿到表演一等奖、创作二等奖……"

查干朝鲁是国家一级作曲，2000年萨仁高娃参加全区乌兰牧骑编导班时，他是讲课老师之一。电话另一端，查干朝鲁笑声朗朗："祝贺，祝贺啊！高娃啊，我正在看第五届中国舞蹈"荷花奖"大赛组委会发来的文件，你们的舞蹈可以尝试着冲刺一下荷花奖！"

参加全国舞蹈大赛？冲刺"荷花奖"？

萨仁高娃是个喜欢"做梦"的女人，但全国舞蹈大赛、"荷花奖"从来都没有进入过她的梦境！

萨仁高娃从狂热变为冷静："查干老师，我们能在全区乌兰牧骑艺术节上拿到奖项已经不容易了。一个县级乌兰牧骑，向全国舞蹈最高奖冲刺，我不敢，我也不想。"

查干朝鲁的口吻近乎命令："我给你个电话，你明天去找内蒙古舞蹈家协会秘书长曼德尔娃联系……"

咔嚓一声，电话挂断了。

接到第五届中国舞蹈荷花奖组委会发来的入选通知时，萨仁高娃既喜出望外又愁肠百结。能够参加全国舞蹈大赛自然是天大的好事，即使不能获奖，开开眼界也行啊！但是领队、演员12个人的费用最低也得4万元。

2005年,4万元对于乌兰牧骑来说无异于天文数字。通过多次游说、多次斡旋,旗政府只能解决一半,因为另外两万元没有着落,急得萨仁高娃满嘴都是水疱。

机会难得,决不能放弃已经降临的机会。

萨仁高娃去找父亲,父亲退休前是旗主要领导,有威望有声望,如果他能够想办法,困难就一定可以解决。

老父亲曾经当过旗委宣传部长,对文化、对文艺、对乌兰牧骑有着深厚的感情。

"旗委、旗政府有困难,我们应该理解,"老父亲深明大义,"但这样千载难逢的机会也不能错过,我给你联系联系企业,看看有没有愿意慷慨解囊的!"

2005年11月6日。

第五届中国舞蹈荷花奖民族民间舞大赛在贵州省花溪市落幕。

《巴林蒙古女性》荣获作品铜奖!

萨仁高娃荣获编舞金奖并被授予"民族舞蹈之花"称号!

栗东旭、格日乐、苏伦高娃、刘丽丽、高丽丽、花蕾、红宝、娜日苏荣获个人表演奖!

兴高采烈,手舞足蹈,群情鼎沸!

天哪!第一次走向全国大舞台就能榜上有名,怎能不让这些来自大草原的姑娘心花怒放!要知道,这次大赛共有25个省区、19个民族舞种、301个舞蹈参与角逐,经过初赛、复赛、决赛等诸多环节,突出重围的《巴林蒙古女性》总排序第6名。《巴林蒙古女性》的后面是来自全国各地的295个不同风格的舞蹈,295种舞蹈又有多少舞蹈演员啊!

载誉归来的《巴林蒙古女性》团队受到内蒙古自治区文化厅、赤峰市文化局和巴林右旗旗委、旗政府隆重而热烈的欢迎,时任内蒙古自治区文化厅副厅长安泳锝激情澎湃地说："你们赢得的荣誉属于巴林右旗，属于赤峰市，更属于内蒙古。你们为内蒙古争了光，添了彩，你们是内蒙古的骄傲！"

萨仁高娃在底下嘀咕："身上一分钱都没有了……"

荣誉是压力、更是动力。

萨仁高娃的爷爷是草原上远近闻名的民间艺人，而民间艺人最大的特点就是满肚子故事，萨仁高娃就是在爷爷的故事里长大的。她忽然想起爷爷讲过的围着神树跳舞、把草地踏出没膝深沟的故事，这故事的源头要追溯到《蒙古秘史》。

萨仁高娃在故事中获取灵感，继《巴林蒙古女性》之后，又把《巴林·德布斯乐》推向第十届中国舞蹈荷花奖民族民间舞大赛的"擂台"。

《巴林·德布斯乐》舞蹈风格保持着蒙古族广泛流行的踏舞特征，以伴唱踏步、跳跃踏步、翻转踏步等12种舞步构成刚劲、强健、潇洒的动作，融稳健、敏捷、轻柔、情韵于一体，把美和人们对美的追求推向极致。

2015年8月6日，第十届中国舞蹈荷花奖民族民间舞大赛在四川省西昌市落幕，巴林右旗乌兰牧骑选送的《巴林·德布斯乐》在全国31个单位选送的500多个舞蹈中脱颖而出，荣获十佳作品奖。

巴林右旗乌兰牧骑，十年间两次闯入中国舞蹈荷花奖民族民间舞大赛并且摘冠折桂，这在内蒙古75支乌兰牧骑中是绝无仅有的，这对全区乌兰牧骑来说，具有一定的启迪意义。

2009年，中华人民共和国成立60周年，巴林右旗乌兰牧骑建队50周年，这是一个重要的时间节点。

1957年6月，第一支乌兰牧骑在苏尼特草原破土而出，50多年过去了，"乌兰牧骑艺术之花"已经开遍内蒙古草原。回顾乌兰牧骑50多年的光辉历程，每个乌兰牧骑人都会讲出许多生动的故事。但最为根本的是乌兰牧骑是在毛泽东、周恩来、乌兰夫等老一辈无产阶级革命家亲切关怀下成长起来的草原文艺轻骑兵；在周总理亲自安排下，乌兰牧骑举着红旗、唱着歌、跳着舞走遍祖国的山山水水，内蒙古大草原上每个苏木、每个嘎查、每座蒙古包都曾经响起过乌兰牧骑的歌声，都曾经有过乌兰牧骑的翩翩起舞。

乌兰牧骑旗帜需要高举！

乌兰牧骑精神需要传承！

屈指数来，萨仁高娃在乌兰牧骑工作、奋斗已经25个年头。这25年，是她用舞蹈见证乌兰牧骑发展的25年。无论过去还是现在，还没有一个舞蹈反映乌兰牧骑自己的奋斗历程，然而，乌兰牧骑有多少可歌可泣的人物，有多少可圈可点的事迹啊！

老队员退了，新队员来了。老队员把精神留下，新队员把旗帜举起。一代代、一批批，血脉相连，生生不息，永远永远……

永远？永远！

萨仁高娃心潮澎湃，激情奔涌，记下一个个情景，画出一个个动作，以情景舞蹈《永远的乌兰牧骑》为核心的"《永远的乌兰牧骑》专场晚会"在巴林右旗文化广场举行。曾经在乌兰牧骑工作过的100多名老队员和一万多名观众头顶满天繁星观看这场独具风采和特色的演出。老队员们群情振奋、泪花闪闪："演的是我们，唱的是我们，我们也被搬上舞台了！"

对《永远的乌兰牧骑》的褒奖接踵而来。

2010年8月，在第五届内蒙古自治区乌兰牧骑艺术节上，巴林右旗乌兰牧骑推出的晚会"永远的乌兰牧骑"荣获集体金奖，萨仁高娃编舞、德力格尔作曲的情景舞蹈《永远的乌兰牧骑》荣获创作一等奖。

2012年6月，情景舞蹈《永远的乌兰牧骑》荣获内蒙古自治区第十一届精神文明建设"五个一工程"优秀作品奖。

2012年7月,情景舞蹈《永远的乌兰牧骑》荣获第六届华北五省市区舞蹈大赛创作金奖、表演银奖。

2013年7月,情景舞蹈《永远的乌兰牧骑》荣获第十届内蒙古自治区艺术创作"萨日纳"舞蹈奖。

2014年8月,在第六届内蒙古自治区乌兰牧骑艺术节上,主题歌舞《永远的乌兰牧骑》荣获集体演出金奖和5个单项奖……

《永远的乌兰牧骑》频频演出,频频获奖,对全区乌兰牧骑艺术创作产生了积极而又广泛的影响。

2015年,内蒙古直属乌兰牧骑推出民族情景歌舞剧《草原上的乌兰牧骑》。

2017年,锡林郭勒盟乌兰牧骑推出民族歌舞剧《我的乌兰牧骑》。

2018年,鄂托克旗乌兰牧骑推出《乌兰牧骑的热喜》……

一个人或一个团体,总能在成功的道路上奔跑,肯定有通向成功的秘密通道。

萨仁高娃如此,巴林右旗乌兰牧骑也是如此。

2017年12月,萨仁高娃被内蒙古自治区党委宣传部、内蒙古自治区人社厅和内蒙古自治区文化厅授予"优秀乌兰牧骑队长"光荣称号。"这个荣誉是党和人民对我在乌兰牧骑30多年付出和奉献的认可,我是欣慰的。"萨仁高娃如是说,"路还很长,在乌兰牧骑的发展上,还有许多问题须要探讨……"

阿巴嘎旗乌兰牧骑的"草原女民兵"

01

2018年5月6日。

我的"白色骏马"跑出赛汗塔拉,一路向东奔驰,傍晚时分,"气喘吁吁"地站在阿巴嘎旗党政大楼前。

回首西望,苍山如海,残阳如血,毛泽东笔下的诗意在燃烧火焰的天角汪洋恣肆着。

我第一次到阿巴嘎旗是2012年7月3日。

2009年5月,为迎接新中国成立60周年,经中共中央批准,中央宣传部、中央组织部、中央统战部等八部门联合组织开展评选"100位为新中国成立做出突出贡献的英雄模范人物和100位新中国成立以来感动中国人物",扎根草原的知识青年廷·巴特尔入选"100名新中国成立以来感动中国人物"。

2012年初,吉林文史出版社计划推出"双百人物"丛书。4月9日,吉林文史出版社副总编辑（现为总编辑）王尔立女士从长春打来电话，约我承担"双百人物"丛书中廷·巴特尔的报告文学的写作任务，她之所以找到我这个名不见经传的作家，大概是因为我10年前曾写过一篇廷·巴特尔的人物通讯——《月光之歌》。

阿巴嘎旗委常委、宣传部长包文霞对采访廷·巴特尔极为重视，从宏观到微观都做出详尽的具体安排，阿巴嘎旗委宣传部办公室主任秦振斌全程陪同，采访非常顺利。10多万字的报告文学《廷·巴特尔》2012年11月如期出版。在《廷·巴特尔》一书中，我以愚拙之笔，勾勒出我对草原的意象以及廷·巴特尔最初来到草原的心态。

"人们常说世界上有三大草原，而锡林郭勒草原是这三大草原之一，在众说纷纭中还梳理不出一个权威的说法来。"但锡林郭勒草原的确风光如画、美不胜收，忽必烈总理"漠南军国事务"时所建的开平府就在这令人流连忘返的锡林郭勒大草原的金莲川上，后来那里成为元帝国的第一座首都。

"锡林郭勒草原和呼伦贝尔草原比肩并称为内蒙古两大最美草原。锡林郭勒草原是我国最有代表性的温带草原，也是欧亚草原区亚洲东部草原区保存完整的原生态草原部分。1987年8月，被联合国教科文组织接纳为'国际生态保护区'网络成员，同时也是我国最大的草原与草甸生态系统类型的自然保护区。"

锡林郭勒草原不仅绿草如茵、鲜花锦簇，它还镶嵌着我国十大沙漠之一的浑善达克沙地。浑善达克沙地形成于20万年前，但它的名声突然显赫起来却是在20世纪末期成为困扰北京乃至东京的沙尘暴主要源头以后。

1974年7月以前，锡林郭勒草原和浑善达克沙地在廷·巴特尔的心中是陌生的、遥远的和荒凉的，他之所以以九死不悔的精神和百折不挠的意志要到这陌生、遥远而又荒凉的地方开始新的生活，无非是想为自己那颗饱受创伤和摧残的心灵找到一个或许安全一些的避难之所，也是他改变生命轨迹和生存方式的痛苦选择。医治心灵创伤的最好办法就是自伤自舐，其实大自然的生态功能也基本取决于自我修复，当然是没有人为的破坏为前提。

"廷·巴特尔是凭借父亲（廷懋少将）的军用地图选择这片沙地草原的，当他真正置身绿浪滚滚的萨如拉图雅草原，听见高格斯台河清亮的吟唱，他似乎找到了归宿，找到了幸福，找到了希望，笼罩在心头的阴霾顿时一扫而光。因为萨如拉图雅草原上的人们都不知道他是谁，他来到这片草原就是要走出阴霾，走向光明……"

02

时隔6年，再次来到阿巴嘎旗，是为创作长篇报告文学《乌兰牧骑纪事》的部分章节，我一如既往地得到秦振斌的热情接待和全力支持，只是包文霞已经调任锡林郭勒盟委宣传部，不能在阿巴嘎旗相见了。

乌兰图雅是阿巴嘎旗乌兰牧骑20世纪70年代的队员，对乌兰牧骑有着浓得化不开的感情。

"乌兰牧骑特点之一就是宣传，乌兰牧骑队员就是共产党的宣传员。"乌兰图雅对那并不遥远的过去记忆犹新，"一个乌兰牧骑队员，不懂得党的方针政策，不了解国家大事，你怎么给群众宣传啊！"

乌兰图雅回忆，当时的乌兰牧骑政治学习抓得特别紧，不管演出多么忙多么累，每天都要坚持政治学习，而且还要写出心得贴在墙上，互相评比，学长处找差距。只有12名队员的乌兰牧骑年龄是梯队式结构，前面总会有你要学习的榜样。

乌兰图雅1971年参加乌兰牧骑,那时只有14岁。作为年轻队员,可能会有懒惰、懈怠,甚至叛逆的想法,但乌兰牧骑是一个充满活力的集体,每个老队员都是楷模和表率,在行动上不容你掉队,在思想上更不容你掉队。

乌兰图雅的父亲宝力道是创建阿巴嘎旗的"八大金刚"之一,尽管"三年困难"时期被下放到牧区,但依然是"开工资的牧民",经济相对宽裕一些。1972年底,姐姐看到乌兰图雅的手上都是皴裂的一道道小口子,于是给她买了一盒"万紫千红"牌润肤膏,就在她偷偷地往手上涂抹时被队员发现,队员们当作一件大事进行讨论,其严重后果就是使她推迟半年才得以加入中国共产主义青年团,不朴素的思想必须朴素起来。前车之鉴,1975年夏,父亲要给她买手表时,到队里找队长商量是否可以,唯恐影响女儿在政治上的进步。

乌兰图雅回忆,榜样的力量都是润物无声、潜移默化地影响着自己的思想和行为。1973年夏天,乌兰牧骑的大马车行走在巴音高勒嘎查与呼格吉勒图嘎查之间,望着茫茫草原和草原上的牛、马、骆驼、羊,队长阿拉腾道拉嘎突然来了灵感,行云流水般地写出一首歌词,而极富音乐天赋的特木尔图就在马车上把曲子也写出来了。

阿拉腾道拉嘎把乌兰图雅等四个女队员召集在自己周围,一句一句地教唱起来。一首新歌成为下一个演出地点的新节目。

阿拉腾道拉嘎、特木尔图在散步时说:"我们的姑娘理解能力真强、记忆力真好,在如此短的时间内,把歌的内涵演唱得如此到位,了不得啊!"

乌兰图雅说,这是她第一次受到表扬,煞是激动,当然也引发了她的思考。两位老大哥能在马车上写出歌来,是他们长期生活积累的瞬间爆发，深入生活很重要，更重要的是在生活中发现美。

1973年春，接羔时节。乌兰牧骑来到道劳达嘎浩特演出。乌兰图雅看到牧民家的小妹妹天蒙蒙亮就起来，挤牛奶、喂羊羔，料理完家务再背上书包上学去。乌兰图雅9岁就会挤奶，看到身边的孩子，想起了自己的童年，乌兰图雅的创作灵魂从天而降，她兴奋地把几个队员叫到一起，磋商、讨论、编排，勾勒出舞蹈《上学之前》的雏形。1974年正式演出，在不断地打磨中，1976年参加全区乌兰牧骑会演时一举夺得创作、演出、服装等大奖，成为那次会演获奖最多的舞蹈作品，乌兰图雅宛如掉在蜜罐里，眼角眉梢都是笑。

2018年初，以乌兰牧骑退休老队员为骨干的蓝色乡音合唱团在阿巴嘎旗政府所在地别力古台镇成立，已经定居锡林浩特市的乌兰图雅又被召唤回来，出任合唱团指挥。"召唤我回来的是乌兰牧骑精神、乌兰牧骑情怀。"乌兰图雅说："老年人最重要的是健康，唱唱歌、跳跳舞，精神好了，心情好了，身体自然就好。这样也就相对减轻社会和家庭的负担了。"

乌兰图雅指挥的这支队伍选择的是高难度的无伴奏合唱。这支30多人、平均年龄61.5岁的合唱团，在没有音乐的前提下，全凭指挥、全凭感觉处理各个声部之间的关系，而且大都恰到好处。

蓝色乡音合唱团团长哈斯是和乌兰图雅同期的乌兰牧骑队员，"转业"后在老干部局局长的位置上干到退休。他说："我在老干部局为老干部服务的几十年中，尤为深刻地体会到健康对人生的重要意义。成立这个合唱团的根本目的，不仅仅是唱唱歌、跳跳舞，更重要的是通过唱歌跳舞使老年人的心态年轻起来，使老年人的精神抖擞起来，使老年人的身体健康起来。如果能做到这一点，我们对社会的贡献也就凸显出来了。服务社会，是每一个乌兰牧骑人的精神追求！"

03

  我在阿巴嘎旗政协文史委员会编辑的《阿巴嘎·乌兰牧骑颂歌》画册中看到一幅颇具特色的老照片，一个身着蒙古袍的乌兰牧骑队员坐在马扎上正在全神贯注地修补一只皮靴，前面的一面小鼓上放着修补靴子的皮料，旁边坐着一名牧民青年，从画上看，是乌兰牧骑演员在为牧民青年修皮靴。

  乌兰图雅指着画册上年轻帅气的小伙子说，他是罗布森，我们乌兰牧骑唯一的北京下乡知识青年队员。

  "罗布森？北京知青？乌兰牧骑队员？"

  乌兰图雅看出我的疑惑，笑着解释说："他叫李宝森，是北京知青。他蒙古语说得好、三弦弹得好，牧区的活也都干得来。牧民叫不上他的名字，就直接用蒙古语喊他罗布森，这样一来就在牧区叫开了，直到现在我们还都叫他罗布森，牧民们甚至根本不知道他真名叫什么。"

  李宝森，1971年进入阿巴嘎旗乌兰牧骑时只有20岁，正是风华正茂的青春时光，而2018年5月28日我和李宝森于坐落在北京崇文门外大街的内蒙古大厦相见时，他已是一位满头白发的老人了，47年过去，就在弹指间。

  1965年乌兰牧骑在北京掀起的红色文艺波涛令只有14岁的李宝森热血沸腾，心潮澎湃。乌兰牧骑在北京的所有演出他每场必看，在看乌兰牧骑演出的过程中，一个朦胧的意识渐渐清晰起来，那就是到内蒙古大草原去，做一名乌兰牧骑队员。

  理想、追求、信念形成巨大的推动力量，让他于1969年在浩浩荡荡的上山下乡运动中来到阿巴嘎旗并向知青办提出到乌兰牧骑的要求。

　　天真的想法不可能实现，李宝森被分配到地处偏僻的白音德力格尔牧场。越是偏僻的地方，越需要文化、越重视文化。北京来的知青，俨然就是牧区的大文化人。一年以后，李宝森被安排在牧场小学当老师，利用得天独厚的条件，李宝森在牧场组织起一支业余文艺宣传队，凭着这把"撒手锏"，他和乌兰牧骑老队员、曾经参加过乌兰牧骑全国巡演的那仁朝克图成为朋友。1971年3月，在回北京购置乐器时途经别力古台镇。当时，乌兰牧骑正在闹"人荒"，好几个出色队员都被调到盟里工作，正处在青黄不接的尴尬时期，那仁朝克图跟李宝森说："你来乌兰牧骑吧，这儿正缺人呢！"

　　成为乌兰牧骑队员是李宝森梦寐以求的理想，他就是因为乌兰牧骑才来到阿巴嘎草原的。机遇出现在眼前，他岂能错过？在队长乌日根达赖、指导员恩克的严格面试下李宝森顺利过关，1971年7月，李宝森正式成为乌兰牧骑队员。

　　四胡、三弦、马头琴是乌兰牧骑的主奏乐器，是牧民最喜欢听到的声音。李宝森入队时，演奏三弦的队员其其格刚刚调走，李宝森成为填补这一"空缺"的自然人选。乌日根达赖告诉他，弹奏三弦要成为你在乌兰牧骑的专长。

　　李宝森这时记起，"一专多能"是每一个乌兰牧骑队员必须具备的业务素质和生存技能。

　　1971年冬，李宝森被派到内蒙古艺术学校进行为期两个月的业务培训，师从三弦演奏家胡力亚其。从牧区到城里，从乌兰牧骑到艺术学校，在时间空间的转换中李宝森清醒地意识到肩上的责任和使命，早晨比别人早起，晚上比别人晚睡，他不仅学习三弦的弹拨技术，也对三弦的历史进行研究。"只有吃过梨子，才能知道梨子的滋味"。这是当时毛泽东对哲学深入浅出的解释，李宝森举一反三，只有知道三弦的历史和牧民喜欢三弦的原因，才能更好地拿起三弦这把"武器"，更好地为人民服务。并不是那个时代的人有多么崇高，而是那个时代的政治教育、思想教育的伟大力量就会自然地把你拉到这个高度上来。

原来以为三弦是蒙古民族所独有的弹拨乐器，通过对文献和资料的研究，得知三弦是林林总总的一个大家庭，蒙古三弦是其中的一支而已。

三弦的起源最早可以追溯到秦汉时期。三国时期的文化名人杜挚在《通典》里说："秦苦长城之役，百姓弦鼗而鼓之。"秦始皇命蒙恬率三十万大军北筑长城的地方是现在的内蒙古大青山一线，最为集中的是固阳地区，显然当时的"弦鼗"与北方游牧民族有关。刘熙是东汉时期的经学家，陈寿在《三国志》里说，程秉、薛综、许慈等文化名人都是刘熙的学生。刘熙在他颇为重要的著作《释名》中写道："枇杷本出胡中，马上所鼓也。推手前曰枇，引手却曰杷，象其鼓时，因以为名。"刘熙这段话很重要，他明确指出，"枇杷本出胡中"，而且是"马上所鼓"，活灵活现地道出是北方游牧民族在马背上行进时演奏的乐器，是对"胡人"演奏形态的生动描述。成吉思汗西征时所带的乐队中就有三弦，志费尼在《世界征服者史》中描写成吉思汗亲率大军追击花剌子模王子扎兰丁时，在印度河畔，乐队"琵琶三弦在合奏"。

忽必烈建立元朝，把音乐文化推向一个高峰，三弦成为元曲的主要伴奏乐器。明代杨慎在《升庵外集》中明确写道，"今之三弦，始之元时"。

正因为以其极大的声势在元朝汹涌，所以元朝文人笔下频频出现三弦和三弦演奏大师。

元代诗人杨维桢就满腔热情地为在元朝宫廷供职 30 多年的乐师

写过《李卿琵琶引》，当时李卿演奏琵琶使用的是"铁拨"，现在普遍使用的"骨拨"是对元代弹拨乐器的继承和发展。

张可久是元代著名散曲家、剧作家，与乔吉并称"双璧"，与张养浩并称"二张"，他在《越调·小桃红·湖上和刘时》也写到三弦。

一声妖燕绿杨枝，满眼寻芳事。塔影雷峰水边寺，夕阳时，画船无数围花市。三弦玉指，双钩草字，题赠粉团儿。棹歌惊起锦鸳鸯，开宴新亭上。诗有新题酒无量，醉何妨？长吟笑倚阑干望。西湖夜凉，吴姬低唱，画舫寄荷香。

三弦不是蒙古民族对这种弹拨乐器的称谓，而是汉族文人根据琴弦的数量特征的形象叫法，蒙古民族把这种弹拨乐器称为舒达日古或硕德尔古，这两种称谓的意义是相同的，只是对汉字的不同选择而已。

李宝森梳理清楚三弦的来龙去脉，也让自己激越的情感和三弦共鸣。当时，内蒙古艺校最著名的四胡、三弦二重奏《牧马青年》是四胡演奏家赵双虎、三弦演奏家胡力亚其的代表作，堪称经典，李宝森和队友乌兰图雅将其奉为圭臬，不计晨昏地反复练习，最终得其要领和精髓，在几年当中都是阿巴嘎旗乌兰牧骑逢演必上的保留节目。

学习的根本目的在于创新，李宝森踩着大师的肩膀前进。时代在前进，乌兰牧骑必须跟上时代前进的步伐。乌兰牧骑每年演出的节目要有60%以上的更新，而更新节目必须是原创，李宝森的三弦独奏曲《牧童战风雪》应运而生。一曲成名天下知，1976年初，内蒙古人民广播电台蒙古语部把李宝森请到呼和浩特，以当时最先进的技术对《牧童战风雪》进行录音。在没有电视的情况下，广播是最广泛、最有效的传播手段，《牧童战风雪》通过电波传到最边远的牧区,传到最基层的牧民心中。

长期以来,李宝森演奏三弦使用的大都是胡力亚其的弱棒儿演奏法,1975年夏在前往牧区的途中他不慎将右臂右手摔伤,"轻伤不下火线"是每个乌兰牧骑队员的行动准则,到达伊和高勒演出时,因手上缠着绷带不能使用弹棒儿,他就改用从中国电影乐团著名三弦演奏家演道远那里学来的甲指法为牧民演奏《牧童战风雪》,同样赢得"赛那、赛那,伊荷赛那"的不绝称赞。

李宝森"北京人"的优势在乌兰牧骑发挥到极致。

1977年夏,北京舞蹈学院老师潘志涛带领学生到阿巴嘎旗采风。戴过哈达、喝过奶茶、吃过手把肉、饮过烈性酒,潘志涛和他的学生深深地被牧民的纯朴、真诚、热情、豪放感动。看过乌兰牧骑的舞蹈《上学之前》《草原女民兵》,听过乌兰牧骑的歌曲《红星红旗》《刚根塔拉博日雅达》,潘志涛和他的学生被这民族的、民间的艺术所折服。而整个采风期间李宝森都是以北京人和蒙古人的双重身份交替出现,成为北京舞蹈学院和阿巴嘎旗乌兰牧骑之间的一条纽带、一座桥梁。

1977年初冬,李宝森带着阿巴嘎旗乌兰牧骑的重托,走进位于陶然亭的北京舞蹈学院,找到潘志涛,诚恳地说道:"潘老师,能不能利用假期对我们乌兰牧骑进行一次培训啊?"

潘志涛没有拒绝也没有承诺,因为这事儿他做不了主,但他答应可以提上学院的议事日程,争取得到领导的支持。

一辆大卡车载着阿巴嘎旗乌兰牧骑12名队员开进北京舞蹈学院的大门,从而开启北京舞蹈学院整建制培训乌兰牧骑的先河。

女队员把阅览室的桌子一拼,行李往上一铺,就是床;男队员索性在排练厅的地板上打地铺,潘志涛有些难为情地说:"这样安排似乎有点儿对不住大家,希望能够理解和原谅。"

带着两个孩子进京的副队长边玉珍对这环境则相当满意:"潘老师,这里的条件比牧区好多了,再说了,我们来这儿是接受培训的,是取经的,什么困难我们都能克服。"

培训是紧张的,要求是严格的,收获是蛮多的。"每天10个小时练功都完不成作业,"乌兰图雅回忆起40多年前的培训历程仿佛就在昨天,她说:"在北京舞蹈学院我才分清楚什么是古典舞、民间舞、芭蕾舞,什么是形体训练,直到今天我都在受益。"

北京舞蹈学院的领导和老师,对这支来自草原的文艺轻骑兵特别青睐。舞蹈学院的一位领导告诫乌兰牧骑队员:"你们在这不仅仅要学会基本功,还要给牧区的父老乡亲们带回几个作品。"

北京舞蹈学院组织师资力量把自己优秀的传统舞剧《东郭先生》一招一式地教给阿巴嘎旗乌兰牧骑。巴特尔饰东郭先生,青巴雅尔饰猎人,李宝森饰狼。典型的汉族寓言故事,以舞剧的表演形式出现在大草原上,对习惯于长调、马头琴的牧民来说,这无疑是吹进他们心灵的徐徐春风,以视觉的冲击带来精神的愉悦。

李宝森1980年离开乌兰牧骑回到北京,38年来他始终心系草原心系乌兰牧骑,并在生活中延展着他在乌兰牧骑的"一专"之长,对三弦爱不释手,以《〈牧童战风雪〉创作解析》和《用纯净音质、和谐音韵奏响振兴乐章》两篇关于三弦的论文一举成为中国民族管弦乐学会三弦专业委员会理事。

"从'一专'到'多能'李宝森都是我们的表率,"老队长边玉珍充分肯定李宝森对乌兰牧骑的贡献,"我们每个队员的靴子他都修过,每个队员服装他都做过。然而,又何止这些呢!十年的时间里,每次下乡他都主动从队员手里收钱、收粮票,离开牧区时他又一家一户地给牧民发钱、发粮票,做得认认真真,一丝不苟,是名副其实的乌兰牧骑

'大管家'。"

"草原能接纳我、乌兰牧骑能接纳我,是我一生的荣幸与荣耀,"说到激动处,李宝森感慨唏嘘,"如果我的付出和行动,对草原、对乌兰牧骑有所反哺的话,那远不及草原、乌兰牧骑对我之万一。草原,永远是我顶礼膜拜的地方;乌兰牧骑,永远是我心中激越的青春旋律。"

我和李宝森的心潮同时澎湃,犹如惊涛拍岸,卷起千堆雪。

临别,我问李宝森:"你在乌兰牧骑十年间,有没有称得上经典的原创作品?"

李宝森没有正面回答这个问题,他说:"你看过冯小刚执导的电影《芳华》吗?"

"看过,当然看过。"我不假思索地回答。

"《芳华》中的舞蹈《草原女民兵》注意过吗?那就是我们阿巴嘎旗乌

《草原女民兵》演出照

兰牧骑的作品,算不算经典呢"？李宝森似问非问。

"经典,绝对是经典！"我似答非答。

04

李宝林告诉我,《草原女民兵》的编舞阿拉坦花现居包头,如能对她进行采访,《草原女民兵》的故事她会娓娓道来……

2018年6月8日,内蒙古包头市图书馆会客室,门开处,阿拉坦花如一缕轻风飘了进来,白衣白裤、长长的丝巾,依然展露着当年乌兰牧骑舞蹈演员的风采。

落座后,话题又从乌兰牧骑开始。

阿拉坦是蒙古语,花自然是汉语,阿拉坦花这个名字是典型的"蒙汉合璧",一朵曾经在乌兰牧骑绽放的金莲花,现在又在民族音乐的时空中散发着阵阵芳馨。

世界有时太大,世界有时太小。在采访中我意外知道,第一支乌兰牧骑于1957年建立时,主政苏尼特右旗的朝克巴达拉呼旗长居然是阿拉坦花的父亲,而她能成为乌兰牧骑一员,正是由于父亲的巨大影响。

1970年夏,阿拉坦花从内蒙古艺术学校毕业后被分配到阿巴嘎旗乌兰牧骑,当时内蒙古正是军事管制时期,就连乌兰牧骑这样的文艺单位,也有军人常驻。

乌兰牧骑完全军事化管理,绿军帽、绿军装、绿军鞋,除没有领章、帽徽外,和军人没多大区别。那时接受的军事化教育,至今都在影响着阿拉坦花的生活,她依然用军人的要求规范着自己的行为。

阿拉腾道拉嘎是乌兰牧骑的队长,年龄要大阿拉坦花她们许多,好似一个小叔叔、大哥哥,每每看到这些小姑娘骑着马、背着枪、斜挎着子弹袋进行严格的军事训练,他说不清心里是什么滋味儿。看到姑娘们打靶射击时的英姿飒爽,他兴奋;看到训练结束姑娘们累得筋疲力尽的样子,他心疼。兴奋着心疼着,心疼着兴奋着,就在这样的纠结中纠结出灵感来,产生为姑娘们写一首歌的欲望和冲动。一个浑厚的湖南高腔在他的耳畔响起:

飒爽英姿五尺枪
曙光初照演兵场
中华儿女多奇志
不爱红装爱武装

毛泽东思想是创作的动力和源泉,阿拉腾道拉嘎把毛泽东《为女民兵题照》的诗情画意融进自己的创作当中,《草原女民兵》的歌词和旋律如海浪从心中奔腾而出,《草原女民兵》在乌兰牧骑唱响,《草原女民兵》在草原唱响。

草原女民兵

骑上飞快的骏马　啊哈嗬
背上闪亮的钢枪
草原女民兵英姿飒爽
巡逻在边疆和牧场
啊　啊哈嗬　啊哈嗬
啊哈啊哈啊哈嗬

> 放下奶桶拿起钢枪
> 军民联防
> ……
> 重任在肩上
> 红心向北京卫国保家乡

阿拉坦花是舞蹈演员,在她学唱《草原女民兵》的第一天开始,心中就有一种强烈的愿望,用舞蹈的艺术形式诠释和展现草原女民兵的芳华和风采。

半自动步枪横跨胸前,子弹袋斜搭肩上,骑着骏马全副武装地巡逻在祖国边防线上,是乌兰牧骑队员军事化生活的写照,骑马、举枪、射击,是军事生活司空见惯的生活细节。

乌兰牧骑的根在草原,服务的主体是牧区和牧民,打草、接羔、挤奶、熬茶又是牧区生活的真实写照。

阿拉坦花进入亢奋的创作状态,简陋的排练室甚至牧民的牛圈、羊圈都成为她构思、创作《草原女民兵》舞蹈的理想地点。沾满身晨露、披一肩星光,经历了不计晨昏、不计寒暑的精雕细琢中《草原女民兵》在优美的主旋律中得以用舞蹈语汇抒情地表达出来。

阿拉坦花说,《草原女民兵》从创作、排练以至搬上舞台,著名舞蹈表演艺术家贾作光和著名作曲家辛沪光等都倾注了心血。

《草原女民兵》1973年搬上舞台,40多年后被冯小刚糅进电影《芳华》里,在当年乌兰牧骑队员中掀起阵阵狂涛,他们利用已有的微信群召开微信大会,从《草原女民兵》的构思、创作到演出的每一个细节、每一个动作、每一个音符都进行心潮澎湃的回忆,青春岁月又灿烂起来、阳光起来。

词曲 阿拉腾道拉嘎

编舞 阿拉坦花

配器 特木尔图

表演 阿巴嘎旗乌兰牧骑

舞蹈演员 阿拉坦花 边玉珍 萨仁高娃 乌兰图娅 锐敏 赵慧丽 南斯拉玛 韩丽丽 娜仁图雅 金荣

女声独唱 娜仁图雅

男声领唱 哈斯格日乐 那仁朝克图

男声合唱 乐队成员

乐队 阿拉腾道拉嘎(扬琴)、特木尔图(竹笛)、其其格(三弦)、李宝森(小提琴、三弦)、朝克图(小号)、巴特尔(大提琴)、张玉生(手风琴)、格日勒图(手风琴)

《芳华》激起的涟漪荡漾着、荡漾着,至少阿巴嘎旗乌兰牧骑老队员是因为《草原女民兵》才争先恐后地抢看电影《芳华》。

严歌苓的小说、冯小刚的电影以其极大的文学力量和艺术力量把人们推进《芳华》的湍急漩涡中,而漩涡之外是望不到边际的惊涛骇浪,这一切的底色是鲜红、是玫红、是紫红。

我和《芳华》中的刘峰、何小萍属于同时代人,生活里、生命中充满的是红旗、红袖章、红标语、红宝书、红太阳。那个时代过去了,但从那个时代走过来的人还在,回首 40 年前,无论阳光还是阴霾,都是那样刻骨铭心。

《芳华》重温的是噩梦,打碎的也是噩梦。刘峰是那个时代的悲剧人物。"触摸事件"发生前没有人说刘峰不好,"触摸事件"发生后雷锋似的刘峰瞬间被人们忘记。只有何小萍例外，因为在"触摸事件"之前和"触摸事件"以后，何小萍的精神一次次的被触摸、被践踏、被蹂躏，她和刘峰"同是天涯沦落人"。

何小萍的反抗精神正是源于她对刘峰的深切同情，拒绝出演《草原女民兵》A 角是她向社会和时代发出的挑战，在野战医院她以柔弱的人性面对战争和死亡，当被鲜血染红的荣誉突如其来地降临时，她又以潜意识崩溃来抗拒对心灵的污染。

何小萍精神和心灵最悲壮、最美丽的绽放是在精神病院夜晚的萋萋芳草上，以蓝天为幕布、以大地为舞台，独自翩翩起舞，那是她精神的回归，也是她精神的向往，那是她情绪的舒展，那是她个性的张扬，在漆黑的夜晚灿烂着她感伤青春的妩媚芳华。

初看《芳华》，完全出于一种怀旧心理和精神消遣，而再看《芳华》则出于严肃和虔诚。我想《草原女民兵》之所以能够走进冯小刚的视野，因为它是植根草原的艺术之花，是乌兰牧骑的经典之作。

阿巴嘎草原是"长出"《草原女民兵》的地方，乌兰牧骑旗帜要高举，乌兰牧骑精神要传承，乌兰牧骑的经典之作更要发扬光大。

阿拉坦花始终生活在天高地厚的乌兰牧骑情怀当中。

每个舞蹈演员不可能总是在舞台上翩翩起舞，当不能再吃"青春饭"时，阿拉坦花带着旋律华丽转身，在键盘上敲出一曲又一曲悠扬的牧歌。

在女儿心中父亲永远是伟岸的。阿拉坦花说，她父亲朝克巴达拉呼在 1950 年 27 岁时就是远近闻名的文学青年，当时创作的歌曲《呼和萨日勒·毛日米尼》(骏马)在牧民当中广为传唱。1957 年乌兰牧骑建立时，他正是苏尼特右旗旗长，在试点工作中起到决定性的推动作用，第一支乌兰牧骑在这样一位曾经是"文学青年"主政的苏尼特右旗破土而出，这与他的坚决支持和积极努力是绝对分不开的。为支持乌兰牧骑工作和丰富乌兰牧骑的演出内容，朝克巴达拉呼以身作则、率先垂范，在鼓励人们进行文学、文艺创作的同时，自己又为乌兰牧骑创作一首演唱歌曲《猎人之歌》。

朝克巴达拉呼主政苏尼特右旗多年，对那片草原和生活在那片草原上的父老乡亲有着极其深厚的感情，1988年创作的歌词《赛音·赛汗》被阿拉坦花谱曲后收入《苏尼特情》《塔木沁之韵》两本歌曲集中，这是朝克巴达拉呼生命的最后绝唱。

班达拉其是以诗歌礼赞家乡的"民间艺人"，在一次谈话中，朝克巴达拉呼对他说："老班，你好好写一首歌词，我让女儿给你谱曲。"

班达拉其将这视为老旗长交给的任务来完成，但创作不是急行军，得有生活、得有灵感、得有激情，待班达拉其写出歌词《阿拉腾高勒·米尼》时老旗长已经驾鹤西去，他找到阿拉坦花："这是你阿爸生前交代的任务，我这儿一半儿完成了，就看你那一半儿了！"

阿拉坦花激动不已，父亲的音容笑貌顿时浮现在眼前，在生命的最后时刻还一如既往地关心着家乡文学事业的繁荣与发展，鼓励、嘱咐人们进行创作。她在泪眼婆娑中熟悉歌词、揣摩歌词、理解歌词，旋即将曲子谱好。歌曲在2013年第三期《草原歌声》发表后，又在2018年7月2日，内蒙古广播电台蒙古语"每周一歌"栏目及其微信平台同步播出。

无独有偶，阿拉坦花在一次文艺盛事中又认识一位受到他父亲影响的苏尼特右旗"民间诗人"——策·达日玛。2004年初，内蒙古自治区党委宣传部、内蒙古自治区文化厅、内蒙古自治区广播电影电视局、内蒙古自治区文联、内蒙古日报社联合发起声势浩大的建设民族文化大区征歌活动。策·达日玛作词、阿拉坦花作曲的《新浩特》荣获三等奖。在颁奖现场，词、曲作者交流时，策·达日玛尤为激动："你是朝旗长的女儿？我就是在你阿爸影响下进行创作的啊！"

　　阿拉坦花看似是个羸弱的女性，却是一个敢于突破禁区的文艺工作者。在人们的意识里抒情歌曲还是靡靡之音的时候，她将内蒙古《花的原野》主编高·却拉布吉的诗歌《你和我》谱成极为抒情的歌曲。1984年内蒙古电视台春节晚会播出后，不知吹开多少人的心灵之窗，让当时还是小姑娘的苏宁其其格如痴如醉。2018年6月29日，我在陈巴尔虎旗"蒙古记忆"旅游景区见到苏宁其其格时，她坦诚地说："刚听到这首歌时，我始终以为是蒙古国歌曲，直到2017年5月13日，到内蒙古电视台蒙古语频道接受《明星相约》栏目采访时，我才知道它是阿拉坦花姐姐的作品。在呼伦贝尔草原，我把这首歌唱了30多年。我是唱着这首歌找到爱情的，我是唱着这首歌组建家庭的，我是唱着这首歌教育孩子的，我是唱着这首歌拥有幸福的。我要用心、用情把这首歌唱到地老天荒。"

　　在这次《明星相约》活动中，阿拉坦花不仅和苏宁其其格相见，还和在内蒙古电视台工作的蒙古国专家勒·孟和图日成为朋友。

　　"《你和我》被证明不是蒙古国的歌曲，"勒·孟和图日说，"但我们可以合作一首《国际歌》，我写词，你谱曲，好吗？"

　　于是便有《haif》，便有《爱》在Ehshig蒙古音乐盒平台上播出。

　　"这么多年来，无论在岗还是退休，我始终坚持音乐创作，"阿拉坦花说，"我所秉持的就是乌兰牧骑精神，所坚持的就是乌兰牧骑传统。一个战士、一个文艺轻骑兵，是不能褪色的，是永远都不能褪色的。"

我的乌兰牧骑

01

中国舞蹈家协会会员、中国少数民族舞蹈家学会会员、锡林郭勒盟民族艺术学校校长达古拉没有在乌兰牧骑工作过，但她几十年的艺术生涯几乎都是在为乌兰牧骑培养舞蹈人才，如果说她是乌兰牧骑的"编外队员"那是非常切合实际的。

1964年12月，乌兰牧骑在北京的演出，带给达古拉这位草原姑娘强烈震撼，导致她改变人生的奋斗和追求，产生了对乌兰牧骑充满无限希望和憧憬。

达古拉就读于中央民族学院文艺系舞蹈班，即将面临毕业，也面临人生的选择。当时，她是中央民族学院创作的大型舞剧《凉山巨变》中的一个角色，看过乌兰牧骑在北京的演出后，她把和乌兰牧骑学到的舞蹈技能有机地融进所饰演的角色中，使角色显得更具有艺术影响力。1964年10月，刘少奇、周恩来、朱德、邓小平等党和国家领导人接见《凉山巨变》剧组的演职人员，达古拉有些紧张，但更多的是兴奋和激动，一个从呼伦贝尔大草原走进中央民族学院的蒙古族姑娘，因为舞蹈而受到党和国家领导人的接见，使她倍受鼓舞，从而也坚定她为祖国跳舞、为人民跳舞的理想信念。

1965年9月30日，《凉山巨变》剧组随中央代表团飞抵拉萨，参加西藏自治区成立庆祝活动。在西藏，达古拉与乌兰牧骑巡回演出的蒙古族同胞相遇，自然是喜出望外，在和乌兰牧骑队员的朝夕相处中，她对乌兰牧骑的认识和了解也在日益加深，成为乌兰牧骑队员的愿望也更加强烈。

1966年3月作为中央民族学院舞蹈专业第一批毕业生，达古拉如愿以偿回到大草原并被分配到内蒙古群众艺术馆，而对这个工作单位她并不满意，她的志向是做一名乌兰牧骑队员。

那个时候的领导特别善于做思想工作，而思想工作对于打开人们的"心结"尤为重要。当时，像达古拉这样受过6年系统、专业培训的舞蹈人才在内蒙古草原堪称凤毛麟角，这样的"宝贝"哪舍得放到乌兰牧骑啊！

群众艺术馆是乌兰牧骑的主管部门，实际上是"一家人"。"你去乌兰牧骑仅仅是一名乌兰牧骑队员。现在，全区各地乌兰牧骑相继成立，人才短缺是全区乌兰牧骑面临的共性问题，任重而道远，你肩上的担子不轻啊！"

培养舞蹈演员绝没有跳舞那样轻松，刚刚20岁的达古拉挑起为全区乌兰牧骑培养舞蹈演员的担子，的确有点儿不堪重负。然而，那个时代的热血青年有理想、有信仰、有激情，不畏艰苦、不怕困难、不讲条件是他们的行动准则。

达古拉背起简单行装，意气风发地向祖国最需要的地方奔去，先是乌兰察布，后是呼伦贝尔，历时两个月，在这两个盟培训乌兰牧骑队员100多人，正当她要大展宏图时，达古拉的"舞蹈梦"几近破碎。她被"发配"到巴彦淖尔盟生产建设兵团21团9连接受劳动改造。所幸的是兵团也需要毛泽东思想武装，兵团也有毛泽东思想宣传队。她所在的9连，在生产上、在劳动中都是排头兵，但每每碰到"文艺"就暗淡无光了。"天上掉下个林妹妹"，这让连长、指导员如获至宝，让她举起毛泽东思想文艺宣传队这面大旗。

达古拉虽然没有参加繁重的体力劳动，但她在官兵热烈的劳动场面和火热的生活中捕捉着素材，激发着灵感，也许瞬间擦出的火花，就是一个舞蹈一支歌。她创编的具有兵团味道的舞蹈《铜墙铁壁》《丰收的喜悦》等在"擂台赛"上博得满堂喝彩，为9连挣足"文艺分"。

1973年，达古拉辗转来到锡林郭勒盟歌舞团，出任舞蹈队长、教练和编导，重点工作则是面向全盟培养乌兰牧骑舞蹈演员。

西乌珠穆沁旗乌兰牧骑的院子里平添许多欢乐。

1975年秋冬之际，达古拉带着两个孩子来到西乌旗乌兰牧骑进行辅导。小的刚刚6个月，还在喂奶。这支乌兰牧骑里活跃着几个北京知识青年，他们就像几块儿放进开水里的糖，不但很快融化掉自己，而且还让开水有了甜甜的味道。人民艺术家老舍先生之孙舒晓明不仅能说一口流利的蒙古语，而且需要把蒙古语译成汉语时他是翻译，需要把汉语译成蒙古语时他也是翻译，完全是一副蒙古人的行藏。

队长王明光是军转干部，虽然是汉族，但蒙古语说得相当地道："达老师，自治区要举行全区乌兰牧骑会演，我们队要参加，而能不能参加，就全仰仗您了。您教队员们跳舞，我来带孩子。"

说到孩子，达古拉才发现孩子已不在身边，循着笑声望去，在院子里，知青们把孩子像"皮球"似的传来传去，还笑得前仰后合。

达古拉对舞蹈的热爱几乎近于痴迷，1976年的春节都是在西乌旗乌兰牧骑度过的。半年后，王明光乐颠颠、美滋滋地走进达古拉的家，心情颇为激动："达老师，在全盟选拔中我们队胜出，能代表锡林郭勒盟参加全区乌兰牧骑会演了。"

桃李不言，下自成蹊。1992年初春，锡林郭勒盟文化局组织专家到各旗县审查准备参加乌兰牧骑成立35周年庆典节目的代表队和优秀节目，许多乌兰牧骑队长都是达古拉刚来锡林郭勒盟时教过的学生，见到老师，他们仍像是嗷嗷待哺的孩子。"达老师，我们太缺舞蹈演员了。"

舞蹈演员紧缺，是锡林郭勒盟乌兰牧骑的普遍现象。这个问题的解决，不能头疼医头，脚疼医脚，得从根本抓起，得从娃娃抓起。

经过一番深思熟虑后，达古拉走进盟长道尔基帕拉木的办公室，把创办锡林郭勒盟舞蹈学校的想法和规划和盘托出。

道尔基帕拉木似乎比达古拉还激动："好啊！你这是替盟里操心，也是在替盟里办一件大事。至于叫什么名字，还有必要再斟酌和推敲一下。"

达古拉拟就的名字是"锡林郭勒盟舞蹈学校"。道尔基帕拉木似在自言自语，又似在和达古拉探讨："我们是民族地区，要考虑民族性和地域性，锡林郭勒盟后边是不是可以加上'民族'两个字；'舞蹈学校'直接而具体，但考虑到长远发展，将来也可以将声乐、器乐包容进去，是不是'艺术学校'更为合适。"

1992年9月19日，锡林郭勒盟民族艺术学校宣告成立，这是锡林郭勒盟第一所私立学校，各方面的反响都很强烈。道尔基帕拉木出席成立大会时颇为感动地说："文艺事业的发展关键在于人才，而人才的紧缺则制约着文艺事业的发展。锡林郭勒盟民族艺术学校虽然是私立学校，但是得到了盟委、行署认可的，盟编办还为此专门下发了文件。这样的学校盟里应该办、文化系统应该办,现在达古拉老师办了,我们得支持啊!"

往事并不如烟,达古拉如数家珍,锡林郭勒盟民族艺术学校自1992年创办以后,培养学生近万名,考入中央民族大学、内蒙古艺术学院的就有70多名。

"小荷风采"全国少儿舞蹈展演是我国少年儿童舞蹈交流与展示的重要平台,自1998年设立以来,锡林郭勒盟民族艺术学校6次参与其中。金奖作品《乃依吉》《嬉戏的牧童》分别登上《鸿嘎鲁》和《舞蹈》的封面,中国舞蹈家协会授予达古拉"小荷园丁"的光荣称号。

年逾七旬的达古拉已经是"桃李满天下"的园丁,这些"桃李"在锡林郭勒大草原上绽放着。达古拉说:"锡林郭勒盟乌兰牧骑舞蹈演员梯次结构的队伍已经形成,我虽然阴错阳差地没有成为乌兰牧骑队员,但几十年的艺术生涯都是在为乌兰牧骑培养人才。乌兰牧骑,我为你骄傲!"

02

年近花甲的宝音嗜烟,坐定后便开始"吞云吐雾",40多年的乌兰牧骑岁月在缕缕烟圈儿的扩散中回放。

1971年,宝音12岁时被选入东乌珠穆沁旗乌兰牧骑。乌兰牧骑实行"军管",一切行动都是军事化,每个队员要发一支半自动步枪,半自动步枪插上刺刀比宝音的个头还高,在乌兰牧骑他是地地道道的"娃娃兵"。

尽管是"娃娃兵",但学习、排练、下牧区完全和别人一样,在风雨的摔打中练就一副好身板。

1974年夏,宝音和另外6名队员被派到满都拉图大队深入生活。大队小学是一所蒙古语授课的学校,但老师中有北京知识青年,实际上是双语授课。宝音的任务是对学生进行音乐辅导。

宝音弹弹烟灰,不无诙谐地说:"那半个月的深入生活,我是在'被辅导'。"

北京知识青年老师拉起琴、唱起歌、跳起舞比他在行得多,跟着这些老师学是天经地义的事情。宝音尽管是蒙古族,但不会蒙古语,来到学校和老师、学生交流是很困难的,但他把这视为机遇,是他学习蒙古语的起点,宝音蒙古语会话的老师是那些天真烂漫的学生。

"乌兰牧骑队员是有血有肉的人,同时有理想、有追求、有渴望,也想改变现状",宝音吐着烟圈说,"我曾做过几次尝试,但都失败了。"

1972年考取中央民族学院,没有走出去。

1973年考取内蒙古艺术学校,没有走出去。

1974年考取内蒙古政治学校,还是没有走出去。

连续3年的"挣扎"都以失败而告终,宝音的棱角被磨得"出血"。

"你去内蒙古艺校学习吧!"听到队长桑杰的话,宝音以为是玩笑抑或揶揄,根本没当回事儿,而桑杰却极为认真,"内蒙古艺校要办为期一年的乌兰牧骑音乐培训班,队里决定让你去。只学习作曲还不行,拉手风琴的队员要回北京了,你还得学会拉手风琴。"

宝音真想给桑杰一个热烈的拥抱,但桑杰严肃得像尊黑煞神,他只能想想而已。

宝音的老师是被称为全国四大女作曲家之一的辛沪光。辛沪光1956年创作的交响诗《嘎达梅林》以震动世界乐坛的磅礴气势奠定了她作为音乐家的历史地位,交响诗《嘎达梅林》与小提琴协奏曲《梁祝》是被国际乐坛津津乐道的两部中国作品。

嘎达梅林的故事和传说在草原上家喻户晓，嘎达梅林是蒙古族人民敬仰的英雄。交响诗《嘎达梅林》旋律抒情而沉郁，隐藏着辛酸、哀伤与悲愤。旋律的背后则是草原人民对生活的无限热爱和美好憧憬。

交响诗《嘎达梅林》是辛沪光的成名之作，更是她的得意之笔。20年后，辛沪光在家里，一个音符、一个音节、一个主题地给宝音诠释《嘎达梅林》的创作过程。宛如阳光照耀着宝音，宛若雨露滋润着宝音，宛若春风吹拂着宝音。若干年后，宝音仍然感慨万千："如果不是辛老师耳提面命地言传身教，我是不可能走向音乐创作之路的。"

1977年冬，东乌珠穆沁旗遭遇特大雪灾，乌兰牧骑分赴苏木、嘎查、浩特抗灾保畜，和牧民们一起战斗在暴风雪中。

宝音被分配到宝力格苏木和平嘎查的桑布家里，每天清理羊圈里的积雪，用积雪在羊圈外面筑起高高的雪墙，雪墙蜿蜒着、伸展着，犹如晶莹剔透的冰雪长城。半个月后，队员们要到嘎查集结，从桑布家到嘎查的30多里路，宝音走了整整一天，在厚厚的雪地上跋涉，只有经历过的人才知道有多么艰辛。

日落时分，他被老队员领进富裕一点儿的牧民斯格木德家里，主人用香喷喷的蒙古包子招待他们。在桑布家劳动的半个月宝音没有吃过一顿饱饭，面对这香喷喷的蒙古包子，用狼吞虎咽来形容他一点儿都不过分。

斯格木德和老队员在喝酒，宝音找个角落躺下昏昏欲睡。斯格木德儿子手中的半导体收音机突然传来一个熟悉的旋律，宝音"嚯"地坐起，兴奋地凑到收音机旁，眼里的光芒仿佛能把黑夜照亮。

内蒙古广播文工团男高音演员阿音拉贡激情演唱的《五星红旗》正是宝音的处女作，在这白雪皑皑的草原深处，在这布满星斗的草原夜晚，通过电波听到自己的歌声，任谁都会激动得心潮澎湃、热血沸腾。

睡意全无，宝音激动得彻夜未眠。

2003年，宝音出任锡林郭勒盟文体局副局长，分管文化艺术工作。

上任伊始，这位曾经的乌兰牧骑老队员把精力和热情全部投入乌兰牧骑建设上去。

当时全盟的乌兰牧骑状况不容乐观，由于受到市场大潮的冲击和"以文补文"政策的影响，乌兰牧骑队伍涣散、思想混乱，犹如一盘散沙。

宝音旗帜鲜明地提出乌兰牧骑的旗帜必须高举，乌兰牧骑的传统必须继承，草原红色文艺轻骑兵的根本不能忘不能丢！经文体局党组研究决定并得到盟委、行署批准，从2003年起恢复两年一度的乌兰牧骑会演和一年一度的乌兰牧骑集中培训，以提高乌兰牧骑的艺术水平和服务质量。2007年8月，纪念乌兰牧骑成立50周年的庆祝活动在苏尼特右旗举行，看完所有赛事，时任自治区文化厅副厅长安泳锝对宝音说："恢复乌兰牧骑会演和集中培训，对乌兰牧骑队伍建设有着至关重要的作用，锡林郭勒盟乌兰牧骑是全区进步速度和幅度最大的。"

宝音退休前的职务是锡林郭勒乌兰牧骑艺术总监，从乌兰牧骑起步，又回归乌兰牧骑，乌兰牧骑伴随宝音走过40多年的风风雨雨。

2016年8月2日晚，锡林郭勒乌兰牧骑剧场座无虚席。

宝音声乐作品音乐会为第十八届锡林郭勒盟乌兰牧骑会演拉开帷幕。

时任锡林郭勒盟政协主席其其格以及前两任政协主席仁钦·那木吉拉、朝伦巴特尔前来祝贺。在乌兰牧骑发展史上，举办乌兰牧骑队员个人音乐会尚属开先河之举。

以《五星红旗》在内蒙古人民广播电台播出为标志，40多年来宝音创作的极具民族特色和地域特色的各类体裁的音乐作品1000多首

（部），代表作《神马颂》荣获 2004 年"建设民族文化大区征歌"一等奖，第八届内蒙古自治区艺术创作"萨日纳"奖以及 MTV 优秀作品展播最佳 MTV 奖。

包头民族歌舞剧院交响乐团演奏的《多彩的锡林郭勒》拉开了音乐会序幕，著名歌唱家拉苏荣、阿拉泰、阿·其木格、额尔德木图等以男高音独唱、女高音独唱、男中音独唱、女中音独唱、男女声二重唱、组合演唱、无伴奏合唱、少儿合唱等多种形式激情演绎了《美丽神奇的锡林郭勒》《多情的上都高勒》《永恒的新年》《神马颂》等 20 多首（部）声乐作品，从东乌珠穆沁旗草原深处专程赶来的牧民那木吉拉说，听宝音的歌，就像一股清泉流进心里。

歌声是外在的表现形式，而宝音音乐创作的特点和个性要加以理论探讨和研究，从而向草原、向世界展示宝音丰富的内心情感和宏阔的精神品质。2016 年 8 月 3 日，宝音音乐作品研讨会在锡林郭勒乌兰牧骑会议室举行，拉苏荣、阿拉泰、崔逢春、科尔沁夫等专家学者就宝音音乐作品的民族性、地域性、艺术性、人民性进行广泛而又深入的探讨。内蒙古艺术学院音乐系教授崔逢春认为，宝音植根草原、热爱草原、亲近草原，他以草原为主题的作品具有准确性、形象性、流畅性的鲜明特点，娴熟地运用羽调式、宫调式、徵调式以及多种调式交替技术，使音乐语言更加朴实、自然、真挚、动听，淋漓尽致地表现出作品的内涵和张力，是当之无愧的草原歌者。

"对于作曲家来说，不管处在什么时代、什么环境，写出动人的、富有个性的旋律始终是第一重要的。对于现代音乐而言，旋律仍然是构成音乐的十分重要的因素。"宝音如是说。

03

孟玉珍是柔弱的女性,更是坚韧的女性。

孟玉珍从太仆寺旗乌兰牧骑舞蹈演员一路成长到锡林郭勒乌兰牧骑团长,是几十年历练、磨炼、修炼的必然结果。

孟玉珍以大题材、大架构、大剧目凸显大视野、大格局和大手笔。

2003年5月,孟玉珍刚一上任就给锡林郭勒盟民族歌舞团带来一团烈火、带来一缕清风,带来了希望和憧憬。

20世纪60年代,在周恩来、乌兰夫等老一辈无产阶级革命家的亲切关怀下,3000上海孤儿在大草原投入母亲的怀抱,感受家庭的温暖。这一充满人间大爱与真情的故事曾以母爱的力量、人性的杰作、民族团结的经典走进电影、电视剧和报告文学。

然而,随着岁月的流逝,这个特殊的历史事件渐渐淡出人们的视野。

索日娜是从锡林郭勒大草原走出去的舞蹈家,若干年后,她再次回到锡林郭勒大草原时带着《国家的孩子》对她心灵的震撼和用舞剧诠释《国家的孩子》的构想。索日娜眉飞色舞、声情并茂的游说和演说得到时任副盟长其其格和时任民族歌舞团团长孟玉珍对这个构想的认可。

唱响全国的《三唱周总理》《风雨兼程》《咱当兵的人》的词作者、国家一级编剧王晓岭加盟主创团队,承担剧本创作,王晓岭笔下开场时的那段旁白,既从历史学和人文学的角度叙事,又以文学的、诗化的语言表达深沉而又厚重的情感。索日娜说,她常常被"旁白"带进母亲温暖的怀抱之中。

荣获第五届中国艺术节文化导演奖的国家一级编导邓锐斌加盟主创团队。作为导演，邓锐斌最大限度地运用了草原文化元素的时空概念，人们司空见惯的是弥漫在草原上的顶碗舞、筷子舞、挤奶舞等，蒙古民族的舞蹈语汇何止这些，更多更丰富的内涵还有待于从新的视角去挖掘、去探讨、去张扬。在《草原记忆》中旁逸斜出的《哈那舞》《缰绳舞》，就是邓锐斌进行新尝试的舞台绽放。

哈那是搭建蒙古包时所用的长短、粗细相同的柳棍，以其灵活的伸缩性、巨大的支撑力和美丽的观赏性伴随蒙古民族从远古走到今天，人们常说蒙古包是居所，更是艺术。而给这"艺术"生命和色彩的就是那些变化无穷的哈那，然而，因为哈那太生活化了，被许许多多的艺术家们轻视和忽略。哈那在《草原记忆》中被发现、被诗化、被舞化，是草原文化向前发展的必然结果，是文艺工作者视野洞开的必然结果。蒙古族文艺评论家斯琴高娃说："《哈那舞》通过哈那原本在生活中能张能合功能的提炼、组合、编排，以极度夸张的手法在有限的舞台空间展现出蒙古民族草原生活的生动、丰富和多彩，每个蒙古人都能读懂《哈那舞》所传递出来的舞蹈语汇。"

中央民族大学音乐学院教授张朝是德国朔特音乐出版公司的签约作曲家，钢琴曲《皮黄》入选《中国钢琴独奏作品百年经典》。张朝的加盟把《草原记忆》的音乐带入一个新的境界。

张朝是从云南哀牢山中走出来的音乐家，由于受到云南诸多少数民族音乐的熏陶，他对蒙古民族的音乐有着更深层次的理解。因此，在《草原记忆》的音乐中，马头琴、呼麦、长调、潮尔等蒙古族传统音乐元素都得到了很好的利用和发挥，古朴典雅的传统音乐和明亮欢快的现代音乐水乳交融，琴瑟激昂，雄浑、粗犷的舞蹈音乐把全剧推向一个又一个高潮。

主创团队的架构毋庸置疑是"国家队",锡林郭勒盟民族歌舞团的演员能否和"国家队"碰撞和对接?这是孟玉珍必须面对,也必须回答的问题。

榜样的力量是无穷的,《草原记忆》第一版的四个主要演员都是外请的。王亚彬等刚走进排练厅,相应的B角甚至C角立刻跟上,孟玉珍要求自己的演员形影不离地跟在四个"榜样"身前身后,不仅要学技能,更要学他们的敬业精神,演员们也都理解孟玉珍的一片苦心。

乌日嘎走进《草原记忆》剧组的时候甚至不知道什么是舞剧,也根本不知道3000孤儿的故事。邓锐斌反反复复地跟他说戏,他就是进入不了状态。邓锐斌把乌日嘎拉到身边,让他用心听《草原记忆》主题歌的音乐,他就是在主题歌的音乐中理解和走进成年巴特尔这个角色的。他的舞段不多,道具是口琴,大幕拉开,两鬓斑白的巴特尔用口琴吹出苍凉、吹出辽阔、吹出忧伤,用锡林郭勒草原上家喻户晓的民族旋律把观众带进起伏跌宕的剧情当中。

孙月是第二版《草原记忆》中乌兰扮演者,没在牧区生活过的人演牧区生活,没做过母亲的人演母亲,这对孙月来说是个挑战。接受任务后,每每回家她就跟在母亲的身后亦步亦趋,以往她都是从孩子的视角看母亲,现在则是以母亲的心态揣摩母亲。

2014年7月2日,苏尼特左旗满都拉图镇乌兰牧骑小剧场。

孙月望一眼台下的观众,年纪大都在60岁以上,而且都穿着蒙古袍,庄重而神圣的表情写在每一张沧桑的脸上。

演出结束,一位老额吉步履蹒跚地来到舞台,拉着孙月的手老泪纵横地说:"我就是上海孤儿。"她瞅瞅台下,"我们都是上海孤儿,我的额吉就是那样去世的,你让我想起了额吉和额吉给我的大爱!"

孙月望着额吉远去的背影,眼里也满是晶莹的泪水,她从心灵深处感悟出来,源于生活的作品才是作品啊!

  2007 年 6 月 7 日,《草原记忆》作为第四届全国少数民族文艺会演的参赛剧目在国家体育馆上演,与以往演出的任何场次都不同,孟玉珍这次启用的主要演员都是 B 组演员,也就是说都是锡林郭勒盟民族歌舞团自己的演员,这个决定令导演意外,更令乌兰其其格、朝鲁布和、爱敏那、阿茹娜 4 个 B 角演员意外。

  孟玉珍这个令人"意外"的决定不是心血来潮的冲动,而是经过深思熟虑的思考,之所以没有更早地透露消息,是怕他们背上思想包袱,而不利于正常发挥,在没有任何思想准备的情况下把他们推向舞台中央,这虽然是一着险棋,亦有险中取胜的可能。

  孟玉珍成竹在胸,《草原记忆》已经获得第十一届全国精神文明建设"五个一工程"奖和第七届荷花杯舞蹈大赛银奖,在第四届全国少数民族文艺会演中即使不能获奖,对演员们也是一个历练。如果获奖,那对演员们的发展有着举足轻重的作用,他们当中年龄最大的已经 27 岁了,四年后能不能参赛都很难说。

  压力到极限时就没有压力,乌兰其其格、朝鲁布和、爱敏那、阿茹娜跳得特别投入、特别自然、特别潇洒,在高层次的专家、学者和观众雷鸣般的掌声中,透露出的强烈信息就是演出获得成功!

  不负众望,《草原记忆》捧回七项大奖,创作金奖、最佳音乐奖、导演奖、编剧奖、舞美奖,乌兰其其格、朝鲁布和荣获最佳演员奖,爱敏那、阿茹娜荣获最佳新人奖。

04

2017年，内蒙古自治区成立70周年。

2017年，乌兰牧骑建立60周年。

2015年初，孟玉珍就超前谋划在这两个重要时间节点上做点什么。

孟玉珍曾是乌兰牧骑队员，现在是锡林郭勒乌兰牧骑团长，她有着浓得化不开的"乌兰牧骑情结"。

1980年4月，清水芙蓉般的少女孟玉珍走进太仆寺旗乌兰牧骑。她在学校虽然是文艺宣传队的骨干，但毕竟没有接受过任何专业训练，是一颗率性生长、自然舒展的"小草"，而到乌兰牧骑上的第一堂课就是严格得近乎残酷的专业训练，宿舍是场地、床头是把杆，废寝忘食地强化训练，使得孟玉珍能唱歌、能跳舞、能和老队员并肩到农村、到牧区演出了。

1982年5月，孟玉珍第一次参加锡林郭勒盟乌兰牧骑会演，十几支队伍依次登台，三弦、四胡、马头琴，长调、呼麦、潮尔道，那阵势和气派让孟玉珍领略到了乌兰牧骑的风采和神韵，理解了乌兰牧骑的责任和使命，看到了乌兰牧骑辽阔的天空和漫长发展的道路。

在乌兰牧骑队员面前，没有克服不了、战胜不了的困难。蒋大为是孟玉珍心中的偶像，1985年初，内蒙古自治区文化厅组织全区优秀乌兰牧骑队员到蒋大为担任团长的中央民族歌舞团学习，孟玉珍名列其中，她激动她兴奋，她也踌躇她也彷徨，因为她已经怀孕，做母亲的愿望猛烈地撞击着她的心扉，而难得的学习机会也不容错过，她面临痛苦而又艰难的选择，而留给她做出选择的时间极为有限。著名电影演员斯琴高娃曾经也是乌兰牧骑队员,她因为担任电影《归心似箭》的女主角齐玉贞毅然打胎。踩着前辈的脚印走,前辈能做到的,我们也应该做到。孟玉珍白天做完"人流",晚上就踏上开往北京的列车。在车上,她无法入睡,心里千百遍地默诵一句话:"对不起了,我的'孩子'。"泪水从锡林浩特流到北京……

贡宝拉格苏木是太仆寺旗唯一的牧区,每到夏季,碧绿的草原上金莲花、马兰花、芍药花、地椒花争奇斗艳,竞相绽放,错落有致地连缀成香气弥漫的一片花海。

贡宝拉格草原清朝时期是皇家御马场,康熙出征时率领的浩浩荡荡的马队的马匹大都是从贡宝拉格草原奔腾而去的,这片草原上马匹最多时达到 7 万多匹。

御马场不复存在,在御马场遗址上矗立的五旗敖包犹如一位饱经沧桑的民间艺人,年年岁岁,从春到秋,从夏到冬,向山川、河流、风雪、牛羊不知疲倦地诉说着往日辉煌和浪漫。

康熙特别钟情贡宝拉格草原,玛拉盖庙就和他有着千丝万缕的关系。

孟玉珍每年都要到贡宝拉格苏木为牧民演出和服务。擀毡技艺是一项非物质文化遗产,这一技艺与人们的日常生活渐行渐远的时候,孟玉珍有幸多次在贡宝拉格草原上见证弹毛、铺毛、喷水、喷油、撒豆面、卷毡、捆毡簾、擀簾子、解簾子、压边、洗毡、整形、晒毡等 13 道工序,还有那悠悠地飘向天边的擀毡调……

艺术源于生活也源于劳动,孟玉珍就是在这样扑下身子深入生活中获取灵感,源源不断地创作出 50 多部作品,《贡宝拉格,我的家乡》《擀毡舞》《欢乐的女性》这些频频摘得奖项的作品,就是贡宝拉格给予她的"馈赠"。

孟玉珍曾一度离开过乌兰牧骑,在乌兰牧骑最为低谷的时候,太仆寺旗旗委、旗政府又把她派回乌兰牧骑出任队长,"重整河山待后生"。2003年,她经"一推双考"被调至锡林郭勒盟民族歌舞团任党支部书记、副团长,2005年任团长。2014年7月,锡林郭勒盟民族歌舞团加挂锡林郭勒乌兰牧骑牌子,她又兼任团长。孟玉珍说:"我和乌兰牧骑的缘分太深、太重了!"

05

乌兰牧骑是社会主义文艺战线的一面旗帜,"乌兰牧骑之花"已经开遍内蒙古大草原。波澜壮阔的60年风雨历程,乌兰牧骑有众多可歌可泣的生动故事!乌兰牧骑有众多可圈可点的风云人物!

乌兰牧骑是一首诗,乌兰牧骑是一幅画,乌兰牧骑是一支歌。这诗、这画、这歌,如飞溅着雪白浪花的滚滚波涛在孟玉珍的心中汹涌起来、激越起来、奔腾起来,全方位、多角度、立体化地把乌兰牧骑展现在舞台上的构想渐次清晰而又明朗,好似喷薄而出的巨浪,好似新雨洗过的天空。

2015年11月25日,舞剧《我的乌兰牧骑》正式立项。

2016年3月,锡林郭勒大草原冰雪尚未融化,寒风仍然凛冽,《我的乌兰牧骑》主创团队"迎风雪、冒严寒",走进西乌珠穆沁旗、阿巴嘎旗、苏尼特左旗、苏尼特右旗等地进行艺术采风。12月初,全剧进入排练阶段。

锡林郭勒乌兰牧骑经过《草原记忆》100多场次的历练,已经成为一支敢打敢拼、能打能拼、会打会拼的"文艺铁军",在《我的乌兰牧骑》中,他们用激情和热情再次诠释"我们特别能战斗"。

斯琴巴特尔的故事令人忍俊不禁而又意味深长。

1984年,13岁的斯琴巴特尔凭借一支竹笛吹出的马嘶和鸟鸣,走进镶黄旗乌兰牧骑,从此便遭遇上"凶神恶煞"般的队长苏和道尔吉。起初,斯琴巴特尔还是很投入的,本来就是牧民的孩子,以乌兰牧骑队员的身份回到牧区,他就觉得很自豪,总是一副得意扬扬的样子。几年后,翅膀硬了就想飞,锡林郭勒盟民族歌舞团团长朝格吉勒图也发现了斯琴巴特尔的艺术潜能,爱才如渴,答应把他调到盟歌舞团,可以先上班后办手续。

斯琴巴特尔高兴地与镶黄旗乌兰牧骑不辞而别,还有那尊"凶神"。

苏和道尔吉发现斯琴巴特尔"潜逃"后大发雷霆,一个电话打到文化处艺术科,冲着老朋友哈斯科长大喊大叫:"我说老哈啊,我们队有个小兵被朝格吉勒图给'挖'到盟歌舞团去了,这怎么行!你先去骂一顿,然后让那个臭小子赶紧滚回来!"

哈斯对老朋友极端负责任,他没有找朝格吉勒图,而是直接走进排练厅,怒声吼道:"谁是黄旗来的巴特尔?"

斯琴巴特尔战战兢兢地走到哈斯面前,哈斯的手指头都快要戳到斯琴巴特尔的鼻子尖儿了:"你个臭小子,马上给我滚回黄旗去!"说罢,拂袖而去,身后一片唏嘘。

"盟歌舞团虽好,但不是你的歌舞团,"苏和道尔吉面对"追剿"回来的斯琴巴特尔声色俱厉地喊道,"你的天、你的地就在乌兰牧骑。擅自离岗,扣发半年工资!"

不仅如此,还要扣发斯琴巴特尔女朋友三个月工资,他嗫嚅着争辩,苏和道尔吉又甩给他一梭子"子弹":"你往盟里跑,没有她的支持吗?"

斯琴巴特尔是人才，苏和道尔吉因为爱惜人才不得以使出这样令人难以接受的"招数"，也是他的性格使然。

1991年8月，第九届全区乌兰牧骑会演将在呼和浩特举行，各地乌兰牧骑都在忙于"备战"。

苏和道尔吉找到斯琴巴特尔和蔼地问道："还想去盟歌舞团吗？"

"不敢想，怕扣发工资"，斯琴巴特尔对工资被扣仍然耿耿于怀。

苏和道尔吉说话少有的温和："年轻人要有理想要有抱负，该想还得想啊！"

斯琴巴特尔狐疑地望着老队长，不知道他"葫芦里装的是什么药"。

苏和道尔吉接着说："8月份，自治区要举行乌兰牧骑会演，我现在有点儿坐不住，我就想把那'十佳乌兰牧骑'的牌子拿来，可怎么拿呢？"苏和道尔吉拍拍斯琴巴特尔的肩膀，"就得靠你，靠你们这些年轻人啊！"

苏和道尔吉激动起来，"如果你能捧回金奖，我就把你送到盟歌舞团去！"

"真的？"将信将疑。

"真的！"斩钉截铁。

不管这是不是交易，双方都要达到自己的目的。

斯琴巴特尔精神抖擞，竹笛一横，清泉般的《喜悦》飞珠溅玉，犹如高山流水，令人心旷神怡，思绪飞扬，在征服观众的同时也征服了评委。

苏和道尔吉捧回"十佳乌兰牧骑"奖牌。

斯琴巴特尔荣获乐器表演金奖。

无独有偶，若干年后，斯琴巴特尔在《我的乌兰牧骑》中饰演的钢普日布就是乌兰牧骑的老队长，这个角色的成功，在某种程度上还取决于他和苏和道尔吉的恩恩怨怨。他说："在理解、掌握、揣摩人物心态时，想得最多的就是老队长,我在老队长身上找到诸多灵感。"

《我的乌兰牧骑》首演时,斯琴巴特尔虔诚地给苏和道尔吉打电话:"老队长,来看看吧!看看学生演得像不像你啊!"

06

2016年11月18日,这个日子刀刻斧镂般地烙在乌日嘎的心里。

总导演金美花"海选"主要演员的工作接近尾声,排练大厅里,导演和几十个演员席地而坐,每人端着一个饭盒。

乌日嘎正狼吞虎咽地吃着,金美花笑眯眯地蹲在他面前:"你演那日苏吧。"

"什么?"乌日嘎有点不相信自己的耳朵。

"导演组决定,让你演那日苏。"金美花很严肃,从她的表情上乌日嘎看出,这是真的了。

站在舞台上的演员要对得起观众的审美意识。从那一刻起,105公斤的乌日嘎决定减肥,每天只吃一顿早饭。然而,减肥是痛苦得不能再痛苦的事情,整天饥肠辘辘,还要参与大运动量的排练,一折腾就是十几个小时,眩晕、虚脱的现象时有发生。乌日嘎说,他最"恨"的就是每天来送快餐的人,每每闻到饭菜的香味,食欲就会像脱缰的野马一样疯狂起来,吃还是不吃,坚持还是放弃,那真是一种较量。每当想要放弃的时候,乌日嘎的眼前如幻觉般地出现黑压压的观众,他们交头接耳地在议论:"台上的那个胖子跳得还挺欢!"

这个场景虽然是虚构出来的,但却如一道长城,把乌日嘎的食欲挡在城墙之外。春节后,金美花从北京回来,在乌日嘎身边走过都没理睬,因为她根本就没认出乌日嘎来。

从接戏到演出,五个月乌日嘎减掉25公斤。

2017年5月3日,《我的乌兰牧骑》在歌舞团剧场举行首场演出,那日苏的舞姿和歌声都赢得观众的热烈掌声。坐在孟玉珍身旁的是乌日嘎的同学阿木古郎,他对孟玉珍说:"孟团,那日苏跳得好,唱得也好,这个演员是你们从北京请来的吧?"

"什么?"孟玉珍略显惊讶,"你不认识了,他是乌日嘎呀!"

"什么?"这回轮到阿木古郎惊讶了,"乌日嘎?这小子精干得我真的没认出来!"

爱敏那的父亲哈斯巴根和母亲萨仁高娃都是西乌珠穆沁旗乌兰牧骑队员,他是在乌兰牧骑大院里长大的,是真正意义上的"乌兰牧骑的孩子"。

因为生在"乌兰牧骑之家",爱敏那对乌兰牧骑有着更深层次的理解。在他一两岁的时候父母经常到牧区演出,走多长时间他就多长时间被寄养在姥姥家。几个月后妈妈回来时,他居然奶声奶气地叫"二姨"。因为妈妈的形象在他记忆中已经淡忘。被儿子忘记,妈妈心里也特别难过,她含着泪说:"我是'二姨',那妈妈是谁呀?"一经提醒,他立刻恢复意识,扑进妈妈的怀抱,甚是委屈地喊着:"妈妈,妈妈……"

将门虎子,在父母的熏陶下,爱敏那6岁时就能拉四胡,就能打扬琴,就能跳蒙古舞《蓝色的故乡》。凭着这样的天赋,少年爱敏那走进锡林郭勒盟民族艺术学校,成为"舞蹈妈妈"达古拉的学生。2004年,17岁的爱敏那成为锡林郭勒盟民族歌舞团的舞蹈演员,凭借实力,在第四届全国少数民族会演中捧回最佳新人奖。

这次在《我的乌兰牧骑》中饰演乌兰牧骑队员,他觉得是从父辈的肩上接过担子,跳的舞、唱的歌、讲的故事就是父辈当年的生活和经历。

桑萨尔的眼泪能在你的心上打出颤音!

女主角萨仁高娃的担子压在桑萨尔这个"90后"舞蹈演员肩上时,她感到恐惧。因为萨仁高娃有芭蕾的舞段,让一个民族舞的演员去跳芭蕾舞,无疑是"赶鸭子上架",但没有比她更合适的演员,孟玉珍死活都要把这只"鸭子"赶"上架","丑小鸭"是可以变成"白天鹅"的。

桑萨尔的楷模和榜样就是孟玉珍,老乌兰牧骑队员都是"一专多能",自己饰演的是乌兰牧骑队员,同样也要"一专多能"。

别无选择,穿上足尖鞋,练!一分多钟的舞段桑萨尔每天不知要练多少遍,足尖鞋被殷红殷红的鲜血染透。磨破的脚趾疼得钻心,睡梦中都能哭出声来。

桑萨尔几次想打退堂鼓,甚至想找孟玉珍"撂担子"去。

"别去、别去呀,去还不是挨骂的份儿",桑萨尔说,"哈斯哥、珠兰姐他们劝我别去撞'枪口',我只好流着泪、忍着痛继续跳,跳啊、跳啊……"

桑萨尔磨破脚尖的付出换来的是专业人士的认可和称赞,"土芭蕾"媲美"洋芭蕾","丑小鸭"变成"白天鹅"。桑萨尔怯怯地说:"其实,支撑我的是乌兰牧骑精神!"

格日勒的姥爷贡其格、姥姥娜仁其木格都是第一批乌兰牧骑队员。姥爷曾当过正蓝旗乌兰牧骑队长,姥姥曾陪周恩来总理跳过舞。这对"乌兰牧骑伉俪"还都参加过乌兰牧骑的全国巡演。在《我的乌兰牧骑》排创过程中,两位年逾古稀的老人多次给格日勒讲述当年的故事,这些对格日勒演好《我的乌兰牧骑》的每一个细节都大有裨益。

贡其格已经双目失明多年,平时很少外出活动。《我的乌兰牧骑》首演那天,他在娜仁其木格的搀扶下,悄然来到剧场,眼睛看不见了,耳朵还能听。他全神贯注地听完全剧,唯恐漏掉一句台词和一个音符,娜仁其木格的解说使他对全剧的了解更加透彻。

格日勒谢幕时,突然看到姥爷、姥姥坐在观众席上,他一个箭步跳下舞台飞似的蹿到两位老人面前。

贡其格紧紧地把格日勒抱在怀里,任凭老泪纵横,哽咽地说:"你们把我带回了这样当年的岁月,舞台上的你就是当年的我啊!乌兰牧骑精神,就是应该薪火相传啊!"

祖孙两代乌兰牧骑队员的深情拥抱,定格成美好而又永恒的瞬间。

《我的乌兰牧骑》经历了风雨,也见到了彩虹。

《我的乌兰牧骑》入选2018年度国家舞台艺术精品创作扶持工程重点扶持剧目(十大精品工程)和2018年度全国舞台艺术重点创作剧目。

《我的乌兰牧骑》向所有新老队员交上了一份精彩的答卷,向内蒙古各族人民交上了一份精彩的答卷。

入选"十大精品工程"是内蒙古文艺团体和文艺工作者多少年梦寐以求的愿望。《我的乌兰牧骑》实现了零的突破,对内蒙古文艺团体和文艺工作者是鼓舞、是激励、是鞭策。

我的乌兰牧骑,我们的乌兰牧骑!

内蒙古的乌兰牧骑,中国的乌兰牧骑!

永远的乌兰牧骑!

后 记

20多万字的长篇报告文学《红色文艺轻骑兵——乌兰牧骑纪事》经过长达十年的创作即将付梓,我有感慨,我有感激,我有感谢,我有话要说!

我的乌兰牧骑"情结"始于1977年寒冬腊月。

我生在农村,1976年高中毕业前只是农民的孩子,而不是真正意义上的农民。尽管极不情愿,毕业后的身份就是农民,就得"脸朝黄土背朝天"地生活,但我没有放弃走出农村、改变农民身份的梦想,抑或野心。

某天傍晚,生产队的"头儿"陪着一位戴军帽、穿军大衣的人走在并不宽敞、也不平坦的大街上,绿军装令人羡慕,穿绿军装的干部更令人羡慕。经多方探听,知道这个人是突泉县文化局创作组组长董树槐先生。县里要成立乌兰牧骑,他到村里来是物色乌兰牧骑演员和创作员的,有点儿"文艺细胞"的青年可以到县里参加乌兰牧骑培训班。

我自信自己是有点儿"文艺细胞"抑或"文学细胞"的,尽管不受生产队的"头儿"待见,但还是硬着头皮闯进"头儿"的家里向董树槐先生来个"毛遂自荐",虽然没有去成乌兰牧骑,但却朦朦胧胧地知道乌兰牧骑是怎样的一支队伍了。

30年过去,弹指一挥间。2008年,我出任中国文化报内蒙古记者站站长,从此开始真正接触乌兰牧骑,被乌兰牧骑感动的同时也纵情地为乌兰牧骑放歌!

在宣传乌兰牧骑的过程中,我和内蒙古自治区乌兰牧骑协会主席达·阿拉坦巴干先生相识。相处久了,自然就熟悉了。有一次老人家语重心长地对我说:"作为中国文化报的记者,你应该写写乌兰牧骑。周恩来总理曾经说过应该写个'乌兰牧骑赞',乌兰夫主席也说过'在内蒙古的历史上,应该写上乌兰牧骑的一页',我建议,这个'赞'和这'一页'由你来写!"

我在惶恐中接下这道"军令",在读过大量的乌兰牧骑材料后,我感动了、激动了、冲动了。

我把这种感动、激动和冲动,写成创作计划上报中国作家协会。2010年初,中国作家协会将长篇报告文学《乌兰牧骑纪事》列入重点作品扶持项目,达·阿拉坦巴干先生又请全国人大常委会原副委员长布赫老人家题写《乌兰牧骑纪事》书名。开端特别好,但由于曲曲折折的故事,主要是自己的懒惰和懈怠,始终没有进入创作状态。客观地说,也始终没有搁置采访和收集资料。

2017年11月21日,习近平总书记在给苏尼特右旗乌兰牧骑队员们回信时,称赞他们是"草原上的红色文艺轻骑兵",全景式书写乌兰牧骑60年波澜壮阔的历史是时代的需要,历史的需要,人民的需要。

2018年初,我受内蒙古党委宣传部、内蒙古文联和内蒙古作协的委托,开始创作长篇报告文学《红色文艺轻骑兵——乌兰牧骑纪事》。尽管有着近10年的前期准备,但想写出乌兰牧骑的精神和风采,别无选择地要走进乌兰牧骑,从春寒料峭到绿草如茵,从最西部的阿拉善到最东部的呼伦贝尔,几个月的时间里再次采访十几支乌兰牧骑队伍、近百名乌兰牧骑新老队员,像苏尼特右旗第一代乌兰牧骑队员伊兰、荷花、巴图朝鲁等年逾八十的老人都不止一次地接受过我的采访,我在采访中感动,在感动中采访。

当我坐下来进入创作状态时,几百万字的历史资料和十几本采访笔记使我如鱼得水,每天都能有2000多的有效字数落到稿纸的方格里,20多万字的《红色文艺轻骑兵——乌兰牧骑纪事》是从我心中"流"出来的文字长河。

2018年10月8日,节后第一天上班,我把厚厚的书稿交给内蒙古人民出版社时,并没有如释重负的感觉,也轻松不起来。因为我知道,我深深地知道,几个月的时间是不可能把乌兰牧骑写透写好写精彩的,还需要再深入采访、再潜心创作、再努力提高……

2019年初,内蒙古党委宣传部将长篇报告文学《红色文艺轻骑兵——乌兰牧骑纪事》上报国家新闻出版署做重大选题备案。在等待批复的日子里,我听取过自治区领导的意见,征求过宣传部、文联和作协领导的建议,又到几支乌兰牧进行过更为深入的采访,和责任编辑罗婧女士探讨、交流的就更多了。

我很幸运,在《红色文艺轻骑兵——乌兰牧骑纪事》付梓前,已于2010年被列为中国作家协会重点扶持作品,2018年被列为内蒙古文联草原文学重点作品创作扶持工程,2019年被列为国家新闻出版署重大选题。特别是2019年第二期《人民文学》在头条位置选发《红色文艺轻骑兵——乌兰牧骑纪事》6万多字并冠以"庆祝新中国成立70周年特选作品",令我感动非常,是编辑是主编对我的青睐和厚爱,是时代是历史对我的青睐和厚爱,是文学是人民对我的青睐和厚爱。

乌兰牧骑60多年的辉煌历程，还有多少可歌可泣的事迹，还有多少可圈可点的人物应该大书特书！乌兰牧骑的人和事不是一部《红色文艺轻骑兵——乌兰牧骑纪事》能够写完写好的，我将以乌兰牧骑队员为榜样，"扛起红旗再出发"，对掌握的素材再梳理再利用，对写就的作品再打磨再雕琢，把更真实、更生动、更灵空的"乌兰牧骑"献给祖国和人民！

2020年6月1日儿童节深夜于穹庐斋